KB006216

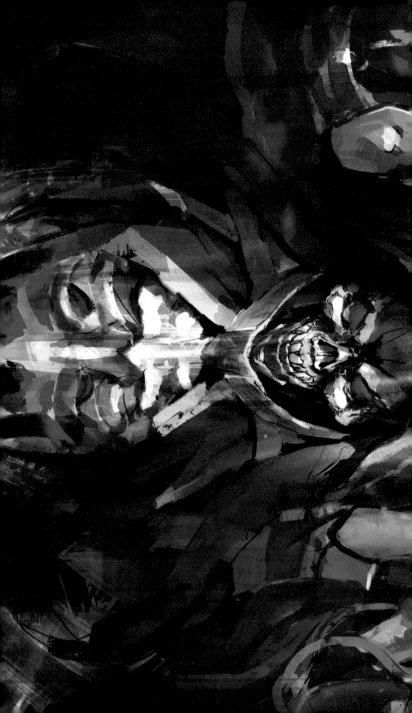

mapping
Murata Osamu

수도
CAPITAL

대도시
LARGE CITY

소도시
SMALL CITY

요새
FORT

MAP SYMBOL

세 계 지 도
WORLD MAP

I 에 아세날
II 리 보우로롤
III 리 우로발
IV 리 발틈라슈르
V 에 레에블
VI 리 로벨
VII 에 페스펠
VIII 에 란텔

성왕국

Kugane Maruyama | illustration by so-bin

마루야마 쿠가네 지음 김완 옮김

OVERLORD [9] The magic caster of Destroy

파멸의 매직 캐스터

오버로드 9

Contents **목차**

지르크니프 룬 파로드 엘 닉스——제국에서 견줄 자가 없는 대군주——선혈제라고도 불리며 두려움의 대상이 되는 청년은 자신의 연기에 허점은 없는지를 돌이켜보았다.

　상대가 호감을 느낄 만한 웃음과 태도라는 자신감은 있다. 문제는 아무것도 없다.

　귀족은 이러한 기술에 능하다. 특히 황제이며, 철이 들 무렵부터 교육을 받아왔던 지르크니프 정도 되면 한눈에 간파할 사람이 없을 수준까지 이른다. 손님들의 눈에는 문제없이 부드러운 호청년으로 비쳤을 것이다.

　상대의 마음을 누그러뜨리는 것은 중요하다.

　의심의 옷으로 몸을 감싼 자의 마음을 관찰하기란 쉽지 않다. 그러나 꼭두각시 인형을 조종하는 실처럼 신뢰와 호의를 구사해 춤을 추게 만들어 그 옷을 한 꺼풀, 한 꺼풀 벗겨나가면 마음 따위 알몸이나 다름없다. 물론 그러한 모든 유도는 방문을 진심으로 환영하는 신사의 웃음 아래 교묘하게 감추었다.

신사 지르크니프가 응대하는 상대란—— 용을 타고 느닷없이 제성에 쳐들어온 두 다크엘프.

외견과 힘이 이렇게까지 일치하지 않는 자와 만난 것은 이번이 처음이었다.

지팡이를 든 소녀가 일으킨 지진의 참극으로 죽은 사람은 117명. 내역은 근위병 40명, 기사 64명, 마력계 매직 캐스터 8명, 신앙계 매직 캐스터 8명. 그리고 또 한 사람—— 놀라운 피해였다.

기사들은 제성의 경호를 맡은 만큼 최정예이기는 하지만 넘어가도 좋을 손실이라 할 수 있다. 모험자 랭크로 따지면 실버 정도다. 후진을 충실히 양성해두었으므로 앞으로도 그들 수준의 기사들은 분명히 더 나타날 것이다.

다음으로 근위병. 그들은 제국의 미래를 내다볼 만한 정예 중의 정예다. 골드 랭크 모험자에 필적하는 자들이 한꺼번에 절반이나 사라졌다는 사실은 뼈아프다. 게다가 그들이 온몸에 걸친 것은 제국 마법성에서 많은 매직 캐스터들을 동원해 시간을 들여 만들어낸 마법 무구였다. 같은 무게의 황금보다도 가치가 크다.

가장 심각한 피해는 마지막 한 사람. 제국 최강의 기사 중 하나인 '부동' 나자미 에넥. 옛날에 본 적이 있는 전사의 흉내를 낼 뿐이라고 겸손하게 말하지만, 두 손에 든 방패로 싸우는 방어중시 전투 스타일 덕에 제국 최강의 4대 기사 중에서도 가장 단단한 기사라 불리던 사나이.

수백의 병사보다도 한 사람의 무용이 우세한 이 세계에서, 강력한 전사의 사망은 손실이라는 가벼운 말로 넘어갈 수준이 아니다. 자칫하면 제국의 군사력이 단숨에 떨어질 수도 있다.

솔직히 냉수라도 끼얹어 쫓아내고 싶은 심정이었지만 살육자인 강자들에게 그러한 짓을 할 수는 없다. 상대가 의도하고서 그만한 힘을 과시했는지는 불명이지만 환영의 미소로 받아들일 수밖에 없었다.

하지만 당하고만 있지는 않을 것이다. 지르크니프는 눈앞에 있는 두 아이의 일거수일투족을 놓치지 않고 살폈다.

정말 재미없게도 한순간에 수많은 사실을 읽어낼 수 있었다.

몸에서 떠도는 향신료의 냄새가 같았다는 점을 통해, 스스로 충성을 다하던 귀족과 적대귀족이 배후에서 이어졌음을 간파한 적이 있을 정도로 지르크니프의 감각은 날카로웠다. 이번에도 무언가를 찾아내고자 눈동자 속에서 감각을 날카롭게 집중시켰다.

복장——.

용모——.

'그건 그렇다 쳐도…….'

아인즈 울 고운의 사자로서 제성에 쳐들어온 다크엘프 아이들은 매우 고운 얼굴이었으며, 장래에는 수많은 이성을 끌어들이리라 짐작할 수 있었다.

'저 조그맣고 가느다란 몸. 이리저리 변하는 표정. 어딜 어떻게 보더라도 평범한 아이다. 아무것도 모르고 만나서 그들에게 사자라는 말을 듣는다면 어떤 상대라도 쓴웃음을 짓겠지.'

국가를 짊어진 사자—— 외교관에게 요구되는 자질은 수없이 많지만 외견도 중요하다. 어울리지 않는 외모를 가진 자는 모국에 피해를 입히기 일쑤다.

아인즈 울 고운도 그 사실은 알 것이다. 그럼에도 얕잡아 보이기 딱 좋은 다크엘프 아이들을 보낸 상대의 의도는 어디에 있단 말인가.

지르크니프는 필사적으로 머리를 굴렸다.

'생각할 수 있는 점이라면…… 시위행동. 얕잡아보리란 것을 전제로 하고서 무력을 구사해 힘의 일말을 보여주는 것. 첫 인상과의 낙차가 크면 클수록 이쪽이 입을 충격도 또한 커지지……. 하지만 그렇게 따지면 제성에 용을 타고 쳐들어온 것은 역효과가 아닐까? 용 때문에 상당히 위압을 받았으니까. ……아니면 사자 노릇을 하기에 충분한 존재가 이들 두 사람밖에 없었나? 어쩌면 또 다른—— 젠장. 상대의 노림수를 읽을 수가 없군. 아직 정보가 너무나 부족하다.'

수많은 생각이 떠올랐다가는 물거품처럼 사라졌다.

'가장 우선시해야 할 사항은 상대의 정보를 모으는 것이다. 이것이 있어야 무엇이든 할 수 있다. 다음으로는 어디까지가 한계선인지, 상대가 불쾌하게 여기지 않을 수준에서 조사해야 할 것이다. 상대의 화를 돋워 교섭을 결렬시키는 것은 어리석은 자의 소행이지.'

먼저 지르크니프를 찾아온 이유를 확인할 필요가 있다.

두 다크엘프는 '황제가 나자릭 지하대분묘에 실례되는 놈들을 풀어놓았다'고 말하며 안뜰에서 백 명 이상을 순식간에 죽음으로 몰아넣는 참극을 일으켰는데, 그것은 근거가 되는 정보가 있기 때문인지, 아니면 한번 떠본 것인지, 이를 간파해야 한다.

그들이 말한 실례되는 놈들이란, 시기로 생각해보건대 분명 워커들일 것이다. 그렇다면 그것을 파견하도록 지시를 내린 사람은 틀림없는 지르크니프다. 그러나 모략에 모략을 거듭해 지르크니프의 '지' 자도 드러나지 않을 수단을 사용해 파견하지 않았던가.

그들은——아인즈 울 고운은 어떻게 이러한 모략을 간파했단 말인가. 그에 따라 이쪽의 태도도 바뀐다.

'사자로 왔다고 한 이상 어느 정도는 정보를 이끌어낼 기회가 있을 터. 미미한 움직임에도 눈을 떼지 말고 상대의 노림수를 읽어내야 한다.'

두 사람의 뒤에 있는 것은 한 나라에 쳐들어와 지배력을 위협하는 행위조차 거리끼지 않는 상대. 약간의 판단 미스가 생명의 위기로 이어지지 않으리라는 법이 없다.

다시 지진을 일으킨다면…… 그런 짓은 극구 말리고 싶었다.

지르크니프는 벽 너머의 방에 의식을 돌렸다.

원래 같으면 옆방에 근위대를 채워넣고 이 방에도 여러 명의 근위병을 임석시켰을 테지만, 오늘은 그런 짓은 하지 않았다. 설령 근위병을 50명 대기시킨다 한들 이 둘을 상대로는 개죽음만 시킬 것이다. 그러기 위해 이 자리에 대동한 것은 다섯뿐이었다.

제국 4기사 중 하나인 '뇌광(雷光)' 바지우드 페슈멜. 지르크니프가 가장 신뢰하는, 제국 최강의 대 매직 캐스터 플루더 파라다인. 그리고 지르크니프가 우수하다고 인정한 비서관 셋이었다.

한편 근위병들에게는 안뜰에서 지진의 흔적을 파헤치도록 명령을 내려두었다.

파헤쳐 시체를 회수해봤자 의미가 없다는 사실은 잘 안다.

제국에 부활마법을 쓸 수 있는 사람은 없다. 제국에 있는 아다만타이트 클래스 모험자에게도 그만한 힘은 없다. 신관들도 마찬가지. 근린 국가 중에서 부활마법을 행사할 수 있는 자를 보유한 것은 아마도 왕국과 법국뿐일 것이다.

그래도 시체를 회수하는 이유는 단순히 그들이 장비한 매직 아이템을 잃는 것이 아까워서라는 즉물적인 이유였다. 그 외에 부하의 시체를 회수해 정중히 장사 지내주어야 병사들의 사기를 효과적으로 유지할 수 있다는 노림수도 있다.

"사자님들. 이렇게 먼 길까지 잘 와주셨네. 우선은 목을 축이시는 것이 어떻겠나? 그리고 가벼운 식사를 준비했네만, 괜찮다면 드시게."

지르크니프가 핸드벨을 울리자 바깥에 대기했던 메이드들이 조용히 방으로 들어왔다. 스무 명 정도 되는 메이드들은 각각 잘 닦인 은쟁반을 들고 있었다.

훈련에 훈련을 거듭한 메이드들의 움직임은 세련되었으며 아름다웠다. 지르크니프의 은근한 자랑인 메이드들의 일사불란하고 완벽한 움직임. 그러나 그녀들의 발놀림이 오늘따라 살짝 흐트러졌다. 완벽하기에 그것이 한층 크게 눈에 띄었다.

'무슨 일이지? 이제까지 숱한 사자들을 대접시켰지만 이런 일은 없었거늘. 무언가 마법적인 힘을 받았나?'

지르크니프는 옷 안에 있는, 목에 걸어둔 금속에 손을 뻗고 싶어지는 것을 의지력으로 억눌렀다. 이것은 감추어두어

야 효과가 있다. 장비했다는 사실을 들켰다간 마이너스밖에
되지 않는다.

메이드들의 시선이 두 다크엘프 위에서 흔들렸을 때 실수
의 이유를 깨달았다.

'아, 그랬군. ……저들의 용모에 넋이 나갔던 거야. 그
마음은 이해하고도 남는다만…… 멍청한 것들. 나에게 수
치를 주지 마라.'

저 둘의 얼굴을 보고 동요만으로 넘어갔다면 오히려 칭찬
해 마땅한 일일지도 모르지만.

메이드들은 모두의 앞에 음료와 과자를 놓고는 인사를 한
후 방을 나갔다.

"자, 드시게."

"흐응~."

다크엘프 사내아이가 재미없다는 표정을 짓더니 잔을 들
었다.

투명한 유리잔에 세밀한 세공이 가미된 일급품이다.

이처럼 화려한 세공이 가미된 잔은 지르크니프의 취향이
아니다. 그렇다고 해서 소유하지 않은 것도 아니다. 사자를
환영하는 자리에 내놓는 식기 같은 것은 제국의 국격을 드
러내므로, 제국이 사자를 얼마나 중요한 상대라 여기는지를
보여주는 증명이나 다름없었다.

다크엘프 소년이 음료를 한 모금 머금었다.

'망설임이 없군. ……독을 경계하지 않는 것은 마법으로 미리 방어라도 해두었기 때문일까? 아니면 이쪽에 그런 의도가 없다고 판단했기 때문인가? ……아니면 또 다른 이유에서? 음, 저쪽 소녀도 망설임이 없군.'

"별로 맛이 없네. 특별한 효과도 없는 것 같고."

소년의 발언에 한순간이기는 했지만 지르크니프는 신선한 놀라움을 느꼈다. 지르크니프에게 그런 말을 한 자는 없었다. 그가 어렸을 때부터 그랬다.

놀라움이 사라지자 '예의도 모르는 어린 놈'이라는 희미한 분노와 짜증이 치밀었다. 하지만 그런 태도를 조금이라도 겉으로 드러낼 만큼 어리석지는 않았다.

"그거 미안하게 됐네."

지르크니프는 소년에게 웃음을 지었다.

"어떤 음료가 취향인지 가르쳐주신다면 다음번에는 준비해드리도록 하지."

'──특별한 효과란 것은 독을 말하나? 독이 든 것을 노렸나? 무슨 의미로 한 말이지?'

"내가 좋아하는 걸 당신들이 준비하기란 무리일 것 같은데."

"누, 누나. 시, 실례야."

"응? 그래? 그런가?"

'응? 여자였나? *남매가 아니라 자매였군.'

---

*일본어에서는 '언니'와 '누나'를 구분하지 않기 때문에 이런 오해를 한 것입니다.

하기야 소녀라고 하면 그런 것도 같았다.

'어째서…… 남자 차림을……? 아니, 움직이기 편한 차림을 선택한 건가? 이 정도 나이의 아이라면 중성적인 면이 있으니 말이지. 설마 저쪽 아이는 남자…… 아니, 복장이 저러니 아무리 그래도 그건 아니겠지. 다만…… 여동생은 얌전해 보이는군.'

지르크니프는 지팡이를 든 소녀를 이쪽 진영에 끌어들일 수는 없을까, 혹은 중립으로 이용해 제국에 유리하게 만들 수는 없을까 생각해봤지만 상대의 정보가 부족한 현재 상황에서는 좋은 수단이 떠오르질 않았다.

무엇보다 저 얌전해 보이는 소녀가 그만한 살육을 자행했다는 점을 잊어서는 안 된다. 섣불리 손을 댔다간 잠자는 용의 입에 손을 집어넣는 결과를 낳을 수 있다.

'역시 정보야. 상대의 카드를 볼 방법을 조속히 생각해야겠어.'

"그러면 우선 사자님들, 조금 전에도 이름을 댔지만 다시 한 번 소개를 하겠네. 나는 바하루스 제국 지르크니프 룬 파로드 엘 닉스라 하네. 피오라 공의 존함은 들었으니, 귀공의 이름을 들려주실 수 있는지?"

"아, 저기, 어, 마레 벨로 피오레라고 합니다."

"고맙네, 피오레 공. 그러면, 조금 전에 피오라 공은 '아인즈 님은 기분이 언짢으십니다. 그러니까 사과하러 오지 않으면 이 나라를 없애버리겠습니다'라고 하셨는데, 사죄하러 간다는 것은 나자릭 지하대분묘까지 내가 직접 가야 한다는 뜻인지?"

"당연한 소릴 해."

간단한 말이었지만 여기에는 싸늘한 감정이 묻어나왔다.

원래부터 아우라라는 다크엘프의 눈에는 온기가 없었다. 인간이 벌레를 보는 듯한 감정밖에 느껴지지 않았다.

자, 이제부터가 문제다.

상대가 한 말은 사실이지만, 이쪽은 이를 어디까지 인정해야 할까. 그리고 상대는 어디서 그 사실을 알았을까. 보통은 교묘한 말로 사자들을 한번 되돌려보낸 다음 정보를 모아야 하겠지만 그것이 통할 상대일까. 결국 한계선을 파악하기 전까지는 아무것도 할 수 없었다.

"헌데 이곳에 오도록 명령하셨다는 분은 아인즈 울 고운 공 본인이라 보아도 될는지?"

아우라와 마레가 모두 의아한 표정을 지었다.

"그렇긴 한데…… 그게 왜?"

"아니, 확인했을 뿐일세."

지르크니프는 생각했다. 아인즈 울 고운이란 대체 누구일까. 다크엘프, 분묘, 용. 도저히 통일성이 없다. 이러한 것들 사이에 공통점이 있을까?

토브 대삼림에 살던 다크엘프가 초원의 분묘로 주거를 옮겼다는 뜻일까? 그리고 용은 다크엘프의 족장인 아인즈 울 고운이 사역하는 몬스터?

지르크니프는 머릿속에서 망상을 떨쳐냈다.

'……이야기를 만드는 것은 바드(Bard)에게나 맡기면 된다. 내 일은 모여든 정보에서 정확한 해답을 이끌어내는 것이다.'

알아낸 사실은, 상대가 모종의 수단으로 제국 내부의 정보를 수집하고 있다는 정도였다. 상당히 엄청난 정보망을 쥐고 있거나, 혹은──.

'── 아인즈 울 고운이 탁월한 정보 분석력을 가진 인물이거나. 그렇다면 확인해둘 필요가 있겠어.'

"이곳에 용을 타고 오도록 명령하신 것도?"

"마, 맞아요. 아인즈 님이 명령하셨어요."

"그렇군…… 그랬어."

"아까부터 왜 자꾸 이상한 질문만 해? 사과하러 올 거야, 안 올 거야? 안 오겠다면 안 온다는 대답만 가지고 돌아갔다가 이 나라를 멸망시키러 다시 오면 그만인데?"

용의 알은 용의 둥지에밖에 없다는 말이 있다. 위험을 무릅쓰지 않고서는 큰 성공이나 공명은 얻지 못한다는 뜻이다.

지르크니프는 그 말에 따라 한 발 내디딜 각오를 했다.

"물론 확실하게 사과하러 가겠네. 나자릭이라는 곳에 누군가를 보낸 기억은 없지만 부하들이 멋대로 행동했을 가능성은 있으니. 아랫사람의 잘못은 윗사람이 책임을 져야 하지."

시야 끄트머리에서 세 사람의 문관이 눈을 크게 뜨고, 플루더는 정답이라는 양 고개를 끄덕이는 것이 보였다.

"흐응~. 알았어. 그럼 같이 가자."

"기다리시게. 가는 것은 좋지만 나도 이 제국을 통솔하는 몸. 당장 국가를 비울 수는 없네. 그러니 2, 3일——"

지르크니프는 상대의 표정을 살피며 이 정도는 괜찮겠다는 사실을 확인했다.

"——그사이에 긴급한 용무만을 처리하지. 준비를 마치고, 고운 공께 드릴 선물을 마련하는 기간까지 포함하면 열흘——."

"——열흘? 좀 늦지 않아?"

"열흘이면 선물도 나름대로 좋은 것으로 마련할 수 있을걸세. 시시한 것을 보내 실례가 될 수는 없으니. 게다가 마땅히 책임을 져야 할 자가 누구인지를 알아보는 것도 필요하지 않겠나. 제국은 넓으니 조사하려면 나름 시간이 걸리게 마련이라네."

"선물……."

아우라가 중얼거리며 생각에 잠겼다. 곁에서 마레가 갈팡질팡하기 시작했다.

'그렇군……. 고운에 대한 선물을 준비한다는 말에 망설임이 생겼다면, 주인에 대해서는 경애를 보내고 있다는 뜻.

이 점을 파고들면 조금 더 시간을 벌 수 있겠어.'

지르크니프는 입을 벌리려 했지만 아우라가 조금 빨랐다. 아우라는 만면의 미소와 함께 놀리는 어조로 말했다.

"……은 모르겠고. 원래 아인즈 님은 '당장 오라고 전하라'라고 하셨거든. 그야 시간까지 완전히 지정하신 건 아니니까 '당장'이 며칠 후가 될지는 그쪽에 맡기겠지만."

이쪽의 생각을 이미 간파했던 아인즈 울 고운에게 침을 뱉고 싶은 마음을 품은 것과 동시에, 지혜로운 강자라는 확신도 품었다.

'당장'이라는 말로 내가 얼마나 서두를지를 보겠다는 것인가? 아인즈 울 고운, 정말 교섭이 탁월하군. 이 이야기의 흐름을 이미 예측했다니, 상당히 지혜가 있는 자가 분명해.'

"이봐? 왜 말이 없어?"

아우라의 싸늘한 목소리에 지르크니프는 자기도 모르게 생각의 미로에 빠져들었음을 깨달았다.

"이, 이거 실례했네. 시간이 없다면 어느 정도 선물을 준비할 수 있을지 생각하느라……."

"흐응~. 뭐, 상관없지만. 그럼 내 질문에 대답해줄래? 언제 나자릭 지하대분묘에 올── 알현하러 올래?"

"어디……."

지르크니프는 아우라의 뻔한 도발을 무시했다.

"준비 같은 것들을 고려해, 닷새 후에는 그쪽을 찾아뵙도록 하겠네."

"알았어. 그럼 아인즈 님께 그렇게 전해둘게. 아, 그러고 보니 말야. 생매장당한 사람들은 우리가 다시 파내줄까? 하기야——."

아우라가 짝 손을 마주치더니, 어린아이라고는 생각할 수 없는 사악한 조소를 띠었다.

"——빈대떡, 아니, 다진 고기가 돼서 회수하긴 어려울 것 같지만."

지르크니프는 미소를 지었다. 조금 전부터 상대의 노림수가 너무나도 노골적이었기 때문이다.

인간은 감정이 고양되었을 때 본성을 드러낸다. 그렇기에 이쪽을 화나게 만들어 반응을 살피는 것이리라. 지르크니프도 이따금 사용하는 교섭술 중 하나다. 이럴 때 효과적인 행동은 상대의 노림수를 빗나가게 만드는 것이다.

"그거 고맙군. 그러면 부탁해도 되겠나?"

부루퉁해진 아우라의 얼굴에 지르크니프는 오늘 처음으로 마음에서 우러난 미소를 지었다.

OVERLORD 「9」 The magic caster of Destroy

1장 설전

Chapter 1 | Verbal Warfare

1

여섯 대의 호화로운 마차가 초원을 질주한다.

초원임에도 마차의 움직임은 놀라울 정도로 안정적이었다.

우선 수레바퀴 부분. 이것은 〈쾌적한 수레바퀴Comfortable Wheels〉라는 매직 아이템이다. 또한 차체에도 〈경량적하 Lightweight Cargo〉라는 마법 처리를 해두었다.

눈이 튀어나올 만큼 많은 경비가 들어간 초고급 마차를 이끄는 생물도 역시 그에 걸맞는 특별한 존재였다. 이것은 말과 비슷한 마수, 슬레이프니르였다.

그런 마차가 여섯 대나 되니, 여기에 든 비용은 계산하는 것조차 어리석게 여겨질 수준이다.

단순한 부지에서는 도저히 탈 수 없는 이러한 마차를, 멋들어진 체구의 말에 탄 자들이 경호하고 있었다. 20명이 넘는 그들은 모두 체인 셔츠를 착용했고 허리에 롱 소드, 등에는 화살통과 롱 보우를 장비한 똑같은 차림이었다.

남자들뿐인 가운데 선두에서 나아가는 사람만은 여성이다. 그녀만은 다른 자들과는 달리 중무장이었다. 풀 플레이트 아머에, 다른 보병이 든 창과는 달리 랜스를 들었다. 바이저를 올리고는 있지만 금색 천이 오른쪽 얼굴 부분을 덮고 있는 것이 이질적이었다.

그들은 용병이라는 말이 어울릴 법한 모습이었지만 규율 잡힌 움직임이나 언동 곳곳에서 이와는 다른 분위기가 엿보였다. 눈은 날카로우며 주위를 빈틈없이 경계했다.

탁 트인 평원에서도 경계를 계속하는 그 모습은 자칫하면 겁쟁이처럼 여겨질지도 모른다. 그러나 마법이 실존하며 몬스터가 발호하는 이 세계에서는 온갖 주의를 기울인다 해도 안전을 보장할 수 없다.

몇 달이나 먹지도 마시지도 않고 땅속에 숨은 채 사냥감이 지나가길 그저 기다리기만 하는 거대 거미, 안개 같은 모습으로 형태를 이루지 않은 채 공기 속을 미끄러지듯 습격하는 부정형의 괴물, 석화 시선을 지녀 지평선 멀리서라도 그 모습을 보면 전속력으로 도망쳐야만 한다는 독도마뱀.

그러한 치명적인 능력을 가진 몬스터에 대비해, 그들은 항상 긴박한 공기를 풍기는 것이다. 그러나 보통 용병은 그렇게까지는 하지 않는다.

그리고 그들이 결코 단순한 용병이 아니라는 무엇보다도 큰 근거는 상공에 존재하면서도 눈에는 보이지 않는 자들. 〈불가시화Invisibility〉 마법과 같은 효과를 발휘하면서 무리와 보조를 맞춰 날아오는 자들의 존재였다.

히포그리프라 불리는 마수가 있다. 그리폰과 암말을 교배시켜 태어나는, 앞쪽이 매이며 뒤쪽이 말인 마수다. 말의 피가 흐르기 때문인지 그리폰보다도 길들이기 쉬워 비행마수로 인기가 높다. 그런 마수에 탄 자들이 상공에 있었다.

비행할 수 있는 탑승동물——이런 것들은 몬스터지만——은 매매하려 들면 매우 값이 비싸므로 단순한 용병 따위가 숫자를 확보할 수 있을 리 없다.

그렇다. 용병 같은 차림은 여러 존재들을 속이기 위한 차림이다.

그들의 정체는 지상을 나아가는 자들이 제국 근위병, 하늘을 나는 자들이 착용자와 기수를 눈에 보이지 않는 베일로 감쌌으며 지극히 귀한 매직 아이템을 장비한 황실 공호(空護)병단의 정예들이었다.

당연히 마차의 주인은 바로 바하루스 제국 황제 지르크니프 룬 파로드 엘 닉스 본인이었다.

그들이 이런 차림을 한 이유는 여러 가지가 있지만, 그중에서도 가장 큰 것은 황제가 당당히 기사들을 이끌고 왕국내를 통행해서는──국경침범──안 되기 때문이다. 그렇기에 마차도 외장 부분은 내부에 비해 소박했다. 물론 그래봤자 평범한 마차보다는 화려하지만.

그런 마차의 무리 중 앞에서 헤아려 세 번째 차량은 지르크니프의 마차인 만큼 다른 마차보다도 더욱 경계가 엄중했다.

마차의 지붕── 짐칸 부분은 개량이 이루어져, 짐 사이에 몸을 숨긴 두 명의 궁병이 대기하고 있을 정도였다.

그리고 내부 또한 호화로웠다. 마차라기보다는 이동하는 고급 숙소라고 하는 편이 옳을 만한 구조여서 벽이나 바닥에는 부드러운 융단이 깔려 있다. 마주 놓인 좌석도 부드러워장시간 앉아 있어도 몸이 아프거나 하지 않도록 설계되었다.

지르크니프와 동석이 허용된 사람은 셋. 지르크니프와 합쳐 넷이라면 마차에 비좁게 타지 않았을까 생각하는 자도있겠지만, 그것은 정말로 사치스러운 마차를 타본 적이 없는 자의 상상일 뿐이다. 실제로 이들 네 사내는 모두 넉넉한공간을 확보하고 있었다.

"──폐하, 폐하. 그만 기침하심이 어떠실는지요."

그 목소리에 지르크니프는 수마에서 눈을 떴다.

눈꼬리를 엄지와 검지로 문지르며 한 차례 크게 하품을

한다.

"음!"

이어서 등을 쭉 폈다. 딱딱한 몸이 풀려 기분이 좋다. 그러고는 다시 한 번 크게 하품.

"폐하, 푹 주무셨습니다만 아직도 졸리신 것 같습니다."

지르크니프를 기분 좋은 잠에서 깨운 목소리의 주인, 같은 마차에 동석이 허용되었던 비서관 로우네 바밀리넨의 질문에 지르크니프가 고개를 가로저었다.

"음. 아니, 그렇지도 않다네. 머리는 멍하지만 이제 졸리지는 않아. 하지만 낮잠이라니, 정말 오랜만이로군. 어렸을 때 이후 처음인가? 제성에 있을 때는 해야 할 일이 산더미처럼 있으니 시간을 낭비할 수 없었네만 이번 여행에서는 내가 할 일이 오히려 아무것도 없으니 말일세. ……처음으로 고운에게 감사하고 싶군."

"아— 하기야 폐하는 언제나 우왕좌왕 뭔가를 하시죠. 왜 그런 거요?"

황제를 황제라고도 여기지 않는 듯한 말투로 물은 자는 제국 4기사의 필두인 바지우드였다. 다른 사람들 같으면 눈살을 찌푸릴 만한 말투였으나 마차에 동승한 자들은 아무 말도 없었다.

지르크니프는 건방지지만 우수한 부하에게 쓴웃음과 함께 대답했다.

"모두 선혈제라는 놈의 잘못일세. 개혁을 빠르게 추진한 탓에 온갖 것들이 따라오질 못하거든. 정말로 머리가 나쁜 놈이야. 좀 더 우수한 자들을 모아 행동했다면 자기가 편해질 방법이 있었을 텐데. 다음번에는 너희도 뭐라고 한 마디 해다오. 아, 그때는 대안도 확실하게 마련해야 한다."

실내에 있던 모두가 지르크니프와 비슷한 웃음을 지었다.

원래 제국의 행정은 귀족——특히 궁정귀족——들이 맡는다. 이것은 어렸을 때부터 교육을 받을 수 있는 자가 금전 같은 여러 가지 이유에서 귀족 혈통으로만 한정되었기 때문이다. 기득권을 위해서라는 면도 당연히 있지만.

하지만 지르크니프가 귀족들을 숙청해버리는 바람에 문관의 수도 줄어버렸다. 반대로 개혁 때문에 일은 더 많아졌다. 당연한 결과지만 한 사람이 맡아야 하는 업무량은 단숨에 부푼 것이다. 지르크니프 자신도 예외가 아니었다.

선혈제라는 별명대로 무능한 귀족들을 수없이 처분해버렸으나, 없어지고 나서야 비로소 무능도 무능 나름대로 쓸모가 있었다는 사실을 알았다.

그러나 그렇다 해도 후회는 하지 않았다. 숙청은 그 타이밍이 아니고선 불가능했다. 만약 기회를 기다렸다면 아마 기사들의 지휘권도 대귀족들에게 차단당해 아버지의 죽음이 무의미해졌을 것이다.

숙청을 행했기에 제국의 미래가 열린 것이다.

여자는 아이를 낳기 위해 괴로움을 맛본다. 이렇게 많은 하루하루의 업무량은 새로이 태어나는 제국을 위한 출산의 고통일 것이다. 그렇다면 이를 넘어섰을 때는 보물을 얻을 수 있으리라.

그 연상 때문에 지르크니프는 자신의 아이에 대해 떠올렸다.

지르크니프는 결혼을 하지 않았으나 자식이 있다. 황비를 두지 않았으므로 측실도 아닌 애첩이라 불릴 여자들이 몇 명 있으며, 그녀들이 낳은 아이가 있는 것이다.

유감스럽게도 애정은 느껴지지 않았지만 그중에서 하나라도 우수한 아이가 나오기를 바랐다. 만일 장래의 황비가 낳은 자식이 우수하지 않을 경우 애첩의 자식 중에서 우수한 아이로 바꿔칠 생각이기 때문이다.

"하지만 언제까지고 내가 우왕좌왕 일만 하는 건 올바른 국가의 모습이라 할 수 없지. 어서 제대로 된 문관들을 길러내서 역대 황제처럼 대충 명령만 내리는 역할로 돌아가고 싶은걸. 게다가 내 아이, 차기 황제에게는 지금의 나와 똑같은 고민을 주고 싶지 않으니까. 너무 바빠 원망을 사는 사태는 피하고 싶다."

현재의 제국은 당대의 우수한 인물이 세운 것이다. 아니, 역대의 우수한 인물들이 발판을 세우고 지르크니프가 훌륭한 건물을 지었다고 해야 할까. 그러나 그다음 황제, 또 그

다음 황제까지 우수하리라는 보장은 없다.

어느 정도의 능력만 있다면 문제없이 제국을 운영할 만한 그런 형태를 만들어두고 싶다고, 말로는 하지 않았지만 지르크니프는 생각했다.

"그건 어려울 겁니다. 현재 폐하는 절대자이시니까요. 역대 폐하들과 같은 형태의 제국 운영은 하실 수 없을 테지요."

"바밀리넨. 그걸 어떻게든 해결하는 게 자네들의 역할이야. 내가 절대적인 결정권을 가진 건 당연해. 선대 황제들이 바라고 이루어놓은 정치의 산물이니까. 하지만 절대자라고 해서 내가 소소하기 그지없는 데까지 간섭하는 건 문제가 있어. 그렇다기보다 그래서는 문관들이 있을 의미가 사라지잖나. 머리를 어디에 두고 왔나."

"모르긴 몰라도 절대 제국 마법학원은 아닐 것입니다, 폐하."

그런 바보는 길러낸 적이 없다고, 마법학원의 상부조직인 제국마법성의 최고책임자 플루더가 끼어들었다.

"하하, 그렇군. 할아범 말이 맞아."

지르크니프는 헛기침을 한 번 해 그 자리의 분위기를 바꾸었다.

"내 대에서 제국은 회춘해 갓난아기가 되었다. 낡은 것을 부수고 새로운 것을 도입했다. 바밀리넨 말대로 제국이 성장할 때까지는 내가 일을 해야겠지만, 성장시키지 않고 어린아이인 채여서는 곤란하다. 장래에는 내가 대체적인 방향성을 지시하고 문관이나 무관들이 이를 수행하기 위한 계획을 입안해야 할 것이다."

절대자 한 사람뿐인 국가는 약하다. 지르크니프는 그 사실을 잘 안다.

로우네가 명심하겠다며, 나이에 비해 엷어진 머리를 숙였다.

"차기 황제라……. 그러고 보니 폐하는 그분하고는 자식 안 만드쇼?"

바지우드가 말한 '그분'이 누구인지 지르크니프는 즉시 이해했다. 왜냐하면 바지우드가 지르크니프의 애첩 중에서 단 한 사람만을 높이 평가한다는 사실을 알기 때문이다.

애첩은 얼굴이나 부모의 지위 같은 것으로 결정하지만, 그런 것들을 완전히 무시한 여자가 단 한 명 있었다. 외모나 출신이 아니라 두뇌로 고른 유일한 여성이며, 지르크니프가 정치에 간섭하도록 허용한 하나뿐인——공공연히는 아니고 침대 안에서만——여성이기도 하다.

원래 애첩으로 삼을 마음은 없었다. 그러나 실제로 그렇게 된 이유는 그것이 그녀 자신의 뜻이었기 때문이다.

지르크니프는 그녀를 정실로 삼아도 좋을 정도였다.

"아니, 그건 그녀가 바라지 않는다네. '용모란 가지고 태어난 보물. 특히 위에 선 자에게 용모는 매우 중요한 자질.

나쁜 머리는 노력이나 우수한 부하를 두어 어떻게든 해결할 수 있지만 용모는 어떻게든 안 되는 법'이라나 뭐라나 그러던걸."

"폐하 피를 물려받으면 용모야 보장받은 거나 다름없지 않수? 그야 멋있는 황제에게 명령을 받는 편이 부하 입장에서도 기쁜 건 사실이지만."

"역시 그런 법인가?"

자신보다도 위에 선 자가 없는 지르크니프는 알기 힘든 감각이었다. 자신은 아무리 못생겼더라도 우수하다면 마음에 두지 않고 부리며 요직에도 앉힐 것이다.

"그야 뒤집어놓은 두꺼비보단 그게 낫죠. 그 왜, 폐하도 폐하 위에서 허리를 놀릴 여자는 미인이 좋을 거 아뇨."

"──그야 뭐. 조금 알 것도 같기는 하네만, 아니, 그런 건가?"

지르크니프는 뭔가 아닌 것 같다고 고개를 꼬았다.

"폐하는 정실을 어느 분으로 맞이하실지 생각은 해두셨습니까?"

플루더의 질문에 지르크니프는 눈살을 찡그렸다.

"안과 밖을 고려한다면 밖이 되겠지. 지금은 안에서 맞이해봤자 득 될 일은 없으니. 확실하게 밖에서 맞아야겠지만…… 그 녀석은 정실로는 그 종잡을 수 없는 여자를 추천하더군."

플루더가 수염을 꼬았다.

"라나 왕녀 말씀이군요."

지르크니프는 씁쓸한 표정으로 고개를 끄덕였다.

리 에스티제 왕국 제3왕녀—— 라나 티엘 샬드론 라일 바이셀프. '황금'이라는 별명을 가진, 미모로 명성이 높은 왕녀. 하지만 지르크니프의 머릿속 마음에 안 드는 여자 랭킹에서 지난 몇 년 동안 1위를 고수한 여자였다. 반대로 좋아하는 사람은 도시국가군에 속한 도시 중 하나, 베버드를 다스리는 카벨리아 도시장이었다.

"나는 그 여자의 생각을 도통 알 수 없네. 그 여자의 행동을 들어보면 실패하고 싶어서 실패하는 것 같은 위화감이 들어."

그런 인간이 있을 리 없다. 그렇게 생각하고 싶지만, 인간이 얼마나 복잡기괴한 존재인지 지르크니프는 잘 안다. 그럼 실패를 노리고 했다면 무엇을 생각했을까. 라나라는 여자의 생각을 읽으려 하면 자신이 점점 거미줄에 얽혀드는 듯한 불길한 기분에 사로잡히는 것이다.

"……그 기분 나쁜 여자, 누가 암살이라도 해주지 않으려나."

"명령이시라면 즉시 이자니야를 부를까요?"

과거 십삼영웅 중 한 명의 이름을 물려받았으며, 제국 북동부나 도시국가군 같은 곳에서 존재가 확인된 암살집단이다. 매우 기괴한 기술을 쓰는지, 제국에서도 슬하에 두고자 극비리에 타진을 해보있지만 좋은 대답은 돌아오지 않았다.

"관두게, 관둬. 그 여자에게는 획기적인 지식을 전수받아야 하니까. 죽이는 것보다는 살려두는 편이 유리해. ……그 여자는 그 점까지 알고 있는 것 아닐까?"

"정말 그럴까요?"

"글쎄."

그렇게 대답하면서도 지르크니프는 있을 수 있는 이야기라고 생각했다.

라나의 발언은 왕국 내의 스파이를 통해 지르크니프에게도 들려온다. 그녀가 제안하는 정책들은 지르크니프가 눈을 크게 뜰 만한 아이디어였으며, 그것이 얼마나 훌륭한지는 제국에서 채용해 실적을 거두었던 정책들이 들려주고 있다.

그녀에게 불행이 일어난다면 제국에도 불리하다.

라나가 왕국에서 제안을 하는 타이밍은 제국의 움직임을 읽고 있는 것이 아닌가 싶을 정도로 절묘한 때였다. 만일 그러하다면 라나라는 여자는 눈도 귀도 없는 상황에서 제국의 동향을 감지해 잘 굴려나가고 있다는 뜻이 된다.

이런 종잡을 수 없는 요소가 왕국전사장 가제프조차 부하로 삼으려 하는 지르크니프가 도저히 탐을 내지 못하는 이유였다.

"하지만 리나 왕녀가 죽는다 쳐도 왕실에는 손실이 있을

지 없을지 모르지만, 폐하가 돌아가신다면 이 나라는 공중 분해되겠죠. 암살이야 우리 4기사가 지켜드리겠지만 그 이외의 요인에서는 무리이니 너무 일에만 열중하지 마십쇼."

"물론일세. 제국에 확실한 행정조직을 완성시킬 때까지는 무슨 일이 있어도 죽을 수 없네."

절대적인 조직의 정점에 속한 인물을 잃는다는 것은 그 조직이 단숨에 와해될 가능성을 뜻한다.

장래 제국이 어느 정도로 거대한 국가가 될지. 그것을 아는 자라면 무엇을 희생해서라도 지금 이 자리에서 황제를 죽여야겠다고 생각할 것이다. 왕국이나 법국 같은 이웃 나라들은 특히.

이자니야를 지배하려는 이유도 카운터 어새신으로 배치하고 싶기 때문이다.

"그렇군요. 폐하가 지금 돌아가신다면 곤란하죠. 독이나 부상 같은 걸 경계해 평소부터 근처에 신앙계 매직 캐스터를 배치해두었지만 실력 있는 자가 없다는 게 문제입지요. 제가 가르치면 좋았을 테지만 제가 쓸 수 있는 신앙계 마법은 대단한 것이 없다 보니."

"할아범은 마술사로서 실력이 뛰어나지 않나. 다른 분야야 어쩔 수 없지. 아, 맞아. 법국에 협조를 요청하기는 했네만 별로 좋은 대답은 얻지 못했네. 4대신이나 작은 신을 신앙하는 자들을 서로 경쟁시킨다면 어떨까? 무언가 결과를 낸 신전에는 제국의 이름으로 포상을 내린다거나."

경쟁은 기술의 발전으로 이어진다. 하지만 이 제안에는 로우네가 머리를 흐트러뜨릴 정도로 힘차게 고개를 가로저었다.

"위험합니다. 제국 내의 각 신전은 기부금이나 독자적인 기술로 만들어낸 제품의 판매 등 자주노력으로 꾸려나가고 있습니다. 만약 제국이 이상한 압력을 가하거나 착취를 했다간 반드시 반발이 일어날 겁니다."

"그렇겠지……. 신전들을 지배한다면 제국은 더 강대해질 텐데. 그런 의미에서 법국은 아주 잘하고 있어. 수백 년도 전이겠지만 어떤 수단을 썼는지 알고 싶은걸."

"신앙계 마법은 사람들의 건강 같은 것과 관련이 있으니까요. 그래도 지금처럼 신앙계 마법을 쓸 수 있는 자들을 기사로 채용하거나 교육해나간다는 것은 훌륭한 정책이라 생각합니다. 검으로 치는 것만으로는 몬스터와의 싸움에서 사상자가 속출할 테니까요."

몬스터 퇴치에 나갔다가 죽을 뻔한 경험이 있는 바지우드가 끙끙 신음 소리를 내며 말을 이었다.

"개인적으로는 역시 부활마법이 탐납니다요. 그것만 있으면 우수한 재능을 가진 놈들이 죽어도 탄식하지 않을 텐데. ……근데 들자하니 부활마법은 대상의 생명력을 빼앗기 때문에 보통 사람은 재가 되어버린다던데, 그거 사실인가?"

플루더가 불쑥 몸을 내밀었다.

이 노인은 황제의 교육을 담당했기 때문인지, 아니면 자신이 사랑하는 마법에 관한 이야기가 나왔기 때문인지 이런 이야기에는 눈을 빛내며 나서는 경향이 있다. 문제는 말이 길어진다는 점이다. 지르크니프는 바지우드와 로우네에게만 슬쩍 지친 표정을 지어보였다.

"사실일세. 제5위계의 신앙계 마법에 있는 부활마법 〈사자부활Raise Dead〉은 생명력을 크게 빼앗지. 이것이 더욱 고위의 부활마법이라면 빼앗기는 양이 적어진다고 하네만…… 그 정도까지 쓸 수 있는 자는 없다는 것이 정설일세. 그 외에 용왕들의 고대 마법은 생명력을 잃는 일 없이 소생시킬 수 있었다고 들었네만——."

"——그럼 용왕국의 여왕이라면 그것이 가능하다는 뜻입니까?"

"좋은 질문일세, 바밀리넨. 이 고대 마법—— 원시 마법이라고도 하고 영혼 마법이라고도 하고 다양한 호칭이 있네만, 아무튼 이 마법을 그 나라의 여왕이 쓸 수 있다고 하네. 이는 칠채용왕Brightness Dragon Lord의 피를 물려받았기에 가능하다고 공표되었지. 다만 그녀가 소생마법을 쓸 수 있는지, 그것까지는 알 수 없네. 원시 마법은 현재의 마법체계와는 완전히 다른 것이라 현대의 마법밖에 쓸 수 없는 우리로서는 헤아릴 수도 없기 때문이지."

플루더는 입을 다물더니, 지르크니프와 동승자들에게 흘끔 시선을 돌렸다. 지겨워하던 표정을 들켰나 싶어 지르크니프는 움찔했지만, 이어진 플루더의 말에 안도했다.

"고대 마법…… 조사해보고 싶구먼. 칠채용왕의 피를 이었다는 인물이 쓸 수 있다는 건, 다시 말해 핏줄이야말로 중요하다는 뜻. 저는 폐하께서 정실을 맞이하신다면 그 여왕의 근친이 좋다고 생각합니다만……."

"그건 좀 참아주게, 할아범……. 그 회춘한 할멈은 사양하겠어."

마음에 안 드는 여자 순위 제2위를 고수하는 인물과 부부가 되다니, 절대로 그럴 수는 없다. 게다가 자식에게 애정이 없다고는 해도 실험재료로 삼는다는 건 불쌍하다. 물론 국가의 이익과 저울질을 한다면 어떻게 될지는 알 수 없다.

그때 마차 문을 노크하는 소리가 들렸다.

이 마차는 물리적인 방어효과는 물론 정보계통 마법으로 탐지당할 때까지도 고려해 거의 전면을 금속판으로 에워쌌다. 그렇기에 밖을 엿보기 위한 창문이 없다. 바지우드가 움직여 문을 조금 열고 밖을——정확하게 말하면 문을 노크한 상대를——살폈다.

"폐하, 레이너스입니다."

"열어라."

문을 열자 초원의 신선한 바람이 흘러들어와 실내에 있

던 사람들의 머리를 살짝 간지럽혔다. 계절로 봐도 바깥의 바람은 차가울 테지만 마차 안으로 들어오는 공기는 사람이 지내기 좋을 정도로 따뜻한 온도다. 이것은 말할 것도 없이 이 마차에 걸린 마법의 힘이다.

마차와 함께 나란히 달리는 것은 조금 전까지 일행의 선두를 가던 여성이었다.

"황송하옵니다, 폐하. 잠시——."

흐르는 바람소리 탓에 잘 들리지 않는다.

"이렇게 이야기하기도 뭣하니 들어오라. 사양할 필요는 없다."

"예. 그러면 결례를 무릅쓰고 들어가겠습니다."

그녀는 그렇게 말하고는 마상에서 훌쩍 몸을 날려 나란히 달리는 마차의 입구에 우아하게 내려섰다. 아무 일도 아니라는 듯 해냈지만, 그녀가 걸친 것이 모두 금속제 풀 플레이트 아머이며 말도 전속력으로 달리고 있었다는 점을 감안하면 운동능력이 보통이 아님을 알 수 있다. 하지만 그것도 당연하다. 그녀가 바로 제국이 자랑하는 4기사의 일원, 가장 공격력이 탁월한 '중폭(重爆)' 레이너스 록블루즈였으니까.

마차로 옮겨타자 레이너스는 문을 조용히 닫고는 바지우드의 옆에 앉았다. 살짝 열린 문틈으로, 레이너스가 탔던 말의 고삐를 나란히 달리던 근위병 중 한 사람이 끌고 가는 모습이 눈에 들어왔다.

마차에 걸린 마법의 힘은 어디까지나 공기를 지내기 좋은 온도로 유지하는 작용이므로 차가운 것에 직접 닿으면 차갑게 느껴진다. 레이너스가 착용한 것은 계속 바깥공기에 닿았던 금속 갑옷이다. 곁에 차가운 덩어리가 앉자 바지우드가 몸을 부르르 떨었다.

"앞서 가던 자들에게서 〈전언Message〉으로 연락이 들어왔습니다."

이 마차에 걸린 방어마법 중에는 외부의 정보계 마법을 저해하는 힘이 있다. 적에게 발견되지 않기 위한 방비이기는 하지만 문제가 하나 있어서, 〈전언〉을 비롯한 마법도 막아버린다는 점이었다. 이 때문에 외부에서 경호를 맡은 그녀에게 〈전언〉이 도달하게 되어 있었다.

"선행부대는 현재 나자릭 지하대분묘에 도착했으며, 그 자리에 있는 통나무집에서 메이드들에게 폐하의 도착 예정 시각을 밝힌 후 환영을 받고 있다 합니다."

"메이드? 지하분묘라고 들었다만…… 메이드? 메이드라…… 혹시 그건가? 옛날에는 사후에도 왕을 섬기도록 함께 메이드들을 매장하는 나라도 있었다고 들었다만. 아니면 역시 숲을 떠난 다크엘프들이 대분묘를 새로운 거점으로 삼았다는 뜻인가?"

"유감스럽게도 그 점까지는 〈전언〉으로 알 수 없었습니다, 폐하."

"……도통 모르겠군. 숲은 인간의 세계가 아니니 역사도 없고……. 뭐, 제성에 왔던 그 괴물만큼은 아니라고 믿고 싶지만 방심하지는 말라고 전해주게."

"폐하의 말씀이 옳습니다. 사자들의 역량으로 가늠해보건대 이제부터 찾아갈 장소는 미지의 세계가 분명할 것입니다. 부디 주의하십시오. 만일 무슨 일이 있다면 제 곁까지 즉시 달려오셔야 하옵니다."

"그건 여차하면 공간전이로 도망치겠다는 뜻인가?"

플루더가 긍정하듯 미소를 지었다.

"그렇게 되면 우리가 그러기 위한 시간을 벌어야겠네요. 상대가 얼마나 몰려오든 폐하가 도망칠 만한 시간을 말입죠."

바지우드는 씨익 웃었지만 동료인 레이너스는 아무 말도 하지 않았다. 동의의 침묵이라기보다는 찬동하지 않기에 침묵하는 태도였지만 주위에서는 결코 아무 말도 하지 않았다.

애초에 그녀는 제국 4기사의 지위에 오르기는 했어도 지르크니프에게 충성을 맹세하지는 않았다. 어디까지나 지르크니프를 따르는 것이 레이너스에게 유리할 뿐이며, 만일 그녀의 청을 들어줄 수 있는 다른 상대가 나타난다면 즉시 지금의 지위를 내팽개칠 것이 분명했다. 다시 말해 가장 충성심이 낮은 기사였다.

4기사는 역량만으로 선발되었기 때문에 성격이나 충성심

을 중시하지는 않았다. 다만 그녀만큼 충성심이 없는 인물이 달리 없다는 것도 사실이었다.

그럼에도 그런 인물을 경호 담당으로 데려온 것은 제도에 4기사의 일원인 '격풍(激風)' 님블 아크 데일 아녹을 남겨두어야 하기 때문이니 어쩔 수 없는 일이었다. 만일 '부동'이 있었다면 이 장소에는 그녀 대신 그가 있었을 것이다.

"잠시 실례하겠습니다."

레이너스가 품에서 손수건을 꺼내더니 이를 자신의 얼굴 오른쪽으로 가져갔다. 레이너스의 얼굴 오른쪽 절반을 덮은 금색 천처럼 보인 것은 그녀의 머리카락이었으며, 그 밑으로 손수건을 넣어 닦아낸다.

다 닦은 손수건은 누렇게 변색되었다. 고름을 듬뿍 흡수한 것이다.

"저는 제 몸을 가장 먼저 생각하겠습니다. 달리 서운하게 생각하지 마시길."

"그래, 그래도 상관없고말고. 그것이 4기사가 되어주었을 때 나눈 약속—— 아니, 거래였으니까."

"흠, 다들 그렇게 하셨던 거군요. 그렇다면 저는 방해가 되지 않도록 구석에 웅크려 있겠습니다."

분위기를 바꾸고자 진지한 표정으로 그렇게 말한 로우네에게 다들 애매한 웃음소리를 냈다.

"자, 그러면 지금의 이동속도로는 나자릭 도착까지 몇 시간 정도 걸리겠나?"

지르크니프의 물음에 로우네가 품에서 시계를 꺼내 시각을 확인했다. 이어서 레이너스에게 고개를 돌리고, 그녀가 고개를 가로젓는 것을 본 후 입을 열었다.

"모든 것이 순조로우니 약 한 시간 후가 될 것입니다."

"그렇군. 그거 기대되는걸. 아인즈 울 고운의 속내를 보도록 할까."

2

지르크니프를 태운 마차가 여유 있게 속도를 늦추고 완전히 멈추었다. 그렇다고는 하지만 당장 내려갈 수는 없다. 귀찮지만 품위를 유지하기 위해서는 나름 준비가 필요한 것이다.

원래 황제의 준비란 아랫사람들——보통은 메이드——이 해야 한다. 다른 마차에 태운 메이드들이 올 때까지 기다려야 할지도 모르지만 그렇게 시간 여유가 있는 것도 아니다. 일단은 사죄라는 명목으로 여기까지 왔으니까. 꾸물거리다 상대의 사자를 기다리게 만드는 것은 어리석은 짓이 아니겠는가.

지르크니프는 옷을 잡아당겨 흐트러진 곳을 정리한 후 망토를 걸쳤다. 미법방어가 가미된 마수의 가죽으로 만든 일급품이며 매우 값진 물건이다. 이를 착용하면 바깥이 아무리 춥더라도 거의 추위를 느끼지 못한다.

그 후 허리에 왕홀(王笏)을 차면 최소한도의 준비는 끝난다.

지르크니프는 대충 훑어보고 자신의 차림에 부끄러움이 없는지를 확인했다.

이제부터 아인즈 울 고운과 설전을 벌이러 가는 것이다. 말하자면 전투복인데, 주름이 남아있다면 부끄럽다는 말로는 넘어갈 수 없다. 상대의 통찰력이 낮아 자신을 얕잡아보기를 고대하지만 자신의 복장 때문에 얕잡아 보이는 것은 용납할 수 없다.

만족한 지르크니프가 고개를 끄덕이기를 기다린 것처럼 문을 두드리는 소리가 들렸다.

"그러면 폐하, 먼저 내리겠수."

"부탁하네."

짧은 대화를 마치고 바지우드가 마차 문을 열었다.

제국의 최고지배자가 탄 마차에 어울리게 당당히 열었다. 만약을 위해 로우네가 지르크니프의 방패가 되고자 문과 일직선이 되는 곳에 몸을 두었다.

바지우드 너머로 바깥의 경치가 보였다.

처음 시야에 들어온 것은 초원. 그리고 마주 보고 늘어선 근위병들의 모습. 그 너머에 언덕처럼 솟아오른 대지가 보이고, 그 속에 파묻힌 것 같은 거대한 격자문이 있었다.

'저 너머가 나자릭 지하대분묘인가? 들었던 것과 조금 다르지만…… 오차 범위 내로군.'

문 너머로 내려서서, 근위병들과 함께 도열하는 바지우드의 뒤를 따라 밖으로 나갔다.

지르크니프는 크게 심호흡을 했다. 원래는 싸늘했겠지만, 마법 의복의 힘으로 보호받는 지르크니프의 폐에 흘러들어온 신선한 공기는 적절한 온도로 기분 좋게 느껴졌다.

깊이 숨을 토해낸 것과 동시에, 가볍게 얼굴을 돌려 부하들의 모습을 확인했다.

로브를 착용하고 지팡이를 든 플루더의 고제들.

성표를 가슴에 건, 기사단 소속 신앙계 매직 캐스터들.

부동자세를 유지한 근위병들. 그중에는 선발대로 파견되었던 자들의 얼굴도 있었다. 개인적으로는 어떤 인물과 만났는지 이야기를 들어보고 싶었지만 이 자리에서 그럴 수는 없었다.

수행 메이드들, 그리고 어떤 마차에 탔던 자들은 아직 밖으로 나오지 않은 모양이었다.

'뭐, 그들은 선물이니까 당연하지. 어디 보자, 통나무집이란 건 격자문 너머에…… 아니군, 저건가?'

왼쪽으로 눈을 돌리자 단층 통나무집이 오도카니 서 있었다. 초원이니 묘지라는 주위의 지형 속에서는 너무나도 뜬금없어 쓴웃음이 나올 정도였다. 애초에 저 나무는 대체 어디서 가져왔단 말인가. 멀리 아제를리시아 산맥이 보여, 그 주위에 펼쳐진 토브 대삼림을 떠올렸다.

'그곳에서 여기까지 가져왔다고? 몇 킬로미터나 되는지 몰라도 중노동이었을 텐데.'

물론 통나무집에 대해서는 자세한 지식이 없지만 그리 훌륭한 건물이라는 생각은 들지 않았다. 그렇다 해도 주위의 상황을 고려한다면 이만한 물건을 만들어냈다는 데에는 나름 평가를 해줘야 하는지도 모르지만.

'……이상하게 현관이 큰걸. 쌍여닫이인가? 게다가 저렇게 높은 이유는 뭐지? 3층 건물은 될 법한 높이로군. 혹시 원래는 창고나 무언가로 쓰였나?'

지르크니프가 통나무집을 바라보고 있으려니 오른쪽에 바지우드와 레이너스, 그 반대쪽에 플루더, 뒤에는 로우네가 섰다.

"폐하. 다른 마차에 탄 자들도 밖으로 내보낼까요?"

귀에 입을 가까이 가져온 로우네의 질문에 지르크니프는 시선을 움직이지 않고 대답했다.

"됐다. 아직 그럴 필요는 없다. 그보다도——."

지르크니프의 말이 도중에 끊어진 것은 통나무집 문이 열렸기 때문이 아니었다. 그 안에서 천천히 나타난 두 미녀를 보았기 때문이었다.

입은 옷은 전통적인 메이드복. 만듦새가 좋은 것 같기는 하지만 그 이상은 별 생각이 들지 않았다. 다만 메이드들의 —— 이상할 정도로 고운 얼굴은 온갖 미희들을 보았던 지르크니프조차 놀라움을 감추지 못해 마음을 사로잡혔다.

'저렇게…… 아름다울 수가. 하지만…….'

그녀들은 매우 아름다워서 제국 어딘가의 귀족 딸이라면 아낌없는 칭송을 늘어놓았을 것이다. 어쩌면 후궁으로 들일까 검토했을지도 모른다. 그러나 이곳은 초원 한복판에 있는 분묘다. 전혀 어울리지 않는 조합이라 강렬한 위화감이 들었다.

지르크니프의 오른쪽에서 살짝 혀 차는 소리가 들렸지만 지금은 그런 데 신경을 할애할 여유가 없었다.

"이봐, 할아범. 저건 혹시 환술이 아닌가?"

"글쎄요. 확실히는 모르겠습니다만 그렇지는 않은 것 같습니다."

"그렇다면 인간인가? 일단 다크엘프가 아닌 건 확실하지만……."

"글쎄요, 그것도 모르겠습니다만…… 아마도 인간은 아닌 것 같습니다."

그 대답에 지르크니프는 조금 안심했다. 인간이 아니라면 여기 있다 해도 이상할 것이 없다. 이해할 수 있다. 매우 수긍이 가는 대답이다.

두 메이드가 동시에 인사를 하더니, 머리를 올려묶은 여성 쪽이 입을 열었다.

"방문을 고대하였사옵니다, 지르크니프 룬 파로드 엘 닉스 황제 폐하. 저는 여러분을 환영하도록 이 자리에 나온 유리 알파라 하옵니다. 그리고 뒤에 있는 자는 저의 보좌로 온 루푸스레기나 베타라 하옵니다. 짧은 시간이 되겠사오나 모쪼록 편안한 시간을 보내시기 바랍니다."

동요에서 회복할 시간이 주어져, 지르크니프는 대화를 나눌 만한 여유를 되찾았다.

"정중한 대접 고맙네. 여러분처럼 아름다운 여성을 대동시켜주신 아인즈 울 고운 공께 진심으로 감사드리네. 그리고 황제니 하는 딱딱한 호칭은 치워도 좋네. 단순히 한 명의 인간으로서, 지금은 친숙함을 담아 지르라 불러주어도 좋네. 아니, 여러분이라면 꼭 그렇게 불러주었으면 좋겠군."

싹싹한 웃음을 지으며 지르크니프는 유리에게 말했다.

그러나 여성이라면 마음이 흔들려야 할 미소를 받고도 유리의 진지한 표정은 흐트러지지 않았다. 그리고 유리의 눈을 엿보며 상대의 반응을 살폈던 지르크니프 또한 그녀의 내면에 잔잔한 파문조차 일어나지 않았음을 깨달았다.

취향이 아닌 걸까, 아니면 공사를 혼동하지 않는 타입인 걸까. 아니면 충성을 바쳐야 할 대상에게 명령받은 일을 수행하는 중이기 때문일까.

'읽을 수가 없어. 조금이라도 좋은 인상을 심어주고 싶었는데 어려운걸. 이래 봬도 여자 상대에는 자신이 있는데…… 아, 할아범 말이 사실이라면 인간이 아닐지도 모르지. 아무리 그래도 인간이 아닌 종족의 여성에게는……. 그런데 무슨 종족이지? 외견으로 보자면 인간의 근친종인 것 같기는 한데…….'

그녀들의 정체에 대해 전혀 알 수 없었다.

그 다크엘프들도 그렇고 이 두 사람도 그렇고, 아인즈 울 고운은 굉장히 얼굴을 밝히는 인물이 아닐까.

'그렇다면…… 저 메이드들 이상이 아니고선 가치가 없겠어…….'

지르크니프는 마차에 타고 있는 여자들을 생각해보았다.

그 마차에 탄 것은 귀족의 영애들이었다. 지르크니프가 자랑할 만한 미모를 가진 여성들이며, 경우에 따라서는 아인즈에게 선물하기 위해 데려온 자들이었다. 지르크니프의 명령에 따르지 않는다면 가문이 어떻게 될지 잘 아는 그녀들은 부모들과의 눈물 어린 작별을 나누고 각오와 함께 이곳에 왔지만──.

'의미 없는 짓이었어. 하지만 상대가 더 뛰어난 미인을 모아놓았기에 쓸모없게 됐다는 사실을 알면 기뻐할까, 아니

면 여자로서 복잡한 심정이 들까? 선물이란 의미에서는 엘프를 찾아내 데려오는 편이 나았으려나?'

제국 내에 있을 노예 엘프들을 찾아 끌고 오지 않았던 이유는 시간도 없었거니와 앞으로의 거래에 쓸 예정이기 때문이다. 아인즈 울 고운이 아니라 마레와의 내밀한 교섭을 진행하기 위해. 마레라는 이름의 그 쭈뼛거리던 소녀를 자세히 조사해 알몸뚱이로 만든다면, 자신의 목적대로 움직이게 할 수 있으리라 내다본 것이다.

'근친종인 엘프의 노예를 풀어준다는 미끼 삼아 고운에게는 내밀히 간단한 부탁을 해보고, 그다음에는 고운에게 비밀로 행동했다는 사실을 위협의 건수로 삼아 간단한 요구를 하고, 그렇게 조금씩 끌어들이는 계획을 생각해보기도 했지만…….'

잡지도 않은 짐승의 가죽을 계산하고 있던 지르크니프에게 유리가 말했다.

"농담이 과하시옵니다. 주인—— 아인즈 울 고운 님으로부터 황제 폐하께는 예를 다하라는 명령을 받았사온지라, 조금 전의 호의를 무시하는 처사를 부디 용서하여 주시옵소서."

"그런가? 그거 매우 아쉽군."

너스레를 떨듯 지르크니프는 어깨를 으쓱했다.

"그러나 언제든지 편하게 불러주어도 좋네. 그러면 고운 공께서는?"

"예. 주인께서는 현재 준비를 갖추고 계시옵니다. 한동안 기다려 주셨으면 하옵니다."

"그렇군. 그렇다면 어디서 기다리면 좋을는지? 저 통나무집인가?"

"아니옵니다. 이곳에서 기다려 주시옵소서."

지르크니프는 하늘을 올려다보았다. 비가 내릴 것 같은 기색은 없지만 어두운 구름이 끼어 결코 좋은 날씨라고는 하기 힘들었다. 게다가 지르크니프 자신은 느끼지 못한다 해도 겨울의 추위가 있을 것이다.

이런 장소에서 기다리라니, 대체 무슨 생각이란 말인가. 이것은 짐작이지만, 아마 어느 쪽이 위인지를 파악하라는 노림수가 있을 것이다. 사죄를 위해 상대의 주거까지 찾아온 단계에서부터 지르크니프는 저자세로 나왔다. 여기에 추가타로 한 수를 더했으니 아인즈 울 고운은 어지간히 음험한 성격의 소유자라 할 수 있을 것 같았다.

"그렇군."

분위기를 살피듯 지르크니프의 시선이 가늘어졌다.

"잘 알겠네. 그러면 우리는 마차로 돌아가 안에서 대기하겠네."

그 말에 몇몇 근위병의 눈에 분노와도 같은 감정이 떠오른 것을 지르크니프는 느꼈다.

설령 이웃 나라의——경우에 따라서는 적일지도 모르는

자의 주거지라고는 하지만 일국의 황제를 이 자리에서 기다리게 하다니, 지나치게 무례하지 않느냐고 생각했으리라.

하지만 그 마음을 입에 담는 자는 없었다. 주군이 수긍했는데 신하인 자신들이 그런 말을 할 수는 없으니까. 아니면——.

'그 다크엘프의 폭거를 보았기 때문일지도. 만약 그렇다면, 고운, 아주 당치도 않은 자로군. 단 일격으로 우리의 마음에 거대한 쐐기를 박아넣었으니. 그것이 평생 단 한 번밖에 쓸 수 없는 이능이라 해도 누가 그 사실을 확인할 수 있을까. 특히 어린아이들이었다는 점이 크지. 어린아이여도 그 정도를 할 수 있다는 것이 우리에게 강렬한 인상을 주었어.'

"기다려 주시옵소서."

걸어나가려 하는 지르크니프를 유리의 조용한 목소리가 가로막았다.

"이곳에서 기다리시도록 하는 이상 결례가 없도록 대접하라는 아인즈 님의 분부셨습니다."

지르크니프에게 가벼운 놀라움이 찾아왔다.

'아인즈라고……? 메이드에게 이름으로 불리는 건가? 혹시 메이드가 아닌 건…… 아, 그렇군. 그만큼 친밀한 관계. 고운이 이미 손을 댄 자란 말이지. 아니, 남자로서 이해한다. 저만한 미모에 손을 대지 않고 넘어가기란 힘들겠지.'

살짝 친근감을 느끼면서 지르크니프는 자못 과장된 태도로 감사를 입에 담았다.

"오오! 그건 고운 공께 감사해야겠군. 그러면 어디서 어떻게 환영을 해 주시려는 것인지?"

"준비하겠나이다. 우선은 날씨가 좋지 못하오니 그 점부터 개선하겠사옵니다."

"그게 무슨……? 으허억!!"

놀라 소리를 지른 것은 지르크니프가 아니었다. 매직 캐스터, 근위병, 바지우드와 레이너스, 나아가서는 플루더까지 이 자리에 있던 모두가 경악해 저도 모르게 소리를 질렀던 것이었다.

먹구름이 천천히 걷힌다.

보이지 않는 거인의 손이 밀어내기라도 한 것처럼 머리 위에서 먹구름이 사라져간다. 상공을 비행하던 히포그리프 기수들이 혼란에 빠진 듯 당황하는 모습이 이곳에서도 손에 잡힐 듯이 알 수 있었다.

"뭐지……? 따뜻해졌어…….'

"너도 그래? 기분 탓 아니고?"

근위병들이 작은 목소리로 속삭이는 말을 듣고, 지르크니프는 망토를 벗어 온도 차이로부터 몸을 지켜주는 마법을 해제했다. 그리고——.

"폐, 폐하!"

갑자기 망토를 벗은 지르크니프에게 로우네가 놀라 외쳤지만 대답할 여유는 없었다.

"흐, 흐하, 흐하하하. 뭐냐, 이것은……. 무엇을 한 거냐? 할아범! 이건 무엇을 한 건가?!"

지르크니프는 냉정함을 내팽개치고 일그러진 표정으로 플루더를 노려보았다.

주위를 에워싼 기분 좋은 공기는 봄철의 것이었다. 추위로 가득 찬 겨울의 기척은 어디에도 없다. 이런 기술은 플루더에게 받은 마법 교육에서도 들어본 적이 없다. 그렇다면 어떤 기술이란 말인가.

"마력계 마법은 아니오나…… 드루이드의 신앙계 마법 중 날씨조작이."

여기까지 말하고 플루더는 견딜 수 없다는 듯 웃었다.

"날씨조작은 제6위계. 폐하의 모습을 보건대 날씨만이라고는 여겨지지 않는 바. 그렇다면 더욱 상위의 마법일 테지요. 이건 대단하군요."

"이건 그 다크——사자들의 마법인가?"

만약 그렇다면 수긍이 간다. 지진을 일으켜 근위병들을 단숨에 집어삼켰던 매직 캐스터들의 기술이라면. 아니, 그렇게 생각하고 싶었다. 그만한 힘을 가진 자가 또 있다고는 믿고 싶지 않았다. 악몽과도 같은 사건이었다.

"그럴지도 모르겠사오나…… 확증이 없군요."

플루더의 재미있다는 목소리에 지르크니프는 짜증이 솟았다. 자신의 스승은 매우 우수하고 존경할 만한 인물이지만 마법이 얽히면 조금 못난 모습을 보일 때가 있다. 그럴 때의 그에게는 정말 짜증이 난다.

"이로서 거동에 불편이 없으시리라 여겨지는 바, 다음으로 이행하도록 하겠나이다."

그의 짜증 따위 아랑곳하지 않고 메이드는 재차 추가공격처럼 말했다. 지르크니프는 그만해달라고 외치고 싶은 심정을 열심히 억눌렀다. 이 이상 정신적 동요를 느끼게 하지 말라고 부탁하고 싶었지만, 바하루스 제국 황제의 긍지가 이를 만류했다.

"그러면 나오십시오."

유리의 명령에 따라 통나무집 문이 열리더니 거대한 무언가가 나왔다.

"꺼억!!!"

한 사람의 놀란 목소리가 울려 퍼졌다. 목이 비틀려 죽는 닭이 지르는 소리 같은 괴성이었다. 그 소리를 지른 인물. 그것이 누구인지를 알아차렸을 때는 지르크니프만이 아니라 모든 이가 동요했다. 아니, 꿈을 꾸는가 싶었을 정도였다.

도저히 생각할 수 없는 목소리를 낸 인물은 바로 제국 주석 궁정마술사, '삼중마법영창자Triad' 플루더 파라다인. 전설의 13영웅과 어깨를 나란히 하거나 웃돌기까지 한다는 이야기마저 듣는 자. 그만한 자가 경악해 눈을 크게 뜨고 통나무에서 나온 존재를 응시했던 것이다.

이어서 수많은 비명이 들렸다. 모두 플루더의 고제(高弟)들이었다.

"말도 안 돼! 저건!!"

"미, 믿을 수 없어! 있을 수 없어!"

"위험하다! 공격당한다! 방어마법을! 방어마법 발동 허가를!!"

전투태세에 들어가려 하는 고제들에게 플루더가 일갈했다.

"소란스럽다!! 조용히 하라!!"

통나무집에서 등장한 자들이 그만한 존재인가 싶어, 모두의 시선이 이끌리듯 똑같은 한 점을 응시했다.

그것은 누가 보더라도 이형이었다. 시커먼 갑주를 걸친 괴물.

체격은 너무나도 거대했으며 실루엣은 사악하기 그지없었다. 신이 인간의 폭력성을 추출해내 비아냥거림을 담아 빚어낸 듯한 존재였다. 썩어 문드러진 얼굴에는 표정이 없는데도 그저 두 눈만이 산 자에 대한 증오로 번들번들 빛났다.

그런 자들이 합계 다섯.

선두에 선 하나가 그 거구로 대리석 테이블을 짊어졌다. 뒤를 따른 넷은 재주 좋게 저마다 여러 개의 의자를 들었다.

적의는 전혀 없다. 경계하고 전투태세를 취한 고제들의 모습을 비웃는 것처럼.

털썩 소리가 들렸다.

플루더의 근처에 있던 고제 중 하나가 창백해진 얼굴로 힘없이, 두 무릎을 지면에 꿇고 있었다. 아니, 이 자리에 따라온 네 명의 고제 거의 전원이 비슷한 상태였다. 창백한 얼굴을 경악의 형태로 굳힌 채 신음하듯 짧은 호흡을 되풀이한다.

"있을 수 없어. 그럴 리가…… 아니, 말도 안 돼. 저건 죽음의 기사Death Knight? 사역하고 있다고? 저만한 숫자를?"

번뜩이는 것이 있었던 지르크니프는 이성을 잃고 고함을 질렀다. 이제 여유는 없었다.

"죽음의 기사? 죽음의 기사라니 무엇인가! 할아범, 대답하게! 옛날에 그 이름을 들은 적이 있었네만, 마법성 안에 있다는 그 언데드와 같은 존재인가?!"

그렇다. 죽음의 기사. 그것은 단 한 마리로도 제국을 위기에 몰아넣을 만한 언데드라고 들은 적이 있는 몬스터의 이름이었다.

진위를 묻는 목소리에 대답은 돌아오지 않았다.

플루더는 두 눈을 크게 뜬 채, 죽음의 기사를 환희의 표정으로 바라보고 있었다.

대답이 없을 것을 확신하고, 상대해봤자 소용없음을 깨달은 지르크니프는 발걸음도 거칠게 고제들의 곁으로 다가가더니 멱살을 움켜쥐었다.

"죽음의 기사란 뭐냐? 대답하라!"

"히익! 페, 폐하! 죽음의 기사란, 말씀하신 대로 마법성 깊은 곳에 봉인된 전설급 언데드이며, 스승님조차 지배하지 못했던 존재입니다."

지르크니프는 이제 웃을 수밖에 없었다. 이미 조금 전까지 있었던 바하루스 제국 황제의 긍지는 없었다. 균열이 일어나 부서지고 말았다.

"……후, 후후. 후후후후. 전설급 언데드는 무슨. 눈앞에 다섯 마리나 있는데. 아니면 죽음의 기사는 군체여서 다섯 마리가 한 마리인 거냐?! 나를 놀리는 거지?"

"아, 아니오, 당치 않은 말씀이옵니다!"

바로 곁에 누군가가 섰다. 쳐다보니 그것은 제국에서 최강의 전사 중 하나인 바지우드였다. 그의 얼굴은 창백했으며, 또한 뻣뻣하게 경련을 일으켰다.

"아, 아니, 폐하, 폐하. 침착하게 들어주십쇼. 저건 위험하다고요. 우리가 떼로 덤벼도 한 마리 붙들어놓는 게 고작이에요. 당장 도망치는 편이 좋지 않을까 하는뎁쇼. 안 좋아요. 진짜 안 좋아요. 손이, 보시라고요."

쳐다보니 바지우드의 손이 떨리고 있었다. 무인으로서의 흥분이 아님은 그의 뻣뻣한 얼굴이 가르쳐주었다.

"저력을 알 수 없달까, 저건…… 스트로노프 씨보다도 강하지 않으려나?"

또 한 명의 4기사는 조금 전에 있던 곳에서 서서히 서서히 물러나고 있었다. 쏜살같이 도망치지 않는 것은 상대의 주의를 끌지 않기 위해, 그리고 적의를 드러내지 않기 위해서일 것이다.

악몽에 빠져든 것만 같았다.

눈앞의 광경은.

죽음의 기사가 가구를 초원에 내려놓는 모습은, 그야말로 하인 같았다. 결코 전설급 언데드로는 보이지 않았다.

하지만 그들이 지르크니프가 아는 한 최고의 매직 캐스터인 플루더조차 지배할 수 없었던 언데드라는 사실은 많은 이들의 반응으로 엿보건대 진실일 것이다.

다시 말해 이 자리에는 플루더를 전투력으로 능가할지도 모르는 몬스터가 다섯 마리 있다는 뜻.

비교대상이 된 플루더 파라다인의 전투능력은 아마도 제국 전군에 필적할 것이다. 물론 무한의 마력을 가진 것은 아니므로 정면에서 격돌하면 언젠가는 토벌할 수 있다. 그러나 전이 마법이나 비행 마법 같은 것이 쓰인다면 오히려 제국 전군을 죽여버릴 수도 있다. 그런 인물이다.

그렇다면 이 자리에 있는 죽음의 기사는 이것만으로도
—— 제국 전군의 다섯 배.

있을 수 없는 일이다.

있어서는 안 될 일이다.

개인이 보유하기에는 과도한 힘이다. 아니, 국가 수준에서도 이만한 힘을 보유하기는 어렵다. 역사 있는 대국이나 평의국 같은 일부 국가만이 가진 힘. 그것을 단 한 명의, 조그만 분묘의 주인이 가졌단 말인가.

그 다크엘프들이 나타났을 때부터 필사적으로 생각하지 않으려 했던 사실이 뇌리에 떠올랐다.

"아인즈 울 고운…… 손을 댈 수 없는, 아니, 손을 대서는 안 될 괴물……."

작은 배가 풍랑에 흔들리듯 지르크니프의 정신은 강한 동요에 휩쓸리고 있었다.

그러나 강철과도 같은 의지로 냉정함을 되찾았다. 근위병들이 전멸한 광경. 거대한 용의 모습. 그러한 사건 덕에 조금이나마 마음에 대비를 해두었던 덕이 컸다. 만약 그런 일들이 없었다면 충격은 훨씬 막대해져 더 꼴사나운 태도를 보였을 것이다.

'이 분묘는…… 아인즈 울 고운은 얼마나 강한 힘을 가진 거지……? 죽음의 기사 다섯 마리와 두 사자, 그리고 용으로 끝나지 않는 건가? 어째서 이곳에 숨어 있었지? 대체 언제부터? 아니면 이제야 준비가 끝난 건가? 언데드가 모여 더욱 강대한 언데드가 태어난다고 들었다. 죽음의 기사가 태어나도록—— 아니, 잠깐만. 혹시 죽음의 기사보다도 상위의 존재가……? 그건 위험하다. 시간이 없지만 대처법을

생각해야──.'

　고속으로 생각을 굴리는 지르크니프에게 더 큰 혼란을 주려는 듯 유리가 말했다.

　"안심하시옵소서. 이것은 모두 아인즈 님께서 만들어내신 죽음의 기사이옵니다. 아인즈 님의 명령에는 절대복종하며, 지휘권을 위임받은 저의 명령에 따를 것이옵니다. 여러분을 상처 입히는 일은 절대 없사옵니다."

　유리의 말에 지르크니프가 필사적으로 맞춰나가려던 생각은 어딘가로 날아가버렸다.

　"만들었다고……."

　아인즈 울 고운은 저만한 언데드를 자신의 뜻으로 만들어낼 수 있다. 그것은 그야말로 절망적인 사실이었다. 그러기 위한 비용은 아마도 보통이 아니겠지만, 그것마저도 해결해냈다면 두려운 일이다.

　'아니, 허세다. 그런 일이 가능할 리 없다. 자신의 전력을 강대하게 보이도록 하려는 허구일 것이다. 그렇지 않고서는
──.'

　지르크니프는 미소를 지었다.

　이제는 모든 것이 귀찮았다.

　'──응. 이젠 지긋지긋해. 이젠 나도 몰라. 이, 이번에는 상대의 바닥이 안 보이네. 응.'

　"흐, 흐하하하하하하."

지르크니프가 모든 것을 체념하고 내팽개쳤을 때, 바로 겉에서 마음으로부터 우러난 환희에 넘쳐난 웃음소리가 들렸다.

플루더였다.

근위병들도 고제들도 신관들도—— 지르크니프를 제외한 모든 이들이 깜짝 놀란 것을 표정으로 알 수 있었다.

플루더 파라다인은 최고위의 매직 캐스터이며 교양이나 지식으로 견줄 자가 없는 영웅이다. 제국사를 펼쳐보면 제국의 안전을 위협하는 몬스터를 상대로 혼자 승리를 거두었던 사실이 몇 번이나 있는 위인이다. 성자와도 같은 얼굴 때문에 경애하는 자들도 많다.

실제로 이 자리에 있는 모두가 그럴 것이다.

그런 그들이 생각하는 전설의 영웅에게는 어울리지도 않는, 훨씬 즉물적인 웃음소리가 지금 플루더에게서 나오고 있었다.

게다가 그 웃음소리에는 강한 힘이 깃들어 있었다.

영웅의 오라.

플루더가 쏟아내는 기백은 분명 그것이었다. 평소의 플루더가 보이는, 아버지처럼 감싸주는 듯한 온기는 없었다.

그의 몸에 깃든 마법의 힘은 거대하며, 제국 최강의 4기사 전원을 동시에 상대해낼 수도 있다. 그런 영웅적인 인물의 광기가 마치 웃음과 함께 날뛰는 것 같았다. 근위병들이 전율하는 것도 어쩔 수 없었으리라.

그런 가운데 나자릭 진영, 그리고 지르크니프만이 태연했
다.

"……죽음의 기사를 지배하다니. 그것도 저만한 숫자를!
훌륭하다! 훌륭하다아아!! 훌륭해에에!!! 흐하하하하하!"

플루더의 눈가에는 눈물이 맺히고 얼굴에는 망가진 듯한
웃음이 있었다.

──아니, 그게 아니다.

그것은 제국의 주석 궁정마술사라는 지위를 깡그리 내팽개
친, 마법이라는 심연을 들여다보려 하는 한 사내의 본모습이
었다. 영웅과도 같던 표정 밑에 늘 도사리던 것이 강대한 매
직 캐스터의 존재를 접하면서 겉으로 드러났을 뿐이었다.

"폐하. 자아, 자자, 어떻게 하시겠습니까? 전이 마법을 써
서 도망칠까요? 지금이라면 도망치시는 것도 가능하리라 봅
니다만? 아니, 이 땅의 주인께서 관대하다면 말씀입니다만."

조소를 띤 것 같은 플루더의 표정에 지르크니프가 웃음을
지었다.

"난 그쪽 얼굴이 더 마음에 드는군, 할아범. 그리고 질문
에 질문으로 대답하지. 내가 도망칠 것 같나?"

플루더의 얼굴에 균열이 생겨났다. 그 광인 같은 웃음은
보는 이들을 공포에 빠뜨렸다.

"과연 대단하십니다, 폐하. 아니, 나의 귀여운 지르. 제자

들아, 눈을 크게 뜬 채 보고 듣거라. 이제부터 이 대륙의 정점, 매직 캐스터로서 최상위에 선 분과 만나게 될 수 있다는데에 감사하거라. 정점이 어떤 것인지를 알고 노력하거라."

플루더의 제자들은 모두 창백해졌으며, 근위병들도 자신들이 어떤 존재의 앞마당에 있는지를 깨달은 것처럼 낯빛이 나빠졌다.

동료가 죽었다는 사실은 안다. 그러나 제국사의 첫 페이지에 이름이 남을 전설의 영웅 플루더가 직접 '매직 캐스터의 최상위에 선 존재' 라고 상대를 단언했으니, 그 무게가 위장 속에 거석처럼 자리 잡았을 것이다.

"폐하, 이거 위험하지 않겠수?"

"……도망쳐도 되겠지요?"

바지우드가 곤혹스러워하고 레이너스가 애원하듯 물었다.

지르크니프가 돌아보았다.

플루더나 제자들은 별개로 치더라도, 근위병들의 신경은 서서히 팽팽해지고 있었다. 언제 끊겨져도 이상하지 않을 정도였다. 이것은 영웅 플루더의 광기나 지금 전해들은 죽음의 기사의 강함, 그러한 것들에 대한 대책이 전혀 떠오르지 않는다는 불안에 기인했다.

"어쩔 도리가 없지 않나? 그리고 도망치고 싶다면 도망치게나. 하지만 자네들은 우리와 무관한 전사로 간주하겠네.

전에 이곳에 찾아왔던 워커들과 같은 운명을 걷지 않는다면 좋겠군."

레이너스가 이를 드러내며 얼굴을 일그러뜨렸다.

"정말 괜찮으시겠수?"

"바지우드…… 마법에 관해서는 가장 박식한 할아범——플루더가 저 모양이잖나. 이제는 모두 상대에게 맡길 수밖에 없어."

"신께 우리의 운을 강화해달라고 기도한 다음 도망치는 건 어떻겠수?"

"진심으로 도망칠 수 있으리라 생각하나?"

바지우드는 자신들이 도망칠 의논을 한다는 것이 다 들릴 텐데도 태연히 준비를 하고 있는 메이드들을 쳐다보았다.

"인질을 잡는다면 누구로 할깝쇼?"

"무리라는 걸 알면서도 질문을 하다니, 별로 마음에 안 드는군. 다시 한 번 말해보게, '전광'."

"……실례했습니다. 솔직히 죽음의 기사보다도 메이드들이 더 정체불명입니다요. 저 아가씨들이 더 강하다고 해도 수긍이 갈 것 같은데요. ……이렇게 실례되는 소리를 하는 데 신경도 안 쓰고. 아~ 무섭다, 무서워."

저 메이드도 괴물처럼 강하다——.

거기까지 생각한 지르크니프는 떨어져 나갈 정도로 머리를 흔들었다. 아무리 이 분묘에 있어도 그건 아니겠지. 그건 아니라고 생각하고 싶었다. 머리 한구석에서 냉랭한 웃음을 짓는 두 다크엘프는 무시했다.

"그만 진행해도 되겠사옵니까? ……준비가 갖추어졌으니, 괜찮으시다면 모두 이쪽으로 모여 주시기 바랍니다."

초원에 의자와 테이블이 몇 세트 마련되었다. 순백색 테이블보가 펼쳐지고 파라솔이 그늘을 만들었다. 짐을 날랐던 죽음의 기사들은 모두, 방해가 되지 않도록 배려했는지, 통나무집 옆에 얌전히 늘어서 있었다.

"마실 것을 준비하겠나이다."

시원한 음료를 담았는지 테이블 위에 놓인 디캔더에는 물방울이 맺혔으며 안에서는 오렌지색 액체가 남실거렸다. 그 옆에는 투명하면서도 얇은 유리로 만든 잔. 어느 것 하나 치밀한 세공이 가미되지 않은 것이 없었다. 최고급 물건에 에워싸여 생활하는 황제 지르크니프조차 놀라 눈을 휘둥그렇게 뜰 만한 것들이었다.

"무언가 원하시는 것이 있으시다면 저희에게 말씀해주시기 바랍니다, 여러분——."

다시 통나무집이 열리고 더 많은 메이드들이 나왔다. 너무나도 아름다워 지금까지 있었던 일 따위 순식간에 잊어버렸을 정도였다.

미뇽, 스트레이트, 롤헤어를 한 세 사람이었다. 각자 다른 미모를 가졌다.

"미인이 막 널렸어."

근위병 누군가가 툭 내뱉은 말에 지르크니프도 동의했다. 어떻게 이 분묘에는 이만한 미녀들이 모여있단 말인가 하고.

'이 분묘에서 미인이라도 발생하는 건가? 불쑥불쑥 돋아나나?'

다시 혀 차는 소리가 들렸지만 일단은 무시했다.

"그러면 음료를——."

"——아닐세. 그보다도 아인즈 울 고운 공은 언제쯤 만나 뵐 수 있겠나? 가능하다면 조속히…… 나만이라도 괜찮다면 지르와 회담하기 전에 조금 시간을 할애해주셨으면——."

"플루더, 조금 진정하지 못하겠나!"

아무리 그래도 이 이상의 실례는 용서할 수가 없었다.

"착각하지 말라. 이번에는 제국을 대표하여 온 것이다. 네가 탐내는 마법에 관한 지식을 얻기 위해 온 것이 아니야."

플루더의 눈에 냉정한 빛이 조금 돌아왔다. 완전하지는 않지만 그래도 자신의 욕망을 억제할 수 있을 정도로는.

"……실례하였사옵니다, 폐하. 다소 흥분했던 듯하옵니다. 여러분께도 결례를 저질렀습니다."

"맞는 말이야, 할아범. 음료수라도 마시고 조금 진정해. 자, 그럼 한 잔 받도록 하지."

"분부 받들겠습니다."

자리에 앉은 지르크니프의 앞에 놓인 잔에 유리가 오렌지색 액체를 따랐다. 주위에는 감귤계의 달콤한 향이 감돌았다.

지르크니프는 과실수를 한 모금 머금었다. 그리고 그 맛에 저도 모르게 웃음을 짓고 말았다. 그것은 이제까지 자신이 마셨던 음료는 무엇이었나, 하는 웃음이었다. 주위에 있던 근위병들도 놀란 표정을 짓고 있었다. 황제처럼 온갖 사치를 다 누리는 지르크니프조차 놀랐으니 근위병들의 놀라움은 지르크니프와는 비할 바가 아니었을 것이다. 실제로 예의를 잊고 벌컥벌컥 들이켜는 자들도 많았다. 다들 놀라 한마디씩 한다.

"맛있어."

"뭐지, 이 음료는? 신 맛과 단 맛이 딱 어우러졌어."

"목넘김도 최고야. 입안에 들척지근한 맛이 남질 않아."

그런 목소리를 들으며 시르크니프도 다시 한 모금을 마셔 목을 축였다. 문득 무언가 힘이 솟아가는 기분이 들었다.

'맛있는 음료라서 몸도 흥분한 건가? 나자릭은 음료조차 최고급이라는 소리군. 이거 그 다크엘프들에게 실례를 저질렀어. 이렇게 맛있는 것을, 혹시라도 일상적으로 마시고 있었다면 우리가 내준 음료는 정말로 맛이 없었겠지.'

지르크니프는 쓴웃음을 지었다. 음료 하나에 이렇게나 강한 패배감을 품게 될 줄이야──.

'아~ 마음이 편안해진다. 여기 와서 처음으로 편안함을 느꼈어. 이젠…… 그냥 돌아가도 될지 모르겠다.'

햇살을 피하며, 봄철 초원을 달리는 바람 소리를 듣는 시간이 얼마나 흘렀던가.

이윽고 유리가, 지르크니프는 별로 바라지 않았던 말을 올렸다.

"오랫동안 기다리셨습니다. 아인즈 님의 준비가 갖추어졌으므로 이쪽으로 오시기 바랍니다."

3

커다란 반구형 실내에 도착한 지르크니프의 앞에는 거대한 문이 있었다. 문 오른쪽에는 여신, 왼쪽에는 악마의 모습을 띤 기이할 정도로 치밀한 조각상이 보였다. 주위를 둘러보면 사위스러운 조각상이 무수히 있다.

제목을 붙인다면 '심판의 문' 정도가 어떨까.

지르크니프는 문을 바라보며 그런 생각을 하고 말았다.

커다란 실내는 침묵에 지배당했으며, 정적이 소리로 들려올 것만 같았다.

그렇다. 이곳까지 안내를 받으며 모두가 한 마디도 하지 않았다. 이따금 몸을 움직이느라 갑옷이 마찰하는 금속성이 들렸을 뿐.

예의를 차리느라 소란을 피우지 않았다기보다는, 애초에 이곳까지 오면서 눈앞에 펼쳐진 너무나도 아름다운 광경에 모두가 영혼이 빨려나갔던 탓이다.

마치 신화의 세계와도 같은 광경을 보고도 압도되지 말라는 것이 무리다.

실제로 지르크니프조차 걸으면서 주위를 두리번거리고 싶다는 충동을 억누르지 못했다. 그만큼 세계는 넓었던 것이다.

지르크니프는 어깨 너머 뒤쪽—— 이제까지 따라온 부하들의 모습을 보았다.

바지우드, 선택된 근위병 열 명, 플루터와 그의 고제들, 비서관 로우네, 기사단 소속 신관들이었다. 레이너스나 다른 근위병들은 마차 주위에서 경호 임무를 맡겨놓았다.

뒤를 따르는 자들도——플루더를 제외하고——모두가 주눅이 든 모습이었다. 자신들의 왜소함을 강하게 실감케 하는, 제국 예술문화의 정수를 다해도 만들어낼 수 없는 통로를 지나온 결과였다.

나자릭 지하대분묘는, 분묘란 이름뿐이고 신들의 거성이라 불리기에 충분한 미의 세계였다. 그곳을 지배하는 매직 캐스터, 아인즈 울 고운이라는 인물에 대해 떠오르는 이미지는 너무나도 거대해 형용하기 힘든 것이 되었다.

지르크니프는 자조하듯 웃음을 지었다. 인간에게는 뛰어

난 것에 고개를 조아리려 하는 본능이 있다. 이렇게까지 아름다움의 극한에 이른 건축물과 장식품을 직접 보고 감복하지 않는 자가 있다면 그 인물은 목석과 마찬가지로 감성을 가지지 않았을 것이다.

'……정말 난감하군.'

문 안쪽에서 기다리고 있을 아인즈 울 고운은 플루더를 능가하는 강대한 매직 캐스터이며, 아마 역사에서도 유례를 볼 수 없는 존재일 것이다. 거성의 화려함은 인간의 상상을 초월했으며, 종자들도 강대한 힘을 지녔다. 말하자면 온갖 힘을 두루 갖춘 존재였다.

이런 존재가 어째서 이제까지 칩거해 있었단 말인가. 지르크니프는 모르겠지만 그것도 곧 밝혀지겠지.

이 너머에서 벌어질 회담에서 상대가 원하는 바를 조금이라도 읽어낼 수 있을 것이다.

'설마 이렇게까지 힘을 보여준 이상 정말로 사과만 하고 끝나지는 않을 테니.'

처음에는 아인즈 울 고운의 욕망을 가늠하고, 그 점을 자극해 제국에 유리한 상황으로 끌고 나갈 생각이었다. 사죄하러 온다는 것은 구실일 뿐이었다.

그러나——.

'——이만한 힘을 가진 상대의 욕망을 어떻게 자극한단 말인가. 내가 가진 어떤 재물로도 불가능할 텐데.'

지르크니프가 1캐럿 정도 되는 조그만 보석에 욕심을 내시 않듯, 아인즈 울 고운도 지르크니프가 제시할 수 있는 것에는 욕망이 동하지 않을 가능성이 높다.

우선 금전은 무리일 것이다.

군사력이나 마법기술의 제공—— 자신보다 훨씬 못한 그런 것들을 탐낼 리 만무하다.

여자로도——유리를 비롯한 메이드들을 떠올려보면——무리일 것이다.

지위나 권력? 이만한 주거를 가진 사람이 그런 것을 원할 리 없다.

그렇다면 무엇을 원할까.

지르크니프는 상상도 가지 않았다. 인간이 상상할 수 있는 욕망으로는 아인즈 울 고운의 마음을 움직일 수 없지 않을까.

"……어려울지도 모르겠어."

지르크니프는 아인즈 울 고운이라는 인물에게 취해야 할 태도를 머릿속에서 무수히 생각해보았다.

결론은, 방도가 없다는 것.

적대하는 사태가 벌어지지 않도록 하는 것이 가장 현명한 대답이라는 데에 결론이 이르렀다.

'우리의 승리는, 제국에 해가 미치지 않도록, 살아서 돌아가는 것이겠군.'

그런 생각을 머금은 목소리는 지르크니프의 생각보다도 크게 울려 퍼졌다. 하지만 여기에 반응하는 사람은 없었다. 그만큼 다들 주위의 세계에 빨려 들어갔던 것이다.

　"이 안이 옥좌의 홀이옵니다. 아인즈 님은 그곳에서 기다리고 계시옵니다."

　유리가 이로써 자신의 일은 끝났다고 지르크니프 일행에게 깊은 인사를 올렸다.

　그 말을 기다렸던 것처럼, 중후한 문은 아무도 손을 대지 않았는데도 천천히 열렸다.

　흠칫흠칫 숨을 멈추는 소리가 지르크니프의 귀에 들렸다. 한두 사람이 아니었다. 대략 십여 명 이상. 이 자리에 있는 사람의 태반이었다. 그것은 각오를 다지지 못했기에 보이는 동요. 도망치고 싶다는 마음의 발로. 이 문이 열리지 않기를 고대했던 사람이 많았다는 뜻이다.

　그렇기에, 문이 자동으로 열린 데에 감사해야 하리라. 만약 모두가 각오를 갖추기를 기다렸다면 언제까지고 열리지 않았을 테니까.

　시야에 뛰어든 것은 넓고 천장이 높은 방이었다. 벽의 기조는 흰색. 그곳에 금색을 베이스로 삼은 세공이 가미되어 있었다.

　천장에서 늘어진 여러 개의 호화로운 샹들리에는 일곱 색깔 보석으로 만들어져 환상적인 광채를 뿜어냈다. 벽에는 커다란 깃발이 수없이 걸려 천장에서 바닥까지 드리워졌다.

옥좌의 홀이란, 말 그대로였다. 그 이외에는 어울리는 말을 찾아볼 수가 없었다.

그리고 그곳에서 휘몰아친 기척에 지르크니프 일행은 낯빛을 순식간에 창백하게 물들였다.

중앙에 놓인 진홍색 융단. 그 좌우에 늘어선 것은 형용하기 힘들 정도의 힘이 느껴지는 존재들이었다.

악마, 용, 기괴한 인간형 생물, 갑주 기사, 이족보행형 곤충, 정령. 크기도 모습도 각양각색인, 다만 내포한 힘은 차원이 다른 존재들. 그러한 것들이 좌우로 도열한 것이다. 숫자를 헤아릴 마음도 들지 않았다.

그런 자들이, 지르크니프 일행을 말없이 바라보았다. 모종의 계급이나 권력을 가진 인간은 눈에 힘이 깃든다는 말이 있는데, 물리적인 힘으로 밀어붙이는 기분이 드는 것은 지르크니프도 처음 느끼는 일이었다.

지르크니프의 뒤에서 들려온 것은 갈라진 듯한 비명. 가늘게 떨리는 금속성.

그것은 부하들이 공포를 느꼈다는 증거.

하지만, 솔직히 말하자.

지르크니프는 자신의 부하들이 공포를 드러냈다고 질타할 마음은 없었다. 오히려 아무도 도망치지 않은 그 극기심을 칭송해주고 싶은 마음으로 가득했다.

이만한 존재——인간의 본능에 잠재된 것 같은 공포를 품어버릴 만한 상위존재를 앞에 두고도 도망치지 않았다는 것을.

지르크니프는 아인즈 울 고운에게 내렸던 경계평가 수준을 다시 십여 단계 끌어올렸다. 이제까지 경계하고 상향조정했어도 여전히 모자랐음을 깨달았기에.

이미 아인즈 울 고운은 제국 존속의 여부라는 수준이 아니라 종 그 자체——인간만이 아니라 아인까지 포함한——의 존속마저도 위험시될 수준의 존재라고 판단했다.

지르크니프의 시선은 융단 너머로 움직였다.

멀리 끝에는 계단이 있었으며, 그 주위에는 측근으로 여겨지는 자들이 도열했다. 은발의 미소녀. 우뚝 선 청백색 곤충 같은 괴물. 개구리 같기도 인간 같기도 한 정장 차림의 사내. 그리고 다크엘프가 둘——여기서 지르크니프는 약간 안도했다. 근위병을 순식간에 참살했던 두 사람이 단순한 일개 병졸이었다면 도저히 평상심을 유지할 수 없었을 테니까.

계단 위로 눈을 돌리니 그곳에는 날개 달린 미녀가 있었으며, 그보다도 더 안쪽에는——.

"저것이……."

수정으로 만든 옥좌에 앉아, 기이한 지팡이를 만지작거리는 죽음의 현현.

해골 머리를 드러낸 괴물.

마치 어둠이 한 점에 모여 응결된 듯한 존재.

—— 저것이, 저것이 아인즈 울 고운.

머리에는 멋들어진 왕관 같은 것을 얹었으며 호화로운 칠흑색 로브를 걸쳤다. 손가락에는 수많은 반지가 찬란하게 빛났다. 이 정도 거리가 있는데도 몸을 장식한 멋진 장식품은 제국의 어떤 기술자라도 만들어낼 수 없는 것임을 알아볼 수 있었다.

아인즈 울 고운의, 해골이기에 공허한 눈구멍 안에는 흘러나온 피와도 비슷한 색의 빛이 켜져 있었다. 그 핏빛 등불이 지르크니프 일행을 핥듯이 훑어보는 것이 느껴졌다.

인간이 아니라는 사실은 전혀 놀랍지 않았다. 오히려 인간이 아니라 다행이라는 마음이 솟아났다. 인간이 아닌 괴물이기에 차원이 다른 초월자라고 솔직하게 수긍할 수 있는 것이다.

"후우."

지르크니프는 살짝 숨을 토해냈다.

그것은 각오의 한숨.

문이 열린 후로 이제까지 그리 많은 시간이 지난 것도 아니었다. 잠자코 서 있어도 이상하지 않을 정도의 시간이었을 것이다. 하지만 언제까지고 입구에 서 있을 수만은 없다. 그러므로—— 나아갔다.

"가자."

뒤에 있던 자들에게만 들릴 조그만 목소리를 냈다. 앞에서 본 사람은 지르크니프의 입이 움직이지 않았는데 말이 나온 데 놀라지 않았을까. 이것은 마법이 아니다. 단순한 특기이며, 이러한 자리에서는 매우 유용한 특기이기도 했다.

다만 지르크니프의 말에 반응해 움직이려는 기척은 느껴지지 않았다.

아인즈 울 고운의 앞까지 간다는 것은, 좌우에 늘어선 이형의 존재들 앞을 지나간다는 뜻이다. 공격하지는 않으리라고 짐작하면서도 저만한 것들의 앞을 걸으려면 용기가 필요하리라.

습격을 당하지 않으리란 것은 결코 낙관적인 판단은 아니다.

이번처럼 옥좌의 홀이 쓰였다면, 거의 의식적인 면모가 강하며 국격을 드러내려는 목적임은 누구나 알 수 있는 사실이다.

다시 말해 이 자리를 선택한 것 자체가 나자릭의 힘을 보여준다는 노림수이며, 진심으로 이 자리에서 죽일 마음은 없다는 증거가 된다. 죽일 마음이었다면 끌려온 곳은 해체장이었을 것이다.

그것은 부하들도 잘 알 터. 그래도 발을 디디지 못하는 것이다. 무엇보다도 본능이 접근을 거부해버리지 않았을까.

이형을 빠져나간 곳에 있는──── 나자릭 지하대분묘의 측근들. 그자들이 내포한 힘은 자릿수가 다른 영역.

그리고 옥좌에 앉은—— 아인즈 울 고운.

지르크니프는 그제야 진심으로 깨달았다.

저것이 '신'이라 불리는 존재일 것이라고.

정신방어 아이템을 착용하고도 느껴지는 압박감은 헤아릴 수 없었다. 자칫 마음을 놓았다간 이 선혈제라 불리는 사내조차 무릎을 꿇고 말 것 같았다.

그러나, 그렇기에 가야만 한다.

지르크니프가 아인즈 울 고운을 관찰하듯 저쪽도 지르크니프를 관찰하고 있는 것이다. 여기서 평가가 떨어지면 앞으로 제국의 운명은 어떻게 되겠는가. 적어도 다소는 지르크니프의 가치를 인정케 하고, 제국의 존속으로 이어 나가야만 한다.

지르크니프는 비웃었다.

설전은 무슨 설전.

'후회란 바로 이런 것. 이제는 무슨 짓을 해도 무의미하다. 피해를 최소한도로 억제하기 위해 행동해야 할 것이다.'

"——가자!"

지르크니프는 강하게 말했다. 부하에게 한 말이기도 했지만 그 이상으로 자신의 마음과 몸에 활기를 불어넣기 위한 말이었다. 따라오는 기척이 느껴졌다.

부드러운 융단이었다. 지금 지르크니프의 심정에는 지나

치게 푹신푹신했다.

무수히 몰아치는 귀기를 흘려넘기고 지르크니프는 정면만을—— 아인즈 울 고운만을 바라보며 걸어나갔다. 만일 목적한 인물에게서 눈을 뗀다면 발걸음이 멈춰버릴 거라고 직감했다.

지르크니프는 전사로서 뛰어난 것은 아니었다. 근위병들이 겁을 먹은 가운데 선두를 걸을 수 있는 것은 황제로서 살아오며 함양한 정신력 덕이었다.

이윽고 계단 아래, 측근들 앞까지 도착했다.

"아인즈 님. 바하루스 제국 황제 지르크니프 룬 파로드 엘 닉스가 알현을 청한다 하옵니다."

계단 위, 옥좌 곁에 대동한 날개 달린 미녀는 그 용모에 어울리는 아름다운 목소리의 소유자였다. 지르크니프는 자신도 모르게 그런 생각을 하고 말았다.

그 목소리에, 죽음을 모티프로 신성함을 빚어낸 듯한 자가 입을 열었다.

"잘 와주었소, 바하루스 제국 황제여. 내가 나자릭 지하 대분묘의 주인, 아인즈 울 고운이오."

생각했던 것보다도 정상적인—— 인간에 가까운 목소리다. 지르크니프의 마음에 아주 조금 안도감이 생겨났다.

이 정도라면 목소리에 담긴 감정을 읽을 가능성도 있다.

"환영에 진심으로 감사드리오, 아인즈 울 고운 공."

해골 얼굴이기에 표정은 전혀 알 수 없다. 어떠한 식으로 말을 꺼내는 편이 이 자리에 어울리는지 지르크니프는 고심했다.

그런 공백의 시간을 가른 것은 지르크니프도 아인즈도 아니었다.

"아인즈 님. 하등종인 인간 따위가 아인즈 님과 대등하게 이야기를 나누려 하다니, 불경하다 여기지는 바이옵니다."

그리고 남자의 말이 이어졌다.

"『꿇어 엎드려라.』"

철컹! 무수한 금속성이 지르크니프의 등 뒤에서 들려왔다. 확인하지 않아도 상상할 수 있었다. 신하들이 사내의 말에 따라 일제히 무릎을 꿇은 것이리라. 필사적으로 서 있으려 했지만 신음 소리 같은 것이 들렸다.

아마도 강력한 정신공격에 의한 강제효과.

지르크니프가 평소 몸에서 떼어놓지 않고 지닌 목걸이가 없었다면 자신도 넙죽 엎드렸을 것이다.

유일하게 무릎을 꿇지 않은 지르크니프에게 무수한 시선이 모여들었다. 실험동물을 관찰하는 듯한, 그런 싸늘한 눈이다.

"──관두어라, 데미우르고스."

"예!!"

데미우르고스라는 이름의, 개구리처럼 생긴 괴물이 주인

에게 공손히 고개를 숙였다.

"『편히 있으라.』"

보이지 않는 중압이 사라지고 안도의 한숨이 등 뒤에서 들려왔다.

"……지르크니프 룬 파로드 엘 닉스 공. 먼 길을 와주신 귀공께 부하가 크나큰 결례를 저질렀소. 부하를 감독하지 못한 것은 나의 부덕함인 바, 감히 용서를 바랄 수 있을지. 원한다면 고개를 숙이겠소."

도열한 괴물들 사이에서 술렁임과 동요의 기색이 퍼져나 갔다.

지르크니프의 마음에 여러 가지 감정이 동시에 휘몰아쳤 다.

경계는 아인즈 울 고운이 힘만으로 행동하는 타입의 존재 가 아님을 알았기에.

안도는 아인즈 울 고운이 힘만으로 행동하는 타입의 존재 가 아님을 알았기에.

그리고 무엇보다도 공포. 아인즈 울 고운이 이곳에 도열 한 괴물들의 마음을 완전히 장악하고 있음을 알았기에.

동시에 지르크니프는, 아인즈가 노린 대로 일이 진행되어 가는 불길한 예감을 느꼈다. 마치 모든 밥상이 차려진 것만 같은 그런 위화감이었다.

"사죄할 필요는 없소, 고운 공. 주인의 뜻을 잘못 헤아려 부하가 폭주하는 것은 흔히 있는 일. 제국의 신민 또한 같은 일을 저질렀던 것 같소. 부끄러운 일이오."

억압에서 해방된 근위병 한 사람이 황급히 움직여 미리 지참했던 항아리를 지르크니프의 곁에 놓았다. 원래 같으면 지르크니프가 바로 행동에 나섰어야 했지만 살짝 망설임이 들었다.

'고운의 부하가 보인 행동은 내가 이렇게 나서도록 하기 위한 포석이 아니었을까? 만약 그렇다면 미리 깔린 길은 피해야 할 터…… 아니, 무리다. 진검을 준비한 검무와 마찬가지다. 흐름을 거슬렀다가는 크게 다친다. ……위험하군.'

"귀공의 분묘── 분묘라 해도 좋은지 잘 모르겠소만, 이 땅에 침입자를 보낸다는 괘씸한 짓을 저지른 어리석은 귀족의 목이오. 부디 받아주었으면 하오."

항아리에 든 것은 페멜 백작의 목이었다. 이곳에 워커를 보내도록 지르크니프가 간접적으로 유도했던 귀족이었다.

독도 약도 되지 않는 귀족을 길러두었던 이유는 이럴 때 쓰기 위해서였다.

죽은 자는 아무 말도 하지 않는다. 아인즈 울 고운이 어디까지 정보를 얻었는지는 알 수 없지만 냄새 나는 것에는 뚜껑을 덮어두는 편이 현명하다.

지르크니프에게 사자가 찾아왔던 것도, 워커가 분묘에 쳐들어왔기 때문에 주인에게 책임을 지도록 하려는 위협이었을 가능성이 있다. 그렇기에 이런 행동을 취한 것이다. 이쪽은 '모른다', '상관없다' 로 밀어붙여 어디까지나 도망친다.

아인즈의 바로 곁에 선 미녀가 스윽 가볍게 턱을 움직이자 데미우르고스가 항아리를 들고 계단을 올랐다.

그리고 아인즈 앞에서 무릎을 꿇으며, 항아리에서 잘린 귀족의 머리를 꺼내들었다.

아인즈는 그 목을 받아들었다.

"받아주마. ──어떻게 할까. 처분하기는 아까운걸."

'……응? 아, 비아냥거리는 것이로군. 저자는 페멜이 조종당했을 뿐이라는 확신을 품고 있어. ……문제는 정보의 출처가 어디냐는 점인데.'

갑자기 뼈로 된 손에 들린 백작의 머리가 움직였다.

처음에는 아인즈가 움직인 것인 줄 알았지만, 이내 그렇지 않음을 이해했다. 머리가 끈적거리는 액체에 에워싸여 아인즈의 손에서 굴러 떨어진 것이다.

갑작스러운 일에 눈이 못 박혀버렸을 때── 바닥에서 시커멓고 끈적거리는 액체가 크게 솟아났다.

검은 액체가 흘러 떨어진 후, 그곳에 서 있던 것은 거대한 검은색 갑주.

죽음의 기사였다.

헐떡이는 듯한 숨소리가 지르크니프의 뒤에서 일제히 솟아났다.

"이럴, 수가……."

만들어냈다는 말은 정말 의미 그대로였던 것이다. 지르크니프는 아랫입술을 깨물고 싶었지만 그렇게 되지 않도록 의지력으로 억눌렀다. 그렇게 꼴사나운 모습을 보일 수는 없었다.

"가라. 네 줄을 찾아라."

땅속에서 울려 퍼지는 듯한 무거운 말과 함께 죽음의 기사는 계단을 내려가 지르크니프의 시야 끝으로 사라져갔다.

'아인즈 올 고운은 대체, 얼마나 되는 죽음의 기사를 만들어낼 수 있단 말인가? 설마 싶기는 하지만, 인간의 시체가 있다면 무한히? 아니, 그런 말도 안 되는 일을 할 수는 —— 그 이상의, 죽음의 기사 이상의 언데드는 만들 수 없는 건가? 혹시…… 만들 수 있…….'

"헌데, 지르크니프 룬 파로드 엘 닉스 공."

조용한 음성에 지르크니프는 제정신을 차리고 아인즈에게 시원한 웃음을 지었다.

"아, 고운 공. 그저 지르크니프라고 불러도 좋소. 긴 이름일 테니."

"그런가? 그러면 그렇게 하겠소, 지르크니프 공. 우선 좋지 못한 모습을 보여드려 사죄하겠소. 그리고 조금 전 나의 부하가 무례한 행위를 귀공과 귀공의 부하 제군에게 저지른 바, 그쪽의 귀족이 나자릭에 성가신 일을 저질렀던 건은 서로 피장파장이 되었소. 그렇다면 이것으로 이야기는 끝이 났군. 일부러 와 주셨소만, 그만 돌아가셔도 좋소."

"——에?"

무슨 말을 들은 것인지 이해할 수 없었다.

"미, 미안하오. 잠깐 말씀을 놓친 것 같소만, 다시 한 번 들려주실 수 있겠소?"

"이제 사죄할 필요는 없소. 그만 돌아가도 좋소. 우리도 앞으로 다소 바빠질 터이니."

너스레를 떨듯 아인즈는 어깨를 으쓱했다.

지르크니프는 뭐가 뭔지 전혀 알 수 없었다.

사죄를 시켜놓고, 무언가 목적을 이루기 위해 자신들을 불러냈던 것이 아니었단 말인가? 그럼에도 이렇게 쉽게 용서해주다니 무언가 이상하다.

너무나도 행동에 일관성이 없었다.

'——잠깐! 저놈이 지금 뭐라고 했지?'

"결례이오나, 바빠지겠다는 말씀은 어떤 의미이신지?"

"귀공 덕에 얌전히 지내봤자 성가신 일에 말려들기만 한다는 사실을 알았소. 그렇다면 지상으로 나가 성가신 일들을 모조리 때려부수고자 생각해서 말이오."

"그, 그건 무슨……."

"우선은 우리에게 해를 끼친 자들에게 그 우행의 대가를 치르도록 할 것이오. 그 후에는 거추장스러운 자들도. 내가 사랑하는 정적이 돌아올 때까지, 순차적으로 처리해나갈 것이오.”

광인의 헛소리였다.

아니── 그렇지 않다. 광인 따위가 아니다. 아인즈 울 고운의 능력, 병력, 재력. 그런 것들을 생각한다면 헛소리가 아닌 것이다. 지르크니프의 상식이 작기에 인정하지 못했을 뿐이다.

아인즈 울 고운은 그럴 수 있는 존재다.

지르크니프의 발밑에서부터 스멀스멀하는 감정이 기어올랐다.

나자릭 지하대분묘. 정숙한 장소에 자신을 가둬놓았던 괴물이, 문을 열고 지상을 활보할 마음을 먹었다는 데에.

‘혹시 나를 여기까지 불러낸 건 그걸 노리고? 선전포고라는 것인가! 무엇이 최선이지? 아인즈 울 고운은 장차 제국과 적대하겠다는 말을 한 것과 다름없다. 일찌감치 끓어 엎드려야 하나?’

솔직히 말한다면 그것이 현명한 방법인 것 같았다.

그러나── 괴물의 지배에 들어간 나라가 행복해지리라고는 여겨지지 않았다. 자칫하면 모든 제국 백성이 죽음의 기사로 바뀔 가능성도 있다. 그것은 죽음보다도 괴로운 일이 아닐까.

지르크니프는 평생토록 지금처럼 머리를 쓴 순간이 없었

다. 사실은 이 안건을 가지고 돌아가 수십 명의 현자들과 토론을 벌여 방침을 결정하고 싶었다. 그러나 그러기에는 너무나도 늦었다.

투명한 미소와 함께 지르크니프는 말했다.

"어떻소. 동맹을 맺지 않겠소?"

"종속을 잘못 말한 것이 아니사와──으긱!"

방울을 굴리는 듯한 목소리가 울리다가 우직 소리에 가로막혔다. 은발 소녀가 살짝 얼굴을 일그러뜨리고 그 곁에 선 아우라가 기막히다는 표정을 짓는 것이 보였다.

지르크니프의 동체시력으로는 무슨 일이 일어났는지 알수 없었지만, 보아하니 다크엘프가 은발 소녀를 걷어찼던 것 같았다.

"……너 말야아."

"──소란스럽구나. 조용히들 하라."

마왕에게 어울리는 위풍당당한 태도로 아인즈가 손을 내저었다. 지배자로서 오랜 세월을 살아왔기에 저렇게 몸에 배었으리라고 느낄 수 있는 움직임이었다.

지르크니프의 경계심이 한계를 돌파했다.

'역시 지배자로서 이 땅을 통치하며 오랫동안 살아왔기 때문이로군. 저렇게 당당한 태도라니…….'

두 소녀는 목소리를 한데 모아 어리석은 행동을 뉘우치고 있다. 아우라에게는 제성에 왔을 때의 건방진 분위기는 전무했다. 조금 전에 이어 아인즈 울 고운이 완전히 부하의 고삐를 쥔 모습을 목격한 지르크니프는 결의를 다지며 말을 이었다.

이제부터가 진짜다.

바짝 마른 입술을 혀로 축였다.

지르크니프는 이제까지 짧은 시간 동안 무수히 세웠던 계획 중 최선이라 여겨지는 것을 마련했다.

"이 땅에 귀공의 나라를 세우고 왕이 되어 지배하는 것. 매우 훌륭한 일이라고 생각하며 고운 공께 어울리는 지위라고 생각하오. 그리고 우리 제국은 귀공을 최대한 지원하여 건국을 돕고자 하오. 어떻소?"

아인즈의 살점도 가죽도 없는 얼굴은 전혀 움직이지 않았다. 다만 눈에 깃든 붉은빛은 더욱 밝아진 것 같았다.

"……지르크니프 공. 귀공에게 이익이 되는 일이라고는 여겨지지 않소만?"

지극히 당연한, 그렇기에 예측된 물음. 여기에 지르크니프는 마음속에서 우러난 연기로 대답했다.

"귀공이 지배할 국가와 나의 제국 사이에 우호적인 동맹을 맺고 싶소. 장래를 내다보고 말이오."

"그렇군. 그러면 잘 부탁하오."

너무나도 선선히 승낙을 받아 지르크니프는 아연실색했다. 있는 힘껏 헛주먹질을 한 기분이었다. 이렇게 원활하게 이야기가 진행될 줄은 몰랐다.

애초에——.

'왜 종속을 요구하지 않지? 절대적 강자—— 압도적 우위에 있는 자가, 왜 이런 조건을 받아들이지?'

종속을 요구받을 경우 거기서부터 무수한 수단을 취할 수 있으리라 생각했다. 하지만 아인즈의 대답은 지르크니프의 그러한 예측 범주에는 없었다.

무엇을 노리는가.

지르크니프는 아인즈의 생각을 도저히 읽을 수가 없었다.

강자와 싸울 때는 발목을 낚아챌 방법을 생각하는 것이 약자의 전법이다. 그것은 강자의 오만을 이용하는 전법이라고도 할 수 있다. 하지만 강자가 오만에 빠지지 않는 존재라면 그 전법은 불가능하다. 약자의 유일한 전법은 의미를 잃어버리는 것이다.

아인즈가 바로 그랬다. 강자로서의 오만함을 느낄 만한 행동을 절대 취하지 않는다.

아니——.

'역시, 어쩌면 이것도 또한, 모두 상대의 계획대로인 것인가? 그럴 수 있지. 대답까지 간 시간이 너무나도 짧아. 자기들이 생각한 대로 우리가 행동했다는 것이로군.'

지르크니프는 아인즈라는 존재의 두려움이, 그가 내포한 힘만이 아니라 그 지혜라고 강하게 인식했다.

"그, 그렇군. 그거 다행이오. 그, 그러면 우리에게 조속히 바라는 것이 있다면 들려주실 수 있겠소?"

"당장은 떠오르질 않는군. 다만 이쪽의 사자를 놓아둘 수 있는 장소라든가, 귀공과 즉시 연락을 취할 만한 수단을 확립하고 싶소."

만약 여기까지도 아인즈의 의도대로 진행되었던 것이라면 아무것도 떠오르지 않았을 것이다. 그렇다면 이 이야기의 흐름은 우연일까?

'아니다. 이 자체가 연기일 가능성도 있어. 당장 달려들면 노림수가 드러나리라 생각한 것이겠지. 이 괴물은 지혜가 뛰어나다. 아니, 괴물이기에 인간의 상식을 넘어서는 지혜를 가진 것이지.'

"그 말이 옳소. 바로 그런 점을 떠올리지 못한 내가 어리석었구려. 과연 고운 공이시오."

"……음."

아부는 싫어하는군.

마음이 담기지 않은 대답에 지르크니프는 마음의 메모장에 그렇게 기입했다.

"그러면 나는 돌아가겠소만, 비서관을 두고 가겠소. 그런 면의 조정은 그와 해주실 수 있겠소? ……로우네 바밀리넨!"

"——예! 제국을 위해 전심전력을 다하겠나이다!"

뒤에 있던 로우네의 표정은 보이지 않지만 목소리에서는

그의 각오가 강하게 느껴졌다. 실제로 이곳에서의 협의는 향후 제국의 운명을 결정짓는 것이 될 수 있다. 만약 즉시 제국으로 돌아가 대 아인즈 울 고운을 전제로 한 조직을 발족할 필요가 없다면 지르크니프 자신이 남고 싶을 정도였다.

"좋은 대답이오. 귀공에 대한 충성심이 얼마나 강한지가 느껴지는구려. 그러면 우리 쪽에서는 데미우르고스와 이야기하면 될 것이오. 조금 전에는 다소 결례를 저질렀으나 용서하신다고 하였으니 그에게 맡기겠소."

조용히 고개를 숙인 개구리 얼굴의 괴물을 시야 끄트머리로 보면서 지르크니프는 우수한 부하를 하나 잃었음을 예감했다. 그렇기에 아인즈를 바라보는 시선에 증오의 불꽃이 깃들지 않도록 지르크니프는 필사적으로 참아야만 했다.

'벌써부터 수를 쓰는군!'

개구리 괴물의 말에는 강제효과가 있다. 분명 이 능력을 이용해 로우네를 꼭두각시 인형으로 만들 생각이다. 제국 내부의 자세한 정보를 끌어내려는 속셈이 아니겠는가.

'동맹국에 대한 행위가 아니다. 하지만 그것을 우리에게 가르쳐주는 것 자체가 음습하구나. 데미우르고스…… 별로 똑똑해 보이지는 않는 저 괴물을 협상이라는 머리 쓰는 일에 앉히다니, 부하가 제멋대로 첩보를 저질러 미안하다고 변명에 이용할 셈인가? 아인즈 울 고운. 몇 번이나 나를 놀라게 하는군! 빌어먹을 놈!'

마음속으로 매도를 토하며 한편으로는 감탄하기도 했다.

조금 전의 실수를 보여준 것은, 훗날 지르크니프로 하여금 '그러한 실수를 저지를 자인 줄은 몰랐다'는 말을 꺼내지 못하게 하려는 포석이리라. 불만이 있다면 여기서 말해야 한다. 이 기회를 놓치면 묵인한 것으로 여겨버릴 가능성이 있다.

지르크니프가 입을 열려 했으나 그보다도 아인즈가 조금 빨랐다.

"데미우르고스는 나의 신뢰가 두터운 측근이오. 두 사람이 대화를 나눈다면 협상도 원활할 것이오."

"그거 다행이구려."

지르크니프는 억지로 웃었다.

이렇게나 기회를 가늠하는 데 기민한 존재는 처음이었다. 이처럼 확실하게 못을 박아놓는다면 이제는 무어라 말할 수도 없다.

하지만 지르크니프는 이어지는 아인즈의 말에 자신이 어수룩했음을 통감했다.

"그러면 조금 전과는 달리 이제 지르크니프 공은 동맹이오. 이대로 돌려보내서는 안 되겠지. 기왕 오셨으니 하룻밤 정도는 묵어가심이 어떻겠소? 소소하나마 환영하겠소."

'로우네만이 아니라 모두에게 무언가를 꾸밀 술책이다!'

아니면 더욱 끔찍한 무언가가 이루어질지도 모른다. 어쨌든 아무 생각도 없이 숙박을 권했으리라고는 생각할 수 없다. 데미우르고스가 다 안다는 양 추한 얼굴을 일그러뜨리며 웃는 것이 진심으로 저주스러웠다.

"아, 아, 아니, 그러실 것까지는 없소. 조속히 돌아가 이것저것 준비도 해야 하고."

"그렇소? 그거 유감이구려. 그러면 만일 괜찮으시다면 내가—— 아니, 내 수하에게 배웅을 시켜드릴까?"

용을 탄 자신의 모습을 떠올리고 아인즈의 제안에 아주 조금 호기심이 동했다. 그러나 지르크니프는 이를 떨쳐냈다. 그것만으로 끝날 리가 없으며, 빚을 만들어두는 것도 피하고 싶었다.

"호의에 감사드리오. 그러나 이쪽도 마차로 온 몸인지라 마지막까지 마차로 행동하도록 하겠소."

"언데드인 목 없는 말이라면 쉬지도 않고……."

"……미안하오. 마음만 받아들이겠소."

"그렇소?"

아주 살짝 묻어난 유감의 감정은 연기일까 본심일까. 지르크니프는 감도 잡히지 않았다. 연기일 가능성이 농후하기는 했지만.

아무튼 아직 확실치 않은 단계에서 아인즈라는 언데드가 제국과 동맹을 맺었다고 선전하는 것은 피하고 싶었다.

무엇보다, 생명을 증오하는 언데드 말 따위에 타고 귀국

했다간 자신이 데리고 온 기사단 소속 신관들은 별도로 치 디리도 신전 세력의 신관들이 무어라 말할지 알 수 없다.

"그러면 이만 물러나도록 하겠소."

"좋소. 데미우르고스…… 손님들을 바깥까지 배웅해드리 도록 하라."

"아, 아니, 그러실 필요는……. 기왕이니 메이드 분들 께 부탁해도 되겠소? 그렇게 아름다운 분들은 본 적이 없어 서."

아인즈는 의아하다는 듯 머리를 갸웃했다.

——아주 천연덕스럽기는.

지르크니프는 웃음을 짓는 얼굴 안에서 분노를 열심히 억 눌렀다. 이쪽이 데미우르고스에게 경계심을 품는다는 것을 알기에 시비를 거는 것이 분명하다. 놈은 우호관계를 맺을 마음은 전혀 없다. 어느 쪽이 위고 아래인지를 말없이 심어 주려는 술책이기도 할 것이다.

'이렇게 사악할 수가……. 이것은 인류의 위기다…….'

"아, 고마운 말씀이구려. 그러면 바깥에 대기한 메이드에 게 말하시오. 오늘은 동맹이 탄생한 좋은 날이니 경축일로 지정하고 싶을 정도로군."

'노예기념일이라고 말하고 싶은 게냐?!'

지르크니프는 마음속의 외침을 겉으로는 조금도 드러내 지 않은 채 아인즈에게 미소지었다.

"누가 아니라오. 정말로——."

4

회담이 끝나고 아인즈의 방에는 수호자—— 알베도, 데미우르고스, 아우라, 마레, 코퀴토스, 샤르티아—— 그리고 세바스가 있었다.

아인즈는 무릎을 꿇고 앉은 부하들에게 일어나도록 명했다. 그리고 자신은 팔꿈치를 책상에 짚으며 손을 깍지 끼고는 얼굴 절반을 그 아래에 감추었다.

있지도 않은 위장이 시큰시큰 아팠다. 이제부터 자신에 대한 규탄대회가 시작될 것이다. 그런 마음으로 아인즈는 데미우르고스와 알베도의 기색을 살폈다.

분노 같은 것은 느껴지지 않았다. 그리고 어이없다는 분위기도 아닌 것 같았다.

하지만 그것이 포커페이스가 아니라고 누가 증명할 수 있으리오. 아니, 그렇게 생각해도 좋다면 분노한 탓에 얼굴이 굳어버린 것처럼 보이기도 했다.

'도망치고 싶어. 왜 난 여기 앉아있는 걸까…… 아니, 이젠 늦었지. 새어 나간 우유는 원래대로는 돌아오지 않는 법.

각오하자, 아인즈 울 고운!'

위장의 아픔 비슷한 것은 조금 누그러졌지만 그래도 구역질 같은 것은 아직 남았다.

제국 황제가 예정대로 나자릭에 왔다고 들었을 때, 대치해야만 하는 아인즈는 데미우르고스에게 '이제부터 어떻게 하면 좋을까'를 한껏 에둘러 물어보았지만 대답은 이랬다.

『예정대로 진행되고 있사오니 그대로 행동하시면 될 줄로 아옵니다.』

'그 예정이란 걸 내가 모르겠다고!'

그런 소리는 할 수 있을 리 만무했다.

나자릭 지하대분묘의 절대지배자로서 군림한 아인즈는 자식인 NPC들이 바라는 태도를 취해야만 한다. 그러기 위해 의연한 태도와 왕의 웃음으로 "그러한가."라고 대답하는 것이 고작이었다.

데미우르고스의 제안에 따라, 영문을 알지 못하는 채 아인즈는 이리저리 뛰어다녔다.

그리고 맞이한 지르크니프 룬 파로드 엘 닉스와의 회담은 모두, 될 대로 되라는 기분에 사로잡힌 채 임하지 않을 수 없었다. 자신이 올바른 교섭을 했다는 생각은—— 단언하자. 없다.

아인즈는 다시 채점 결과를 기다리며 두 사람의 눈치를 살폈다.

'꼭 면접 같네.'

사회에 나갈 때 몇 번이나 면접을 받았지만 그때도 이와 비슷한 마음을 맛보았다.

"자, 예정대로 황제는 움직였다."

아인즈는 여기서 숨을 들이마셨다. 그리고 이어 나가려는 타이밍에 옆에서 끼어드는 목소리가 있었다.

"아인즈 님. 황송하오나 질문드릴 것이 있사와요. 어째서 인간의 황제를 협력자의 지위에 올려놓으셨사와요? 제국 따위 힘으로 냉큼 지배해버리면 좋지 않사옵지 않사와요?"

샤르티아의 질문에 있지도 않은 심장이 철렁 소리를 냈다.

세계정복이라는 목표를 추진하고자 우선 제국에 압력을 가한다. 그러기 위해 제국 수뇌부에 나자릭 공격을 허용하고 이를 위협 재료로 삼아 황제와 직접 대화한다. 그때 나자릭의 압도적인 전투력을 보여준다는 것이 이번의 흐름이었다.

아인즈가 아는 사실은 이것뿐이었으며, 왜 황제에게 무력을 보여줄 필요가 있었는지 등등 세세한 내용은 전혀 알지 못했다.

그러므로 샤르티아의 질문에 대한 대답 따위 떠오를 리 만무했다.

아우라가 이어서 말했다.

"샤르티아 말이 맞아요. 그놈들의 수도까지 쳐들어가긴 했는데요, 정말 별거 없던데요?"

아인즈가 수호자들의 눈치를 살피니 모두 비슷한 의문을 품는 것 같았다.

자신의 주인인 아인즈의 결정에 거역할 마음은 전혀 없었으며, 그것이 항상 옳다고는 생각하지만, 아무래도 의문은 생기게 마련이다.

게다가 아인즈가 어째서 그러한 선택에 나섰는가, 그 진의를 알아야 아인즈에게 더욱 도움이 될 수 있다고 생각하는 것이다.

이해하지 못한 채로는 아인즈가 바라지 않는 행동을 취해 버릴 가능성도 높다. 그런 불안감이 현저한 것은 이미 실수를 저지른 샤르티아와 세바스였다. 두 사람 모두 매우 진지한 표정으로 아인즈의 말을, 그리고 진의를 조금이라도 놓치지 않으려는 듯한 기척을 풍겼다.

아인즈는 자신에게 모여든 전원의 시선에 발생한 압박감에 짓눌리면서도 살아날 길을 모색했다.

'우선 샤르티아와 아우라의 의견을 긍정해야 할까 부정해야 할까. 긍정한다면 제국을 지배하는 계획의 일환이다, 부정한다면 제국을 지배할 마음은 현재는 없다, 겠지. …… 어느 쪽이 데미우르고스나 알베도하고 같은 의견이지? 어이쿠, 이런. 시간을 너무 들였네.'

아인즈는 스스로 생각하기에 대담한 인상을 줄 것 같은 웃음소리를 슬쩍 흘렸다.

그리고 크게 숨을 토해냈다.

확률은 반반.

틀리더라도 어떻게든 궤도를 수정하면 그만이다. 게다가 ──.

'샤르티아는 실수만 했으니까 여기서는 반대해야 해!'

"──그것은 어리석은 일이라고 나는 생각한다, 샤르티아."

아인즈의 말에 수호자 일동의 눈동자에 광채가 더해진 것처럼 보였던 것은 눈의 착각이 아니리라. 위대한 주인의 말을 듣고자, 명석한 두뇌에서 떨어지는 물방울을 받아들이고자 하는 것이다.

'썩은 물이지만!'

아인즈는 데미우르고스에게 얼굴을 돌렸다. 결코 도움을 청한다는 생각은 들지 않도록, 세심한 주의를 기울이며 무겁게 물었다.

"──데미우르고스."

이름을 불린 현명한 그라면 이해해주리라, 그런 바람에서 우러나온 목소리였다.

"예! 아인즈 님의 생각을 이해하지 못하는 자들의 무능함을 용서해 주시옵소서."

"아, 아니, 무능하다니. 말이 지나치구나."

"실례했나이다. 용서해 주시옵소서!"

"······그, 그래."

'그게 아니고. 왜 그 이상 아무 말도 안 하는 거야. 어떡하라고. 다시 한 번 데미우르고스를 부르는 건······? 왜 대답을 안 해주냐고······.'

"——알베도."

"아인즈 님의 다정하신 마음 씀씀이에 감격의 눈물을 쏟을 것 같사옵니다. 과연 저희의 지배자, 절대의 왕!"

"············으음."

아부 말고 대답이 필요했다.

그러나 이제는 도움을 청할 상대가 없었다. 각오를 다진 아인즈는 자신 나름대로의 대답을 말했다.

"대의명분이 필요했기 때문이다."

"그러한. 것이. 필요. 하겠습니까?"

"물론이다. 분명 힘으로 지배하기란 쉽다. 그러나 그래서는 적을 지나치게 많이 만들고 말 것이다. 리저드맨처럼 원시적인 문명의 상대와는 다르다. 누가 내게 이번 건을 확실하게 설명하라고 한다면 나는 이렇게 말하겠다. '조용히 지내던 우리의 주거에 제국이 워커를 파견해 재물을 훔쳤다. 분노로 놈들을 죽이고 의뢰주인 제국에 사죄를 요구하자, 국가를 만들어줄 테니 용서해 달라고 하더라'라고 말이다. 황제를 협력자로 놓아둔 것도 그 일환이다."

"그렇구나~. 그래도 아인즈 님, 설명하라고 한 사람이 그거 가지고 수긍할까요?"

"수긍하고 말고는 상관이 없다. 이것이 사실이니까."

대의명분이란 그런 것이다. 게다가 아인즈의 말에는 전혀 거짓말이 없었다.

"아, 호, 혹시, 그래서였나요? 그러니까, 어, 황제를 여기까지 불러왔던 건."

"음. 무슨 뜻이지, 마레?"

"아, 네. 어, 제, 제국에서 교섭하면 이것저것 증거가 남고, 그럴 가능성이 있으니까, 밖으로 얘기가 새나가지 않게, 여기서 말한 건가, 하고, 어, 음, 생각했어요."

"——하하하. 바로 그거다. 훌륭하구나, 마레."

마레가 부끄러워하며 웃었다.

그 귀여운 웃음을 보며 아인즈는 과연 그렇겠다고 감탄했다. 정말로 제국에서 교섭을 했다면 숱한 증거를 남기게 됐을지도 모른다. 하지만 이 자리에 온 제국 사람들의 수는 얼마 안 되고, 교섭을 서면으로 남겨둔 것도 아니다. 진실인지 어떤지 알아보려 할 때 매우 유리하게 작용할 것이다.

이곳에 오도록 사주한 데미우르고스의 지혜에 놀라며, 아인즈는 수호자들을 둘러보았다.

"게다가 국가를 만든다는 것은 보호대상이 늘어난다는 뜻이기도 하지. 폐허가 된 나라에서는 아인즈 울 고운이라는 이름이 울 것이다. 자, 그 외에도 무언가 깨달은 자가 있느냐?"

마레처럼 무언가를 깨달은 사람은 없느냐는 뜻이었다.

수호자들의 눈이 데미우르고스에게 향했다. 나자릭 최고의 지능을 가진 수호자들의 통솔자 데미우르고스라면 무언가가 있지 않을까 생각했던 것이리라. 아인즈도 그 점에는 강하게 찬성했다.

"——큭큭큭큭."

데미우르고스의 웃음소리가 울려 퍼졌다.

"……자네들은 정말로 아인즈 님의 계획이 그것뿐이라고 생각하나?"

"쿠후후."

"어?"

"어?"

"뭐가 또 있사와요?"

"무엇. 이라고?"

"호오."

"……잉?"

"다들 좀 더 머리를 써보게. 우리의 주인이자 지고의 존재를 통솔하셨던 아인즈 님께서 그 정도 생각밖에 하지 않으셨을 리가 없잖나?"

얻어맞은 것 같은 심정으로 아인즈가 나오지도 않는 침을 꼴깍 삼키는 가운데 수호자들은 그건 그렇다며 저마다 주억

거렸다.

'왜 허들을 높이고 난리야!'

아인즈의 마음속 외침을 알아줄 만한 인물이 없다는 것은 행운일까.

"누가 아니래, 데미우르고스. 알기 쉬운 해답만을 듣고 진의를 깨달은 것처럼 굴다니, 지레짐작도 유분수지. 그러니까 아인즈 님께서도 깊은 부분의 대답은 얼른 들려주지 않으시려는 거야."

알베도와 데미우르고스를 제외한 수호자들은 아인즈의 진의를 알지 못해 살짝 분한 심정을 내비쳤다. 이런 머리로 아인즈에게 도움이 될 수 있을까 하는 불안이 솟은 것이리라.

아인즈는 이런 몸이 되어 다행이라고 진심으로 생각했다. 이 얼마나 포커페이스를 유지하기 쉬운 얼굴이란 말인가.

"나 원…… 아인즈 님. 저희의 동료들에게도 아인즈 님의 진정한 계획을 들려주시는 편이 좋지 않을는지요. 향후의 방침에도 착수시킬 터이니."

전원의 시선이 아인즈에게 모여들었다. 그것은 우둔한 자신들에게 가르침을 달라는 애원의 심정을 담은 시선이었다.

얼굴을 둘러보고, 아인즈는 한 차례, 아니, 몇 차례 호흡을 되풀이했다.

천천히 의자에서 일어났다. 그리고 수호자 전원에게 등을 돌리더니, 데미우르고스에게 어깨 너머로 칭송의 말을 건넸다.

"……데미우르고스, 그리고 수호자 총괄책임자 알베도. 과연 대단하구나. 나의 노림수를 모두 간파하다니……."

"아닙니다. 아인즈 님의 심모원려는 제가 미칠 바가 못 됩니다. 게다가 이해할 수 있었던 것도 일부만이 아닐까 짐작하는 바."

칭송에 경의가 담긴 예로 대답하는 데미우르고스.

"메이드들이 지모의 왕이라 이야기하던 것을 들었사오나, 그야말로 아인즈 님께 어울리는 별명이라 생각했사옵니다. 모몬이라는 모험자를 만드셨을 때부터 이만한 책략을 강구하셨을 줄이야. 그야말로 폐허의 나라를 가지지 않기 위한 방책입니다."

아인즈는 자랑스레 고개를 끄덕였으나 심중에는 의문이 소용돌이쳤다.

'……이 자식이 대체 무슨 소릴 하는 거야? 모몬? 에 란텔의 모험자가 왜 여기서 튀어나와?'

"그게 무슨 뜻이사와요?"

샤르티아의 말이 질투로 가득 찬 것은 두 사람만이 숭배하는 주인과 같은 영역에 있다고 생각했기 때문이리라. 미소를 지은 데미우르고스, 승자의 웃음을 띤 알베도에게 아우라도 불만스레 뺨을 부풀렸다.

"아인즈 님, 저희에게도 가르쳐 주세요! 그러면 훨씬 열심히 일할 수 있을 거예요!"

"저, 저기, 저, 저에게도 가르쳐 주세요! 부디!"

"본래. 같으면. 설명을. 듣지. 않아도. 깨달아야. 하겠사오나…… 이. 어리석은. 몸을. 용서하여. 주십시오."

"저에게도 가르침을 내려주실 수 있겠나이까."

목소리에는 필사적인 감정이 배어나왔다.

아인즈는 등을 돌린 채, 한쪽 손으로 눈언저리를 가렸다. 스트레스에 현기증이 날 것 같다는 착각을 느꼈기 때문이다.

──지고의 존재를 섬기며 힘에 보탬을 드리는 것이야말로 저희의 기쁨입니다.

수많은 수호자들이 같은 의미의 말을 동시에 등에 건넸다.

애원하는 수호자들에 대한 죄책감에, 대답을 들려줄 수 없는 아인즈는 마음이 아팠다. 강한 감정은 억압되어야 할 텐데도 억누를 수 없을 정도로 아픈 것이다.

자신이 어리석다는 것을 솔직하게 말해야 하지 않을까.

하지만 수많은 마음이 이를 아인즈의 입 밖으로 내도록 용납하지 않았다.

망설임을 떨치고, 돌아서면서 길드장의 상징인 스태프를 데미우르고스에게 척 들이밀었다.

"데미우르고스. 네가 이해한 바를 다른 자들에게 설명할 것을 허한다!"

"분부 받들겠나이다."

데미우르고스는 고개를 끄덕이고 동료들에게 이야기를

시작했다.

5

올 때와 구조는 달라지지 않았음에도 마차가 달릴 때마다 전해지는 진동이 커진 것처럼 느껴지는 이유는 마차 안의 공기가 무겁기 때문일까, 아니면 승차한 멤버가 바뀐 탓일까.

올 때는 1군만이 승차했다면, 돌아갈 때는 2군을 포함하고 있었다.

플루더 대신 고제 중 한 사람이, 로우네 대신 부하 비서관이. 변하지 않은 것은 나머지 두 사람, 마차의 주인 지르크니프와 바지우드였다.

플루더가 없는 이유는 고제들과 지금 보았던 이런저런 것들에 대해 이야기를 나누어야겠다고 말을 꺼냈기 때문이었다. 그렇기에 플루더에 버금가는——그렇다고는 해도 압도적인 차이가 있지만——고제를 불러온 것이다.

아마 지금쯤 플루더가 탄 마차에서는 열기에 가득 찬 대화가 오가고 있을 터.

그것은 이 마차와 정반대의 상태다. 지르크니프가 탄 이 마차에는 정적밖에 없었다.

무거운 공기만이 마차를 지배했다.

그런 상태에 빠진 이유는 지르크니프였다. 그가 한사코, 씁쓸한 표정만을 짓고 있었기 때문이다.

선혈제라 불리며 두려움의 대상이 되는 지르크니프는 언제나 엷은 웃음을 짓는 사내로 인식되었다. 실제로 본인도 이를 연출하는 경향이 있다. 많은 이들에게 강한 황제임을 보여줄 필요가 있기 때문이다. 선두에 선 자가 당당하지 않다면 뒤를 따르는 자들이 불안에 사로잡힌다.

일행 셋 중에서는 아마 가장 오래 알고 지냈을 바지우드 조차 그의 이런 표정은 본 적이 없었으리라. 그렇기에 동석한 자들은 말도 없이 굳어버린 채 좌석에 앉아만 있었다.

그들의 시선을 느끼면서도 지르크니프는 입을 열 기색이 없었다.

그 이유는 누구나 안다.

아니, 그 외에 무슨 일이 있으리라 생각했다면 지르크니프는 그자의 머리를 쪼개 뇌를 들여다보려 했을 것이다. 새끼손가락 손톱 끄트머리만 한 뇌를 볼 기회일 테니까.

나자릭 지하대분묘——솔직히 그것을 분묘라고 하기에는 어폐가 있다.

'그건—— 마왕의 성이다.'

그 무시무시한 자들의 무리. 그리고 그 너머에 있던 존재.

——왕좌에 앉아 있던 '죽음'.

또한, 공포만 있었던 것도 아니었다.

사치의 극에 달한 현란한 건축물, 온갖 장식품. 그것은 외경심을 넘어선 것이었다.

군사력이나 경제력 같은 것을 포함한 힘의 자릿수가 다른 존재를 앞에 누고, 세국이 이제부터 맞이할 수난의 나날은 정치에 탁월한 지르크니프는 쉽게 이해할 수 있었다.

한 나라의 수장이 강자라는 사실은 주민들에게 안도감을 준다. 국력이 강대해도 양이 수장이어서는 불안하다. 운 좋게도 제국은 몸도 머리도 사자였다. 그런데 이 자리에 몸도 머리도 용인 나라가 출현한 것이다. 제국 신민에게 어떤 감정이 생겨날까.

지르크니프는 꽉 움켜쥐기만 해서 새하얗게 변한 손을 내려다보았다.

'아니, 아직 멀었다. 아직 결정적인 패배는 아니야.'

지르크니프는 웃었다. 선혈제에 어울리는 웃음이었다.

그 얄궂은 웃음을 기다렸다는 양 부하들의 표정이 안도로 바뀌었다. 그것을 받아들여 지르크니프도, 가짜이기는 하지만 웃음을 조금 더 지을 수 있었다.

"그렇게 흘끔흘끔 쳐다보지들 마라. 정신 산만하다."

"폐하!"

세 사람의 목소리가 겹쳐졌다. 그 목소리에 자신들의 황제가 돌아왔다는 기쁨이 묻어나, 자신이 해야 할 일을 재확인한 지르크니프는 강하게 고개를 끄덕였다.

"우선 이 자리에 있는 전원이 그곳에서 느꼈던 바에 상이점은 없는지 이야기해보겠다. 만일 다른 의견을 품은 자가 있다면 이를 말하라. 설령 뜬금없는 이야기라 해도 허가하겠다. ——좋아. 그러면 무엇보다도 먼저, 우선 나자릭 지하대분묘의 지배자, 아인즈 울 고운에 대해 생각해보자."

지르크니프는 한 박자를 둔 다음, 초월적인 괴물에 대해 솔직한 감상을 입에 담았다.

"아인즈 울 고운은 죽음의 기사를 손쉽게 만들어내는 괴물 중의 괴물이며, 아마도 적으로 돌렸다가는 제국이 멸망할 것이다. 그리고 적대하지 않더라도 언데드이기에 산 자를 재미 삼아 죽일 가능성도 높다. 이의 있나?"

"없사옵니다."

"그야말로 폐하의 말씀대로가 아닐는지요."

"음, 같은 의견이죠. 뭐, 한마디 덧붙이자면 그걸 인간의 몸으로 이길 수 있으리란 생각이 안 들더라고요. 아니, 검을 들이댈 거리까지 다가가지도 못할걸요. 그야말로 제국군 전체를 동원해도."

세 사람의 동의를 받은 지르크니프는 말을 이었다.

"나아가 절대적인 지배자로 군림하고 있으며, 왕에 어울릴 만한 매력도 지닌 것처럼 여겨졌다."

"응응, 그기 굉장했지. 우리 황제보다도 카리스마가 있던 걸."

"바지우드 경!"

"됐다. 사실이니. 아마 진심으로 감정을 드러냈던 것은 단 한마디뿐이었겠지만, 그 말에서도 그야말로 패자라 불리기에 어울리는 압력이 느껴지더군."

"『소란스럽구나. 조용히들 하라.』 말씀이시군요."

지르크니프가 비서관의 확인에 슬쩍 고개를 끄덕였다.

그것은 그야말로 아인즈 울 고운이 나자릭 지하대분묘의 왕임을 느끼게 한 태도였다.

"그리고…… 무엇보다 무서웠던 것은, 그 괴물이 머리도 잘 돌아간다는 것이다. 한 수 한 수에 의미를 가진 희대의 모략가였다. ……의아하다는 표정 짓지 마라, 다들. 생각해 봐라. 내가 찾아간 후로 모든 흐름은 놈이 노리는 대로 흘러가지 않았더냐. 그렇지 않고서는 우리가 이토록 쉽게 돌아올 수 있을 리가 없다. 그만한 힘을 가진 괴물이, 힘이 아닌 책략을 쓰려 했다는 뜻이다. 단순히 강하기만 한 상대가 아니다."

그런 놈이 더욱 성가신 법이다.

"다음으로 생각해야 할 것은 놈의 부하들이다. 의견을 말하라."

이번에는 자신의 부하들에게 감상을 듣고자 의견을 촉구했다.

"아마 그 앞에 나란히 있던 자들이 측근일 것입니다. 고운의 옆에 있던 날개 달린 여자…… 그자가 왕비가 아니겠나이까? 태도로 보건대 그렇게 여겨졌사옵니다."

하얀 드레스를 입은 절세 미녀.

엷은 웃음은 호의적인 것이 아니었으나, 그래도 너무나 매력적이라 마음이 흔들릴 정도였다. 그만한 미의 소유자라면 그녀의 미소를 받고 싶다는 욕망에 굴할 남자도 있지 않을까.

허리 언저리에 보였던 까만 날개는 매직 아이템이나 옷의 장식이 아닌 것 같았다. 너무나도 자연스러웠기 때문이다. 익인(翼人)처럼 날개가 달린 종족은 있지만 그것과는 달랐으며, 아마 악마라 불리는 이계의 주민이 아닐까 하고 지르크니프는 생각했다.

"그럴지도 모르겠네요. 아인즈 울 고운의 아내일 가능성도 있지 않을지. 아내를 두었다는 건, 그, 뭐라고 해야 하나. ……해골인 건 얼굴뿐일까요? 아니면 가면이라도 썼던 걸까요?"

"글쎄다."

지르크니프는 대답하면서도 그 얼굴은 가면이 아니라는 생각이 들었다. 또한 환영도 아닌 것 같았다.

"그리고 목소리로 상대를 지배하던 데미우르고스…… 바드일까요? 개구리라 노래를 잘하나?"

바드는 악기의 연주나 노래로 특수한 효과를 발휘하는 힘을 지녔다. 말로 상대를 지배하는 데미우르고스와 비슷한 힘이다. 그 외에는 로렐라이 같은 요정 중에도 그런 힘을 가진 자가 있다고 들었다. 하지만 그자가 요정처럼 사랑스러운 존재가 아님은 분명했다.

"음, 그렇군. 바드라. 그 선이 농후하겠군요. 그 외에는 큰 벌레 같은 자도 있었습니다만…… 그건 대체 무엇이었을까요?"

"곤충 계열 종족에 속한 자일 경우도 있다고 봅니다만…… 개미인간 이외에 대한 지식은 별로 없다 보니, 나중에 스승님께 여쭤볼까 합니다."

세상은 넓다. 널리 알려진 종족도 있을 테고, 돌연변이도 있을 것이다. 그리고 몬스터의 왕족은 통상종보다도 특이하다고 들었다. 여왕개미와 일개미의 차이처럼. 그러한 가능성도 있으리라고 지르크니프는 생각했다.

"그렇게 되면, 남은 건 은발 소녀랑 다크엘프 애들 둘이네요. 후자는 그렇다 쳐도 전자는 뭐죠? 그 엄청 불룩한 가슴으로 봤을 때—— 총희(寵姬)겠구만!"

바지우드의 말에 마차 안에 쓴웃음이 넘쳐났다.

"아니, 단순한 총희를 그 자리에 세워놓지는 않겠지요."

"그 다크엘프에 필적하는 강자가 분명할 겁니다."

"어허어허어허어허. 그게 바로 영 엉뚱한 생각일지도 모른다고."

바지우드의 말에 진지함이 깃들었다.

"거기 있던 것들은 그 괴물의 측근이 분명해. 하지만 딱히 측근이 전부 강해야만 한다는 법은 없잖아. 생각 좀 해보라고. 폐하의 측근이고 강하다고 해서 나만 백 명 있어봤자 제국은 정치가 돌아가질 않아 붕괴하겠지? 말하자면 힘 이외의 이유로 선택 받은 측근. 머리가 좋은 총희일 수도 있는 거 아냐? 분묘로 위장한 성 안팎의 관리를 전부 맡고 있다거나 말이지."

과연 그렇겠다는 목소리가 들려왔다. 지르크니프도 동의할 수 있는 발언이었다.

아인즈 울 고운의 강대함에 눈길을 빼앗기고, 다크엘프와 나란히 있다는 점 때문에 그 은발 소녀도 강자라고 지레짐작하고 말았다. 물론 그 다크엘프와 동격인 무시무시한 힘을 가졌을지도 모르지만, 잘못된 선입견을 가졌다가 호되게 당하는 결과는 피해야만 한다.

"그 정도가 타당하겠군."

지르크니프는 일동을 돌아보았다.

"그대들의 의견은 나도 생각했던 바다. 그건 그렇다 쳐도 놈의 측근이 언데드뿐이라면 그나마 안심할 수 있었을 텐데…… 보아하니 다양한 괴물들을 갖춘 것 같더군."

"뭐, 괴물의 표본시장이라기보단 인재가 풍부하단 느낌이었습죠."

지르크니프는 바지우드의 솔직한 말투에 슬쩍 미소를 짓고 말았다.

"그랬지. 손에 넣은 정보를 통해 놈에 관해 더욱 조사해보는 편이 좋을 것이다. 그 외에도 이야기해봐야 할 사항이라면…… 그 성의 장엄함이겠군. 그만한 건물이라면 무언가 전설 같은 것으로 남아있지 않겠느냐?"

"지식이 미천하여 송구스럽사옵니다. 제도에 돌아가면 신화 관련 서적을 중심으로 자세히 조사해보겠나이다."

고제의 사죄를 지르크니프는 느긋하게 받아들였다.

"그래, 부탁한다. 그 외에도 무언가 알아차린 것은 없느냐? 그만큼 신성한 거성을 그 사악한 괴물이 만들어냈으리라고는 도저히 여겨지지 않는군. 무언가 단서가 될 만한 것은 보지 못했느냐? 아니, 그보다도. 그곳이 정말로 이 지역의 역사에 따른 분묘일까?"

대답이 없었다. 모두가 같은 의문을 품었다는 증거다.

전이를 통해 완전히 다른 곳에서——어쩌면 마계라 불리는 다른 세계에서——분묘 밑으로 이동해버렸으리라는 생각도 가능하다. 그렇다기보다는 그 편이 수긍이 간다.

"결론은 나오질 않는군. 역시 정보가 너무 부족해. 그곳

에 두고 온 바밀리넨이나 제국에 오겠다는 놈의 부하에게
될 수 있는 대로 정보를 얻어야만 하겠어. 다들 알겠나?"

"물론입니다. 상대가 적의를 품지 않도록, 의심을 사지
않도록 잘 해나갈 생각입니다."

"생각만으로는 부족하다. 상대의 전력은 제국보다도 압
도적으로 높다. 거짓 우호관계가 파국에 이르지 않도록 주
의 깊게 행동해라."

비서관이 고개를 숙이고, 지르크니프는 어깨의 짐이 조금
줄어든 기분이 들었다.

"……데리고 온 자들에게는 미안하게 되었군."

그래서인지, 마차에 틀어박힌 채 한 발도 밖에 나오지 못
했던 사람들에 대해 언급했다. 아인즈 울 고운에게 바치고
자 데려왔던 제국의 영애들이었다.

어느 세계에서도 '색(色)'은 무기가 된다. 제국 정보국을
통해 이를 구사하는 능력이 탁월한 자들을 마련해두었어야
하는지도 모르지만, 마법을 사용해 조사하기라도 하면 일이
꼬인다고 생각해 일부러 무구한 자들을 모았던 것이다.

"뭐, 평생의 작별을 각오하고 왔던 사람들의 기개에는 미
안하게 됐지만 아가씨들도 내심으로는 기뻐하지 않겠수?"

"과연 그럴까? 그 괴물의 총애를 얻는다면 그건 그거대로
대단한 일이 될 거다."

"그런 괴물에게 안기고 기뻐한다면 그 여자의 배짱이 장

난 아니게 두둑한 거고요."

그런 인간이 있을 리 없다는 뉘앙스로 바지우드는 말했지만, 그것은 얄팍한 생각이다. 남편을 독살한 자신의 어머니를 비롯해 수많은 여자의 암투를 보았던 지르크니프는 자신 있게 말할 수 있었다.

"여성은 남자가 생각하는 이상으로 용감하며, 감정과 이익으로 움직인다. 해골 왕에게 태연하게 안길 여자도 있을 것이다. 그런 의미에서 보면 우리는 다행인지도 모르지. 아인즈 울 고운을 꼬드겨 나를 죽이라고 말하는 여자도 있었을지 모를 일이니."

주위에서는 쓴웃음을 지었지만 지르크니프는 있을 수 없는 일이 아니라고 생각했다.

강권으로 온갖 개혁을 단행했던 자신이 귀족들에게 얼마나 미움을 사는지는 잘 안다. 물론 같은 편도 나름대로 있지만 정말로 신용할 수 있는 자는 일부의 측근이나 자신의 스승인 플루더 정도——.

문득, 가벼운 깃털 같은 한 가지 의문이 내려앉았다.

은사이자 제국의 중진이자 비밀병기이기도 한, 제국에서는 최고의 영웅이며 지르크니프도 경의를 품는 인물. 그리고 그 현자와도 같은 얇은 껍질을 한 꺼풀 벗겨내면 마술의 심연을 접하고자 하는 광기에 가까운 갈망이 소용돌이침을 알고 있다. 그렇기에 의문이 남았다.

――플루더답지 않았어.

아인즈 울 고운은 분명 플루더를 능가하는 대 매직 캐스터일 것이다. 플루더가 지배하지 못했던 죽음의 기사를 그토록 쉽게 만들어냈으니까. 그러면 어째서, 그는 아무 말도 없이 지르크니프를 따라 분묘를 나왔을까.

'할아범이라면 그 무시무시한 괴물에게 마법의 지식을 요구하지 않았을까? 발치에 꿇어 엎드리고 발에 입을 맞춰서라도……'

매우 가슴에 와 닿는 상상이었다.

'하지만 할아범은 아무 일도 하지 않았지. 물어보려 하지도 않았지. 마치 할아범이 할아범이 아니었던 것처럼…… 설마…… 무언가 당했던 건가?'

데미우르고스의 한마디에 모두가 무릎을 꿇었다. 하지만 그것은 이쪽의 눈을 그 이상사태로 돌리게 하기 위해서였을 뿐, 진정한 목적은 플루더에게 모종의 정신 지배를 가하는 것이 아니었을까?

아인즈 울 고운이 플루더를 부하로 원하리라는 생각은 떠오르질 않았다. 플루더는 제국에게는 비밀병기지만, 그만한 괴물이 즐비한 곳에서는 플루더의 힘도 미미할 것이다.

하지만 축적된 지식에는 가치가 있다. 그 이외에도――

플루더가 지배당한다면 제국의 군사력이 단숨에 저하되는 것과 동시에 아인즈 울 고운에 대한 저항력의 비밀병기를 빼앗기게 된다.

노예에게 목줄을 채우는 거나 마찬가지다.

'그런 정도일까? 달리 무언가가 있을까? 할아범이 아무 말도 하지 않았던 이유. ……알고 있었기 때문에? 아인즈 울 고운의 힘을 미리 알고 있었기 때문인가?'

——그 순간 벼락이 내달린 것 같았다.

비지땀이 왈칵 배어 나왔다.

"폐하? 폐하? 왜 그러십니까? 안색이 좋지 못하십니다. 신관을 불러——"

"——다."

"예?"

"됐다고 했다. 응, 그래…… 됐다."

지르크니프는 혼란에 빠진 부하를 흘끔 본 다음 다시 생각의 소용돌이로 빠져들려 했지만——.

'두려워하는 것인가? 내가?'

머릿속은 엉망진창으로 흐트러져 생각을 정리할 수가 없었다. 마치 이다음을 생각해서는 안 된다고, 눈을 돌리려 하듯.

'안 된다! 앞날을 위해서라도, 도망쳤다가는 최악의 사태를 초래하게 된다! 침착해라. 침착해야 한다. 침착하게 생각해라.'

지르크니프는 기이한 시선을 받으면서도 생각에 몰두했다.

'우선 할아범이, 할아범이 만약 아인즈 울 고운의 힘을 알고 있었다면…… 아니, 능력을 알고 있었다고 한다면, 할아범답지 않은 행동도 이해할 수 있다. 할아범이 뒤에서 그 괴물과 모종의 관계를 맺고── 말도 안 돼!'

연신 붉으락푸르락하는 지르크니프를 보며 놀라는 부하들을 신경 쓸 겨를도 없었다.

'그래, 말도 안 된다, 지르크니프. 그 죽음의 기사를 보고 할아범은 진심으로 놀라지 않았더냐. 다시 말해 아인즈 울 고운에 대해 몰랐다는 뜻이 되──지는 않지. 그래. 할아……플루더가 몰랐던 것은 놈이 죽음의 기사를 사역할 수 있다는 능력이었고, 아인즈 울 고운이── 강대한 매직 캐스터라는 사실에 대해서는 알고 있었다면?'

마치 조각조각난 퍼즐의 피스가 하나씩 맞춰지며 아름다운── 아니, 끔찍한 그림이 떠오르는 것 같았다.

'플루더와 그 괴물은 아는 사이였다. 그럼 언제부터? ……처음부터? 그렇다. 이 분묘에 드나드는 자를 발견한 것도, 워커를 보내자고 제안한 것도 플루더였다.'

한 가닥 실이 이어진 것 같았다.

그렇게 생각하면 대부분의 수수께끼가 수긍이 갔다.

"배신했구나. 그렇구나. 배신했어. 제국을 팔아넘겼구나."

지옥 밑바닥에서 울려 퍼지는 원념의 목소리였다. 아니면 어린아이의 울음소리였을까.

질문을 허락할 것 같은 분위기가 아니어서 말없이 눈치만을 실피던 부하들에 지르크니프는 천천히 눈을 돌렸다.

"플루더 파라다인이 배신했다. 이 경우 제국은 어느 정도의 손해를 입겠는가? 그 자를 한직으로 돌려 정신적으로 죽이는 것이 가능하겠는가?"

너무나도 믿을 수 없는 말에 모두가 눈을 휘둥그렇게 떴다.

"서, 설마, 폐하. 아무리 그래도 농담이 과하십니다."

고제의 말에 지르크니프는 뱃속에서부터 분노가 터져나왔다. 그런 헛소리를 듣고 싶은 게 아니라고 고함을 지르려다가 질끈 참았다. 격발하지 않았던 것은 자신도 믿을 수 없다는 어린 지르크니프가 머리 한구석에 있었기 때문이다.

귀족사회의 이면에서 권모술수 따위를 보고 들으며 어른이 된―― 되고 만 지르크니프는 뱃속 깊은 곳에 자리 잡은 열기를 호흡과 함께 토해냈다.

"다시 한 번 말하겠다. 플루더 파라다인이 배신했다. 이 경우 제국은 어느 정도의 손해를 입겠는가?"

부하들이 얼굴을 마주보고 몇 초 동안 눈으로 의견을 교환한 다음, 고제가 대표로 입을 열었다.

"상상을 초월하는, 눈을 가리고 싶어질 정도의 피해입니다. 스승님의 존재를 내비치기만 해도 타국을 위압하는 것이 가능했습니다. 그렇기에 제국은 타국의 모략과는 무관했던 것입니다."

틀림없느냐고 비서관 쪽으로 시선을 돌리자, 그는 창백해진 얼굴로 고개를 끄덕였다.

"만일 한직으로 쫓아냈다는 사실이 알려진다면 주변 국가의 준동을 허락하게 될 것이옵니다."

"제국 정보국이 있지 않느냐. 아, 그렇군. 흥. 플루더 덕에 경험이 미천하지."

"바로 그렇사옵니다, 폐하. 정말로 스승께서——."

"——가능성은 놀라울 정도로 높다."

비서관의 말을 가로막듯 지르크니프는 단언했다.

"……하지만 할 일이 너무나도 많군. 우선 플루더의 후계자를 조속히 결정해야만 할 것이다. 누구 좋은 자가 없나?"

질문을 받은 고제의 눈 속에서 욕망의 불꽃이 날름날름 타오르기 시작하는 것을 깨닫고 지르크니프는 마음속으로 웃었다.

플루더의 후계자, 제국 주석 궁정마술사라는 지위는 그에게는 바라 마지않던 매력적인 지위일 것이다. 매직 캐스터를 조직적으로 운영 관리하는 제국의 최고위 자리이기 때문이다.

이제까지는 대영웅이라고도 할 수 있는 존재가 앉아 있었기에 결코 손이 닿을 수 없었다. 야망을 품기에는 너무나도 상대가 좋지 못했다. 그런 절대적인 체념이 지배하던 자리가, 지금은 눈앞에 있다.

'욕망은 인간을 몰아붙여 달리게 하는 동력원이지. 나는 그 욕망을 나는 인정한다. 다만 만약을 위해 이것만은 들어 두어야 할 필요가 있겠지.'

"이번 주석 궁정마술사는 경우에 따라 그 괴물과 마법전을 벌일 가능성이 있으니 말이다."

순식간에 욕망이 진화되고 말았다. 흥미의 '흥' 자도 느껴지지 않았다. 고제의 마음속에서는 눈 깜짝할 사이에 이 세상에서 가장 앉고 싶지 않은 자리가 되어버린 모양이었다.

아인즈 울 고운과 마법을 겨루다니, 미친 듯이 날뛰는 바다를 향해 500미터 절벽에서 뛰어내리는 편이 그나마 살아남을 가능성이 있을 것이다. 아니, 죽는 편이 나을 수도 있다.

그렇게 생각하는 얼굴이었으며, 고제의 눈에 비친 것은 궁지에 몰린 쥐의 빛이었다.

지르크니프는 기대를 지웠다. 이자에게는 아인즈 울 고운과 싸울 용기는 없음을 알았다. 아니, 기대하는 편이 잘못이다.

"그! 그, 그렇다면 제4위계 마법까지 쓸 수 있는 자가 있사오니 그중에서 결정하심이 어떨는지요? 저도, 그야, 쓸 수는 있사오나, 그렇게 숙련된 것은 아니온지라."

"고제 중에서는 그대가 가장 우수하다고 들었네만?"

"서! 설마요! 저보다도 뛰어난 능력을 가진 자는 얼마든지 있사옵니다. 나중에 후보를 열거해드리겠나이다!"

분명 그처럼 초월적인 괴물과 겨룬다는 말을 들으면 남에게 떠넘기고 싶어지는 것도 이해가 간다. 하지만 그가 원하는 것은 그래도 싸울 용기를 잃지 않는 자였다.

'……그게 아니지. 이놈만을 예외로 생각해선 안 될지도 모르겠어. 아인즈 울 고운을 아는 자에게는 싸울 용기가 솟아나지 않는다고 봐야겠군. 아직 그 존재와 대치해보지 않은 자에게 맡길 수밖에. 모르는 자라면 조금 전의 이놈과 마찬가지로 욕망에 눈이 멀어 필사적으로 행동해줄 테지.'

좋은 수는 아니지만 그 방법밖에 없었다.

"……알겠네. 그럼 그자들의 상세한 정보를 모은 후 면접을 보도록 하지. 그 외에는 정보수집을 하며 놈에 대한 준비를 갖추어야 할 텐데. 일단은 아인즈 울 고운에게 협조하며 우호관계를 쌓는 의미에서도 한동안은 개처럼 따라주도록 한다."

"알겠습니다.

'개처럼'이라는 말에 이의는 없었다. 나자릭 지하대분묘를 본 사람들이라면 이의를 제기할 리 만무했다.

"그러면 폐하. 우린 언제까지 그 괴물의 꼬랑지가 돼서 붕붕 움직여야 하는 거요? 우리 손자 대까지? 아니면 증손자 대까지?"

지르크니프는 주위를 둘러보았다. 이 자리에 스파이가 있지는 않은지, 문이 열려 있지는 않은지를 알아보기 위해서다. 문제는 없다고 확신한 후 지르크니프는 아인즈 울 고운과 대면했을 때부터 생각했던 선략을 말했다.

"우리의 목적은—— 제국, 왕국, 법국, 평의국, 성왕국 등으로 이루어진 대연합. 아인즈 울 고운과 대적하기 위한 대연합의 성립이다."

여러 개의 휘둥그레진 눈이 지르크니프를 향했다.

"왜들 놀라느냐. 제국 한 나라로는 그 괴물을 이길 수 없다. 그렇다면 주변 국가를 끌어들여 연합을 만들고 타파할 수밖에 없지 않겠느냐."

"싸, 싸우시는 것입니까?"

"싸운다."

지르크니프는 짧게 대답했다.

"아니, 싸우는 것 외에 우리가 살 길은 없다."

"그러면 어째서 그 괴물의 건국에 힘을 보태십니까?!"

"그것이 바로 대연합을 짜기 위한 첫 포석이기 때문이다."

지르크니프는 전원을 둘러보았다.

"잘 들어라. 이 부근의 땅—— 에 란텔 근교는 제국, 왕국, 법국 3개국의 이익이 부딪치는 요충지다. 이곳에 놈이 나라를 세운다면, 고운이라는 괴물은 필연적으로 3개국의 잠재적인 적이 된다."

지르크니프는 한 호흡을 둔 후 설명을 이었다.

"그리고 또 한 가지. 놈은 언데드다. 인간—— 산 자를 제대로 대하리라고는 생각할 수 없다. 백성들도 언데드의 지배를 받고 싶지는 않을 것이다. 반드시 반란이 일어나고, 이어서 그 괴물에 의한 탄압이 이어지겠지. 영토를 위양했던 왕국은 움직이지 않을 수 없게 될 것이고, 틀림없이 인근 최강국인 슬레인 법국이 나설 것이다."

"하, 하오나, 폐하! 제국이 건국에 협조한다면 모두 우리를 괴물의 편이라 생각할 것이옵니다. 주변 국가는 분명 제국도 경계하지 않겠습니까! 대연합에서 제국의 이름이 사라지는 것입니다! 가령 그 괴물에게 승리한다 해도 다음에는 제국의 차례가 되겠지요. 아니, 어쩌면 제국이 먼저 타도의 대상이 될지도 모릅니다."

지르크니프는 자조하듯 훗 웃었다.

"뒤에서 움직일 것이다. 제국은 고운의 나라를 염탐한다는 인식을 심을 필요가 있지. 매우 힘들다는 것은 알지만, 그렇게 할 수밖에 없다."

"그걸 믿어줄까요? 나 같으면 함정이라고 생각할 텐데?"

"그건 아인즈 울 고운의 힘에 달렸다. 놈이 강대한 힘을 가졌음을 알릴 수 있다면 다행이겠지만…… 어떻게든 그쪽으로 이야기를 잘 끌어나갈 필요가 있다. 예를 들면 전장에서 힘을 발휘하도록 한다거나."

"굳이 제국이 건국에 협조하지 않았더라도 유야무야 끌고 나가면 되지 않았겠습니까?"

지르크니프는 발언한 비서관에게 바보를 보는 눈빛을 돌렸다.

"최소한도의 안전은 확보하기 위해 박쥐로 움직여야 하는 것 아니냐. 만일 고운이 주변 국가의 국토를 거저 할양받아 왕국 편으로 돌아선다면 어떻게 하겠느냐?"

지르크니프는 최악보다는 나은 상황을 선택했다는 뜻이다.

"이와 같은 이유로 제국은 괴물의 협조자인 척하며 연합에 협조할 것이다. 다시 말해 들키면 그 괴물에게 맨 처음 짓밟힐 확률이 높다. 그렇다기보다 나 같으면 본보기의 의미를 담아 맨 처음에 멸망시키겠지. 틀림없이."

"아~ 폐하라면 분명 그렇겠죠."

"……칭찬으로 받아들이마. 그렇기에 대연합은 우리가 발기인이 될 수는 없다. 타국이 자발적으로 연합을 짜도록 움직여줘야 한다. 우리가 해야 할 일은 나자릭 내의 정보를 모으는 것이다. 그와 병행해 놈을 쓰러뜨릴 만한 존재의 정보도 수집해야만 한다."

"그런 자가, 있겠습니까?"

말은 해보았지만 있을 거라고는 생각하지 않는다는 투로 고제가 물었다. 그런 차원이 다른 존재를 쓰러뜨릴 자 따위. 세계 최강의 종족인 용이라도 무리가 아닐까, 그런 마음을 품지 않을 수 없는 상대였다.

반면 지르크니프의 대답은 자신만만했다.

"있다마다."

"그런 자가?!"

"있지 않더냐? 그 옥좌의 홀에."

여기까지 말하면 누구나 알 수 있다.

아인즈 앞에 도열했던 괴물들. 아우라. 마레, 은발 미소녀, 곤충, 데미우르고스를 가리키는 것이다.

"……모반시키시려는 것입니까?"

"그렇게까지 할 수 있다고는 생각하지 않는다만, 쓸데없는 일이라도 손은 써둘 필요가 있지. 금이나 지위, 이성을 바칠 준비를 해 조금이라도 우리에게 매력을 느끼게 할 것이다."

"어렵지 않겠습니까?"

"그래, 물론 어렵지. 아인즈 울 고운은 패왕의 격이 있다. 그런 자가 주인이라면 쉽게는 배신하지 않을 것이다. 그러나, 그래도 우리는 행동해야만 한다. 이것은 국가와 국가의 전쟁이 아니다."

지르크니프는 결의를 다진 표정으로 세 사람을 둘러보았다.

"이것은 인간이라는 종족의 존속을 건 싸움이 될 것이다. 미래를 지키는 싸움이다. 전심전력을 다하라."

"──그렇게 되어, 이건 짐작이지만, 그 황제는 이와 같이 생각하고 실행에 옮기려 들 걸세. 그가 더욱 어리석다면 예상하지 못한 행동에 나설 가능성도 있지만 그 확률은 매우 낮다고 보네. 어중간하게 똑똑한 자가 어리석은 자보다 읽기 쉬워 편하지."

손가락 하나를 세우며 데미우르고스가 말했다.

"요컨대 그 황제는 우리를── 아인즈 님을 멸하기 위해 연합을 만들려 한다는 뜻이사와요?"

"음~ 그 사람 의외로 바보였네."

"어, 음, 선수 쳐서 멸망시켜버리는 편이 좋을까…….."

어이없다는 어조로 말하는 샤르티아에 이어, 아우라와 마레에게서도 분노라는 감정은 솟아나지 않았다. 떨어진 돌을 줍자고 말하는 것처럼 스스럼없는 태도였다.

"그보다도 문제가 되는 것은──."

그다음 말을 읽은 것처럼 세바스가 말했다.

"──우리가 아인즈 님을 배신하도록 움직일 심산이라는 점이겠지요."

"동감.이다, 세바스. 그. 황제는. 충성.이라는. 말을. 모르는. 모양이군."

그 자리에 조소가 가득 찼다.

아인즈, 그리고 지고의 41인에게 창조된 자신들이 배신하리라 생각하느냐고.

물론 이것은 데미우르고스의 추론일 뿐이지만, 그렇다 해도 수호자들에게는 매우 불쾌한 이야기였는지 눈동자 속에 싸늘한 빛이 깃들었다.

"마레 말마따나, 어째 짜증나는데 확 죽여버릴까?"

처음으로 시커먼 감정을 내비친 아우라에게 샤르티아가 웃음을 지었다.

"뱀파이어로 만드는 것이 가장 좋사와요. 우수하다면 나자릭에서 일하게 하면 되고."

코퀴토스는 아무 말도 하지 않았지만 큰턱을 따닥따닥 울려 경고하는 소리를 내기 시작했다.

"여러분, 아인즈 님 어전입니다."

세바스의 냉정한 목소리에 샤르티아, 아우라, 코퀴토스의 분노가 순식간에 누그러졌다. 쿡쿡 웃던 알베도가 말했다.

"쿠후후—— 음음. ……그래, 모두들 진정하도록 해. 데미우르고스가 했던 말을 생각해봐. 이건 이미 예상했던 대로인걸. 어릿광대의 우스꽝스러운 촌극을 즐기지 않으면 어쩌겠어? 우리가 보여야 할 반응은 감탄. ——이것도 모두 아인즈 님의 계획에 따른 행동일 뿐이니까. 그렇지 않사옵니까, 아인즈 님?"

'호오…… 아인즈의 계획이라. ……그렇구나, 나랑 이름이 똑같은 누군가가 특별한 계획을 세웠나 보네. 바하루스 제국의 황제가 연합을 짜고 나자릭에 적대하는 것도 그 계획의 일부밖에 안 되나 본데…… 뭐가 뭔지 모르겠다. 그 아인즈라는 놈에게 좀 물어봐야겠어.'

……라고 도피를 해봤자 소용이 없다.

아인즈는 솔직하게 모든 것을 토로하고, 계획이란 무엇인지, 데미우르고스나 알베도가 무슨 착각을 하는지를 캐묻고 싶었다.

하지만 그럴 수 있겠는가.

아인즈는 시선을 움직이지 않고 알베도를 보았다. 끈적끈적한 꿀을 늘어뜨리는 듯한 여성이 있다. 도취된 눈은 촉촉하게 젖어들었으며 뺨은 살짝 장밋빛으로 물들었다.

모두 계획대로라고 믿기에, 주인의 지혜에 반했기에 보이는 반응.

그렇다면 아인즈는 부정할 도리가 없다. 누가 이 상황에서 "무슨 소리래?"라고 물을 수 있겠는가.

알베도의 질문에 아인즈는 단 한 마디밖에 대답할 수 없었다.

"──바, 로 그렇다."

목소리를 떨지 않았던 자신을 칭찬해주고 싶었다.

오오…….

수호자들에게서 존경 어린 목소리가 피어났다.

"……쿠후후후."

알베도가 손을 벌리자 그에 따라 허리의 날개도 펼쳐졌다.

"아인즈 님은 인간의 도시를 평화로 점령하시고 이 주변 일대를 자애로 지배하시는 분. 그런 지상의 낙원에 황제는 악의 연합을 구축하는 거지. 그렇다면 머지않은 미래에 아 인즈 님은 그런 나라에도 선을 알려주실 터. 대의명분은 우 리에게 있는 거야!"

"참으로 기대되옵니다. 모든 것은 아인즈 님의 손안에 있 었음을 그 어리석은 자가 깨달았을 때 어떠한 반응을 보일 지. ……항상 아인즈 님은 몇 수 앞을 내다보고 계시니 말 입니다."

데미우르고스가 깊은 경의로 넘쳐나는 말을 올리고 알베 도 또한 존경 어린 표정으로 말했다.

"그야말로 아인즈 님의 지혜는 저희가 감히 따를 수도 없 사옵니다. 아인즈 님께서 만드신 영웅 모몬이 없었다면 평 화롭게 지배하기란 불가능할 터. 에 란텔은 공포와 폭력으 로 다스릴 수밖에 없었을 것이옵니다."

"……황금공주도 대타 노릇은 할 수 있었겠습니다만, 카 드 한 장을 쓸데없이 써버렸겠지요. 세바스에게서 올라왔던 정보를 분석한 대로—— 아니, 그 이상으로 재미있는 인간 이더군요, 그녀는. 이용가치가 매우 높습니다."

"응, 네 이야기를 들어보니 나도 만나보고 싶던걸."

"그렇다면 건국 후에 왕국에 사자를 보내면 되지 않겠습니까? 약속을 지켜야 하니."

알베도와 데미우르고스의 대화에 연신 고개를 갸웃하던 코퀴토스가 끼어들었다.

"……두. 사람. 이야기가. 옆길로. 새고. 있네. 아인즈. 님의. 소중한. 시간을 .헛되이. 낭비하는. 것. 아닌가."

두 사람이 황급히 사죄하자 아인즈는 상관없다고 대답했다. 실제로 그들의 잡담 같은 데에서 정보를 수집하거나 변명을 생각할 시간을 얻는 것은 아인즈도 바라던 바였기 때문이다.

"그건 그렇다 쳐도 아인즈 님은 대단하사와요."

"응응. 그치, 샤르티아. 알베도나 데미우르고스도 놀랄 만한 책략을 준비하시니까 말이야."

"여, 역시 대단하세요, 아인즈 님. 머, 멋있어요. 도, 도, 동경할 것 같아요."

"지혜. 없는. 이. 몸이. 부끄럽기. 그지.없습니다……."

"아인즈 님의 구상을 따라가지 못하는 제가 무력하게만 여겨지는군요."

수호자들의 찬사가 마치 칼날처럼 아인즈를 저며댔다.

너희들 지금 나 놀리는 거 아니냐는 생각마저 들었지만, 수호자들의 눈동자에 깃든 경애와 존경, 그리고 숭배는 착각할 여지가 없었다. 그렇기에 아인즈는 아무 말도 하지 않고 늘 하던 대로 연기를 보였다.

"그렇지 않다. 우연이다. 게다가 데미우르고스와 알베도는 모든 것을 내다보지 않았더냐."

"아닙니다. 아인즈 님께서 그러한 대응을 보이시지 않으셨다면 그 정도까지 읽을 수는 없었을 것입니다."

"데미우르고스의 말이 옳사옵니다. 미지의 상황에서 이렇게까지 앞을 내다보시다니, 과연 지고의 존재를 통솔하시던 분. 더할 나위 없을 정도로 반했나이다."

"역시 아인즈 님. 나자릭 최고의 두뇌를 가진 데미우르고스보다도 뛰어나사와요."

"그치, 정말로! 대단하지, 아인즈 님!"

"응! 대단해!"

"아인즈. 님께서. 뛰어난. 능력의. 소유자이심은. 알고. 있었으나. 이. 정도일. 줄이야……. 그야말로. 나자릭의. 보물."

"그렇습니다. 자비로우며 지혜까지 뛰어난 아인즈 님을 능가하는 주인은 없을 것입니다."

"……으, 음."

"그러고 보니 한 가지 결정해야만 할 사항이 있습니다. 아인즈 님께서 왕을 칭하시는 데에는 이의가 없을 줄로 알지만, 단순한 왕이어서는 이 근방의 버러지들과 다를 바가 없지 않겠습니까? 좀 더 아인즈 님께 어울리는 호칭을 생각해야 할까 합니다."

데미우르고스의 제안에 수호자들이 일제히 찬성하는 목소리를 냈다.

"어떠신지요, 아인즈 님?"

"이의는 없다. 좋을 대로 하라."

아인즈 울 고운 왕이어도 괜찮은 것 같지만, '왕'이 붙으니 자신이 어떤 위치에 올라갈지 실감이 솟아나 몇 번씩 정신이 억지로 안정화되었을 정도였다.

"무언가 아이디어 있는 사람?"

"그러면 내가."

알베도의 말에 샤르티아가 손을 들었다.

"이럴 때는 역시 아인즈 님의 미모를 칭송해서, 미모왕이라고 하는 것이 좋지 않을까 하사와요."

오오.

수호자들에게서 감탄하는 목소리가 새 나왔다.

'아인즈 울 고운 미모왕?'

"저요~!"

다음으로는 아우라가 손을 들었다.

"아인즈 님의 강함을 어필해야 한다고 생각합니다! 강대한 왕이니 강왕이 좋을 것 같아요!"

맞아맞아 들끓는 목소리가 들렸다.

'아인즈 울 고운 강왕?'

"저, 저기, 저도 말해도 될까요? 어, 아인즈 님은 다정한 분이시고, 그 점을 모두가 알아주는 편이 좋을 것 같아요. 저, 저기, 그, 그러니까요, 자애왕 같은 건, 음, 어떨까요."

수호자들이 고개를 끄덕인다.

'아인즈 울 고운 자애왕?'

"제 생각에는——."

데미우르고스가, 아마도 연출 때문이겠지만 한 박자를 두고 말했다.

"——아인즈 님의 숭고한 지혜를 칭송하여 현왕(賢王)이 좋지 않을까, 어리석은 머리로나마 생각해 보았습니다."

수호자들이 옳은 말이라고 고개를 끄덕인다.

'아인즈 울 고운 현왕? ……죄송합니다. 그것만은 제발 봐주세요.'

"세바스는?"

"저는 심플하게 왕이 좋지 않을까 사료합니다."

알베도의 질문에 세바스가 대답했다.

"그러면 내 차례구나. 지고의 존재를 통솔하시는 정점에 계신 분이니, 지고왕이 좋겠어."

감탄의 한숨이 수호자들 사이에서 솟아났다.

'아인즈 울 고운 지고왕? 전부 다 뭐라고 해야 하나…… 굉장하네.'

전원의 시선이 아직까지 제안하지 않은 수호자에게 모여들었다.

"그러면 코퀴토스는 어떨까? 내가 말한 지고왕 다음에 좋은 의견을 내기는 힘들지도 모르겠지만, 아인즈 님께 어울리는 것이 있을까?"

"……흐음. 아인즈. 님은. 앞으로. 많은. 자들을. 지배하실. 터. 그런. 까닭에. 마를. 인도하는. 왕―― 마도왕이. 좋지. 않을까. 하네."

수호자들은 즉시는 반응하지 못했다.

하지만 모두가 일제히 아인즈에게 시선을 보냈다. 그 눈동자에 담긴 것은 이 이상의 이름이 없다는 무언의 동의였다. 알베도는 아주 조금 유감스러워하는 것 같았지만.

"좋다. 코퀴코스의 의견을 채용하겠다."

아인즈는 천천히 일어났다.

"건국의 날, 나는―― 아인즈 울 고운 마도왕이라 칭하겠노라!"

아인즈는 칭송을 한 몸에 받으며, 멋쩍어하듯 경의의 목소리를 손짓으로 제지했다. 실제로 근질거리는 기분이었던 것도 사실이었다.

"좋아! 아마 왕국과 제국의 전쟁 때 나자릭의 위대함을 보여줄 때가 올 것이다."

"그 말씀이 옳습니다, 아인즈 님. 그들은 아인즈 님의 힘을 조사하려 들 것입니다. 그야말로 그것이 우리의 노림수인 줄도 모르고."

데미우르고스가 매우 기분 좋게 말을 이었다.

"교섭하기 전에 무엇보다도 중요한 요소는 단단히 한 방을 먹여 격차를 이해시키는 것입니다. 상대의 강함을 이해하지 못하면 어리석은 자들은 쓸데없는 짓을 하게 마련이지요. 그런 의미에서 그 황제는 어리석은 자였습니다. 고개를 숙이고 아인즈 님의 신발을 핥는 것이 가장 현명하다는 사실을 깨닫지 못했으니까요."

"인간이 아인즈 님의 구두를 핥게 하다니, 전에도 좀 생각해봤지만 그건 포상 아닐까?"

"역시 알베도는 생각이 다르사와요. 하지만 기왕 핥는다면 몸이 좋겠사와요."

귓속말로 소곤소곤 거리는 두 사람의 대화는 못 들은 것으로 했다.

"……그러면 모두, 나자릭의 이름을 드높이기 위한 준비를 개시하라!"

"예!"

존명의 목소리가 제창이 되어 울려 퍼졌다.

2장 **전쟁준비**

Chapter 2 | Preparations for The Battle

1

1개월 후.

리 에스티제 왕국의 발란시아 궁전에서 주최된 궁정회의.
옥좌에 앉은 왕── 란포사 3세의 곁에서 부동자세를 유지
한 가제프는 모여든 수많은 귀족 중 6대 귀족의 모습을 보
고 슬쩍 눈을 크게 떴다.

모두가 다 모이는 것은 상당히 드문 일이었다.

왕에 버금가는 영토를 가진 6대 가문의 당주들은 군사력,
재력 등의 분야에서 하나 정도는 왕의 힘을 능가할 만한 것

을 가졌다. 그렇기에 왕의 소집에 이런저런 핑계를 대며 결석하는 경우가 잦다. 특히 반 왕당파 ── 귀족 파벌의 맹주인 보우롤로프 후작은 왕을 경시하는 태도를 감추려고도 하지 않아 한때는 왕국이 내부에서 와해되는 것이 아닐까 싶었을 정도였다.

다음으로 가제프의 시선은 이 자리에 있는 왕의 자식들 세 사람을 보았다.

가장 눈길을 끄는 것은 삼녀, '황금왕녀'라나 티엘 샬드론 라일 바이셀프.

다음으로는 악마 소동 때 왕에 이어 사람들을 위해 행동해 이름을 높인 차남, 자낙 바를레온 이가나 라일 바이셀프 제2왕자.

마지막으로 장남, 바르블로 안드레앙 이엘드 라일 바이셀프 제1왕자였다. 훌륭한 체구를 가졌으며 수염을 멋들어지게 다듬었다. 보우롤로프 후작은 그가 차기 왕이 되도록 움직인다. 이번에도 왕자의 부탁을 들어 궁정회의에 참가했을 것이다.

귀족 파벌 보우롤로프 후작이 참가한 이번 궁정회의는 틀림없이 파란을 일으킬 것이다. 가제프는 먹구름 같은 불안이 느껴지는 현재의 상황에서 눈을 돌리고자, 모여든 6대 귀족들을 바라보았다.

왕당파에 속한 세 사람 중 처음 눈에 들어온 것은 이 궁정에서 가장 호화로운 복장을 갖춘 블룸라슈 후작이다.

나이는 40세 직전. 나름대로 단아한 이목구비를 가진 이 귀족은 영토 내에 금광과 미스릴광이 있어, 그곳에서 산출되는 귀금속으로 왕국 최고의 재력을 자랑하는 인물이다. 다만 탐욕스럽다는 소문이 있어 금화 한 닢이면 가족마저 배신하리라는 악평까지 돌았다.

실제로 왕국을 배반하고 제국에 정보를 흘린다는 이야기도 있다. 그런 인물을 풀어놓는 이유는 한마디로 말하자면 의심의 여지가 없는 증거를 마련하지 못했기 때문이다. 확실한 증거 없이 왕당파인 블룸라슈 후작의 목을 벤다면 그를 따르는 귀족들을 반 왕당파로 돌리게 된다. 이를 빌미로 태연히 정보를 팔아치우고 있다면 최악의 인물이라 할 수 있다.

이어서 가제프가 시선을 돌린 곳에 있던 인물은 대귀족 중에서 가장 젊은 미청년, 페스페아 후작이었다.

왕의 장녀를 아내로 삼은 인물로, 결혼과 동시에 당주가 된 젊은이다. 아직 능력으로도 성격으로도 미지수인 점은 있지만 아버지는 능력과 인격 모두 뛰어난 인물이었으므로 젊은 페스페아 후작도 그렇게 되리라고 가제프는 생각했다.

반대로 6대 귀족 중 가장 나이가 많은 자가 우로바나 변경백이다. 수염은 이미 완전히 희게 물들었으며, 나아가 모발이 적어 거의 털이 없는 것처럼 보인다. 팔이나 몸은 가느다란 고목 같지만 야무지게 나이를 먹은 사람 특유의 위엄을 갖추었다. 대귀족 중에서도 가장 인간적인 매력을 가진 인물이다.

그들이 나란히 선 반대쪽에는 귀족 파벌 세 사람이 있었다.

우선 귀족 파벌의 중심인물이며 대귀족 중에서도 가장 넓은 영토를 보유한 보우롤로프 후작. 얼굴에 많은 상처가 있는 전사와도 같은 맹주.

50대에 들어섰으므로, 과거에는 빈틈이 없을 정도로 잘 다져졌던 굴강한 육체도 지나간 과거의 영광이 되어버렸지만, 팽팽한 목소리나 맹금을 연상케 하는 눈동자에는 아직까지도 전사의 잔재가 있었다.

전사로서는 늙어 쇠퇴했지만 지휘관으로서는 아마 가제프보다도 뛰어날 것이며, 이 왕국에서도 비할 자가 없는 인물이라 할 수 있다.

그 옆에 선 자가 리튼 백작이다.

여우 같은 인상을 품게 하는 이 사내는 6대 귀족 중에서도 가장 뒤떨어지는 인물이었으므로 어떻게든 자신의 가치를 높이고자 하는 면이 있었다. 자신의 힘을 확대시키기 위해서라면 타인이 괴로워해도 아랑곳하지 않는 인품 탓에 다른 귀족들의 평가는 좋지 못하다. 그렇기에 보우롤로프 후작 밑에 붙어 주위의 적의를 모면하려는 것이리라.

마지막 한 사람이 현재는 귀족 파벌에 몸을 둔 인물. 금발을 올백으로 꼼꼼히 빗어 넘겼으며 가늘고 긴 벽안의 소유자다.

그의 안색은 볕을 받지 못한 사람 특유의 건강하지 못한 흰색. 키가 크고 마른 체구와 맞물려 뱀 같은 인상을 준다. 나이는 40세가 못 되었을 테지만 건강하지 못한 흰색 피부 때문에 더 늙어 보인다.

그에게—— 레에븐 후작에 대해서는 복잡한 마음이 있는 가제프는 눈을 돌렸다.

왕궁의 권력투쟁을 더욱 복잡하게 만드는 것이 차기 왕위 건이다.

귀족 파벌인 보우롤로프 후작, 리튼 백작, 왕당파의 우로바나 변경백이 바르블로 제1왕자를 차기 왕으로 지지했으며, 파벌에 관계없이 많은 귀족이 장녀와 결혼한 페스페아 후작을 민다. 레에븐 후작은 자낙 제2왕자였다. 블룸라슈 후작은 관여하지 않겠다는 태도를 보였다.

이런 상황이 아직까지 왕이 옥좌에 눌러앉는 이유로 이어졌다. 만일 여기서 누군가를 지명한다면 내란이 벌어지지는 않을까 하는 우려가 있기 때문이다.

얼마 전의 가제프는 누가 왕이 되더라도 변함이 없다고 생각했으나, 현재는 개인적으로 자낙 제2왕자를 밀고 있다. 혹은 다크호스로 라나 제3왕녀를 생각하지만, 왕국에서는 역사상 여왕이 존재하지 않았으므로 힘들 것이다.

"그러면 이제부터 회의를 시작하겠다."

왕의 어조는 약간이지만 평소와 분위기가 달랐다. 귀가 밝은 자라면 이미 오늘 소집한 이유를 알고 있을 것이다. 그렇지 않은 자도 분위기의 미묘한 변화를 깨닫고 의미심장한 표정을 지었다.

"제국에서 포고관이 왔다. 그자가 가져온 제국의 선언문을 읽도록."

왕의 말에 따라 곁에 대동한 시종이 양피지에 적힌 문장을 읽어나갔다.

요약하자면 내용은 이러한 것이었다.

바하루스 제국은 대 매직 캐스터 아인즈 울 고운 마도왕이 이끄는 나자릭이라는 조직을 나라로 인정하고 국가로서 동맹을 맺었다.

본디 에 란텔 근교는 아인즈 울 고운 마도왕이 점령한 토지이며 리 에스티제 왕국은 현재 이를 부당 점거하고 있다. 그렇기에 본래의 소유자에게 반환해야만 한다.

이를 따르지 않을 경우 제국은 아인즈 울 고운 마도왕에게 협력해 왕국에 침공을 개시하여 아인즈 울 고운 마도왕의 영토를 탈환할 것이다.

이것은 정의의 집행이며 부당한 지배로부터 해방하기 위한 것이다.

낭독을 마친 내용은 너무나도 폭론이었다. 이런 것을 따르라니 광기의 소행이라고밖에 말할 도리가 없었다.

"혹시나 몰라 왕국의 역사를 하나하나 조사케 하였으나, 아인즈 울 고운이라는 인물이 에 란텔 근교의 영토를 지배하였다는 역사는 없으며, 이 요구의 정당성 또한 당연히 없다."

"그렇다면 트집 수준도 안 되는 광인의 헛소리로군요!"

부르짖듯 용감한 목소리가 울려 퍼졌다. 과거 무용으로 이름을 떨쳤던 보우롤로프 후작의 박력에 용기를 얻은 듯 다수의 귀족들에게서 찬동의 목소리가 일어났다.

"시기는 상당히 미루어졌사오나, 이것은 매년 있었던 제국의 침공이 아니겠습니까? 그간 온갖 말도 안 되는 이유를 들먹였는데 이번에는 소재가 떨어졌는지 그 매직 캐스터의 이름을 들먹인 것이 아닐는지요? 마도왕이라니, 거창하기 짝이 없는 이름까지 붙여서는……. 그 낯짝을 보고 싶군요!"

리튼 백작의 말에 가벼운 웃음소리가 났다. 그의 추종자들이었다.

"그러나——."

백작의 간교하다고밖에는 형언할 수 없는 여우 같은 가느다란 눈——그 안에 담긴 것은 비하하는 듯한 빛——이 가제프를 향했다.

"마도왕을 자칭한 광인의 이름을 어디선가 들어본 기억이 있군요. 내 말이 틀렸는지요, 스트로노프 전사장님?"

"······제가 에 란텔 근교로 갔을 때 구해주었던 매직 캐스터가 틀림없을 것입니다."

키득키득, 비아냥거림을 머금은 웃음소리로 리튼 백작이 싸늘하게 내뱉었다.

"그렇군요. 자신의 백성인 줄 착각하고 구해주었나 보지요?"

의미심장한 웃음소리가 곳곳의 귀족들에게서 들려왔다. 이를 나무라는 목소리는 없었다. 평민 출신인 가제프는 귀족 파벌의 귀족들 대부분에게 미움을 사고 있기 때문이다.

자신의 파벌 사람이었다면 한마디 하고 나섰을 왕도 리튼 백작이 적대 파벌이기 때문에 미간에 주름을 짓는 정도로 그쳤다.

"······역시 에 란텔 근교 농촌의 초토화는 제국의 소행이었던 것 아니겠습니까? 전사장님은 법국이라 생각하신 것 같습니다만. 그리고 이를 도와주러 왔다는 고이운? 이었나요? 그 매직 캐스터와 제국은 한패였다는 뜻 아니겠습니까? 전에 어느 분이 말씀하셨듯 스파이로서 숨어들기 위해서일지도. 전사장님을 궁지에 몰아넣었던 자들의 시체는 찾을 수 없었다지요?"

육색성전의 강자들이 가제프의 뇌리에 떠올랐다. 그와 동시에 아인즈 울 고운의 모습도.

"······시체에 대해서는 리튼 백작님께서 말씀하신 대로입니다만, 공모한 것은 아니리라 봅니다. 제가 카르네 마을에 갔을 때 습격하던 자들은 제국의 기사라고는 생각할 수 없을 정도로 강했습니다. 놈들은 천사를 사역하였으니 틀림없는 슬레인 법국의 수하일 것입니다."

"왜 법국이 그런 짓을 합니까?"

그걸 누가 알겠소.

그렇게 단언할 수 있다면 얼마나 기분이 좋을까.

대답이 막힌 가제프가 어떻게든 대답하려고 끙끙거리고 있을 때 리튼 백작의 옆에서 도움의 손길이 날아들었다.

"그런 미친 매직 캐스터 따위 아무려면 어떻소! 우리가 결정해야 할 사항은 위제(僞帝)의 선언에 어떻게 대응할지! 그것 아닙니까, 폐하?"

"보우롤로프 후작의 말이 옳다. 우리가 결단해야만 할 것은 왕국으로서의 대답이다."

"발언을 윤허해 주십시오."

슬쩍 앞으로 나선 것은 페스페아 후작이었다.

"그 황제의 선언을 받아들이기는 곤란합니다. 그렇기에 전쟁을 할 수밖에 없습니다."

도열한 귀족들이 열기를 띠었다.

"그렇고말고! 이번에는 놈들을 격퇴해 그대로 제국까지 쳐들어갈 차례입니다!"

"동감입니다. 이제는 제국의 침공을 격퇴하는 것도 진저리가 나니까요."

"이리석은 제국 놈들에게 우리의 무서움을 톡톡히 알려 줄 때가 온 것입니다."

"지당한 말입니다. 후작님의 말씀이 옳습니다."

웃음기 섞인 귀족들의 목소리. 매번 한마디도 다르지 않은 대사에 가제프는 신물이 났다.

지난 몇 년 동안 정기적으로 되풀이된 제국과의 카체 평야 전쟁.

서로 대치하거나, 혹은 왕국 측이 다소의 피해를 입고 끝나는 국지전이 올해도 반복될 뿐이다. 그런 지극히 익숙해진, 타성에 젖은 공기가 귀족들 사이에 피어났다.

하지만── 가제프는 전사의 감이 외치는 대로 입을 열었다.

"이번 전쟁이 예년의 국지전으로 끝나리라 보아서는 안됩니다!"

찬물을 뒤집어쓴 것처럼, 귀족들이 책망하는 시선으로 가제프를 보았다.

"흐음, 우리 전사장님은 그렇게 본단 말이군. 그 이유를 가르쳐 주게나."

"예, 폐하. 그것은──."

가제프의 마음속에서 경종을 울리는 것은 어떤 인물의 그림자.

"——예. 대 매직 캐스터, 아인즈 울 고운의 존재입니다."

"그렇군. 이 중에서 그를 만난 사람은 전사장뿐이었지. 그렇다면 그 말에는 어느 정도 무게를 두어야 할 테지만, 근거는 무엇인가?"

가제프는 말문이 막혔다. 대답을 잘 할 수가 없었다. 뭐라고 할까, 그저 전사로서의 감이 말한 것뿐이었다. 이번 전쟁에 관해서는 잘못된 판단은 위험하다고.

"폐하. ……에 란텔 근교를 제국, 아니, 그 매직 캐스터에게 할양하실 수는 없겠나이까?"

한순간의 침묵을 거쳐 매도가 터져나왔다.

"저 겁쟁이가! 네 이놈! 부끄러운 줄을 알아라!!"

왕당파의 귀족들이 지르는 노성이었다.

"폐하께 그렇게나 큰 은혜를 입어놓고도 영토를 내주라니! 언제부터 너의 왕이 가짜 황제가 되었느냐!! 무엇보다 폐하의 질문에 대답도 하지 않고!"

당연한 매도에 가제프는 아무 말도 할 수 없었다. 반대 입장이었다면 같은 생각을 했을 테니.

"됐다."

그를 구해준 것은 자애로운 왕이었다.

"그러나 폐하!"

"나를 위해 분노해준 그대들에게 감사하네. 그렇다면 나의 전사장이 결코 나를 배신할 인물이 아니라는 것도 생각해주게. 그는 몇 차례나 나를 위해 위험 속에 뛰어들어주었네. 그런 그가 나에게 불리해질 소리를 할 리가 없네."

가제프에게 고함을 질렀던 귀족은 왕에게 고개를 숙였다. 이를 확인하면서도 왕은 가제프에게 말을 이었다.

"그렇기에, 내가 신뢰하는 오른팔인 전사장이여. 그대의 제안이라도 그것만은 안 될 말일세. 창을 마주하지도 않고 영토를 내준다니, 통치자가 할 일이 아닐세. 게다가 그 땅에 사는 자들을 생각한다면 용서받을 행위가 아니지. 백성의 안녕을 깨뜨릴 만한 행위는."

영토만 내주고 그곳에 사는 백성들을 모두 데려온다는 것은 말이 안 된다. 아니, 그 자체는 가능할지라도 백성들에게 이제까지 살던 것과 똑같은 생활기반을 제공해줄 수는 없다. 결과적으로는 매우 가혹한 삶을 살게 될 것이다.

"정론이옵니다, 폐하. 저의 어리석은 발언을 용서해 주시옵소서."

그곳에 사는 백성들을 헤아리기에 할 수 있는 발언. 가제프는 고개를 숙였다. 이것이 어리석은 귀족—— 영지의 백성이 재산을 낳는 도구 정도로밖에 안 보이는 자들이었다면 지금 같은 발언은 없었으리라. 그런 자비를 아는 왕이기에 가제프는 몸을 바칠 수 있는 것이다.

반년 이상 전에 카르네 마을에 가던 도중 부장에게 한 말이 떠올랐다.

『도움이 필요할 때, 귀족들이 나타나 주기를. 힘 있는 자가 구해주기를.』

『위험을 무릅쓰고 목숨을 거는 자들의 모습을. 약한 이들을 구하는 강한 자들의 모습을.』

어전시합에 참가했던 당시의 가제프는 할 수 없었던 말이었으리라. 부장과 마찬가지로, 평민을 위해 목숨을 거는 귀족 따위 없다고 생각했다.

그런 가제프였지만, 왕을 가까이에서 모시게 되고 처음으로 그런 귀족도 있음을 알았다. 다만 아쉬운 점은 힘이 없다는 것이었다.

손에서 흘러 떨어진 목숨은 유감스럽게도 너무나 많았다. 귀족들의 시시한 긍지에 방해를 받은 경우도 헤아릴 수 없다.

그래도 섬기는 상대는 불평하는 일 없이, 왕으로서 백성이 살기 쉬운 왕국을 만들고자 행동했다.

가제프는 자신의 왕, 란포사 3세를 자랑스럽게 생각했다. 그렇지 않았다면 옛 전장에서 제국의 지르크니프 황제가 손을 내밀었을 때 변절해버렸을지도 모른다.

그런 가제프였지만 마음속에서는 먹구름이 일었다.

왕의 말이 사실이며 정론인 것은 분명하다. 옛날부터 왕은 자비로워 백성 또한 인간이라고 생각하는 사람이었다. 다만 한 가지, 왕이 강한 어조로 거절한 이유를 가제프는 알고 있었다.

그 악마 소동 이후, 파벌 사이의 세력 균형이 크게 기울어 졌던 것이다.

그간 왕국은 왕당파와 귀족 파벌 둘로 나뉘었으며, 세력 다툼이 이어졌다. 이 둘은 오랫동안 균형을 이루었지만 현재는 왕당파가 확대되고 귀족 파벌이 축소되었다.

왕이 선두에 서서 얄다바오트를 격퇴했기 때문에, 강한 왕이라는 인상을 받은 귀족들 중 왕당파로 돌아선 자들이 많았던 것이다. 그렇기에 왕은 여기서 약한 모습을 보일 수 는 없다. 그것도 모두——.

"하지만 전사장님의 발언이 잘못된 것은 아니지 않습니 까? 단 하나의 도시를 넘겨주기만 하면 전쟁을 회피할 수 있으니까요. 백성의 탄식을 미리 회피하는 것도 왕의 역할. 자신의 몸을 뜯어내더라도 백성들을 슬프게 하지 않으시려 는 분이어야 비로소 진정한 왕이 아니겠습니까?"

이렇게 말을 꺼낸 자는 귀족 파벌이었다. 미사여구를 늘 어놓기는 했지만 단순히 왕의 영토를 줄이는 것이 목적이리 라. 순식간에 왕당파 사람이 되받아쳤다.

"그 토지는 폐하의 직할령이다! 적에게 넘기라 한다면 자 신의 영토나 넘겨주시지!"

여기에 또 반박이 이어졌다.

"무슨 소리를! 제국이 넘기라고 요구했던 것은 에 란텔 근교. 그곳에서 멀리 떨어진 내 영토를 넘겨주어서 무엇을 회피할 수 있나! 생각이나 좀 하고 발언하게!"

왕당파의 힘이 늘어난 결과 귀족 파벌은 약해졌다. 이를 회복하고자 이제까지보다도 더 극심하게 왕의 발목을 잡아당기는 것이다.

가제프의 다른 불안은 여기에 기인했다. 파벌의 균형이 기울어졌기에 왕의 힘을 깎아내리려는 책동이 나날이 커진다. 앞으로 왕국이 둘로 나뉘어 다투는 일도 생각할 수 있었다.

그렇기에 왕은 강한 자신을 드러내 반기를 들지 못하도록 움직인다. 그 자체는 잘못이 아니다. 그러나——.

약한 모습을 보이지 않는다는 것은, 매우 위험한 일이 아닐까?

생각에 잠기려던 가제프는 왕당파의 귀족들 몇 사람에게 강한 시선을 받아 제정신을 차렸다. 왕의 영토를 내주라고 제안했기 때문에, 뒤에서 귀족 파벌로 돌아선 것 아니냐는 의심의 눈초리였다. 그리고 왕이 천거해주었던 은혜를 잊은 평민 놈이라는 비난이었다.

"흥! 그렇다면 폐하께 부탁해 자신의 영토와 에 란텔 근교를 교환하면 될 게 아닌가! 그다음에 헌상하시지!"

"어리석은 건 너다!"

그런 어린아이 싸움 같은 말다툼을 시작으로 단숨에 회의장이 소란스러워졌다. 옛날 같았으면 토론은 호각으로 끝났을 것이다. 그러니 왕당파의 목소리가 너 커시고 서서히 귀족 파벌의 목소리가 작아졌다.

어떤 인간도 자신이 유리한 상황에서 중지하기란 어렵다. 게다가 이제까지의 불만도 있었을 테니.

'달콤한 독을 들이켜버린 것 같군.'

서서히 귀족 파벌 사람들의 눈에 깃들어가는 차갑고 시커먼 의지를 느끼고 가제프의 등줄기에 싸늘한 것이 흘렀다.

대악마 얄다바오트의 습격이 모든 일의 원인이다.

그때 왕이 선두에 섰던 것도 그 상황에서는 최선의 수였다. 그것이 없었더라면 전선은 붕괴되고, 모험자들은 괴멸했으며, '청장미'를 잃고, 그 후 왕국의 상황은 최악이 되었을 것이다.

그러나 지금 상황을 보자면 다른 수를 선택했어야 하는 것이 아닌가 하는 생각도 고개를 들었다.

만일, 가령, 파벌의 균형이 잡힌 상태로 이 궁정회의가 시작되었다면 어땠을까.

'모르겠다. 하지만, 그래, 만일 제국과의 전쟁에서 패배했을 때는 어떻게 되지? 끝까지 항전하자는 말이 나올까, 나오지 않을까? 왕당파가 단숨에 힘을 잃고 귀족 파벌이 힘을 얻겠지만, 크게 기울어진 세력균형은 다시 균형을 찾을 수 있을까? 아니면 균형을 잃고 무너져…… 왕국을 양분하

는 전쟁이 시작되는 것은 아닐까? ——과연 괜찮을까?'

마치 무언가에 조종당하는 것처럼, 자신들이 선택했다 생각해도 교묘히 유도되어가는 듯한 불길한 예감을 받았다.

'설마…… 고운 공과 처음 만났을 때부터 의도되었던 것인가? 아니, 그렇지는 않다고 생각하고 싶다. 짧은 기간의 대화였지만 그분에게서는 그런 느낌은 없었다.'

아직도 경칭을 붙일 만큼, 적이 된 지금도 아인즈 울 고운이라는 매직 캐스터에 대해 가제프는 좋지 않은 인상을 품을 수 없었다.

'……그분이라면 의외로 평화롭게 지배…… 아차, 위험하군. 그런 생각을 하다니, 불충하게.'

"슬슬 이 어린아이 말다툼을 말리는 편이 좋겠군요."

어두운 사내의 목소리에—— 누구의 목소리인지 깨달은 귀족들이 조용해져갔다.

원래 같으면 왕의 역할이었을 것이다. 그것을 다른 인간이 나무라고 나선 데에 가제프는 입술을 깨물었다.

'그 승리는 달콤한 꿀이다.'

괜찮다고는 생각한다. 하지만 그 달콤한 꿀에 왕이 자신을 잊어버린 것은 아닐까. 가제프가 자랑스럽게 생각했던 왕이 사라져버리는 것은 아닐까, 그런 불안을 마음속에서 완전히 지울 수는 없었다.

"폐하, 제국의 침공이 확정이라면 저희도 대비해야만 하옵니다."

"레에븐 후작, 폐하만으로——."

귀족 파벌 사람이 꺼내려던 말을 레에븐 후작이 가로막았다.

"——기다리십시오. 만일 그래서 폐하의 군이 패배할 경우, 제국은 어디까지 침공해오리라 생각하십니까? 저는 자신의 영토를 지키기 위해 전력을 다해 폐하께 힘을 보태드리고자 합니다."

침묵이 내려앉았다.

왕국의 병사는 징병된 일반 농민이며, 전업전사인 제국의 기사와는 역량 면에서 비교가 되지 않을 정도로 약하다. 질이 뛰어난 제국에게 승리하려면 양으로 압도할 수밖에 없다. 그렇게 몇 년 동안 맞붙어왔다. 양으로도 진다면 결과는 말할 것도 없다.

레에븐 후작의 말에 귀족 파벌도 자신의 영토까지 제국기사들이 침공할 광경을 떠올렸으리라.

처음에 협조를 약속한 것은 왕도와 에 란텔 사이에 영토를 가진 귀족들이었다. 이어서 그 귀족과 친분이 깊은 귀족들. 이윽고 모든 귀족이 동의를 표했다.

"좋아. 그러면 제국에 대한 대답은 늦추기로 하고, 선전포고가 도착하기 전에 병사를—— 아마 전장은 예년대로가 될 테니, 그곳에 모으도록 하라. 당연히 나도 나가겠다."

"전장에선 소자도 동행시켜 주십시오, 아바마마!"

큰 목소리로 나선 것은 이제까지 옆에서 대기했던 제1왕자 바르블로였다.

"……아니, 아니지요. 왕위계승권 1위인 형님이 나가실 것도 없습니다. 제가 나가지요."

바르블로 제1왕자의 맞은편에서 말한 것은 자낙 제2왕자였다. 반면 바르블로의 대답은 간단명료했다.

"일 없다!"

강한 적의가 배어나오는 목소리였다.

자낙의 제안은 잘못된 것이 아니었다. 왕이 전장에 나가는 이상 왕의 맏아들까지 나가는 것은 지나치게 위험하다. 이 점은 바르블로도 잘 알 것이다. 하지만 거절한 이유는 자낙을 강하게 적대시하기 때문이었다.

이 또한 그 악마 소동이 원인이다.

자낙은 악마 소동 때 왕도를 순시하며 많은 국민의 칭송을 얻었다. 반면 바르블로는 왕궁에서 밖으로 나가지 않았다. 이에 따라 자낙을 지지하는 귀족들이 단숨에 늘었다.

외모가 별로 볼품이 없었던 자낙의 용감한 모습은 갭이 있었기에 눈에 띄었다. 반대로 외모가 훌륭했기에 바르블로는 겁쟁이라 여겨진 셈이다. 이 때문에 그 나쁜 소문을 불식시키고자 전장에 서서 용감한 모습을 국민들에게 보여주려 한 것이리라.

제1왕자 바르블로는 외견과 마찬가지로 전사로서 나름대로 실력이 있다. 그렇다고는 해도 어차피 보호받는 사람이며, 예를 들면 피를 토할 정도의 단련을 되풀이했던 라나 왕녀의 측근 병사 클라임에게 이길 정도는 못 된다. 그래도 왕족 중에서는 가장 고수다. 그런 그가, 검을 휘두르기만 해도 그 무게에 몸이 휘둘릴 것 같은 자낙에게 용기로 밀린다고 여겨지고 싶지는 않다는 오기도 있었으리라. 레에븐 후작은 '왕족이 검술 실력이 있다 한들 의미는 없다'고 하지만 머리로는 자낙에게 떨어진다는 사실을 아는 만큼 바르블로는 자신이 자랑할 수 있는 부분에서 패배를 피하고 싶었다.

어쨌든 왕위계승 경쟁에서 뒤처질 수는 없다.

가제프는 앞으로 왕국 내부에 도사린 위험에 위장이 시큰거리는 기분이었다.

왕이 은퇴하면 자신도 그 뒤를 따라 왕의 신변만을 지키며 살아가고 싶었지만, 어려울지도 모른다.

게다가 자신이 전사장으로서 활약해 구할 수 있는 목숨을 구하지 못한다는 것은 왕의 충신으로서 잘못된 일이 아닐까. 애초에 왕이 허락해줄까 하는 의문도 있었다.

자신에 필적하는 인물이 있다면 전사장 자리를 맡길 수 있으련만, 그런 인물에 짐작 가는 바는 없다. 역량이라면 자신과 호각인 인물이 단 한 명 있지만 그는 결코 전사장을 맡아주지 않을 것이다.

'브레인 그 친구는 앞으로 어떻게 할까. 무슨 생각을 할까.'

라나 왕녀의 직속 부하가 되었지만 훌쩍 어디론가 떠나버릴 것 같은 예감이 있었다. 만약 모습을 감춘다면 그것은 자신의 검을 더욱 드높이기 위해서일 것이다. 궁정에서만 있어야 하는 몸으로서는 조금 동경이 가는 삶이었다.

그의 날카로운 검을 떠올렸다.

악마 소동이 끝난 후 가제프는 브레인과 검을 마주한 적이 있다.

실전이나 마찬가지였으며, 시합은 결과적으로 가제프의 승리로 막을 내렸으나, 브레인의 카타나가 일으킨 바람이 머리카락을 가를 때마다 브레인이 쌓아온 시간을 강하게 느낄 수 있었다.

아마도 장래, 앞으로 몇 년 후면 브레인이 자신보다도 강해지리라는 예감도 들었다.

'브레인이 내 다음 전사장을 맡아준다면 나는 후진 양성에 힘쓰고 싶군. 그러면 왕국은 더 우수한 전사를 얻을 기회가 늘어나겠지.'

"동의합니다!"

보우롤로프 후작의 목소리에 정신을 차렸다. 지금은 먼 미래를 생각할 때가 아니다.

"허가를 얻었으니 신변경호도 겸해 소신의 최강 병사 일부를 맡기도록 하겠습니다. 어떠신지요, 폐하."

"흐음. 전사장, 그대는 어떻게 보나?"

듣고 있지 않았다고는 말할 수 없는 가제프는 진지하게 생각하고 있었다는 태도를 보였다. 레에븐 후작이 한쪽 눈을 움직인 것은 일부러 무시했다.

바르블로를 전장으로 보내도록, 바르블로를 차기 국왕으로 지지하는 보우롤로프 후작이 제안한 것 같았다. 하지만 정답이라는 보장은 없다. 그렇기에 가제프의 대답은 하나였다.

"폐하의 뜻대로 따르소서."

왕이 깊이 고개를 끄덕이고, 가제프는 조금 죄책감을 느꼈다.

"그렇군. 흐음…… 그러면…… 좋다. 너도 따라오거라."

"예! 위제 놈의 목을 베어 가져오겠습니다, 아바마마!!"

바르블로의 기세 좋은 대답을 들으며, 가제프는 앞으로 시작될 바쁜 나날이 자신의 불안을 날려주기를 빌었다.

*

6대 귀족 중 하나이자 정치 수완으로는 따를 자가 없다는 레에븐 후작. 그의 뛰어난 능력이 펼쳐지는 집무실은 매우 훌륭하리라는 선입견이 있지만, 사실은 그렇지 않다. 왕국의 미래를 좌우할 수많은 결정이 이렇게도 좁고 작은 방에서 이루어진다는 사실을 알면 분명 많은 이들이 놀랄 것이다.

벽 전체에는 책장이 있으며 서적이나 별첨을 붙인 양피지 같은 것들이 주인의 성격을 드러내듯 깔끔하게 정돈되어 있었다. 하지만 그렇다고 방이 작아 보이는가 하면 그렇지는 않다. 사실 이유 중 하나이기는 했지만.

가장 큰 이유는, 눈에는 보이지 않는 곳에 있다.

레에븐 후작의 저택은 벽돌벽 위에 회칠을 한, 귀족의 저택으로서는 지극히 평범한 구조였다. 그러면 집무실은 어떤가. 다른 방과 다를 바 없는 구조였다.

하지만 그 벽의 안쪽에는 동판이 방을 에워싸듯 심어져 있는 것이다. 이것은 마법에 의한 도청, 감시, 목표탐색 등을 저해하기 위해서다.

창문이 없으므로 좁은 방은 폐쇄감이 들지만, 비용 대비 효과를 생각하면 실제로 사용하는 데에 감내할 만한 넓이이므로 참아야만 한다.

왕궁에서 돌아온 레에븐 후작은 그런 마법방어까지 고려한 방으로 곧장 들어가, 중후한 집무용 책상 너머에 있는 유일한 의자에 털썩 앉았다. 그것은 잔뜩 지친 인간의 자포자기한 몸짓이었다.

그리고는 얼굴을 감추듯 손을 덮는다. 누가 어떻게 보더라도 왕국에서 손꼽히는 권력을 가진 대귀족의 모습이라고는 여겨지지 않을 것이다. 그보다는 한껏 지친 중년 사내라는 편이 정확하다.

파스스 늘어진 금발을 아무렇게나 쓸어올리고 의자 등받이에 기대 얼굴을 찡그린다.

조금 마음이 느슨해졌는지, 궁정회의에서 쌓인 스트레스가 분노가 되어 부글부글 끓어올랐다. 그것은 너무나도 쉽게 임계점을 돌파해 포효가 되어 허공에 터져 나갔다.

"이놈이고 저놈이고 다 바보뿐이야!"

아무도 현재의 상황을 이해하지 못한다. 아니, 이해하고도 이 몰골을 용인했다면 엄청난 모략가라 해야 한다.

지금 왕국은 더할 나위 없이 궁지에 몰렸다. 제국의 빈번한 시위행위 탓에 식량 문제 등으로 대표되는 온갖 위험이 천천히 침전되고 있다. 큰 파국이 겉으로 드러나지 않는 이유는 귀족들이 '적대 파벌을 거꾸러뜨릴 때까지 참으면 그만'이라고 진심으로 생각하기 때문이다.

제국은 기사라는 전업전사를 보유했지만 왕국에는 그런 것이 없다. 그렇기에 제국의 침략에 대항하려면 평민들을 모아 군대를 조직해야 한다. 그 결과, 마을에는 일손이 사라지는 시기가 생겨난다.

그 구조를 파악한 제국이 노리는 시기는 당연히 수확기다.

농번기에 남자 일손이 한 달이나 사라지는 것이 얼마나 문제인지는 말할 필요도 없다. 그럼 평민을 긁어모으지 않으면 될 게 아니냐고 생각지도 모르지만, 전업전사로 이루어져 훈련도와 무장 양면에서 탁월한 제국의 기사들을 상대하려면 몇 배의 병사를 긁어모으지 않고선 금세 패배해 밀려버리고 만다.

실제로 한 번은 징병을 많이 하지 않았던 탓에 큰 피해를 입은 적이 있었다. 그때는 가제프를 중심으로 한 반격작전이 성공을 거두어 '전(前)' 4기사 중 두 사람을 베고 고통분담을 하는 형태로 막을 내릴 수 있었다. 하지만 실제로는 국력이 저하되고 많은 백성을 잃은 왕국의 패배라 해야 하리라.

그런데도——.

"쓰레기는 배신하고! 멍청이들은 권력투쟁을 하고! 바보들은 불화를 부추기고!"

6대 귀족 중 하나인 블룸라슈 후작은 왕국을 배신하고 제국에 정보를 팔아넘긴다. 귀족들은 왕당파와 귀족 파벌로 갈라져 권력투쟁을 한다. 왕자들은 왕의 후계자 자리를 서로 노린다.

레에븐 후작은 분노를 터뜨릴 곳을 찾아 집무실 책상을 펑펑 두드렸다.

"폐하도 폐하지! 바보가 아니란 것도, 탐욕스럽지 않다는 것도 알지만 너무 생각이 없어! 얼른 자리를 양보하지 않으면 다툼은 더 깊어질 뿐인데도! 라나 님 덕에 왕당파에 유리한 상황을 만들어놨으니 다음 대로 권력이양을 추진해야 하는 것 아니냐고!"

악마 소동 때 왕에게 출전을 제안했던 것은 황금왕녀 라나였다.

그 결과 왕당파는 단숨에 힘을 얻었다. 그때 자낙 제2왕자를 왕으로 밀었다면 어떻게든 통했을 것이다. 그런데도——.

"자기 말이를 가엾다고 생각한 결과가 이 꼬락서니 아닌가. 마음이야 이해하지만, 뭐가 중요한지 조금이라도 생각할 머리가 있는 놈은 없는 거냐고!"

실제로는 있지만, 그들은 대체로 레에븐 후작 파벌에 들어와버렸다.

자신의 파벌에 모을 게 아니라 다른 파벌에 넣어 내부에서 조작을 시켜야 했다. 과거의 선택을 후회할 뿐만 아니라 다른 귀족들 중 머리 좋은 사람이 없다는, 그런 말도 안 되는 상황에 머리를 쥐어뜯었다.

"이놈이고 저놈이고 똑똑한 놈이라곤!"

눈앞의 미끼밖에 보지 못하는 고블린 정도의 뇌밖에 없는 귀족들에게 레에븐 후작은 부르짖었다.

"하지만—— 어쩌지?! 생각해라, 레에븐."

거친 숨을 고르면서 레에븐 후작은 고민했다.

앞으로 이어질 왕국의 수난에 대해, 그 상황에서도 유지하고 경영해나갈 수단을.

"우선 이번 제국과의 전쟁은 확실하게 위험해. 아인즈 울고운은 엄청난 힘을 가졌다지. 1만 이상의 피해는 나올 가능성을 예상하고 다음 수단을 모색해야 할 거다. 그와 동시에 왕자를 다음 왕으로…… 이건 어려우려나?"

입 밖으로 내면서 생각을 정리한다. 사실은 누군가에게 들려주며 의논하고 싶었다.

그렇기에 자낙 제2왕자를 밀었던 것이다. 왕족 중의 유일한——바로 최근에 또한 사람, 라나 왕녀가 늘었지만——아군. 마찬가지로 현재 상황의 위험을 알고 장래를 생각해 행동할 수 있는 동지. 그에게 왕위를 계승시킬 수 있다면 오른쪽 어깨의 짐을 내릴 수 있을 텐데.

"……내게 재상 지위를 준다고 했는데, 그건 농담은 아닐 테고, 왼쪽 어깨의 짐은 내려가지 않겠지. 하지만 왕국의 상황도 조금은 나아질 거다."

레에븐 후작의 당면 목적은 자낙 왕자의 왕위계승이었다. 이것이 실패하면 왕국은 붕괴를 향해 한 걸음 나아가고 만다.

"라나 왕녀의 도움도 있으니 이제까지보다는 조금 편해질 것 같지만……."

중얼중얼, 자신의 생각과 책략을 입 밖에 내며 숙고하던 레에븐 후작은 깊은 한숨을 내쉬었다.

레에븐 후작조차 모든 것을 내팽개치고 싶을 때가 있다.

짜증이 난 나머지 자신이 모든 것을 파괴해줄까 생각한 적도 한두 번이 아니다.

모래성을 지으려 하는데 주위에서는 어린아이들이 설치

는 상황이다. 그런 상황에서는 파멸선망에 사로잡혀도 도리가 없지 않겠는가. 하지만 그런 그가 노력할 수 있었던 데에는 당연히 이유가 있다.

똑똑, 문을 두드리는 소리가 들렸다.

그 소리가 들려온 위치는 낮았다. 레에븐 후작은 한순간 레에븐 후작이 아닌 것 같은 얼굴로 돌아갔다. 표정이 녹아 떨어졌다고나 할까, 눈꼬리가 늘어지고 입가가 헤실헤실 풀어졌다.

"어이쿠, 안 되지. 이런 얼굴로는 안 되지."

의지의 힘으로는 다잡을 수 없기 때문에 얼굴을 가볍게 두드리고 흐트러진 머리카락을 정돈했다. 그다음에는 금속이 들어간 문 너머에 있을 인물에게도 들리도록 큰 목소리를 냈다. 하지만 결코 화가 났다고 여겨지지는 않도록 부드러움을 담아.

"들어오너라."

무거운 문이 열리는 속도가, 이를 밀어 열고 있을 인물이 얼마나 이 순간을 고대했는지를 나타냈다.

어린 소년이 모습을 보였다.

사랑스럽고 천진난만한 소년의 뺨은 흰 피부 탓에 예쁜 핑크색으로 물들었다. 다섯 살 정도 되었을까. 소년은 쪼르르 방 안을 달려와 레에븐 후작의 무릎까지 다가왔다.

"집 안에서 뛰면 안 돼요."

소년의 뒤를 따르듯 여성의 목소리가 들렸다.

얼굴은 예쁘지만 어딘가 모르게 어두운 분위기를 띤 여성이다. 박행(薄倖)하다는 말이 잘 어울린다. 복장도 질은 좋지만 조금 어두운 색조를 띤 드레스였다.

여성이 가볍게 레에븐 후작에게 고개를 숙이고 희미한 미소를 짓는다.

레에븐 후작도 어렴풋하지만——조금 멋쩍음도 섞여서——웃었다.

아내가 웃게 된 것이 언제부터였던가.

문득 레에븐 후작은 과거를 떠올렸다.

레에븐 후작은 지금보다도 젊었을 무렵 재기로 넘쳐나는 사람이라면 가졌을 법한 야망을 품었던 시절이 있었다. 그 야망이란 왕좌.

왕위찬탈이라는 불경한 꿈이었다.

젊고 재능에 자신이 있었던 레에븐 후작은 자신의 평생 목표로 이만큼 어울리는 것은 없다고 생각했다. 그리고 이를 향해 묵묵히 매진했다. 세력을 늘리고, 부를 모으고, 연줄을 만들고, 정적을 걷어차고——.

아내를 맞은 것도 그 일환일 뿐이었다. 후작부인이라는 지위가 비싸게 팔린다면 어떠한 여자든 상관없었다. 결국 미인이기는 해도 박행한 느낌의 여인이 왔는데, 레에븐 후작은 마음에 두지 않았다. 중요한 것은 아내의 친가와 만들

연줄이었기 때문이다.

부부 생활은 평범했다.

아니, 평범했다는 것은 레에븐 후작 혼자만의 이미지였다. 눈앞의 아내와 결혼했을 때에도 도구 중 하나로 충분히 마음을 쓰기는 했지만 사랑이라고는 전혀 없었다.

그런 레에븐 후작이 변했던 것은 소소한 사건 때문이었다.

레에븐 후작의 시선이 자신의 무릎까지 다가온 그의 자식에게 내려갔다.

처음 자식이 생겼음을 알았을 때는 도구가 하나 늘었다는 정도의 느낌밖에는 없었다. 하지만 막 태어난 이 아이가 자신의 손가락을 쥐었을 때—— 레에븐 후작의 무언가가 무너졌던 것이다.

흐물흐물하며, 인간이라기보다는 원숭이와도 닮은 자신의 자식. 결코 귀엽다거나 그런 감정이 생겨난 것은 아니다. 그 손가락에 전해진 어렴풋한 온기. 그것을 느꼈을 때, 뭐라고 해야 할까, 어리석게만 여겨졌던 것이다.

왕좌 따위 쓰레기처럼 여겨졌던 것이다.

야망에 불타던 사내는 어느 사이엔가 죽고 말았다.

그리고 출산을 마친 아내에게 고맙다고 인사했을 때 그녀의 표정은, 지금도 레에븐 후작의 안에서는——결코 입 밖에는 내지 않지만——생각만 해도 웃음이 나오는 기억 중 하나가 되었다. 바로 그 '이 인간 누구야' 하는 표정은.

물론 아내도 처음에는 후계자를 얻어 생겨난 일시적인 변덕이라고밖에는 생각하지 않았을 것이다. 하지만 그로부터 레에븐 후작이 보인 이상할 정도의 변화 때문에, 그녀는 정말로 이상해진 것이 아닌가 생각한 모양이었다.

보아하니, 이제까지의 남편과 변화한 남편 중 어느 쪽이 좋으냐고 물으면 아내로서 후자를 선택하게 되는지, 그녀의 분위기도 조금 변했다. 말하자면 두 사람이 함께 평범한 부부가 되었던 것이다.

무릎에 기어오르려 하는 자신의 자식을 레에븐 후작은 두 손으로 들어 올렸다.

아이는 기쁜 웃음소리를 내며 레에븐 후작의 무릎 위에 자리를 잡았다. 옷 너머로 아이 특유의 높은 체온이 전해졌다. 적절한 무게가 기분 좋았으며 조용한 충족감이 가슴을 가득 채웠다.

지금 레에븐 후작의 목적은 단 하나.

자신의 자식에게 완벽한 상태로 자신의 영지를 물려주는 것.

귀족 아버지로서는 흔해빠진 그런 것으로 변했다.

레에븐 후작은 무릎 위에 얹은 자식을 부드럽게 바라보며 물었다.

"무쯘 일이째요~ 리이땅? 우쭈쭈쭈."

입술을 내밀고 쭈쭈쭈 소리를 내는 대귀족의 모습을 볼

수 있는 사람은 이 세상에 단 둘뿐이다. 그중 한 사람인 아이가 꺄악꺄악 웃음소리를 냈다.

"──여보. 아기 말투를 쓰는 건 아이의 언어능력 발달에 도움이 안 돼요."

"흥, 무슨 소릴. 자네 말은 아무런 근거도 없는 소문일 뿐이야."

그렇게 말하면서도 자식 교육에 나쁘다면 안 되겠다고 레에븐 후작은 내심으로 생각했다. 자신의 자식이라면 분명 재능을 가졌을 것이다. 아니, 재능이 없더라도 전혀 상관없지만, 부모로서 재능을 늘려주는 것은 당연하다. 반대로 자식에게 악영향을 주는 것은 안 된다. 하지만 애정을 담은 호칭만은 양보할 수 없다.

애정은 최고의 교육이다.

"응? 리이땅? 음? 왜 그러니? 아빠야한테 하고 싶은 말이라도 있어?"

조금 난처한 표정을 짓는 아래를 시선 밖에 두고 무시한 채 레에븐 후작은 거듭 물었다.

"에헤헤헤, 있지."

비밀 이야기를 하려는 듯, 아이가 입에 단풍잎 같은 손을 가져다댔다. 그 모습에 레에븐 후작의 눈꼬리가 축 늘어졌으며 뱀이라고까지 불리던 사내의 것으로는 여겨지지 않는 표정이 생겨났다.

"뭘까? 아빠야한테 가르쳐 줄래요? 우와~ 뭘까~?"

"오늘 저녁은 있지."

"응응!"

"아빠가 좋아하는 거야."

"우와~! 아빠야 너무 신난다아~! ……저녁에는 뭐가 나오나?"

"카브라 생선 뫼니에르예요."

"그렇군. ──어이쿠?! 왜 그래요, 리이땅?!"

레에븐 후작은 부루퉁해진 아이의 표정을 알아차리고 황급히 물었다.

"내가 가르쳐주려고 그랬는데!"

레에븐 후작의 뒷머리에 벼락이 꽂힌 것 같았다.

"그랬쩌…… 흠흠. 그랬구나~. 아빠야가 잘못했구나. 미안해, 리이땅. ……왜 가르쳐주고 그러나."

미간에 주름을 짓는 레에븐 후작의 시선을 받은 아내는 못 말리겠다는 표정을 손으로 가렸다.

"리이땅~ 그럼 아빠야한테 가르쳐줄래?"

아이는 토라져선 획 고개를 돌린다. 그 모습에 레에븐 후작은 극심한 충격을 받은 표정을 지었다. 당장에라도 죽음을 선택할 것 같은 그런 절망에 가득 찬 표정을.

"미안해, 리이땅. 아빠야는 바보라서 까먹었어요~. 그러니까 가르쳐줄래?"

흘끔흘끔 아버지의 표정을 엿보는 자식에게 다시 한 번 밀어붙어야겠다고 판단.

"아빠야한테 안 가르쳐줄 거야? 아빠야 울어버릴 거 같아."

"어~ 있지, 아빠가 좋아하는 생선."

"그렇구나! 아빠야 너무 신난다!"

레에븐 후작은 아이의 핑크색 뺨에 키스를 퍼부었다. 그것이 간지러웠는지 아이는 천진난만한 웃음소리를 냈다.

"좋~아, 그럼 밥 먹으러 갈까!"

"——아직 요리가 안 끝난 것 같아요."

"……그렇군."

부풀었던 분위기에 찬물을 뒤집어쓴 레에븐 후작은 불만스러운 표정을 지었다. 요리사에게 서두르라고 재촉하기는 쉽지만 그는 제대로 된 준비와 순서, 그리고 정해진 시간에 따라 움직이는 것이다. 자신의 이기심으로 그 리듬을 흐트러뜨리면 요리사는 최고의 요리를 만들 수 없다.

그렇기에 레에븐 후작은 불만스럽게 여기면서도 명령을 내리지는 않았다. 자식에게는 언제나 가장 맛있는 것을 먹여주고 싶기 때문에.

"자, 아버님은 일 하시는 중이니 그만 가자꾸나."

"네~."

씩씩하게 대답하는 아이에게 레에븐 후작은 서운함을 감

추지 못했다.

"어흠! 기다리시오. 일은 이미 끝났소."

"정말요?"

"음, 안심하시오. 정말로 다 끝났으니."

"……정말인가요? 내일로 미루려고 생각하시는 것 아닌 가요?"

"……."

아내의 차가운 시선을 받으면서도 레에븐 후작은 무릎 위의 아이를 내려놓으려 하지 않았다. 그뿐이랴, 오히려 더 꼬옥 끌어안기까지 했다. 그렇게 해 아이의 높은 체온이 전해지자 레에븐 후작은 따뜻하다고 중얼거렸다.

"……사실 좀 막혔던 상황이었소. 오늘 서둘러 처리해야 할 일은 아니오."

이 말은 변명이 아니다. 실제로 당장 조급한 안건은 없다.

그것을 알아보았는지 아내는 고개를 몇 번 끄덕였다.

"알겠어요. 하지만…… 힘드신가 보네요."

"누가 아니라나. 손발은 더 이상 필요가 없소. 내게 필요한 건 머리 쪽이거늘."

"제 동생은요?"

"처남도 상당히 우수하기는 하지만, 그대의 친정 영지 일만도 벅차지 않소? 이쪽으로 불러들여 일을 떠넘길 수는 없지. 달리 그대가 아는 사람 중에 맡길 만한 사람은 없소?"

몇 번 되풀이된 질문을 하고, 아내에게서는 같은 대답이 돌아왔다. 당신과 똑같은 수준으로 일을 할 수 있는 귀족은 없다고.

사실 있다면 이런 고생은 하지 않을 것이다. 이제는 평민 쪽에서 찾아볼 수밖에 없겠지만 제국처럼 국가에서 교육을 주도한다면 모를까, 왕국의 현재 상황에서는 재야에 묻힌 인재를 발굴하기란 매우 힘들다. 유능한 인물의 소문을 모아 그 영지의 귀족과 교섭해나가는 정도가 고작이다.

얼마나 시간과 노력이 필요한 작업이란 말인가. 레에븐 후작이 지친 표정을 짓고 있으려니, 무릎 위에 얹었던 아이가 좋은 생각이 났다고 입을 열었다.

"아빠, 내가 있지, 아빠 일 같이 해줄게."

"우와~ 리이땅 고마워! 진짜진짜 사랑해!"

레에븐 후작은 귀여운 말을 하는 자식의 뺨에 몇 번이나 되풀이해 키스를 했다. 그야말로 그에게는 행복한 시간이었다.

하루하루의 바쁜 업무로 잊을 수 있어 마음이 편안해지는 시간.

레에븐 후작은 이를 목숨과 바꿔서라도 지키겠노라고 강하게, 강하게 생각했다.

제국의 선언으로부터 두 달이 경과해, 토해내는 숨이 희게 물드는 계절이 되었다.

왕국 각 영지의 마을에서는 바깥일이 집안일로 바뀌고 밖을 돌아다니는 사람이 줄어들었다. 이 계절에도 바쁘게 일하는 사람들은 별로 없다. 1년 내내 쉴 새 없이 일한다는 이미지가 있는 모험자들도 그렇다.

굶주린 마수 같은 것들이 이따금 촌락까지 나타나 급한 업무 의뢰가 날아들 때도 있지만, 보통은 일이 적다. 미지의 유적을 찾는다 해도, 비경을 탐색한다 해도 이 계절에 미개척지에 뛰어들기에는 위험도가 높다. 그렇기 때문에 이 계절은 모험자들에게도 휴식의 계절이며, 훈련이나 오락, 부업에 힘을 쏟는다.

하지만 오늘 성새도시 에 란텔은 달랐다. 열기가 깃든 것 같은 소란이 있었다.

그렇다고는 해도 이 소란은 왕국 내의 다른 도시와는 다소 분위기가 달랐다. 활기와는 별도의, 다른 감정에 생겨난 열기였다.

열기의 발생지는 에 란텔의 삼중 성벽 중 가장 바깥쪽에 위치한 성벽 내.

그곳에는 무수한 사람들이 있었다. 거의 모두 남루한 차림이었다. 대부분 평민일 것이다. 하지만 숫사는 어저구니가 없을 정도. 거의 25만은 될 것이다.

이만한 사람이 에 란텔에 상주할 리가 없다.

분명 에 란텔은 3개국의 영토에 인접한 곳인 만큼 교통량이 많으며 물자, 사람, 돈, 온갖 것들이 오간다. 그리고 그러한 도시는 필연적으로 커지게 마련이다.

하지만 그래도 이 구획에만 25만이나 되는 사람이 살지는 않는다.

그러면 왜 이만한 사람들이 지금 이곳에 있단 말인가.

그것을 간단히 설명해줄 수 있는 것이 일부 젊은이들이었다.

나무와 짚으로 형태를 만들고, 그곳에 울퉁불퉁해진 강철 갑옷을 입혀 방패를 들린 표적을 향해, 칼날이 서지 않은 창으로 찌르는 훈련을 받는 젊은이들이 대부분인 것이다.

그것은 전투훈련이었다. 그렇다── 이곳에 모인 자들, 왕국 백성 25만은 제국과의 전쟁을 위해 모여든 병사들이었다.

기세등등한 기합성이 오갔다. 물론 긍정적인 마음으로 소리를 내는 사람은 적다. 대부분이 앞으로 치러질 목숨을 뺏고 빼앗기는 행위에 대한 공포, 훈련을 하지 않고선 살아 돌아가지 못한다는 초조함, 그러한 것들에 등을 떠밀릴 뿐이었다.

다만 성실하게 훈련을 받는 자들만 있는 것은 아니었다.

제국과의 전쟁은 1년에 한 번씩 매년 일어난다. 그렇기에 마음이 꺾일 것 같은 사람 또한 많았다. 의욕이 없어 포석 구석에 눈에 뜨이지 않게 드러누운 자, 옆사람에게 푸념처럼 무언가를 늘어놓는 어두운 자, 무릎을 끌어안고 웅크린 자 등등.

나이가 많아지면 많아질수록 그런 경향이 현저했다.

전의는 거의 없었으며, 살아 돌아가기만을 바라는 병사들.

그것이 왕국군의 실태였다. 그것도 어쩔 수 없다. 강제적으로 끌려와, 포상도 거의 나오지 않는 살육에 시간을 빼앗기는 것이니까. 살아서 돌아간다 해도 목에 감긴 밧줄이 서서히 조여드는 것처럼 시간을 빼앗긴 데서 생겨난 악영향이 조금씩 생활 기반을 흔들어간다.

그것은 느린 죽음으로 향하는 것과 다를 바 없었다.

그런 병사들의 옆을 짐마차가 지나간다. 짐칸은 불룩했으며 막대한 식량으로 가득했다.

상식적으로 생각하면 왕국 전토의 인구 3퍼센트 가까운 인구를 한 도시에 모아놓고 생활시키기란 지극히 어렵다. 하지만 에 란텔은 제국과의 전쟁에서 전선기지와도 같은 도시이며 왕국의 병력을 받아들이는 곳이다.

제국과의 전쟁이 몇 차례나 되풀이되는 사이에 이제는

'고작 25만쯤이야'라고 웃어넘길 만한 준비도 가능해졌다. 식량고는 거대해져 이미 이 도시에서도 가장 커다란 건물이 됐을 것이다.

그곳에 수납된 물자가 이내 어딘가로 잇달아 실려나간다.

무기력한 기색을 보이던 자들이 그 짐마차를 두려움에 찬 눈으로 흘끔거린다. 자신들의 바로 옆으로 다가온 사신을 응시하는 듯한 눈빛.

이제부터 시작될 일을 이해한 자들은 대개 그러했다.

식량의 대규모 수송.

그것은 제국과의 전쟁이 다가왔다는 것을 말했다.

*

에 란텔. 삼중 성벽의 가장 안쪽인 내벽 내부.

중앙에 위치한 장소에 에 란텔의 도시장, 파나솔레이 그루제 데일 레텐마이의 저택이 있다. 도시장이라는 지위에 어울리는 훌륭한 저택이기는 하지만 그 바로 옆에 건축된 건물에 비하면 조금 뒤떨어진다.

이것이 바로 이 도시에서 가장 훌륭하게 지어진 건물——귀빈관. 왕이나 그에 준하는 지위를 가진 사람이 왔을 때만 열리는 저택이다.

그리고 현재, 그 저택의 한 곳에 란포사 3세와 대귀족을 중심으로 하는 남자들의 모습이 있었다.

가제프는 간이 옥좌에 앉은 왕의 옆에 말없이 서 있었다.

방 한복판에 있는 커다란 책상을 에워싼 주요 귀족들은
그곳에 펼쳐진 커다란 지도를 노려본다. 지도에는 수많은
표식이 놓였으며 그 주위에 지휘관의 명부, 정찰부대에서
온 보고, 과거의 전투기록, 주변에 출몰하는 몬스터의 정보
등등 무수한 종이가 흩어져 있었다. 뒤에 선 하인들이 든 물
주전자에는 이미 내용물이 거의 남지 않았다.

그것은 이 방에서 어떠한 격론이 되풀이되었는지를 말해
주는 듯했다.

실제로 대귀족들의——역사가 만들어낸 품위 있는 얼굴
에는 짙은 피로의 빛이 어렸다. 대군이라면 대군일수록 논
의해야 할 내용은 방대해지며 다채로워진다. 기본적인 부분
은 아랫사람들에게 떠넘길 수도 있지만, 다른 귀족들과의
조정 같은 면밀한 논의는 파벌의 책임자가 해야만 한다.

귀족의 긍지에 걸고 꼴사나운 모습은 보일 수 없으므로
그들의 업무량은 증대한다.

하지만 그것도 이제 곧 끝난다.

이 자리에 모인 자들 중 가장 피로의 빛이 보이지 않는 레
에븐 후작이 입을 열었다.

아니, 그가 선두에 서서 입을 여는 것은 늘 있는 일이다.
박쥐라 불리지만 그래도 그의 지성을 얕잡아보는 이는 없

다. 이처럼 파벌을 넘어선 논의는 그가 사회를 맡을 때 가장 효율이 좋다.

"여러분 모두 고생이 많으셨습니다. 이로써 당분간이긴 하지만 기일까지 준비는 마쳤습니다. 이제부터 제국과의 전쟁에 대비한 계획을 진행하겠습니다."

레에븐 후작은 모두를 둘러보고 양피지를 그 자리에 있는 모두에게 보이도록 들었다.

"이와 같이, 며칠 전에 제국에서 전쟁할 장소를 기재한 선언서가 도착했습니다."

이것은 전쟁을 벌이는 동일한 종족 사이에서 종종 맺어지곤 하는 협정이다. 전쟁터는 이따금 언데드가 출몰하는 저주받은 지역이 되는 현상이 일어나기 때문이다. 양측 군대의 의견이 일치할 경우, 두 나라에게 모두 곤란함이 없는 전장에서 우열을 결정짓게 된다.

물론 그러한 전쟁만 있지는 않은 것도 사실이며 반대로 이러한 협정이 드물 정도였지만, 왕국과 제국의 전쟁은 몇년 전부터 장소를 지정해 치러지곤 했다.

새로운 영토를 획득할 수 있다 해도 근처에서 언데드가 다발해서는 난감하고, 영토를 지켜냈다 해도 대지가 저주를 받아서는 의미가 없다는 양측의 의도가 일치한 결과였다.

그러한 이유로, 레에븐 후작의 말에 누가 먼저랄 것도 없이 안도의 한숨을 쉬었다. 작년까지와 같은 순서로 진행되니 이번 전쟁 또한 이제까지 있었던 전쟁의 연장선상에 있으리라 생각할 수 있었기 때문이다.

"그리고 전장은——."

"뜸 들일 것 없네, 레에븐 후작. 늘 싸우던 곳 아닌가? 사실 그곳 말고는 생각할 수가 없지만."

"그렇습니다. 보우롤로프 후작 말대로 예년의 장소입니다. 저주 받은 안개가 끼는 땅, 카체 평야. 그중에서도 북서부입니다."

"……같은 장소를 지정하다니, 제국의 침공도 예년대로라는 건가?"

설령 아인즈 울 고운이라는 매직 캐스터의 국가가 어쩌고 저쩌고 했어도 그래 봤자 대의명분을 만들기 위한 헛소리일 뿐이었음이 증명된 것처럼 여겨졌던 것이리라.

정말로 그뿐이라면 가제프도 동의했을 상황이었다. 그러나 레에븐 후작은 고개를 가로저었다.

"유감입니다만 블룸라슈 후작, 그렇게는 안 될 것입니다. 제국은 이번에 상당한 병력을 동원했다는 보고가 올라왔습니다. 제 부하인 오리하르콘 클래스 모험자 출신의 팀에 조사케 하였습니다만, 병력은 알 수 없어도 문장은 합계 6개 군단의 것이 있었다 합니다."

"6개 군단이나?!"

술렁임이 그 자리를 지배했다.

제국기사단은 모두 8개 군단으로 이루어졌는데, 이제까지는 많아도 4개 군단이 전쟁에 참가했다. 하지만 이번에는 그 1.5배가 움직였다는 것이다.

"진심……인가?"

불안스러워하는 표정으로 귀족 한 사람이 말했다.

제국군 6개 군단이 움직였다면 숫자는 6만이 될 것이다. 왕국군은 25만이므로 숫자로는 압도적으로 위다. 그러나 개개인의 역량 면에서 왕국군은 제국군의 발밑에도 미치지 못한다.

"모르겠습니다만, 이제까지처럼 한 번 부딪히고 마는 가벼운 것으로 끝나지는 않으리라 생각해야 할 것입니다."

이제까지의 전쟁은 20만 대 4만 정도로 시작해, 제국이 돌격을 감행하고, 왕국이 이를 받아내면 그것으로 끝나는 전투였다. 제국의 노림수는 오랜 기간을 들여 왕국을 서서히 피폐시키는 데 있으므로 식량을 헛되이 소비시키면 목적 중 하나는 이루게 되기 때문이다.

이번에도 그것을 노렸다면 6만이나 동원할 필요는 없다. 다시 말해 다른 노림수도 있다, 이제까지와 똑같이 생각해선 위험하다는 것이 레에븐 후작의 견해였다.

"이번에는 병력을 늘리길 잘했군."

하지만 그 결과 전쟁비용이 늘어난 것은 머리가 아파지는 문제였다.

예년 같았으면 제국은 수확기를 노려 쳐들어왔지만, 이번에는 겨울이기도 해 온기를 유지하기 위한 장작 등 이제까지는 필요가 없었던 비용이 더 늘어났다.

이 전쟁에서는 왕이 비용을 부담하게 되어, 만일 왕당파의 힘이 증가하지 않았다면 기부금 같은 것을 모을 수 없어 왕의 힘은 단숨에 깎여나갔을 것이다.

"그 점 말인데, 레에븐 후작. 제국이 기존보다도 많은 병력을 동원한 이유는 동맹인, 왕을 참칭하는 매직 캐스터에 대한 체면이니 명분 때문이 아니겠나? 제국이 주체가 되어 왕국에 선전 포고를 했으니, 대군을 움직여 우리와 부딪치지 않는다면 동맹에게 과시를 할 수가 없겠지."

"그럴 가능성도 충분히 있다고 봅니다. 실제로 아인즈 울 고운에게서는 아무런 서한도 도착하지 않았습니다. 이번 건은 제국이 주도했으며, 아인즈 울 고운은 여기에 말려들었거나 혹은 본인의 뜻은 아니었을 가능성도 있습니다."

만일 그렇다고 한다면 가제프 개인에게는 매우 기쁜 일이다. 그 위대한 매직 캐스터가 진심으로 적이 되지 않는다면 얼마나 다행일까. 그러나 그것은 지나친 낙관론이었다.

가제프는 이제까지 다물고 있던 입을 열었다.

"한 말씀 올려도 되겠습니까."

"허하네."

왕의 허가를 얻은 가제프는 자신이 품은 불안감을 말했다.

"저에게는 그렇게 보이지 않습니다. 슬레인 법국에서 서한이 도착했듯, 지는 선전 포고가 명분이라고는 도저히 생각되지 않습니다."

귀족들이 일제히 떨떠름한 표정을 지었다.

에 란텔 주변은 3개국의 이해가 얽힌 곳이며 제국과 왕국이 국지전을 벌일 때는 반드시 슬레인 법국도 선언을 낸다. 에 란텔 근교는 원래 슬레인 법국의 것이므로 현재 왕국은 부당점거하고 있고, 정당한 주인에게 반환해야만 하며, 또한 부당한 권리를 둘러싸고 다투다니 매우 유감이라는 것이었다.

이것은 양국에서 보자면 부리를 들이미는 행위나 다름없었지만 법국이 직접 군을 움직인 적은 없었으므로 어디까지나 말뿐이라고 보고 있다.

그러나 이번에는 경향이 크게 달랐다.

『법국에 기록이 없으므로 판단할 수는 없으나, 만일 아인즈 울 고운이 실제로 그곳을 과거에 지배했던 자라면 그 정당성을 인정한다.』라는 주지를 공표해 왕국에 서한을 보냈던 것이다.

왕국의 귀족들이 보기에는 무슨 멍청한 소리를 하는가 싶은 분노의 선언이었다. 옆에서 주제넘게 나서 되는 대로 떠들지 말라고. 하지만 그 내면에 포함된 진의를 이해하는 자도 당연히 있었다. 이 자리의 그들은 충분히 이해했던 것이다.

슬레인 법국의 선언은 '우리는 아인즈 울 고운과 적대할 뜻이 없다'는 국가의 판단을 드러냈음을.

주변 국가 최대의 국력을 가진 슬레인 법국이, 단 한 명의 매직 캐스터를 상대하지 않고 피했다는 사실.

아니, 그것도 수긍이 간다. 가제프는 자신의 생각을 이어 나갔다.

"육색성전의 1개 부대를 쉽게 섬멸…… 아인즈 울 고운 개인은 죽었다고는 하지 않았습니다만, 그만한 힘을 가진 인물을 적으로 돌려서는 위험하다고 슬레인 법국은 판단한 것입니다. 제국이 주도하고 아인즈 울 고운이 말려든 것뿐이라면 그렇게까지 꽁무니를 뺀 성명을 낼 리 없습니다."

"흥. 매직 캐스터 하나 더해졌다고 무엇을 할 수 있단 말인가. 이쪽에는 25만이 있는데."

모멸의 미소를 띠며 리튼 백작이 가제프의 경계심을 비웃었다.

가제프는 눈살을 찡그리고 싶어지는 기분을 참았다. 강대한 힘을 가진 매직 캐스터의 활약은 놀라울 만한 것이다. 반면 리튼 백작이 하고 싶은 말도 이해가 갔다.

아무것도 모르면 자신도 그렇게 생각했을 것이다.

예를 들어 제국에는 플루더 파라다인이라는 대 매직 캐스터가 존재하며, 그의 이름은 아득히 먼 나라에까지 널리 알려졌다. 제5위계, 어쩌면 제6위계 마법까지도 구사할 수 있다고 일컬어지는 인물인데, 그 실력이 어느 정도인지를 자세히 아는 자는 없다.

그것은 실제로 매직 캐스터인 플루더가 왕국과의 전쟁에 나선 적이 없으며, 그의 마법으로 군을 괴멸시키거나 하지도 않았기 때문이다.

나아가서는 제6위계라는 말을 들어도, 대단하다는 것 자체는 이해하지만 어느 정도 대단한지는 감이 오지 않는 것이 현실이다.

왕국전사장으로서 수많은 전장을 거쳤던 가제프조차 그렇다.

매직 캐스터가 아니라, 어디까지나 교양으로밖에 마법을 모르는 귀족이라면 더욱 이해하기 힘들 것이다. 실제로 왕국 귀족 중에서는 플루더 따위 별것 아니라고 판단하는 자도 많았다. 제국이 선전을 위해 과장되게 말했으리라는 견해였다. 특히 이런 생각은 모험자처럼 마법을 쓰는 직업과 별로 관계를 가지지 않는 고위 귀족에게 널리 엿보였다.

리튼 백작도 그런 사람 중 하나일 것이다. 그는 매직 캐스터를 길거리에서 곡예 마술을 보여주는 사람의 일종 정도로 생각하는 것이 분명했다. 물론 병이나 부상을 치유하기 위해 몇 번이나 불렀을 신관들에 대해서만은 다르겠지만.

"……그렇게만 볼 수는 없겠지. 비행 마법을 써서 광범위 공격을 퍼붓는다면 매우 성가시네. 원거리에서 공격마법이 날아들어도 골치 아프지. 그렇다고는 해도 전문직인 매직 캐스터를 그처럼 아까운 용도로 쓰지는 않을 걸세. 다만 제국의 아인즈 울 고운에 대한 대우는 지나치리만치 이상하네. 단순한 매직 캐스터라면 그렇게까지 우대하진 않을 텐데. 경계해 마땅하다고 생각하네."

우로바나 변경백이 무겁게 중얼거렸다. 머리카락은 새하얗고 주름투성이 얼굴에는 야무지게 나이를 먹은 사람 특유의 위엄이 깃들었다. 가장 나이가 많기도 해서 리튼 백작과는 대조적인 그의 한 마디 한 마디에는 아무리 리튼 백작이라 해도 부득불 수긍할 정도의 무게가 있었다. 하지만 여기에 이의를 제기하는 자가 있었다. 보우롤로프 후작이었다.

"흥. 아인즈 울 고운이 다 뭔가. 리튼이 말했듯 단 한 사람으로 무슨 일을 할 수 있다고. 하늘을 날아온다면 화살로 쏘아 죽이면 되지. 원거리에서도 마찬가지. 단순한 매직 캐스터 한 사람이 뭘 할 수 있단 말인가! 매직 캐스터 한 사람으로 전황을 바꿀 수 있다니, 그런 건 동화에서나 나오는 이야기야!"

"……주제넘은 말씀이오나, 바드들의 영웅담은 진실인 경우가 많습니다만?"

"전사장님은 모르시나 보군. 화려한 이야기는 사람들을 끌어들이게 마련이오. 그렇게 이야기를 부풀려나가는 사이에 진실과는 거리가 먼 이야기가 되는 경우도 많소. 바드에게서 바드에게 구전되다 보면 또 크게 변화하는 법이고."

"하오나 예를 들어 〈화염구Fireball〉를 쓸 수 있는 매직 캐스터를 다수 마련한다면——."

"〈화염구〉 마법을 쓸 수 있는 자를 많이 모으는 것이 가능하오, 전사장님?"

"그것은…… 어려울 줄로 압니다."

〈화염구〉는 제3위계 마법이다. 이를 쓸 수 있는 매직 캐스터를 다수 모으려면 매직 캐스터를 양성하는 학원을 가진 제국에서도 무리일 것이다.

"그것이 해답 아니겠소. 마법은 무기 중 하나요. 아무리 강대한 힘을 가졌다 한들 혼자서 전황을 좌우하다니, 그런 일은 있을 수 없소! 전사장이—— 실례, 전사장님이 좋은 예가 아니겠소. 전사장님과 1대 1로 겨루어 이길 수 있는 자는 없겠지만, 그렇다 해도 단시간 내에 수만 병사를 학살할 수는 없소."

그의 말이 옳다. 가제프는 보우롤로프 후작을 설득할 논거가 없었다.

사실 일격의 마법으로 만 명의 병사를 죽인다는 소리는 수상쩍은 옛날이야기에서밖에 들어본 적이 없었다. 그 노파, 13영웅 리그리트 베르스 카우라우도 그만한 힘을 가지지는 못했다.

그러나 가제프의 불안은 사라지지 않았다.

정말로 굉장한 매직 캐스터를 알지 못하기에, 무지하기에 이렇게 말할 수 있는 것이 아닐까?

"……용은 어떻습니까?"

"블룸라슈 후작…… 그 매직 캐스터는 인간 아닌가. 왜 용 이야기가 나오나?"

"그, 그게, 개인으로 군에 필적한다면……."

"인간 이야기를 하는데 용 이야기를 해봤자 의미가 없지. 전제조건이 다르지 않나! 무슨 생각을 하는 거람. 겨우 매직 캐스터 하나 경계하느라──"

그리고 보우롤로프는 잠시 가제프를 부릅 노려보더니 말을 이었다.

"──그 그림자에 겁을 먹다니, 왕국 귀족으로서 부끄럽지도 않나?! ……하지만 전사장님의 걱정도 이해는 가오. ……아인즈 울 고운 개인의 전력은 5천 병사에 필적한다고 간주해두면 되겠지."

"오, 오천이라고요?!"

리튼 백작이 눈을 크게 떴다.

"한 사람에게 5천이라니…… 평가가 다소 지나치신 것 아닙니까? 그 절반이어도 충분할 것입니다."

"나는 전사장님이라면 천 명의 병사에 필적한다고 보네. 그런 전사장님이 경계하시니 다섯 배의 숫자를 붙여야겠지. ……전사장님의 눈을 믿고."

"감사드립니다."

아인즈 올 고운의 선부능력이 5천 정도라는 데에는 의문이 들었지만 그 이상의 평가는 어려울 것이다. 그렇다면 여기서는 감사를 표하고 상대의 기분을 좋게 해주어야 한다. 그렇게 생각한 가제프는 고개를 숙였다.

그때, 이제까지 입을 다물고 있던 바르블로 제1왕자가 잠시 발언하겠다며 손을 들었다.

"……나는 옛날부터 생각했네. 모험자들을 전쟁에 끌어낼 수는 없나? 애초에 그놈들은 왕국에서 일을 하니 왕국의 백성으로 징병하면 되는 노릇 아닌가. 왜 전쟁에 끌어낼 수 없는 겐가? 왕국에 그런 법 따위 없는데."

대귀족들은 서로 눈짓을 나누었다. 그들은 영토를 관리하는 입장이므로 모험자의 존재 가치를 잘 안다. 그렇기에 바르블로 같은 생각은 하지 않는다.

가제프는 왕자의 이 발언은 왕에게 책임이 있다고 생각했다. 영토를 주어 운영케 했더라면 이런 질문은 나오지 않았을 것이다.

레에븐 후작이 어흠. 하고 헛기침을 한 차례 했다.

"왕자님. 우선 모험자는 코퍼 랭크 같은 자들을 제외하면 일반 병사보다도 강하다는 점은 아시는지요?"

"음, 그 정도는 안다. 그렇기에 징병하면 훌륭한 활약을 보일 게 아닌가. 제국 기사조차 쉽게 쓰러뜨릴 테지."

"그 말씀은 분명 옳을 것입니다. 하오나 그렇게 되면 적도
—— 이번에는 제국입니다만, 그들도 대항하기 위해 모험자
를 징병할 것입니다. 이는 결과적으로 모험자와 모험자를 부
딪치게 하는 전법보다는 모험자가 약한 병사들을 죽여나가는
전법을 낳을 것입니다. 그렇게 되면 전쟁의 피해가 확대되겠
지요. 약한 자가 더 많이 죽게 됩니다. 그렇기에 피차 모험자
의 힘은 빌리지 않기로 해 군비확장 경쟁을 피하는 것입니다.
또한 모험자 조합도 그러한 규칙을 두고 있습니다."

같은 이유로 워커도 고용할 수 없다. 그들의 경우에는 모
험자보다도 비싸고 신뢰할 수 없기 때문이기도 하지만.

"그렇군. 수긍은 가지 않지만 이해는 했네. 그러면 예를
들어 도시가 침공을 받았을 때는 어떻게 되나? 그래도 힘을
빌려주지 않는다면 이 나라에 살아가는 백성으로서 용서받
을 수 없는 일이 아닌가?"

"말씀하신 바는 이해합니다. 하오나 그들이 자신을 왕국
의 백성이라 생각하는지 어떤지는 가늠하기 어려운 바가 있
습니다. 여행으로 살아가는 자들도 많습니다. 그리고 무엇
보다 그들이 전쟁에서 사망했을 경우, 우수하면 우수할수록
국가의 손실도 커지게 됩니다. 왜냐하면 몬스터가 나타났을
때 대처할 모험자가 사라질 가능성이 나오기 때문이지요.
그렇게 공존하는 것입니다."

"……아까 레에븐 후작은 모험자에서 은퇴한 자들을 병

사로 징용했다고 하지 않았나. 오리하르콘 클래스 출신이랬던가? ……그건 괜찮나?"

"그건 상관없다고 합니다. 모험자 조합의 규칙은 있습니다만, 소속에서 제외된 자들까지 속박하는 것은 아닐 테지요. 그렇기에 고용한 것입니다."

"……뭐랄까, 아무리 들어도 수긍이 안 가는군."

그건 그렇다며 귀족들이 희미한 웃음소리를 냈다.

"다만 그것은 오리하르콘 클래스까지이며, 아다만타이트 클래스 정도로 가면 다를지도 모르겠습니다. 실제로 현재 왕국에는 아다만타이트 클래스 모험자 팀이 둘 있습니다만——."

악마 소동에서 활약했던 '청장미'를 모르는 자는 이 자리에 없다.

"그들이 본무대에서 빛을 받기 전의 시대에 또 다른 아다만타이트 클래스 모험자 팀이 있었습니다. 그들은 은퇴했습니다만, 그 후 누군가에게 고용되지는 않았다고 합니다. ——그렇지 않습니까, 전사장님?"

"틀림없습니다. 네 명이 있었습니다만, 하나는 자신의 마음에 든 자만을 훈련시키는 개인 검술 도장을 열었습니다. 둘은 나란히 여행을 떠난 것으로 압니다. 마지막 하나는 일시적으로 '청장미'에 속했으나 어딘가로 자취를 감춘 노파입니다."

지극히 개성적이던 면면들을 떠올리면서 가제프는 손가락을 꼽아 세었다. 왕도를 산책하다가, 어전시합을 관전했던 스승에게 억지로 도장에 끌려 들어가 이론과 검기를 강제로 배웠던 지옥 같은 나날.

그날이 있었기에 단순한 용병이었던 가제프가 한층 왕을 보필할 수 있는 위치에 오른 것이라고는 하지만——.

'아니, 돌이켜보면 그것도 좋은 추억이지.'

"그렇군. 이 도시에는 '칠흑'이라는 모험자 팀이 있다고 들었네. 그 팀의 매직 캐스터인 '미희' 나베라면 아인즈 울 고운과 좋은 승부를 벌일 수 있을 것 같았네만, 그것도 어렵겠어."

그 자체는 좋은 아이디어였지만, 분명 모험자 조합이 허락하지 않을 것이다.

몇몇 귀족들이 모험자 조합을 욕하기 시작했다. 평민 주제에라느니, 누가 고용해준다고 생각하냐느니, 왕국의 백성이라면 왕국을 위해 협조하는 것이 당연하다느니.

위에 선 자가 보자면 권력에 굴하지 않는 존재는 불쾌할 것이다. 하지만 그들이 없으면 몬스터를 격퇴하기가 어려워지는 것도 사실이다. 만일 모험자 조합이 왕국에서 떨어져 나간다면 강대한 몬스터를 퇴치하지 못해 왕국은 천천히 멸망해간다. 가제프가 있다 해도 그렇게 될 것이 분명하다.

몬스터는 다채로운 특수능력을 지녔고, 이를 퇴치하려면

다양한 공격, 방어, 회복수단이 요구된다. 그렇기에 모험자의 존재는 반드시 필요하다. 제국처럼 군대에 매직 캐스터나 레인저 같은 병과를 집어넣는다면 몰라도.

"이거이거, 역시 전하! 저는 나쁜 생각이라고는 여겨지지 않는군요!"

소리를 지른 것은 이름 모를 남작이었다. 이곳에 참가하기에는 지나치게 작위가 낮은데도, 있는 것을 보면 누군가의 똘마니일 것이다.

"매직 캐스터로서 무언가 생각하는 바가 있을지도 모릅니다. 이야기를 들어보기 위해서라도 사자를 파견하는 편이 좋을지도 모르겠습니다!"

찬성 의견이 살짝 일어났다. 대부분이 낮은 작위를 가진 자였다. 입을 모아 바르블로를 칭송하는 것을 보면 귀족 파벌 중 누군가의 끄나풀이 아닐까. 나름대로 눈썰미가 있는 자들이 씁쓸한 표정을 짓는데도 알아차리지 못한 모양이었다.

"그렇다면 그대가 가게."

지친 목소리로 왕이 명령을 내렸다.

"모몬 공은 아다만타이트 클래스 모험자이니 결코 결례가 없도록 하게."

"예! 이 치에네이코, 반드시 왕명을 완수하겠나이다!"

"그래. 부디 모몬 공께 결례가 없도록."

왕은 거듭거듭 되풀이하고는 손을 내저어 퇴석을 허가했

다. 명령을 받은 귀족은 자신만만한 표정으로 방을 나갔다. 무슨 일이 있으면 잘려버릴 거라고는 생각도 못하는 모양이었다.

"하아. ……주지가 엇나갔군. 어디까지 말했—— 아, 맞아. 아인즈 울 고운의 전력이 어느 정도인지 하는 이야기였지요. 이의가 없으시다면 그의 개인 전력은 5천 정도인 것으로 모두 공통인식을 가져주셨으면 합니다만?"

레에븐 후작의 눈이 가제프에게 향했다.

"아니오, 이의는 없습니다."

가제프는 그 두 배로도 모자라지 않을까 하는 생각이 들기도 했지만, 그의 힘을 직접 본 적이 없는 자들을 수긍시키기는 어려우리라는 것도 이해했다.

"그렇군요. 그러면 제국이 지정한 대로 카체 평야에 여러분의 군을 즉시 출격시켜 주시겠습니까?"

레에븐 후작의 시선이 닿은 귀족들이 순서대로 가능하다는 의사를 보였다. 마지막으로 시선 너머에 있던 보우롤로프 후작이 큰 소리를 냈다.

"문제가 없다마다, 레에븐 후작. 우리 군도 즉시 출동시키겠네. 그리고 폐하, 한 가지 제안이 있습니다만 들어주시겠습니까? 왕자님께 한 가지 부탁드리고 싶은 일이 있사옵니다."

그 자리에 있는 왕자는 한 명뿐이었다. 모두의 시선이 바르블로에게 모였다.

"아인즈 울 고운이라는 자는 카르네 마을이라는 촌락을 구해주러 나타났다고 합니다. 단지 의협심이 있는 척했을 뿐이라면 모를까, 모종의 전략적 의도가 있었는지도 모릅니다. 군을 보내 주민들에게서 자세한 이야기를 들어봐야 할 것입니다. 그 군의 지휘관을 왕자님께 맡기고 싶습니다."

"──후작!"

바르블로가 날카로운 눈빛으로 보우롤로프를 노려보았으나 왕이 제지했다.

"조용히 하라. 그것은 나쁘지 않은 생각이로군. 아들아, 네게 명한다. 카르네 마을로 가서 마을 사람들에게 이야기를 듣고 오거라."

가제프는 눈썹이 꿈틀거리려는 것을 열심히 참았다.

이제 와서 카르네 마을에 간다 한들 그의 정보를 입수할 수 있으리라는 생각은 들지 않았다. 소수라 해도 그런 곳에 병력을 할애하다니, 나쁜 수가 아니겠는가.

"……왕명이라면 따를 수밖에 없습니다만, 저도 원해서 하는 일은 아니라는 점을 알아주셨으면 합니다."

왕이 명령을 철회할 기미를 보이지 않았으므로, 불쾌감을 감추려고도 하지 않고 왕자는 고개를 숙였다.

"마을로 가실 왕자님의 군에는 저의 정예병단에서 얼마간을 빌려드리도록 하겠습니다. 그리고 왕자님과 함께 갈

귀족을 모집시키고 싶습니다. 5천 정도면 어떨는지요."

"아하, 제국의 별동대를 경계하시는군요. 과연 보우롤로프 후작님. 혜안이십니다."

레에븐 후작의 말에 가제프도 그제야 수긍했다. 하지만 전장을 지정해놓기까지 한 제국이 별동대 같은 수단을 사용할까 하는 의문도 남았다. 일반적인 전투라면 기본이지만 결전을 약속해놓고 그러한 수를 강구한다면 주변 뭇 국가들에게 경멸을 살 것이다. 그것은 제국의 목을 조이는 행위다.

"그렇게까지 병사가 필요하리라고는 생각하지 않지만, 후작의 제안이니 그 점은 일임하겠네."

"감사드립니다, 폐하. 그리고 또 한 가지 질문이 있사온데."

여기서 보우롤로프 후작은 잠시 간격을 두었다. 호흡을 위해서라기보다는 자신의 말에 이목을 모으기 위해서일 것이다.

"누가 이 전쟁의 전 지휘권을 가지게 됩니까? 저라면 문제가 없지 않겠습니까?"

그 자리의 분위기가 돌변했다.

이것은 불온한 발언이다. 질문의 형태로 왕에게 묻기는 했으나 실제 내용은 전혀 다르다. 그것은 전군의 지휘권을 내놓으라는 눈에 보이지 않는 압력이었다.

왕인 란포사 3세와 보우롤로프 후작. 어느 쪽이 군대의 지휘관으로서 우수하느냐고 묻는다면 보우롤로프 후작이라고 답할 귀족이 많다. 무엇보다도 이번에 보우롤로프 후작이 준비한 병사는 귀족들 중에서도 가장 많아 왕국군의 5분의 1—— 5만 이상에 이르렀다.

나아가서는 보우롤로프 후작에게는 정예병단이 존재한다. 가제프의 전사단에 자극을 받아 만들어낸 전업병사들이었다.

그들의 전투능력은 높다. 가제프 휘하의 전사들보다는 약하지만 그래도 제국기사들과 동등하거나—— 어쩌면 그 이상의 힘을 가졌을 것이다. 특히 놀라운 것은 숫자여서 모두 5천 명이나 된다. 만일 가제프의 전사단과 맞부딪친다면 보우롤로프 후작의 정예병단이 숫자로 압승을 거둘 것이다.

만일 이곳에 왕이 없었다면 당연히 지휘관 자리는 보우롤로프 후작의 것이 되었음이 분명하다. 그러나 왕은 이곳에 있다. 그렇게 되면 왕인 란포사 3세가 지휘권을 가지는 것이 당연하지만, 귀족 파벌에 속한 귀족들이 이를 고분고분 받아들일 리 없다.

압력을 가하는 듯한 보우롤로프 후작의 물음에 표정이 험악해졌으나 이를 보면서도 보우롤로프 후작은 상대조차 하지 않았다. 후작이 보기에 가제프 같은 사람은 단순히 검술 실력이 뛰어난 평민일 뿐이다. 본래 같으면 귀족 아닌 이가 이 방에 들어오는 것조차 참지 못했을 테니.

"……레에븐 후작."

"예!"

"후작에게 맡기겠네. 전군을 무사히 카체 평야까지 진군시키게. 그리고 군의 전개 및 진지 작성을 맡기겠네."

"분부에 따르겠나이다."

레에븐 후작이 왕명을 받아 고개를 숙였다. 보우롤로프 후작은 원했던 지위를 옆에서 빼앗긴 꼴이 되었으나 레에븐 후작이라면 불만을 제기할 수도 없었다. 그의 우수함은 잘 아니 강하게 비판하기도 어렵다. 그리고 무엇보다 레에븐 후작은 발이 넓은 자다. 보우롤로프 후작의 휘하에도 레에븐 후작에게 은혜를 입은 자들이 있다. 그러한 자들 앞에서 강하게 비판한다면 자신의 그릇을 의심받게 된다. 그렇기에 보우롤로프 후작도 동의하지 않을 수 없었다.

"레에븐 후작, 우리 군도 맡기겠네. 무슨 일이 있으면 말해주게."

"고맙습니다, 보우롤로프 후작. 그때는 부탁드리겠습니다."

왕의 멋들어진 지휘였다. 가제프는 자신의 일처럼 기뻐했다.

"그 밖에 할 말이 있는 자는?"

한동안 기다렸으나 왕의 질문에 대답하는 사람은 없었다.

"……그렇다면 출진 준비를 시작하라. 내일이라도 출격

하겠다. 전장까지 이틀은 걸릴 터이니 준비는 태만히 하지 마라. 그러면 해산. 레에븐 후작, 뒷일을 부탁하네."

"분부에 따르겠나이다, 폐하."

출격 준비를 갖추기 위해 모두가 방에서 나가고, 남은 것은 왕과 가제프뿐이었다.

란포사 3세가 천천히 고개를 돌렸다. 뚜둑뚜둑 소리가 가제프의 귀에 들렸다. 어지간히 굳었는지 왕은 한동안 시원하다는 표정을 지었다.

"노고가 많으셨습니다, 폐하."

"그래, 정말로 피곤하군."

가제프는 쓴웃음을 지었다. 왕당파와 귀족 파벌의 축도가 이 자리에 있었으니, 피로가 보통이 아니었을 것이다. 하지만 왕인 란포사 3세보다도 고생했던 사람도 있다.

"이제 슬슬——."

란포사 3세가 말을 꺼냈을 때 문을 몇 차례 두드리는 소리가 들렸다. 그리고 천천히 열리고, 고대하던 인물이 방으로 들어왔다.

그것은 뚱뚱한 불독이라는 표현이 딱 어울리는 시원찮은 인상의 사내였다. 머리는 빛을 반사할수록 의미해졌으며 남은 머리카락도 흰색을 띠었다. 몸은 둥그스름하고 복부에는 지나치리만치 지방이 끼었으며 턱 밑에도 여봐란 듯이 살이 붙었다.

그렇게 외모가 볼품없는 사내였지만 눈에는 깊은 지혜의 광채가 있었다. 란포사 3세는 그 사내에게 지극히 호의적인 미소를 보냈다.

"잘 와주었네, 파나솔레이."

"폐하."

에 란텔 도시장 파나솔레이가 자신의 주군에게 공손히 예를 취했다. 그리고 시선을 들었다.

"오랜만입니다, 스트로노프 공."

귀족인 파나솔레이가 평민인 가제프에게 매우 예의 바르게 경의를 표한다. 그런 사내이기에 이런 요직에 파견된 것이다.

"반갑습니다, 도시장님. 지난번에는 정말 많은 신세를 졌습니다. 게다가 부하들의 치료에도 협조해 주셔서 정말 감사했습니다. 그때는 한시라도 빨리 폐하께 보고를 드려야만 하는 상황이었던지라 감사도 제대로 전달하지 못한 채 부리나케 떠난 점을 정말 송구스럽게 생각합니다."

"아닙니다, 마음에 두지 마십시오. 전사장님이 습격을 당한 그 사건의 중요성은 이해하고도 남으니까요. 절대 서운하게 생각하지 않습니다."

서로 되풀이해 고개를 숙이고 있으려니 왕은 기분이 좋은 듯 웃음소리를 냈다.

"파나솔레이, 오늘은 콧김을 내뿜지 않나?"

"폐하…… 저를 가벼이 여기지 않으시는 분께는 그런 일을 할 필요가 없습니다. 아니면 제가 폐하나 스트로노프 공께도 그러한 연기를 하는 자라 생각하십니까?"

"미안하이, 미안해. 농담일세. 용서하게, 파나솔레이."

"아니옵니다, 신하 된 몸으로서 주제넘은 소리를 했나이다. 용서해 주시옵소서, 폐하. 하오면…… 당장 시작하시겠습니까?"

"아니……."

왕은 망설이더니 대답했다.

"아니, 아직 한 명이 오지 않았네. 그가 올 때까지 기다리세나."

"그렇군요. 그러면 먼저 도시 내의 식량 등 제반비용에 관한 이야기를 해둘까요? 그리고 후작님께 받았던 자료를 토대로 계산한 1년 후 왕국의 국력 이야기도 있습니다."

"음, 머리가 아파지는 이야기는 미리 해치워두고 싶군."

이렇게 시작된 파나솔레이의 이야기는 내정 전반에 둔한 가제프조차 눈살을 찌푸릴 만한 것이었다.

이 나라의 앞날이 걱정될 만한 지출. 식량을 긁어모으는 데서 오는 국내의 식량사정 악화. 특히 큰 문제는 이곳에 모인 평민을 귀환시킨 후에 일어날 국력의 쇠퇴였다.

파나솔레이의 추측——다소 희망적으로 보았을 추측일 텐데도 얼굴을 실룩거리고 싶어질 만한 상황이었다.

왕조차 떨떠름한 표정을 짓지 않을 수 없었다.

"이럴 수가……."

"만일…… 이 상황에 내년에도 똑같은 일이──제국의 침공이 있다면 왕국은 내부부터 붕괴될 위기가 더더욱 커질 것입니다. 세율을 지금 이대로 둔다면 굶어죽는 평민이 다수 출현할 테고, 낮춘다면 온갖 시책에 돌릴 자금이 없어질 것이 분명합니다."

란포사 3세가 이마에 손을 짚고 얼굴을 가렸다.

몇 년에 걸친 제국의 시비에 임시방편적으로 대처했던 결과다. 이렇게 왕국을 조금씩 쇠퇴시켜나간다는 제국의 노림수를 안 후에는 때가 이미 늦었다.

"폐하……."

"난처하군. 좀 더 일찍 행동했더라면……. 하다못해 파벌이 완전히 양분되기 전에 대응했더라면……. 어리석은 이야기로고."

"그렇지는 않습니다, 폐하. 아마 그 무렵에 대처했다 해도 왕국을 양분하는 전쟁이 시작되어 약해진 쪽을 제국이 집어삼켰을 것입니다."

가제프는 단언할 수 있었다. 왕은── 란포사 3세는 잘하고 있다.

이런 세상이 된 것은 옛날부터 왕가가 행동하지 않았던 대가다. 대대로 쌓였던 오물을 당대에 치우기란 불가능하다.

"조금이라도 좋은 왕국을 다음 대에—— 나의 자식에게 남기고 싶네."

왕이 절절한 어조로 말했다. 이어지는 말에는 무게가 있었다.

"그렇다면…… 지금이야말로 기회일까? 그 소란 덕에 나를 따르는 자가 많아졌네. 어떻게든 제국에게 일격을 가하고 몇 년의 평정을 얻을 기회일까?"

가제프는 왕의 눈에 좋지 못한 광채가 깃든 것을 보았다. 말려야 한다는 것은 안다. 그러나 말은 나오지 않았다.

왕이 자신의 욕망을 채우기 위해 한 말이라면 충언을 할 수 있다. 그러나 가족의 안녕을 얻기 위해서라 생각하면 목구멍 너머로 말이 나오질 않았다.

왕이 괴로워하는 모습을 가장 가까운 곳에서 지켜보았던 자가 왕의 마음을 막을 수 있겠는가.

"가능성은 있사오나, 아시다시피 위험합니다. 귀족들의 힘을 깎아내고자 행동하신다면 국가가 크게 어지러워집니다."

왕은 미간에 주름을 지었다. 그 모습이 가제프의 마음을 아프게 했다.

"파나솔레이는 언제나 옳은 소리를 하는군. 그러나 수술을 하면 죽을지도 모르지만, 살아남을 가능성도 있지. 방치해두면 병소는 온몸으로 퍼져 천천히, 그러나 확실하게 죽을 걸세. 그렇다면 과감하게 나서야 할 때가 아닌가?"

"무슨 말씀이십니까, 폐하. 수술 따위는 수상한 기술입니다. 그러한 것에 의존하시느니 다른 방법을 검토하셔야지요."

"왕국을 구하는 마법이 있다면 그것에 의존하겠네만 존재하지 않네. 그렇다면 몸을 열어 병소를 제거한다는, 야만적인 민간요법이야말로 지금 취해야 할 유일한 치료수단이 아니겠는가."

미노타우로스 현자가 제안했다는 끔찍하고 야만적인 수법 '수술' 정도가 아니고서는 왕국을 구할 방법이 없다고, 그렇게까지 단언할 정도로 절박한 왕의 모습에 실내는 어두운 침묵에 지배당했다.

어둡고 무거운 공기는 언제까지고 사라질 줄 모르는 것 같았으나, 이를 끊듯 방문을 두드리는 소리가 들렸다.

대답을 기다리지 않고 들어온 사람은 레에븐 후작이었다.

"여러분, 오래 기다리셨습니다."

안도하는 공기가 그 자리에 가득 찼다.

"오오. 기다렸네, 레에븐 후작. 수고를 끼쳐 미안하네."

한순간 왕이 무엇에 대해 미안해하는지 모르겠다는 기색을 보인 레에븐 후작은 이내 알아차렸다는 듯 지친 중년 남자의 기척을 풍겼다.

"아닙니다. 심려치 마시옵소서, 폐하. 보우롤로프 후작에게 전군지휘권을 넘기다니, 말도 안 되는 일입니다. 그는 돌격과 후퇴밖에는 명령하지 않을 테니까요."

심한 비난이었지만 진심으로 그렇게 생각하는지는 알 수 없다. 방에 들어선 순간의 어두운 분위기를 민감하게 느끼고 분위기를 바꾸기 위해 말했을 가능성도 있다.

"그리고 폐하께서 직접 지휘권을 잡으실 경우에는 자칫하면 귀족 파벌의 전쟁 전 철수로 이어질지도 모릅니다. 따라서 저 이외에는 적임자가 없었던 것이 사실입니다. 그렇다고는 해도 쉴 새 없이 일하는 것도 견디기 어려운 바, 이 전쟁이 끝나는 대로 몇 달은 영지에 틀어박혀 있고자 미리 선언하겠습니다. 자, 그러면."

레에븐 후작이 표정을 다잡았다.

"죄송하지만 이곳에는 그리 오래 있을 수 없으니 짧게 문제를 해결해나가겠습니다."

여느 때의 뱀처럼 싸늘한 표정이지만 가제프는 그곳에 인간의 감정, 그것도 바람직한 것이 떠올랐음을 확인했다.

'——이 인물의 성격을 간파하지 못했던 나는 정말로 어리석은 자다. 사람을 보는 눈이 없다는 말을 들어도 이상하지 않지.'

가제프는 분한 마음과 함께, 왕도를 떠나기 전 왕의 개인실에서 나누었던 대화를 떠올렸다. 그때 모여든 다섯 사람——란포사 3세, 가제프, 라나 제3왕녀, 자낙 제2왕자, 레에븐 후작—— 그들 중 마지막 두 사람에게 들은 이야기는 가제프의 응어리졌던 궁정관을 박살 낼 만큼 놀라운 것이었다. 무엇보다 가제프가 사갈처럼 싫어했던 인물이 사실은 가장 왕을 위해 힘을 쏟고 있었다는 사실은 경악 한 마디로는 표현할 수 없었다.

"우리 딸도 그렇고 레에븐 후작도 그렇고, 참 폐를 끼치는군."

란포사 3세는 의자에 앉은 레에븐 후작에게 진지한 표정을 보내더니 깊이 고개를 숙였다.

"폐하, 그러지 마십시오. 저도 폐하께 의논드리지 않고 여러모로 움직였던 몸인지라 좀 더 일찍 다른 수단을 취했더라면 하는 후회가 있습니다."

"레에븐 후작, 저도 사과하고 싶습니다."

가제프가 깊이 고개를 숙였다.

"레에븐 후작의 진의도 모르고 겉보기로 꾸민 태도에 속아 레에븐 후작께 불경을 품었습니다. 어리석은 저를 용서해 주십시오."

"괘념치 마십시오, 전사장님."

"그렇다고는 해도 저의 어리석음을 벌하지 않으신다면 언제까지고 이 가시는 빠지지 않을 겁니다."

어이없다는 기색으로 레에븐 후작은 몇 차례 고개를 가로저었다. 그리고 가제프에게 벌을 주었다.

"알겠습니다. ……그러면 전사장님이 아니라 앞으로는

가제프 공이라고 부르게 해주십시오. 저는 당신에게 경의를 품고 있었으니까요."

벌이 아닌 벌.

자신의 눈은 옹이구멍이었다는 생각을 더욱 강하게 품으며, 가제프는 진심에서 우러난 감사를 보냈다.

"고맙습니다, 레에븐 후작님."

"괜찮습니다, 가제프 공. 그러면 시작하지요. 앞으로의 왕국이 취해야 할 수단에 관한 의논을."

3

가제프는 문을 나가, 에 란텔 삼중 성벽 가장 바깥쪽의 주둔장소에 도착하자 심호흡을 한 차례 하고 몸에 깃든 정신적 피로를 토해냈다.

정말로 지쳤다.

자신은 역시 평민일 뿐이라고 강하게 실감하는 것은 조금 전과 같은 회의에 참가했을 때다.

왕의 곁에 머물며 귀족 사회를 지켜보면서 그들의 사고방식은 이해할 수 있게 되었다. 그래도 귀족사회에서 태어나고 자란 자들만이 알 수 있는 대응이나 사고방식은 빈번히 나타났으며, 그런 때에 그들은 어떻게 그런 생각을 할 수 있는지 궁리하곤 했다. 실리보다도 귀족의 긍지를 우선시할 때가 더욱 그랬다.

아니, 그보다도 이해하기 힘든 것은 자신들의 백성보다도 자신의 긍지를 우선시할 때가 아닐까.

가제프는 주위로 시선을 돌렸다.

소란스럽게 돌아다니는 병사들——저것은 백성의 모습이다. 온갖 마을에서 싸우기 위해 징집된 왕국의 백성들. 병사라고 하기에는 너무나 못미더운 모습. 그것은 가래나 괭이를 들어야 할 자들이었다.

그들을 지키는 일이 그들의 위에 선 자가 해야 할 일이 아닌가.

에 란텔을 넘겨주라는 것이 아니다. 왕이 말했듯, 할양은 이 도시에 사는 백성들을 상처 입히게 될 것이다.

다만——

가제프의 뇌리에 기이한 가면을 쓴 아인즈 울 고운의 모습이 떠올랐다.

그가 밤의 기척과 함께 카르네 마을로 돌아왔을 때, 악전고투했다는 분위기는 전혀 없었다.

그렇다. 가제프 일행이 압도적인 패배를 맛보았던 상대에게서, 단 두 명이 무사히 생환했던 것이다.

그야말로 마도왕—— 그 말이 딱 어울리는 초월자의 모

습이었다.

그와 정면으로 적대하는 우를 범하느니――

그러나 그래서는 백성들을 곤경에 빠뜨린다.

"빌어먹을!"

생각이 정리되지 않아 가제프는 욕설을 내뱉었다. 어떻게 해야 좋을지 해답이 나오질 않았다. 망설임은 전장에서는 죽음으로 이어진다. 주변 국가에서 최강이라 칭송을 받든 말든, 평정심을 유지하지 못한다면 죽을 가능성도 있다.

게다가 상대는 아인즈 울 고운이다.

물론 가제프는 마을을 구해준 매직 캐스터가 싸우는 모습은 보지 못했다. 본인도 이겼다고는 하지 않았으며, 놓쳤다고 말했다.

하지만 그것이 거짓임은 누구나 알 수 있었다.

"그러고 보니…… 그분은 왜 놓쳤다고 거짓말을 했을까."

두 사람이 떠난 후, 전장이 되었던 초원을 보러 갔지만 살육의 흔적은 없었다. 시체는 하나도 보이지 않았던 것이다. 수십 명의 병사를 매장하려면 엄청나게 시간이 걸린다. 시체가 없다―― 물증이 없다는 것은 '놓쳤다'는 그의 말에 신빙성을 높여준다.

다만 그것은 아인즈 울 고운이 마법을 쓸 수 없을 경우다. 시체를 전송시키거나 소멸시키는 그런 마법이 있을지도 모른다.

게다가 가제프에게는 자신이 있었다.

이것은 전사로서의 감에 의존하는 부분이 크지만, 멀쩡하게 마을로 돌아온 아인즈와 만났을 때 그의 몸에서 어렴풋한 죽음의 냄새를 맡은 기분이 들었던 것이다.

만일 정말로 놓쳤다고 한다면 그것은 '놓아주었다'고 해야 하리라.

하지만 가제프는 그의 말보다도 자신의 직감을 믿었다. 근거는 전혀 없는 생각. 육색성전 병사들의 시체가 그 자리에 없었을 뿐, 확실하게 죽었을 거라고.

"……모르겠군."

가제프가 패배한 상대를 털끝 하나 다치지 않고 섬멸한 매직 캐스터.

그것은 대체 어느 정도의 힘일까. 틀림없이 가제프가 이끄는 전사단보다도 몇 단계는 위일 것이다.

그런 자가 만일 전장에 나타나, 마법을 써서 공격한다면 어떻게 될까.

가제프는 다시 흥분과 공포, 체념과 초조함, 그러한 감정에 지배당한 백성들의 모습을 보았다.

매직 캐스터가 사용하는 마법은 같은 위계라 해도 술자의 능력에 따라 변화한다. 그렇다면 예를 들어 아인즈 울 고운이 〈화염구〉 마법을 쓸 경우, 어떤 참상이 빚어질까. 젖먹이 아이를 키우는 아버지, 늙은 부모를 모시는 아들, 결혼을 앞둔 청년, 그러한 가족을 남겼으면서도 끌려와야 했던 백성들. 그들이 그 공격을 견뎌낼 가능성이 반에 하나라도 있을까.

있을 리 없다.

아인즈 울 고운 같은 대 매직 캐스터의 마법을 일격이라도 받고 목숨이 남을 리 없다.

불꽃의 마법이라면 불탄 시체, 냉기의 마법이라면 얼어붙은 시체, 벼락 마법이라면 감전된 시체가 될 뿐이다. 확실하게.

그리고 그것은 가제프라 해도 견뎌낼 수 있을까.

일격에 죽지 않을 거라고는 생각한다.

그러나 그런 생각조차 속단일지 모른다.

"아아……. 왜 이렇게 됐을까."

아인즈 울 고운과 싸우는 것은 무조건 잘못됐다.

카르네 마을을 구해주었던 점을 생각한다면 아인즈 울 고운은 피도 눈물도 없는 인물은 아닌 것 같다. 그러나 단순히 다정하기만 한 자도 아닌 것도 같았다. 머리에 떠오르는 이미지란, 적대자에게는 어떤 정도 베풀어주지 않는 그런 자.

싸움을 피하고, 깍듯이 예를 취해야 했다. 그다음에 설득해 다른 장소를 제안하면 되지 않았을까.

암담한 심정으로 주위에 있는 사람들을 둘러보던 가제프는 시야 한구석에서 흰색 금속 갑옷을 입은 청년의 모습을 보았다. 그리고 그 옆에는 표표한 검사. 클라임과 브레인이 었다.

그리고 또 한 사람을 더해 셋이 즐겁게 이야기를 나누고 있다.

"저건 누구지? 어디서 본 적이 있는데……. 아아! 레에븐 후작의 오리하르콘 클래스 모험자 출신 부하 중 하나로군."

모두 평민 출신이므로, 평민들의 희망이었던 오리하르콘 클래스 모험자 출신 팀에 대해서는 가제프도 안다. 어떤 의미에서는 비슷하게 올라온 동료이자 선배다.

화신(火神)의 성기사이며 악한 몬스터를 쓰러뜨리는 데 탁월한 클래스 '이블 슬레이어'인 보리스 악셀슨, 41세.

풍신(風神)의 신관이며 전사로서도 싸울 수 있는 워 프리스트 욜란 딕스고드, 46세.

춤추는 무기라는 매직 아이템을 다뤄 사도류를 가능케 한 전사 프란세인, 39세.

수재라 불리며 자신의 이름이 들어간 마법을 몇 개나 개발한 마술사 룬드크비스트, 45세.

그리고 '디 언시잉'이라 불리는 도적 로크마이어, 40세.

각 멤버를 손꼽아 헤아리며 떠올린 가제프는 클라임 일행과 이야기를 나누는 인물이 누구인지를 알았다. 로크마이어였다. 그러고 보니 악마 소동 때 클라임과 브레인은 그와 힘을 합쳐 백성들을 구하고자 적진 한복판까지 잠입했다고 들었다.

그들은 가제프가 있는 것을 알아차리지 못한 모양이었으므로 끼어들기도 저어되었다.

그렇다고는 하지만 말을 걸지 않아도 실례인 것 같았다. 무엇보다 앞으로 전장에 나가게 되지 않겠는가. 왕의 측근으로서 신변을 경호하기 위해 직접 적과 검을 맞댈 가능성은 낮을지도 모르지만 무슨 일이 일어날지는 알 수 없다.

——어쩌면 앞으로 두 번 다시 보지 못할지도 모르고.

가능하다면 두 사람과 이야기를 나누고 싶었다. 그런 바람이 하늘에 통했는지 로크마이어는 손을 흔들며 두 사람과 헤어져 다른 곳으로 갔다.

그 자리에 남은 클라임과 브레인은 얼굴에 웃음을 지으며 무언가를 이야기했다.

왕도의 악마 소동에서 두 사람의 유대는 더욱 강해졌는지 친구라고도, 사제라고도, 동료라고도 할 수 있는, 복잡하기는 해도 좋은 관계를 맺기에 이르렀다.

게다가 그 인연도 있고 해서 이제 브레인은 라나 왕녀의 배속 병사, 클라임의 동료가 되었다.

자신에 필적하는 전사——자신의 전사단에 추천하고자 했던 인물을 빼앗겨 아쉽기도 하고 원통하기도 한 마음이 있기는 했다. 그러나 저 두 사람을 보고 있으려니 가야 할 곳으로 갔다는 생각이 떠오르는 것도 사실이었다.

가제프는 웃음을 머금고 두 사람을 향해 조금 빠른 걸음으로 다가갔다.

'하지만 정말 눈에 뜨이는 갑옷이군. 왕도였다면 저것도 나쁘지 않지만 전장에서는 표적이 되기 쉽겠어. 클라임에게도 충고해주는 게 좋을까?'

이 자리에는 많은 병사가 있다. 금속제 풀 플레이트 아머를 입은 자는 없었으므로 그런 의미에서도 눈에 뜨였지만, 그보다도 순백색으로 물들인 갑옷은 지나치게 튀었다. 궁병이라면 맨 처음 조준할 테고, 기병도 목표로 삼을 것 같았다. 클라임과 제국기사를 비교하면 클라임에게 손을 들어줘야겠지만 클라임 이상의 기사와 조우할 가능성도 있다. 제국 4기사 같은 자들이 좋은 예다.

'저 갑옷은 원래 라나 님께 받은 거라던데, 저 색깔도 그렇고…… 왕녀님이라 해도 전쟁은 잘 모르시는군.'

라나 왕녀도 군략이나 전장에 대해서까지 이해하지는 못하는 모양이다.

'왕녀님도 클라임이 죽으면 슬퍼하시겠지.'

마법의 염료를 쓰면 일시적으로 색을 바꿀 수 있다. 왕도에 돌아갔을 때 색을 되돌리면 그만이다. 그런 생각을 하면서 두 사람에게 뒤에서 다가가고 있으려니, 브레인이 얼굴만 이쪽으로 돌렸다. 손은 이미 허리춤의 카타나에 대고 있었다.

'역시 브레인이야. 이 거리에서도 느끼다니.'

걸으면 금속 갑옷이 시끄러운 소리를 낸다. 다가오는 소리를 들으면 반응해도 이상하지 않다. 하지만 이 자리에는 많은 사람들이 있으며 전쟁 준비에 바쁘다. 들끓는 소음 속에서 자신들에게 다가오는 소리만을 잡아내기란 매우 어렵다. 도적 같은 특별한 훈련을 받은 사람이라면 몰라도.

브레인이 눈을 둥그렇게 떴다. 그리곤 클라임의 눈치를 슬쩍 살피더니 씨익 웃음을 지었다. 짓궂은 웃음이었다.

무언가 착각한 모양이지만, 마침 잘됐다.

비슷한 웃음을 지어주면서, 아직도 알아차리지 못한 클라임과의 거리를 좁히고자 공연히 소리를 내지 않도록 신중하게 걸어갔다. 소리를 내지 않고 걷는 훈련을 받지 않은 자의――금속 갑옷을 입은 자의 무음보법이긴 하지만 클라임이 알아차린 기색은 전혀 없었으며, 브레인에게 무언가 말을 걸고 있다.

시도는 클라임의 바로 뒤 위치를 차지하는 데까지 성공했다. 가제프는 무방비한 클라임의 머리에 촙을 딱 떨어뜨렸다.

"으악!"

나이에 전혀 어울리지 않는 쉰 목소리를 내며 클라임이 펄쩍 뛰었다. 가제프를 확인하고 눈을 크게, 둥그렇게 뜬다.

"아! 스, 스트로――."

"――조용히."

클라임이 말을 삼킨 것을 확인한 후, 가제프는 다시 한 번 말했다.

"조용히 하게. 이 자리에서 정체가 드러나면 귀찮아지거든. 가제프라고 불러도 되네."

왕국 최강의 전사장이라 해도 이 자리에 있는 촌락 출신 평민들의 대부분은 얼굴을 모른다. 아마 그들이 상상하는 전사장은 길이 2미터는 되는 거대한 검을 들고 황금색 갑주를 입었을 것이다.

가제프는 그런 그들의 기대를 배신할 수 없었다. 게다가 주목을 받는 것도 귀찮았다.

"시, 실례했습니다."

"아니, 실례는 전혀 아니네만."

가제프는 클라임의 사죄에 쓴웃음을 짓고, 그것을 다른 의미의 쓴웃음으로 바꾸었다.

"그래도 금속 갑옷을 입은 사람이 뒤에서 슬금슬금 다가오는데도 알아차리지 못하다니, 너무 해이해진 것 아닌가? 그야 이곳에 적이 나타날 리는 없겠지만."

"무슨 소리야, 가제프. 마음을 놓는다는 건 나쁜 게 아니야. 팽팽해진 실은 끊어지기도 쉬운 법이라고."

"그러는 브레인 자네는 상당히 먼 거리에서부터 알아차리지 않았나."

"당연하지. 그렇게 이상한 기척을 줄줄 흘리고 있으면."

문득 클라임이 놀란 눈으로 자신들을 보는 것을 알아차렸다.

　"이보게, 클라임. 라나 님의 신변을 경호하려면 그런 기척을 감지하는 것도 필요하다네. 매복한 암살자를 재빨리 발견하지 못하면 지켜야 할 분에게 피해가 미치겠지."

　"아, 그런 거였구만. 난 또, 뭘 하나 했지. 클라임, 넌 자기 방식으로 훈련을 해왔잖아? 그럼 이런 기척감지 훈련을 한 적은 있어?"

　"아, 아닙니다. 전투의 기술만 단련했습니다. 죄송합니다."

　"야단치려는 게 아니야. 확인했을 뿐이지. 실제로 옛날엔 나도 그런 식이었으니까. 혼자 훈련하다 보면 그런 감각적인 면은 잊어버리기 쉬워. 하지만 그건 위험해. 정면에서 검을 마주하는 경우보다 그 외의 경우가 더 많거든."

　가제프는 조금 얼굴을 붉혔다. 굳이 이런 자리에서 말할 것 있느냐고 브레인을 슬쩍 노려보았다.

　원래 같으면 노력하는 소년전사를 훈련시키는 것도 왕국을 섬기는 전사장의 책무일 것이다. 하지만 그럴 수 없는 자신의 한심함에 부끄러움밖에 느껴지지 않았다.

　클라임도 자신도 평민이므로 왕가를 섬기는 몸으로서 귀족들에게 못난 모습을 보일 수는 없었다. 예를 들어 가제프가 클라임에게 모의전에서라도 압승을 해버린다면 귀족들은 클라임이 왕녀의 신변을 경호하기에 적합하지 못한다는 소리를 꺼낼 것이다. 반대로 가제프가 조금이라도 밀린다면 귀족들의 칼날은 가제프에게 향할 것이다.

왕을 위해서라는 핑계로 한 소년전사를 떨쳐냈던 자가, 조금 좋은 일을 했다고 해서 마치 선한 사람인 양 말해서는 안 될 것이다.

'아니, 부끄럽다고 생각하는 거야말로 잘못이지. 자신의 과오는 확실하게——.'

"——어허, 그만 말해, 그만. 내 눈앞에서 클라임의 약점을 가르쳐줬잖아? 최대한 훈련시켜 줄게."

"가제프 님, 고맙습니다."

"……아니, 머리는 숙이지 말게. 왕가를 섬기는 자네도 내 부하 중 한 사람일세. 그럼에도 직접 지도하지 않고 타인에게 떠넘긴 것은 나였네. 인사를 받을 처지가 아니야."

감사를 받으면 받을수록 죄책감이 커졌다.

"근데 그거 정말 이래저래 힘들겠어, 귀족 나리들 사회에 발을 들인 사람들은. 시시한 일 때문에 발목 붙들리기도 하고, 하고 싶은 일도 제대로 못하고."

"클라임의 동료로서 라나 님의 신변경호를 맡은 자네도 지금은 그 일원이네만?"

"나야 마음 편하지 뭐. 그 왕녀님의 부하라니—— 아니, 미안. 이런 소리는 안 되겠군. 그 왕녀님의 부하는 어디까지나

일시적인 거고. 싫증나거나 만족하면 어디론가 떠날 거야."

가을 하늘 같은 표정으로 브레인은 웃었다. 왕도에서 처음 만났을 때의 흠뻑 젖은 사내는 이제 아무 데도 없었다.

그런 식으로 자유롭게 살아갈 수 있는 브레인이 아주 조금 부러웠다.

"그건 그렇고 저희와 느긋하게 이야기를 나누고 계셔도 되는 겁니까, 가제프 님?"

"뭐, 바쁘기는 바쁘네만 그 이상으로 마음을 좀 쉬고 싶었거든. ……헌데 두 사람은 지금 시간이 있나?"

브레인과 클라임은 가제프의 질문에 얼굴을 마주 보았다.

"시간…… 있지?"

"예. 딱히 꼭 해야 할 일은 없습니다. 저희의 전시 장비를 정비하는 것뿐이니."

"그럼 잠깐…… 어디 보자…… ."

가제프는 성벽탑 중 하나를 보았다.

"저곳에 가지 않겠나?"

이의는 없어, 가제프는 선두에 서서 걸어갔다.

전사장이라는 입장 덕에 성벽탑을 지키는 병사들에게는 제지를 받지도 않고 가장 경치가 뛰어난, 가제프가 좋아하는 장소에 도착했다.

에 란텔의 가장 외곽에 위치한 성벽탑이란 곧 이 도시에서 가장 높은 장소라는 말과 같다. 다시 말해 경치는 최고였으며 먼 곳까지 내다볼 수 있다.

게다가 인간의 체온 같은 것 때문에 고인 열기가 이곳까지는 미치지 않아, 싸늘한 겨울바람이 가져다주는 신선한 공기 덕에 심신을 다잡을 수 있는 것 같았다.

"경치가 정말 좋군요!"

소년의 솔직한 감탄사가 울려 퍼졌다. 클라임의 시선이 남동쪽 방향에서 고정되었다.

"저쪽이 전장이 될 카체 평원입니까?"

"그렇다네. 안개가 낀 곳이 언데드 다발지대지. 그리고 며칠 후의 전장일세."

대답하며 가제프는 크게 숨을 들이마셨다가 토했다. 신선한 공기를 몸속에 잔뜩 빨아들여, 아인즈 울 고운에 대한 불안 같은 온갖 우려와 걱정으로부터 해방되기를 바라며.

"이건 정말 좋은데. 이것만으로도 왕녀님 부하가 된 보람이 있었어. 〈비행Fly〉 같은 마법으로 하늘을 나는 매직 캐스터는 이런 경치를 맨날 보고 다니겠지? 그놈들 중에 괴짜가 많은 이유를 알 것 같아."

"큰 세계를 보면 의식도 바뀔 테니 말일세."

"그럴 리가 있나. 그렇게 따지면 귀족 놈들을 끌고 와서 보여주면 어때? 변하지 않는 놈은 여기서 밀어 떨어뜨리면 일석이조잖아."

브레인의 농담에 가제프는 쓴웃음을 지었다. 그 정도로

변해준다면 사슬로 묶어서라도 끌고 오고 싶지만.

어떤 표정을 지어야 좋을지 모르겠다는 클라임의 태도에 가제프는 기분이 한층 좋아졌다.

"하하. 자네들과 함께 여기 오길 잘했군. 독기가 빠져나가는 기분일세."

"그거 다행이구만—— 그런데? 그래서 우릴 이런 데에 불러낸 이유는 뭐야? 지금이라면 아무도 안 보잖아. 설마 정말로 이 경치를 남자 셋이 보고 싶었던 건 아니겠지? 누구 죽여버리고 싶은 놈이라도 있어?"

브레인의 너무나도 살벌한 말에 가제프는 곤혹스러워했다.

"그야 그랬다간 왕녀님 호위도 못하고 클라임 훈련도 못 시켜주니 아쉽겠지만…… 가제프, 자네한테는 은혜를 입었으니까. 지저분한 일 정도라면 기꺼이 맡아줄 텐데?"

농담이 아니었다. 브레인의 눈에는 진지한 빛밖에 없었다.

"그런 게 아닐세, 브레인. 자네가 그런 짓을 하기를 바라진 않아."

"……내 인생은 자네가 생각하는 것만큼 깨끗한 게 아닌데?"

"그렇겠지. 브레인 자네의 검은 많은 피로 단련된 검이겠지. 하지만 그건 나도 마찬가지일세."

"자네야 나라의 적을 베었겠지. 난 내 욕망의 결과라고. 같은 목숨이라 해도 전혀 사정이 달라."

"……속죄하고 싶은가?"

"아니, 그런 게 아니고. 난 자네한테 이기기 위해서라면 무슨 짓이든 했어. 인생을 바쳤어. 나 하나 힘으로 도달할 수 있는 영역 따위 별것도 아니었다는 사실을 안 지금도, 나는 내가 해왔던 일에 죄책감을 품지 않아. 자네에게 은혜를 입었으니 그런 일을 해도 좋다고 말했을 뿐이야. 어렵게 생각하지 말라고."

"그러면 그런 짓을 하기를 바라진 않는다고 했던 말이 대답이겠군. 게다가 은혜라니, 뭐가 있었지? 왕도에서 만났을 때 말인가?"

브레인의 얼굴에 씁쓸한 표정이 떠올랐다.

"신경 쓰지 말라고. 내가 은혜를 느끼고 있을 뿐이니."

"신경 쓰지 말라니 더 신경이 쓰이네만……."

강한 거절의 뜻을 느끼고 가제프는 화제를 바꾸었다.

"아, 그리고 이곳에 데려온 데에는 이유 따위 없네."

"네?"

클라임이 되물었다. 브레인은 눈썹을 움직였을 뿐이었다.

"……시간이 비었다면 남자 셋이 이야기를 하는 것도 나쁘지 않겠다고 생각했고, 남의 눈 신경 쓰지 않고 천천히 이야기할 곳이라곤 여기 정도밖에 몰랐거든. 왕도 같으면 조용히 마실 수 있는 가게도 알고 있지만."

"뭐야, 정말 수다만 떨려던 거였어? 나한테 밀명이라도 내리려는 줄 알았더니."

"아니야, 이니아. 뭐, 하긴……."

전쟁에서 목숨을 잃어 두 번 다시 만나지도 못할 수도 있으니까, 라는 말은 역시 재수가 없었으므로 꺼낼 수 없었다.

"아, 그래. 클라임, 그 갑옷은 이만저만 눈에 뜨이는 게 아닌데. 색을 바꾸는 편이 좋지 않겠나? 그대로는 적에게 좋은 표적이 될 가능성이 높네."

"그럴 수는 없습니다, 스트로노프 님."

클라임은 딱 잘라 거절했다.

"어디에서나 눈에 뜨이는 이 갑옷을 입은 제가 활약을 보이면 주인이신 라나 님의 평판도 좋아질 것입니다. 게다가 제가 흰색 갑옷을 입었다는 사실을 많은 귀족 분들이 아십니다. 이제 와서 위험을 두려워해 다른 색으로 바꾼다면 조롱거리가 되어 라나 님께 폐를 끼칠 것입니다. 그렇게 되느니 용감하게 죽어 라나 님의 평판을 올려드리고 싶습니다."

그의 눈을 보고 가제프는 말을 꿀꺽 삼켰다. '라나 님은 자네가 죽기를 바라지 않아', '용기와 만용을 착각해선 안 되네', '장래에 큰 꽃을 피우기 위해 지금은 참게' 등등 조언할 수는 있었다. 그러나 어느 말도 클라임의 의지를 뒤집을 만한 힘은 없었다.

클라임의 갑옷은 그의 말대로 라나라는 왕녀의 기치인 것이다. 그의 활약은 라나의 평판을 높여줄 것이다. 물론 그

역 또한 성립된다.

가제프는 라나라는 소녀 덕에 목숨을 건진 빈민 출신 전사의 '나의 목숨은 왕녀의 것'이라는 신념을 흔들 수가 없었다.

왕에게 충성을 맹세한 자신과도 통하는 면을 느꼈기에——.

"라나 님을 위해서라면 이 목숨 따위 아깝지 않습니다."

단언하는 소년에게 가제프는 어떤 말을 건네야 좋을지 망설였다.

"이봐 이봐 이봐, 왜 그렇게 정색을 하고 쳐다보는 거야? 그것도 당장 죽을 것처럼 진지하게. 안심하라고, 가제프. 내가 클라임을 잘 감시할 테니까. 무모한 짓도 안 시킬 테고, 어떤 위험한 상황에서도 구해주지."

"제국 4기사를 상대하게 되면 브레인 자네의 승리는 확실할 걸세. 하지만…… 만약 그분, 아인즈 울 고운 공이 전장에 나타난다면, 나는 자네조차 죽을 거라고 내다보고 있네."

"……아인즈 울 고운이 그렇게 강해? 아, 전에 자네 집에서 들은 적은 있지."

악마 소동 후, 술을 마시며 어전시합 이후의 인생에 대해 서로 이야기를 나눈 적이 있다. 그때 이야기했던 것이다.

"제국 기사 중에 자네를 이길 상대는 없다고 단언할 수 있네. 제국 4기사라 불리는 강자가 있는데, 그들도 자네는 당해내지 못할 게야. 제국 최강의 대 매직 캐스터 플루더 파라다인이라면 운이 좋을 경우 도망칠 수도 있겠지. ——하지만 아인즈 울 고운이 앞을 가로막는다면…… 브레인, 미안하네만 자네의 운명은 거기까지일세."

"그 정도야? 그만한 강자라고?"

"……단언해도 좋네. 브레인, 지금 자네가 상상하는 것 이상일세. 이미지를 몇 배로 생각해주게."

"그 정도라니…… 세바스 님에 필적하겠군요."

"세바스? 혹시 브레인이 이야기했던 노인 말인가? 그때 전해들은 노인도 놀랄 정도로 강했네만, 나는 고운 공이 더 위라고 생각하네."

"거기에는 이의가 있는걸. 그분보다도 강하다니 도저히 믿을 수가 없는데…… 그 전에 적에게 꼬박꼬박 경칭을 붙이는 이유는 뭐야?"

"경의를 표해도 될 만한 상대일세. 그렇다고는 하지만 폐하게 폐가 되겠지. 이야기를 나누는 상대에 따라 다르네."

브레인이 어깨를 으쓱했다.

"고생이 많으셔, 전사장님은. 클라임도 그렇지만 왕국에 충성을 맹세하면 이래저래 귀찮은 일이 많겠어. 나 같은 놈은 그저 적당히 해나가고 있지만. 그 멍한 왕녀님도 참 그릇이 크시지."

브레인답다고 하면 브레인다운 발언이다. 하지만 왕족에 대한 태도로는 불경하다고 할 수 있다.

왕의 신하인 전사장 가제프 스트로노프는 이맛살을 찡그렸고, 전사 가제프 스트로노프는 대담한 사내의 태도에 씨익 웃었다. 많은 이목이 있을 때라면 질타해야겠지만, 여기에는 세 남자밖에 없다. 그렇다면 전사 가제프로 대해도 되지 않겠는가.

"라나 님은 지나치게 멍한 것도 같네만. 알았네. 클라임이 갑옷 색을 바꿀 수 없다는 것도 이해했네. 그렇다면 한층 주의를 기울여주게."

"걱정해주셔서 고맙습니다. 그러나 갑옷 색은 이대로 두고 열심히 하라고 라나 님께서도 말씀하셨으므로, 정말 죄송하지만 바꿀 마음은 없습니다."

"그래. 그렇다면 그대로 두게."

시원한 바람이 세 사람 사이를 지나갔다. 이제 곧 전쟁이 벌어지리라고는 생각할 수 없을 정도로 맑은 하늘은 투명하리만치 푸르다. 그것을 배경으로 서서 진지한 표정을 짓는 클라임을 바라보던 가제프는, 죽게 하고 싶지 않은 자가 너무 많다는 데에 기쁨과 슬픔을 함께 맛보았다.

"그런데 자네들은 아까 뭘 하고 있었나?"

클라임과 브레인이 얼굴을 마주 보고, 브레인이 입을 열었다.

"우린 그쪽하곤 달라서 나름대로 자유시간이 있거든. 개인적인 볼일이 있는데 같이 가달라고 했어. 아까까지 또 한 사람——로크마이어라고 하는데, 그 친구한테 안내를 받아 돌아다녔거든. 목적은 왕도를 구한 구세주, 그 유명한 아다만타이트 클래스 모험자야. 그자가 이 도시를 근거지로 삼고 있다는 말을 듣고 만나러 다녀왔지."

"오오, 모몬 공 말이군."

"응응, 그 친구. 왕도에서는 거의 스쳐 지나갔으니까. 소문으로만 들었던 최강 전사의 힘을 좀 알아보고 싶기도 했고——."

브레인의 분위기가 바뀌고, 진지함이 늘어났다.

"——잠깐 의논해보고 싶은 일도 있었고."

"의논?"

앵무새처럼 그렇게 대답한 가제프에게 브레인은 참으로 형용하기 힘든 표정을 지었다.

"왜 있잖아, 그 흡혈귀. 샤르티아 블러드폴른에 대해."

샤르티아 블러드폴른.

가제프에 필적하는 브레인 앙글라우스의 마음을 이 땅에서 박살 낸 최강의 흡혈귀.

이제 인간으로서는 이길 수 없으리라 여겨지는 그 괴물이, 왕도에서도 출현했다고 한다.

브레인의 생각으로는 악마 얄다바오트와 모종의 관계가 있다고 하는데——.

"……내가 듣기로 이곳에 출현했던 흡혈귀 호뇨페뇨코는

모몬 공이 지극히 희귀한 매직 아이템을 사용해 쓰러뜨렸다고 하더군. 실제로 근처 숲 일대가 대폭발에 날아가버렸고. 모몬 공 자신 또한 돌아왔을 때 갑옷에 치열한 전투의 흔적이 남아있었다 하네."

"응, 나도 그렇게 들었어. 그래서 이야기를 나눠보고 싶은 거야. 우선 개인적으로 한마디 하자면, 샤르티아 블러드폴른에게는 아무리 아다만타이트 클래스라 해도 이길 것 같지 않아. 의심하는 건 아니지만 진짜로 확실하게 숨통을 끊었는지 물어보고 싶었어. 그리고 호뇨페뇨코라는 흡혈귀도 마음에 걸리고."

"혹시 다른 흡혈귀도 있었을지 모른다는 말씀이군요."

"맞아, 클라임. 내가 모은 정보에 따르면 모몬은 흡혈귀 두 마리를 쫓고 있다고 했는데, 그게 호뇨페뇨코하고 샤르티아가 아닌가 확인하려고 했어."

"그래서 결과는 어땠나?"

"아니, 그게 말이지."

브레인은 유감스럽다는 투로 어깨를 으쓱했다.

"없더라고. 의뢰를 받아서 도시를 나갔는데, 언제쯤 돌아올지는 모른대."

"그거 아쉽군. 나도 운이 나빴는지 모몬 공과는 별로 이야기를 해본 적이 없어서 말일세. 시간이 있다면 조금 대화를 나눠보고 싶었네. 하다못해 왕도를 구해준 데 감사라도 해야 할 텐데."

"그렇군. 그럼── 이 전투가 끝나면 같이 찾아가볼까? 운이 좋으면 만날 수 있겠지. 클라임도 같이 어때?"

"기꺼이 동행하겠습니다!"

"좋아! 전쟁이 끝난 후의 낙이 생겼구만. 아다만타이트 클래스 전사니까 피가 되고 살이 되는 되는 이야기를 들려주겠지."

"음. 도움이 되는 이야기가 많겠지. 어떤 강적과 싸웠는지 무용담도 듣고 싶고."

"의외인데? 가제프도 그런 이야기를 좋아해?"

"물론. 나도 한 사람의 전사로서 흥미는 있으니. ……무사히 살아 돌아와야겠어."

가제프는 시선을 카체 평야 쪽으로 돌렸다.

"왕도에는 맛있는 음식이 나오는 주점이 있다네. 이 전쟁이 끝나면 거기서 뒤풀이를 할까? 내가 쏘지. 저금이란 이럴 때 쓰라고 있는 걸세."

"전승 축하라면 더 기쁘겠지."

가제프의 옆에 브레인이 서서 같은 방향을 쳐다보았다.

"아, 어, 저도 말입니까?"

"클라임은 술을 못하나?"

왕국에는 음주에 관한 규칙은 없다. 하지만 10대 중반인 젊은이에게 술을 내주는 주인도 없다.

"아뇨, 마셔본 적이 없어서 모르겠습니다."

"그래? 그럼 한번 마셔봐. 조만간 같이 술 마시러 갈 때도 있을 테고. 이번처럼."

"하긴. 그 전에 한번 취해보는 감각을 기억해두는 것도 나쁘지 않지."

"알겠습니다. 그러면 함께하겠습니다."

"좋아! 또 셋이 여기 무사히 모이도록 하세. 목숨을 헛되이 쓰지 말고!"

가제프의 말에 클라임과 브레인이 고개를 끄덕여 대답했다.

4

눈앞에는 갈색 대지가 펼쳐져 있었다. 녹색이 거의 없는 황량한 대지. 호들갑스러운 젊은이들은 피에 물든 대지라고 수군거리는 죽음의 대지.

카체 평야── 언데드나 그 외의 몬스터가 준동하는 장소이기도 하며, 위험한 땅으로 널리 알려졌다.

특히 끔찍한 것이 준동하는 존재들을 부드럽게 감싸는, 밤낮 관계없이 존재하는 얇은 안개. 사실 이 안개는 미미한 언데드의 반응을 가지고 있다.

물론 안개가 산 자에게 직접 영향을 미쳤다는 사례는 없다. 생명력을 빨아들이는 일도, 해를 끼치는 일도. 하지만 안개에 언데드 반응이 있기 때문에 언데드 탐지는 무효화되어 기습을 받은 모험자는 수없이 많다.

그런 안개가 지금은 없었다. 마치 앞으로 일어날 전쟁 덕에 죽은 자가 더 많이 태어나리라는 사실을 환영하듯, 시야는 멀리까지 탁 트였다.

안개가 걷힌 것과 마찬가지로 언데드의 그림자 또한 전혀 없었다. 움직이는 자가 보이지 않는, 생명 없는 대지의 모습이 어디까지고 이어졌다.

무너진 첨탑 같은 수백 년 전의 건축물이 묘비처럼 대지에서 튀어나와 있다. 물론 무엇 하나 원래의 형태를 유지한 것은 없다.

6층 건물이었던 탑의 3층 이상 위쪽은 무너져 주위에 잔해가 되어 흩어졌다. 두꺼운 담장은 절반도 남지 않았다. 시간에 따른 풍화라기보다는 이 땅에서 이루어진 온갖 몬스터들의 싸움이 원인이었다.

한 줄기 선을 긋듯, 그런 광경과 초원이 맞물려 있었다. 저주받았다고 하는 까닭이기도 했다.

약 1년 만에 찾아온 태양의 자비가 대지에 쏟아지기 시작하는 가운데, 축복 없는 땅을 내려다보듯 선을 그은 건너편 ── 산 자의 세계에 지어진 거대한 건물이 그 위용을 드러 냈다.

주변의 초원에서는 찾아볼 수 없는 거목을 무수히 이용 해, 주위를 거절하는 튼튼한 담장을 지어놓았다. 얕으나마 뚜렷한 해자가 존재하고 그 밑바닥에는 위를 뾰족하게 깎은 나무 말뚝이 위로 튀어나와 있었다. 지성이 없는 언데드에 대한 대비였다.

담장 너머에서는 무수한 깃발이 펄럭였다. 그중에서도 가 장 많은 것은 제국기 ── 바하루스 제국의 국장(國章)이었 다.

당연하다. 이 건축물이 바로 제국군의 카체 평야 방면 주 둔기지니까.

이번 출병에 제국이 동원한 기사의 수는 6만. 이들 전체를 하나의 주둔기지에 수용하는 것이 가능하다면 이 기지가 얼 마나 거대한지에 굳이 단어를 낭비할 필요는 없으리라. 견고 한 요새라는 말이 잘 어울리는 외관을 가진 이 건축물은 수비 하기 쉽고 공격하기 어려운 지형에 지어졌다. 완만한 구릉지 대 위에 있는 것이다. 이것은 카체 평야에 이러한 지형이 있 어서가 아니고 마법으로 토목작업을 거친 결과였다.

아무리 그래도 이것은 자국에서 활동하는 매직 캐스터의 증가를 국가 전략으로 갖춘 제국이라 해도 몇 주 동안 할 수 있는 작업량이 아니다. 이 건축은 몇 년에 걸쳐 이루어졌다.

원래는 장래에 이곳을 기점으로 에 란텔에 침공할 예정이었다. 말하자면 왕국의 수십만 병력과 경우에 따라서는 농성전을 벌일 것까지 감안한 거대 요새인 셈이다.

그런 요새를 건축하는데 왕국이 아무런 대처도 하지 않았던 것은 단순히 이 주둔지까지 쳐들어올 여유가 없었기 때문이다.

제국이 쳐들어올 경우에는 단결해 국토를 지킬 생각이 들지만, 이쪽이 쳐들어갈 차례가 되면 온갖 파벌에 사전공작을 해둘 필요가 생긴다. 나아가서는 영토를 얻는 것도 아닌 전쟁에 쓸 경제적 부담 등, 누가 손해를 감수할 것이냐 하는 문제도 생긴다.

결국 자신들의 몸에 불똥이 떨어지지 않으면 인간은 의욕이 생기지 않는다는 뜻이리라.

그런 거대한 주둔지의 상공을 3기의 히포그리프가 날고 있었다. 크게 원을 그리듯 춤을 추며 천천히 강하하기 시작했다. 기사라면 누구나 아는 황제 직속 근위대 중 하나인 황실 공호병단의 의전식 강하, 다시 말해 제국의 사절이 도착했음을 알리는 강하방식이었다.

지상에는 열 명으로 이루어진 기사들이 원을 그리듯 대기했으며 모두 제국기를 들고 있었다. 지상에서의 답례――제국에서 온 사자를 맞이하는 예식이다. 히포그리프 세 마리는 그 원의 중심에 내려서, 기병들이 얼마나 탁월한 기술을 가졌는지를 여실히 보여주었다.

히포그리프가 땅에 내리자 이제는 그 위에 탄 본국 사자의 모습이 똑똑히 보였다. 그렇기에 예식을 주관할 만한 명예를 가진 기사들이면서도 놀라움에 살짝 깃발을 떨고 말았다.

마음이 흐트러진 이유는, 나머지 두 사람과는 크게 다른 차림을 한 사내였다.

헬름을 벗었기 때문에 그 단아한 얼굴이 드러났으며, 누구나 즉시 알아차릴 수 있었던 것이다.

미미한 바람에 나부끼는 금발, 깊은 바다를 연상케 하는 푸른 눈. 굴강한 의지가 느껴지는 꽉 다문 입술. 기사란 모름지기 이래야 한다는 전형과도 같은 얼굴이다.

그를 모르는 기사는 없다.

무엇보다 이 사내의 풀 플레이트 아머를 모르는 사람이 있을 리 없다. 희소금속인 아다만타이트로 만들었으며 나아가서는 강력한 마법을 띤 갑옷. 그만한 것은 제국에도 손으로 꼽을 정도밖에 존재하지 않는다.

그 갑옷을 입은 자야말로 제국 기사의 최고위에 서는 자 중 하나.

제국 최강의 4기사 중 한 사람, '격풍' 님블 아크 데일 아녹이었다.

용모에 어울리는 맑디맑은 목소리로 그 자리에 있던 기사 중 한 사람에게 물었다.

"최고지휘관이신 제2군의 커베인 장군 각하를 만나고 싶다. 어디에 계신가?"

"예! 커베인 각하는 며칠 후 있을 왕국과의 전투를 앞두고 회의 중이십니다. 아녹 님을 장군 각하의 천막까지 안내하도록 명을 받았습니다."

"그렇군. 그러면…… 고운 마도왕은 이미 도착하셨나?"

"예! 아닙니다! 마도왕께서는 아직 이쪽에는 오지 않으셨습니다!"

"알았다."

이야기가 제대로 전해졌음을, 그리고 그보다도 먼저 도착했음을 안도하는 한숨이 님블에게서 새나왔다.

"그러면 안내를 부탁하지. 그리고 또 한 가지 부탁하고 싶은 것이 있는데."

님블은 품에 넣어두었던 것을 천천히 꺼냈다.

훌륭한 천막으로 안내를 받은 님블이 약 한 시간 정도를 기다리고 있으려니 몇 명의 경호병을 대동하고 천막의 주인이 돌아왔다.

머리카락이 완전히 새하얗게 물든 장년의 사내였으며 온화한 분위기를 풍겼다. 기사들과 같은 갑옷을 장비했지만 별로 어울리지는 않는다. 굳이 비교하자면 귀족 같은 차림이 어울린다고 할 수 있으리라.

"님블, 잘 와주었네."

활짝 웃자 기사라기보다는 기품 있는 귀족의 이미지가 더욱 강해졌다. 목소리도 온화해 이런 전장의 냄새가 강한 곳에 있는 것이 거짓말처럼 여겨졌다.

님블은 약식 경례로 대답했다.

나텔 이니엠 데일 커베인.

세상사에 별로 관심이 없는 귀족이었으나, 재능을 인정받아 선대 황제에게 천거된 제2군의 지휘관이다. 개인의 무용은 거의 없다시피 했지만 견실한 지휘관으로 유명했으며, 싸우면 지는 일은 절대 없다고 한다. 그렇기에 그가 지휘하는 제2군의 사기는 매우 높다.

실제로 커베인과 동행한 기사들의 일거수일투족에서는 지휘관에 대한 경의가 드러났다.

"이번 원정의 최고지휘관이며 다망하신 장군 각하께서 일부러 돌아와 주시다니, 무어라 감사를 드려야 좋을지 모르겠습니다."

제국군은 제1군부터 제8군까지 있으며, 군단별로 최고책임자는 장군이라는 지위에 오른다. 그리고 제1군의 장군이 '대장군'이라는, 군 전체의 지휘관이 된다.

그런 제1군——대장군이 없는 경우에는 가장 작은 번호의 군단을 지휘하는 자가 총지휘관이 된다. 다시 말해 이번에는 제2군의 장군인 커베인이 최고책임자인 것이다.

"아닐세, 님블. 그렇게 딱딱하게 굴 것 없네. 자네도 폐하의 명령으로 이곳에 오지 않았나? 그렇다면 굳이 내 지휘를 받을 필요는 없지. 대등하게 있어도 좋네."

"그럴 수는 없습니다."

님블은 쓴웃음을 지으며 대답했다. 군 최고책임자는 황제이며 그 아래가 대장군이다. 제국 최강이라 불리는 4기사는 황제의 칙령을 수행하는 경우가 많아 권한만으로 따지면 장군과 동격이다. 하지만 나이나 경험, 관록 같은 것들에서 커베인에게 밀리는데 대등하게 행동한다는 것도 다른 사람들이 없는 곳에서는 난처하다.

난감해하는 님블의 얼굴을 흐뭇하게 바라보던 커베인이 미소를 지었다.

"제국 최고전력인 4기사인 자네가 황송해하는 것도 나 같은 단순한 노인네에게는 멋쩍다네. 하다못해 '각하'만이라도 빼줄 수 없겠나?"

"분부 받들겠습니다, 커베인 장군."

그러면 됐다는 양 커베인이 고개를 끄덕였다.

"아무튼 오늘은 때를 잘 맞춰 와주었네. 자네를 환영하는 것처럼 안개가 싹 걷혔더군."

"그건 제가 아니라 앞으로 일어날 왕국의 비극을 환영하는 것이 아닐는지요, 커베인 장군. 참으로 비참한 일입니다."

"비극이라…… 이보게, 님블. 나에게도 좀 들려줄 수 없겠나? 이번 전쟁은 대체 무엇을 노린 겐가? 이제까지 있었던 전쟁은 왕국의 피폐를 주안점에 두었네. 하지만 이번에는 다르지. 이번의 최종목적은 에 란텔을 강화로 빼앗기 위해 왕국에 승리를 거두는 것이야."

커베인의 눈에 칼날 같은 광채가 깃들었다.

"……이번 왕국군은 이제까지보다도 훨씬 많네. 우리 군의 기사가 왕국의 농민병과 비교도 안 될 만큼 강하다곤 해도, 저 숫자는 압도적이며 폭력일세. 정면에서 부딪쳤다가는 상당한 피해를 입으리라 예측할 수 있네. 하지만 그렇게까지 해서 에 란텔을 빼앗는다 한들 곧바로 마도왕이라는 인물에게 넘겨주어야 한다지 않나. 폐하께서는 대체 무슨 생각이신가?"

"그 말씀을 드리기 전에, 우선 사람들을 물려주십시오."

커베인이 살짝 입을 벌리더니, 이내 고개를 돌리며 말했다.

"모두 물러나게."

커베인이 데려왔던 측근들이 경례와 함께 지시에 따라 퇴실했다.

"감사드립니다."

"시간을 낭비하는 것도 어리석은 짓이니. 그러면 들려주겠나?"

"예. 애초에 저는 이번 전쟁의 목적을 여러 장군들께 전해드리도록 폐하의 말씀을 받들었습니다."

님블은 자리에 다시 앉았다.

"이번 전쟁은 마도왕 아인즈 울 고운과 우호관계를 맺기 위한 것입니다. 피를 흘려 에 란텔을 빼앗고도 무상으로 넘겨주어, 앞으로의 교두보로 삼고자 생각하신 것입니다."

"제국의 치안을 유지하는 기사들이 쓰러지면 제국 자체의 위험이 늘어난다는 것을 아시면서도, 그 마도왕이란 자에게 넘겨줄 만한 가치가 있다는 뜻이로군."

"예."

커베인이 팔짱을 끼고 눈을 감았다. 그 시간은 얼마 되지 않았다.

"이해했네. 그것이 폐하의 뜻이라면 따르지."

"감사드립니다."

"감사는 필요 없네. ……마도왕이 칭송할 만한 활약을 보이도록 하지."

"그 건에 관해 한 가지 부탁드릴 말씀이……."

님블은 이곳에 온 가장 중요한 목적을 입에 담았다.

"개전 직후, 우선은 마도왕에게 부탁해 마법을 하나 사용할 것입니다. 기사들은 그 후에 움직여 주십시오."

"그건 대체 무슨 뜻인가? 우리가 많은 피를 흘려야 마도왕에게 은혜를 베푸는 것이 되지 않겠나?"

"예. 그것도 있습니다만, 마도왕의 힘을 알아보는 것도 또 다른 노림수입니다. 이번에는 우선 마도왕 자신이 사용할 수 있는 최고의 마법을 쓰도록 폐하 쪽에서 부탁을 드린다고 합니다. 그 마법이 어느 정도인지를 알아보기 위해서입니다."

"……마도왕은…… 제국의 잠재적인 적인가?"

"이해하신 모양이군요. 마도왕——아인즈 울 고운은 제국의 적입니다."

"그렇군. 그러면 마도왕이 마법을 쓰면 그 피해지역으로 기사들을 돌입시켜 피해를 확대시켜나가도록 하세. 그런데 어느 정도의 마법인가? 〈화염구〉 수준은 아니겠지?"

"미지이기에 이를 알아보려는 것입니다. 파라다인 옹 이상의 공격마법이라 예측하고 있습니다."

커베인이 눈을 크게 떴다. 하지만 그것도 잠시였다.

"그랬군. 아무리 그래도 그 위대한 매직 캐스터 이상이라고는 생각하지 않네만, 그만한 힘을 가졌다면 정말 거짓으로라도 우호관계를 쌓아야겠다고 폐하께서 생각하시는 것도 수긍이 가네."

님블은 아무 말도 하지 않았다.

"수백 명이 일격에 죽는다면 그 상처는 깊지. 단숨에 파고들 기회가 될 걸세. 사실 그 정도 힘을 가졌다면 기사들의 피해도 줄어들겠군."

그렇게 되면 좋겠다고 님블도 생각했다.

동료 4기사 중 '뇌광'과 '중폭' 두 사람에게 들은 이야기에 따르면 이인즈의 힘은 차원이 달라서 어쩌면 수천 명, 밀집했다면 1만 명은 죽일 만한 마법을 쓸지도 모른다고 한다. 도저히 믿겨지지는 않지만 두 사람이 그렇게 보았다면 진실일 가능성이 높다.

커베인의 말대로 제국의 치안을 지키는 전업전사인 기사들이 죽는 것은 큰 손실이다.

잠재 적인 아인즈는 힘이 없는 편이 기쁘겠지만 이번만큼은 동료들의 이야기를 믿어보고 싶었다.

"아, 장군. 그리고 또 한 가지 부탁드릴 것이 있었습니다. 마도왕이 병사를 데려올 테니 전장에 동행시키도록 허가해 주셨으면 합니다."

"호오. 그래, 몇천이나 온다던가?"

"예. 그게——"

"말씀 중에 대단히 죄송합니다, 커베인 장군 각하! 님블 각하!"

천막 밖에서 큰 목소리가 들렸다.

커베인이 님블에게 눈짓으로 사죄하고 밖을 향해 외쳤다.

"입실을 허가한다."

천막으로 들어온 것은 나름대로 높은 지위에 있는 기사였다.

"대체 무슨 일인가? 긴급사태인 모양이네만."

"예! 마도왕 각하의 깃발을 건 마차가 문전에 도착해 개문을 요구하고 있습니다. 명령하신 대로 문을 열어도 되겠습니까?"

기사의 시선 너머에 있던 님블을 커베인이 흘끔 살폈다. 그 시선에 님블은 고개를 한 번 끄덕였다.

"……알았네. 즉시 통과시키게."

"예! 그리고…… 마차 안을 확인할까요?"

설령 안에 누가 타고 있든 주둔지에 확인 없이 들어올 수는 없다. 보통은 마법으로 검사를 해 환술로 변장하지는 않았는가 확인하는 것이 기본이다.

왕국이라면 마법을 사용해서까지 확인하지는 않는다. 이런 면이 확실하게 규칙으로 확립된 것은 마법기술을 국가의 주축으로 삼은 제국이기 때문일 것이다. 마법이 얼마나 무서운지를 잘 알기에 마법으로 경계를 강화하는 것이다.

특히 이곳처럼 거대한 군사 거점에는 제국의 최신 마법기술이 쓰인다. 국가의 미래를 구축할 기둥인 기술의 유출은 제국에게 큰 손실이 된다. 그렇기에 황제 지르크니프가 왔다 해도 검사할 정도로 경계태세를 갖추고 있다.

따라서 동맹국이라 해도, 아니, 동맹국이기에 조사는 당연한 흐름이다.

하지만 그것이 용납되지 않는 상황이란 것이 있다.

커베인은 다시 님블에게 시선을 보냈다. 님블은 무거운

기분과 함께 어렴풋한 위장의 압박감, 그리고 품에 넣어둔 것의 무게에 괴로워하며 대답했다.

"커베인 장군, 참으로 송구스럽사오나 그분은 제국의 중요인물입니다. 지극히 이례 중의 이례이며 예외 중의 예외이오나 그대로 들여보내 주십시오."

조금 전까지 온후하던 웃음을 짓던 장군은 색깔이 빠져나간 것처럼 무표정해졌다. 기사가 자신의 머리 뒤에서 님블의 명령을 받아들인 것을 알아차렸기 때문이다. 아무리 온후하다 해도 자신의 부하에게 타인이 명령을 내리는 모습을 좋아할 사람은 얼마 안 된다.

님블도 그 점은 잘 안다. 하지만 하지 않을 수는 없었다.

여차하면——.

품에 넣은 것을 꺼낼까 망설이던 그때, 커베인이 입을 열었다.

"폐하의 명령이라면 어쩔 수 없지. 제국은 황제폐하의 나라니까."

"이해해 주셔서 기쁩니다, 장군."

품에 넣어 가져온 것은 칙령서였다. 이 양피지에 적힌 사항에 대해, 이름이 올라간 소유자는 황제와 같은 권력을 가진 것으로 간주된다. 그 내용은 말하자면 '이번 전쟁의 거의 모든 것'이었다. 이 전쟁에서는 커베인보다도 님블이 상위자로 간주되며, 경우에 따라서는 장군의 파면까지도 가능했다.

존경할 만한 연장자와의 우호적인 관계가 깨지지 않은 데에 안도하면서도, 지금은 그럴 때가 아니라고 마음을 다잡았다.

"그러면 폐하께서 그렇게까지 특별대접을 하시는 마도왕, 과거의 대영웅에 필적한다는 인물을 만나러 가볼까?"

개인적으로는 별로 가고 싶지 않았다.

다른 4기사── 아니, 자신을 포함해 3기사가 되었지만 동료 두 사람에게 들은 충고를 떠올리고, 님블은 떨떠름한 표정을 짓고 말았다. 그러나 가지 않는다는 선택의 여지가 있을 리 만무했다.

"물론입니다, 커베인 장군. 저도 동행하겠습니다."

주둔기지 밖에서 기사에게 안내를 받아 멋진 마차 한 대가 조용히 들어왔다. 놀랍게도 마부는 없었으며 말도 평범한 말과는 크게 달랐다. 슬레이프니르와도 다른, 비늘이 달린 말 같은 마수였다.

님블은 주위의 기사, 그리고 커베인에게 말했다.

"최고 예우 경례를 부탁드립니다."

무슨 소리냐는 표정이 커베인과 기사들의 얼굴에 떠올랐다. 그 마음은 님블도 잘 안다.

외교 예절에서 동맹국의 왕을 최고 예우 경례로 맞이하는 것은 올바른 방식이다. 그러나 군사거점에 왔을 때에는 정확하게 규정된 바가 없다. 그렇다기보다는 보통 군사거점까지는 오지 않는다는 전제가 있다. 이것은 같은 인간과 인간이라 해도 국가 사이의 다툼은 있으므로 그렇게까지 흉금을 터놓는 일은 거의 없기 때문이다.

최고 예우 경례란 국가가 공공연히 보여주어도 좋을 만한 안전한 장소에서 이루어져야 하며, 군사거점에서 보일 것은 아니다. 군인인 그들은 그렇게 생각했으리라.

그리고 또 한 가지. 전장에서는 최고 예우 경례를 하는 일이 거의 없다. 이것은 자신의 지휘관이 그런 예식을 취하는 모습을 본 자는 이를 받는 인물이 더 상위의 지휘관이라고 착각하기 때문이다. 전장에서의 암묵적인 이해사항이다.

4기사인 님블도 그들의 마음은 뼈아플 정도로 잘 안다. 그러나——.

"여러분, 최고 예우 경례를 부탁드립니다."

강철 같은 음성으로 되풀이했다.

커베인의 한숨 소리가 들렸다.

"모두 들었겠지? 최고 예우 경례로 맞이한다."

커베인이 명령함에 따라 혼란스러워하던 기사들에게 안정이 돌아왔다. 명령이라면 따르면 그만인 것이다. 자신이 생각할 필요는 없다.

님블이 감사의 시선을 보내자 한순간 참으로 얄궂은 표정을 짓는 커베인이 보였다. 마치 '너도 힘들겠다. 근데 내가 더 힘들어' 라고 하는 것 같았다.

마차가 일행 앞에 정지했다.

님블 일행은 두 가지 의미에서 숨을 멈추었다.

우선은 그 마차가 훌륭해서였다. 한밤의 바다를 도려낸 듯 매끄러운 검은색을 기조로 했으며 차제 전체에 치밀한 금세공이 가미되어 있었다. 하지만 사용된 금속은 놋쇠 특유의 둔중한 광채, 가죽은 차분한 적동색이어서 전체를 기품 있는 분위기로 마무리했다. 장식이 약간 화려하기는 했지만 그것조차 자연스럽게 여겨질 만한 품격을 뿜어냈다. 숫제 커다란 보석상자라 불러도 지장이 없을 정도였다. 님블도 황제의 마차에 타는 영예를 몇 번 누렸지만 그보다도 뛰어나다고 단언할 수 있었다.

숨을 멈추지 않을 수 없었던 또 한 가지 이유는 말이었다. 아니, 그것은 말이 아니었다. 나직하게 으르렁거리는 입 사이로는 날카로운 송곳니가 엿보였다. 몸은 빈틈없이 파충류의 것 같은 비늘로 덮였으며 그 아래에는 기이할 정도로 융기된 근육이 있었다.

그것은 압도적인 폭력을 말의 형태로 빚어낸 것 같았다.

뚜렷한 경계심이 그 자리를 가득 채웠다. 님블 자신도 호흡이 흐트러졌으며 등이나 손에 땀이 배나왔다. 놀라울 정도로 강해 보이는 마수였다.

거친 호흡이 되풀이되는 가운데, 마차 문이 열렸다.

그리고 내려온 것은 다크엘프 소녀였다.

머릿속에 공백이 생겨났다.

모두가 말없이 눈을 빼앗겼다.

까만 지팡이를 든 그 소녀는 가련했다. 순조롭게 성장한
다면 많은 이들의 눈길을 빼앗아, 그녀의 사랑을 얻기 위해
서라면 무엇이든 하겠다는 남자마저 나타날 것 같은 미모였
다. 쭈뼛거리는 표정이 달빛 아래에서 화사하게 피어난 꽃
을 연상케 했다.

다만 두 손에는 어울리지 않는 것을 끼고 있었다. 건틀릿
이었다.

왼손의 건틀릿은 악마 같은 사악한 생물에서 뜯어낸 손
같았다. 검은색을 기조로 흉흉한 형태를 띠었다. 뒤틀린 것
같은 가시가 튀어나왔으며 손가락 끝은 예리할 정도로 뾰족
하다. 금속인 것 같은데도 기괴한 분비물을 배출하는 것처
럼 지저분한 광택이 있었다. 보기만 해도 영혼부터 부정당
하는 것 같은 전율이 온몸을 스멀스멀 기어갔다.

반면 오른손은 순진무구한 소녀를 연상케 했다. 순백색
을 기조로 늘씬한 형태를 띠었다. 절묘한 금빛 무늬가 전체
를 뒤덮었는데 그것조차도 아름다움을 높이기 위한 장식이
되었다. 눈길을 빼앗긴다는 말은 바로 이럴 때 쓰는 것이다.

절세미녀를 앞에 둔 듯, 영혼이 건틀릿에 빨려들어가는 것 같았다.

"저, 저기, 아인즈 님. 도착했나 봐요."

"그렇구나. 고맙다, 마레."

이어서 모습을 나타내는 자가 있었다.

찰나, 공기가 멎어버렸다.

소름이 순식간에 온몸을 뒤덮었다. 살의와는 다른, 형용하기 힘든 기척이 충만했던 것이다.

아인즈 울 고운의 차림은 마력계 매직 캐스터에게서는 쉽게 찾아볼 만한 것이었다. 우선 칠흑의 로브. 여기에 추가로 까만 망토를 걸친 것이 유별나다면 유별나다. 이어서 화려하기는 하지만 요란하지는 않을 정도로 조심스럽게 장식이 가미된 지팡이. 목에 건 은색 목걸이에는 보석을 박아놓았다. 한편 얼굴에는 기괴한 가면을 쓰고 있다.

"왕림을 환영합니다, 아인즈 울 고운 마도왕 각하."

님블은 고개를 숙였다. 하지만 이어지는 소리가 들리지 않았다.

무례하다는 것을 알면서도 얼굴을 돌려 뒤에 늘어서 있을 장군이나 기사들을 슬쩍 엿보니, 여전히 뻣뻣하게 서 있었다.

마도왕에 압도되어 움직이지 못하는 것이리라. 기분은 이해한다. 그러나 이래서는 안 된다.

조바심을 느낀 님블을 구해준 것은 역시 장군이었다.

"전체!"

큰 목소리로 커베인이 외쳤다. 귀족 같은 그에게서는 상상도 할 수 없는 늠름함을 띤, 장군이라는 직위에 어울리는 것이었다.

"마도왕 각하에 대하여, 최고 예우 경례!"

"예!"

기사들이 일제히 대답하고, 일제히 최고 예우 경례를 올렸다.

"환영에 감사하네……. 제국이 자랑하는 기사 제군."

지극히 평범한 목소리인 것이 오히려 무서웠다. 마치 평범한 인간을 연기하는 것 같은 그런 기묘한 위화감이었다. 가면 아래의 맨얼굴에 대해 들어서 알고 있는 님블에게는 그런 생각이 강하게 들었다.

"고개를 들게."

첫 번째에 고개를 드는 자는 없었다.

"고개를 들어주지 않겠나?"

두 번째에야 비로소 고개를 든다. 아무리 그래도 세 번은 자국의 왕에게나 하는 예식이다.

"마도왕 각하, 즉시 고개를 숙이지 못했던 자들을 용서해 주십시오."

시선을 움직여보니 기사들의 입술은 새하얗고 얼굴은 새파랗다.

"마도왕 각하를 만난 기쁨에 잠시 넋이 나가버린 모양입니다."

"아닐세, 나야말로 사과하네. 전장을 앞에 두고 조금 흥분했던 모양일세. 결코 자네들에게 향한 것이 아니었음을 알아주게."

아인즈가 앞에 걸쳤던 망토를 열어젖혔다. 칠흑의 망토가 펄럭 소리와 함께 벌어져 마치 새까만 날개 같았다. 그 순간 주위를 에워싼 냉기와 함께 중압감이라고도 할 수 있는 무언가가 녹아내려서는 사라졌다.

눈앞에 서 있는 것은 보통 인간 같은, 그런 기척을 남긴 상대였다.

두렵다.

그것이 님블의 솔직한 감상이었다.

그가 얼마나 괴물 같은지는 동료들에게 들었다. 그럼에도 너무나 평범하게 여겨져버렸기에 더욱 무서웠다. 마치 대형 육식짐승이 천천히 다가오는 것만 같은.

자세한 내막을 모르는 기사들도 심상찮은 분위기를 강하게 실감했을 것이다. 곤혹스러워하는 기척이 감돌았다. 커베인에게서는 수긍하는 기운. 머리가 아니라 마음이나 영혼으로 눈앞의 인물에 대해 취해야 할 태도를 이해할 수 있었으리라.

"야영하실 곳까지는 저, 님블 아크 데일 아녹이 안내해드리도록 하겠습니다."

"그렇군. 여러모로 폐를 끼치게 될 테지만, 잘 부탁하네."

"감사합니다. 그리고 여기 계신 분이 이번에 제국군의 총지휘관을 맡은 커베인 장군입니다."

"커베인이라 합니다, 아인즈 울 고운 마도왕 각하. 주둔기지에서 무언가 곤란하신 일이 있으시다면 즉시 대응할 터이니 무엇이든 말씀해 주십시오. 이곳에 있는 기사 몇 명을 종자로 쓰시고 싶으시다면……."

"그럴 필요는 없네. 나의 부하는 여기 있으니."

아인즈가 다크엘프 소녀를 가리켰다.

"그리고 무슨 일이 있다면 될 수 있는 한 알아서 대처하겠네."

커베인이 굳어버렸다. 그는 제안을 하는 한편, 군사거점이니 이상한 짓을 하지 못하도록 감시를 붙여둘 생각이었다.

이에 대한 대답은 사양한다는 것. 강자이기에 할 수 있는 대답이다.

하지만 커베인의 입장에서 이를 용인할 수는 없다. 이대로는 어디까지 가도 평행선일 것이다.

님블도 심경은 당연히 커베인의 편이었지만 그럴 수는 없었다.

"그렇군요⋯⋯. 그러면 마도왕 각하, 무슨 일이 있으시면 사양 말고 불러주십시오. 커베인 장군, 그렇게 아시고 부탁드립니다."

"――알겠네."

"아⋯⋯ 한 가지 깜빡했군."

"왜 그러시는지요, 마도왕 각하?"

"이번 전쟁에서는 나의 마법을 개막 일격으로 삼게 되었는데, 이참에 나의 군대도 일부 참전시킬까 하네. 그 허가를 받고 싶네."

"그야 저희로서는 바라 마지않던 일입니다."

미리 말을 들었기 때문에 커베인은 즉시 받아들였다. 다만 의아하다는 듯 미간에 주름을 지었다.

"⋯⋯하오나 근시일, 빠르면 내일모레에는 전투가 시작될 것입니다. 마도왕 각하의 군세는 어디까지 진군했는지요? 도착까지 기다릴 수는 없사오나⋯⋯."

"문제는 없네. 이미 근교까지 왔으니."

님블은 의문을 품었다. 상공에서 내려다보았을 때는 군세가 이 주둔기지에 접근하는 기미는 없었다.

커베인도 같은 의문을 품은 모양이었다. 당연히 주둔기지 주변에는 기사들이 엄중한 경계망을 펼쳐놓고 있다. 제국군 이외의 세력이 접근한다면 반드시 장군급 인물에게 정보가 전해졌을 것이다. 보고에 누락은 없었느냐고 시선으로 주위의 부하들에게 눈짓으로 물었으나 그 자리에 있는 누구도 짐작 가는 바는 없는 모양이었다.

"아니, 미안하네. 근교까지 왔다는 말에는 어폐가 있군. 아무튼 금방 올 수 있다는 말을 하고 싶었을 뿐일세."

"그렇군요……."

수긍한 것은 아니지만 일단 그 생각은 미뤄놓은 듯 커베인이 이어서 질문했다.

"그러면 규모는 어느 정도인지요?"

"오백 정도일세."

"그렇군요."

커베인은 교묘하게 감추기는 했지만 님블에게는 실망의 빛을 놓치지 않았다.

"커베인 장군, 마도왕 각하의 군세와 함께 행동해도 되겠습니까?"

아인즈에 대한 충심을 드러내기 위해 제국이 가장 많은 피를 흘려야만 한다. 그러기 위해 아인즈의 군세는 어지간한 때가 아니면 나설 기회가 없겠지만, 나란히 진을 짜는 데는 문제가 없을 규모였다.

"오백이라면 저희 군의 진용을 변경하지 않아도 될 터이니 마도왕 각하의 신변 경호는 역시 각하의 부하께서 맡는 편이 좋을 듯합니다."

공격에는 적극 참가하지 말라고 암묵적으로 말한 것이다.

아인즈에 대한 성의를 보여주기 위해 제국군은 솔선해 피를 흘려야만 한다. 아인즈의 군세가 활약해서는 곤란한 것이다.

님블의 말을 받아들여 아인즈는 만족스럽게 고개를 끄덕였다. 님블은 몰래 가슴을 쓸어내렸으나, 냉정하게 생각해 보면 지극히 당연한 일이었다. 500 정도의 적은 병력으로 무엇을 할 수 있을 리는 없다. 아마도 의장병 같은 의미가 강할 것이다.

그러나 그다음에 일어난 일은 님블의 예상을 아득히 넘어선 것이었다.

무언가 마법을 발동시킨 아인즈가 허공에 말을 걸었다.

"들리느냐—— 샤르티아? 내가 있는 곳으로 〈전이문 Gate〉을 열고 병사를 이쪽으로 보내거라."

아인즈의 가면 안쪽에서 눈동자가 움직인 것 같았다.

"그러면 장군. 나의 군대를 부르도록 하겠네."

말이 끝난 것과 동시에, 술렁거림이 일어났다.

아인즈의 뒤에 시커먼 반구 같은 물체가 떠올랐던 것이다.

〈전이문〉. 님블의 머릿속에 조금 전의 말이 가로질렀다.

문이 열리고, 그곳에서 모습을 나타낸 자들은——

——모든 것이 정적에 휩싸였다.

그저 기이한 공기와 무거운 침묵이 모든 것을 지배했다. 마치 정적이라는 소리가 단숨에 퍼져 나간 것 같았다.

500 병사가 모습을 나타냈다. 제국의 6만 군세를 생각하면 너무나도 적은 숫자라 할 수 있다. 하지만 이를 얕볼 수 있는 자는 이 자리에 없었다.

눈앞의 기이한 군세는 말 이상의 웅변으로 역설하고 있었다.

"이것이 나의 군대일세."

입을 딱 벌린 관객에게 아인즈는 즐겁게 소개했다.

막간

　그리 넓지는 않지만 호화로운 방에 유일하게 놓인 의자――옥좌에 앉은 어린 소녀는 누가 들어도 천진난만하게 여겨지는, 나이에 어울리는 목소리로 말했다.

　"좋아, 맡기겠다!"

　"예, 폐하! 맡겨만 주시옵소서!"

　꿇어 엎드려 소녀에게 고개를 숙이고 있던 기사풍의 사내가 일어나서는 당당하게 방을 나갔다.

　문이 닫히고, 몇 초 후에 소녀는 곁에 서 있던 재상에게 물었다.

　"이제 됐는가?"

　"예. 그가 마지막이었으므로 문제는 없사옵니다."

　냉담한 사내의 목소리에 소녀의 천진난만하고 귀엽던 표

정이 무너졌다.

불량스럽다고 해도 과언이 아니었다.

피로 탓인지 눈은 탁한 데다 게슴츠레해졌으며, 입술은 한껏 일그러뜨리고 어깨는 축 늘어졌다.

"아~ 지겨워."

소녀라기보다는 지친 40대 여자 같은 태도였다. 하지만 목소리 같은 데에서는 팽팽한 활력이 묻어났다. 외견의 젊음만을 남기고 알맹이가 바뀐 것 같았다.

"노고가 많으셨습니다."

"진짜 노고가 많았지. 이제 이 모습은 좀 그만했으면 좋겠어."

소녀는 자신의 옷자락을 들어 올렸다.

"이렇게 다리가 홀랑 드러난 옷은 뭔가 동한단 말이지."

"몇 번이나 말씀드렸듯이 안 됩니다, 폐하."

이 소녀가 바로 용왕국의 여왕인 '흑린용왕(黑鱗龍王) Black Scale Dragon Lord' 드라우디론 오리우크루스.

용왕Dragon Lord이라 불리기는 하지만 전투 능력은 단순한 일반인 수준이다. 일단 법국의 판단기준을 따른다면 '참된 용왕'이라는 부류에 들어가기는 하지만, 타고난 이능에 의한 것일 뿐이므로 '참이자 거짓된 용왕'이라는 매우 희귀한 호칭 또한 가졌다.

참이냐 거짓이냐의 경계는 원시 마법을 쓸 수 있느냐 없느냐에 달렸기 때문이다.

"폐하께서 보호 욕구를 자극하는 형태이기에 모두들 노력해주는 것이니까요."

"세상 인간들은 전부 롤리타 콤플렉스야? 커야 이래저래 기분 좋을 거라 생각하는데."

드라우디론은 자신의 평탄한 가슴 앞에 두 손으로 무언가를 들어 흔드는 시늉을 했다.

"하기야 그쪽 형태 쪽이——."

"형태라고 하지 맛. 그게 내 진짜 모습이라고."

"실례했습니다, 폐하."

"야, 사죄하는 마음이 요만큼도 안 느껴지는데."

"그렇지 않습니다."

재상의 싸늘한 웃음을 빤히 바라보고, 그 밑에 있을 감정을 간파하지 못한 채 드라우디론은 불만스레 눈을 돌렸다.

"수긍해주셨으니 이야기를 되돌리겠습니다. 그쪽 형태 쪽이 남자들에게는 인기를 끌지도 모르겠사오나 여성에게는 반응이 나쁘니까요. 반면 그 형태는 남녀노소를 막론하고 좋은 반응을 기대할 수 있습니다. 그 점은 이해하시지요? 만약 그쪽 형태 쪽으로 있고 싶으시다면 이 나라의 현재 상황을 타개하신 후에 해 주셔야겠습니다. 무언가 좋은 생각이 있으신지요?"

"……형태라고 하지 마."

"그렇다고는 하나 이대로 가면 어느 형태를 취할지는 원하시는 대로, 라고밖에는 말할 수 없게 되겠군요. 보여줄 상대가 없어질 테니까요."

현재 용왕국이 처한 상황에 무거운 침묵이 돌아왔다.

"이번 비스트맨 놈들의 침공은 이제까지의 것과는 다르단 말이지."

"틀림없이 그렇습니다. 그만한 대군의 주목적이 이제까지와 같은 시시한 이유일 리가 없습니다. 확실하게 이 나라를 함락시키기 위한 것일 테지요. 가축들의 우리라도 지을 결심이 선 것 아닐까요?"

용왕국 인근에는 비스트맨의 나라가 있다.

비스트맨이란 두 다리로 걸어 다니는 사자나 호랑이 등의 육식짐승처럼 생긴 아인종으로, 머리의 형태로도 일목요연하듯 육식이고, 태연히 인간을 잡아먹는다.

인간을 먹는 종족은 드물지 않다. 대륙 중앙부에서 경쟁하는 6개 국가 중 3개국에서는 인간이 식량이다. 중앙에서 조금 떨어진 곳에 있는 트롤 나라에서는 손님을 대접하는 최고의 식사는 아직 배 속에 있는——6개월짜리 인간 태아라고 할 정도였다.

그런 그들에게 이 나라는 먹이가 모여 사는 것이나 마찬가지.

이제까지는 방치해두면 알아서 늘어나는 먹이터로 간주

했는지 전면적인 침공은 없었다. 하지만 어떤 이유가 있었는지 대침공이 벌어져 이미 도시 세 개가 함락되었다.

그곳에서 펼쳐진 연회는 그녀조차 구역질이 나올 정도였다.

교섭 따위 될 리가 없는 외적의 침공에 당연히 국가로서 단결해 부딪혀야 하겠지만, 비스트맨과 인간은 기본 스펙부터 다르다. 대륙 중앙에 있는 대국 중 하나가 비스트맨의 국가임을 보면 알 수 있듯, 육체적 성능은 인간보다도 훨씬 뛰어나다. 예를 들어 인간과 비스트맨이 비슷하게 성장해 어른이 되었을 경우, 스펙의 차이는 열 배가 되지 않을까.

모험자 업계에는 몬스터의 강함을 계측하는 난이도란 수치가 있는데, 인간 성인이 3이라면 비스트맨은 30에 이른다. 평균치가 높은 탓인지 신기하게도 특별히 강한 개인이 적다는 것이 그나마 불행 중 다행일 것이다.

"이제까지는 어찌어찌 아다만타이트 클래스를 중심으로 한 모험자들이 격퇴해주었사오나, 숫자의 차이는 압도적입니다. 아마 부족 단위겠지만, 여럿으로 나뉜 침공군을 막아내는 데까지는 이르지 못했습니다. ……백성을 전부 수도로 모으고 상대의 병량이 떨어지기를 기다리는 작전으로 나설 수밖에 없을 텐데, 먼저 우리의 식량 문제가 악화될까 우려됩니다."

"머리가 아프네. 눈앞이 캄캄해."

"그 외에는 적의 머리를 없애기 위해 선발된 집단을 파견하는 정도랄까요. 경우에 따라서는 상대의 격노를 초래하는 결과로 끝날 수도 있으나, 침공이 멈추지 않는다면 시도해 보는 편이 좋을 것입니다."

"역시 리더는 그놈이겠지?"

"예, 그입니다."

두 사람 사이에서 '그'라고 하면 한 사람밖에 없다. 이 나라의 유일한 아다만타이트 클래스 모험자 팀 '크리스탈 티어'의 '섬렬(閃烈)' 세라브레이트. 광휘검(光輝劍)이라는 검기를 쓰기 때문에 그런 별명을 얻은, 홀리 로드라는 직업을 가진 인물이다.

"그놈 분명 롤리타 콤플렉스일걸. 이야기할 때면 내 몸을 끈적끈적하게 훑어본다니까. 이런 평탄한 걸 보면 좋나? 그럼 벽이라도 보고 있든가."

"성벽(性癖)이니까요. 아. 맞습니다, 폐하. 그는 롤리타 콤플렉스입니다."

드라우디론은 얼굴을 실룩거렸다.

"단언하지 말았으면 했는데. 우리나라의 아다만타이트는…… 좀 제대로 된 놈이었으면 좋았을걸."

"무슨 말씀이십니까. 귀엽고 순진무구한 아이의 연기를 살짝 해주시면 필사적으로 싸워주지 않습니까. 우리에게는 매우 유리한 사내가 아니겠습니까."

"내가 조만간 그놈의 욕망을 채워줘야만 할걸. ……야! 내일 아침 식사로 나갈 돼지를 보는 것 같은 눈으로 날 보지 마!"

하아, 짐짓 한숨을 내쉬는 부하에게 그녀는 퍼렇게 핏대를 세웠다.

"겨우 그 정도 아닙니까. 참으십시오, 폐하. 물리적으로 잡아먹히는 백성들보다는 낫습니다."

찍소리도 할 수 없었다.

"……돈만 있으면 옵틱스를 풀로 고용했을 텐데, 그건 그렇고 법국은 뭘 한담?"

"글쎄요, 전혀 모르겠군요."

"매년 적지 않은 액수를 기부했잖아. 여느 때 같으면 도와주러 오고도 남았을 텐데? 왜 양광성전을 파견해주지 않는 거야?"

법국은 내밀히 용왕국을 구할 병력을 파견해주고 있었다. 공공연히 일을 벌이지 않는 이유는 이 나라의 수장이 그녀이기 때문일 것이다.

"결국은 자국의 방위력을 타국에 맡겼던 벌을 받은 것이옵지요. 슬프게도."

"누가 좋아서 맡겼냐. 이것도 어쩔 수 없었어. 너도 알면서. 안 그래도 군사비가 압박인데. 여기서 더 늘어나면 재정이 파탄 난다고. 애초에 군사비에 돈을 쓴다고 병사가 금방 강해지는 것도 아니고."

용왕국은 옛날부터 매년 비스트맨 대책으로 상당한 액수를 쓰고 있다. 그래도 이 결과이기는 하지만, 쓰고 있기에 이제까지의 피해가 적어졌다고 생각하고 싶다.

"법국이 만약 우리를 버린다면…… 그래, 제국에 협력을 청해보면 어때? 우리가 망하면 다음은 제국일 거 아냐."

"카체 평야가 있으니 당장 제국이 되지는 않겠지요. 호수를 우회해서 법국이 될 수도 있고."

"……암만 해도 언데드 다발지대에 뛰어들 만큼 용감하지는 않단 건가?"

참고로 두 사람 모두 중간에 있는 와이번을 조종하는 부족은 제외하고 있다.

"용감하지 않다기보다, 언데드는 먹을 수 없으니까요. 지배해봤자 아무런 메리트도 없지요. 그런 장소를 얻어 기뻐하는 것은 같은 언데드 정도뿐입니다. 게다가 제국도 바쁘지 않겠습니까? 슬슬 연례행사인 전쟁이 있을 텐데."

"올해는 좀 늦었네."

"그렇군요. 반년 정도 늦었습니다. 무슨 매직 캐스터가 어쩌고 하는 선언이 나돌았습니다만 혹시 보시겠습니까?"

"에잇, 그딴 타국 상황 따위 상관없어! 그런 것보다도 어떻게 하면 우리나라를 구할 수 있을지가 중요하잖아!"

"얘기를 돌린 건 폐하가 아니셨습니까? ……폐하의 마법은 어떻습니까?"

재상이 까닥까닥 손가락을 흔들었다. 그에게 마법이란 그런 이미지인 모양이다. 드라우디론은 쓴웃음을 지었다.

"원시 마법 말이야? 그건 인간의 몸―― 용의 피가 8분의 1 흐른다 해도 제어할 수 있는 게 아니야. 잘못하면 이 나라의 멸망을 가속시킬 수도 있어. 최후의 수단이야."

"최후의 수단이로군요. 그날이 오지 않기를 바라겠습니다. 그러면 저는 법국에 원군을 요청해보겠습니다."

"음! 부탁한다!"

천진난만한 아이처럼 대답한 드라우디론에게 재상은 싸늘한 눈빛을 보냈다.

"바로 그것입니다, 폐하. 그만한 여력이 있으시다면 전선 지휘관들에게 격려의――어린아이가 신뢰를 보내는 것 같은 편지를 서른 장 정도는 쓰실 수 있겠군요. 당연히 아이다운 필적으로 부탁드립니다."

"끄엑~. 그건 맨 정신으론 못해. 술 가져와."

"분부 받들겠습니다. 꽐라가 되어도 상관은 없사오나 일만은 확실하게 오늘 안으로 마쳐 주십시오."

재상이 인사를 하고 방을 나갔다.

뒷모습을 지켜보던 드라우디론은 자신의 손을 보았다.

"영혼 마법이라."

원시 마법은 평범한 마법과는 달리 영혼으로 행하는 마법이다. 그러기 위해 많은 백성을 희생해, 접속한 영혼을 깎아 내면 강대한 마법을 구사할 수 있을 것이다. 증조부에 해당하는 용왕에게 들었던 '백금용왕Platinum Dragon Lord'의 궁극일격, 거대한 폭발을 흉내 내는 것도 아마 가능은 할 것이다.

하지만 발동시키기 위한 희생은, 용왕보다도 훨씬 나약한 그녀라면, 어림잡아도 100만은 필요할 터.

드라우디론은 얼굴을 가렸다.

어쨌거나 기다리는 것은 지옥일 뿐이라는 예감에 떨며 ——.

3장 **또 하나의 싸움**

Chapter 3 | Another battle

1

카체 평야로 진군할 준비가 시작된 에 란텔의 소란에 등을 돌리고 북쪽으로 나아가는 바르블로 안드레앙 이엘드 라일 바이셀프 제1왕자는 영 기분이 좋지 못했다.

"젠장. 레에븐 후작 그놈……."

바르블로는 견디지 못하고 욕설을 흘렸다.

악마 소동 때 동생은 레에븐 후작의 부하를 빌려 왕도를 순찰하며 치안 유지에 힘쓰면서 유사시에는 전면에 나서서 싸울 수 있는 인물이라는 인상을 귀족들에게 주었다. 이 때문에 제1왕자인 바르블로를 차기 왕으로 지지하던 귀족들 사이에서 의견이 흔들리기 시작했다. 레에븐 후작이 지지하기도 해서 이미 제2왕자에게 돌아선 귀족들마저 있었다.

악마 소동 때 앞에 나서지 않았던 것이 치명적인 실수였다.

바르블로가 전선에 나가지 않고 왕궁에 머물렀던 이유는, 자신이 부릴 수 있는 패가 없었기 때문이었다.

그 자체는 올바른 판단이다. 고작 혼자 전선에 나가봤자 아무런 도움도 되지 못했을 것이다. 방해만 됐을 뿐이다. 게다가 어쩌면 악마들이 왕궁을 습격할 가능성도 있었다. 동생도 레에븐 후작의 병사가 없었다면 치안 활동 따위 했을 리 없다.

바르블로는 자신이 옳은 판단을 내렸다고 믿는다. 하지만 어리석은 자들은 그 점을 모른 채 겉모습에 속았다. 결국 모두 레에븐 후작의 책략대로 돌아갔을 뿐이다.

"이놈이고 저놈이고 그 작자의 속셈을 모르나? 애초에 그것들은 순찰만 했을 뿐이지, 악마들하고 싸울 때는 참가하지 않았잖아?"

전선에 동생을 세웠다면 참으로 꼴사나운 모습을 보였을 것이다. 그렇게 생각하면 레에븐 후작의 머리가 얼마나 좋은지를 알 수 있다.

그리고 또 한 가지, 바르블로가 불쾌하게 여기는 것이 있다.

현재 카르네 마을이라는 깡촌으로 진군하는 자신의 비참

함이다.

왕위계승 쟁탈에서 밀렸다.

그렇기에 이번 제국과의 전쟁에서 바르블로는 제1왕자다운 모습을 안팎으로 보일 필요가 있다. 왕국을 계승하기에 적합한 왕자임을 알리고, 동생이 빼앗아간 평판을 되찾아야만 하는 것이다.

그렇기에 이번 전쟁은 매우 중요한 위치에 있는데도 심부름꾼처럼 쓸데없는 일이나 받고 말았다. 변경 개척촌에 가서 아인즈 울 고운과의 관계에 대해 알아보기만 하는 일에 무슨 명예가 있단 말인가.

그 순간 오싹하는 것이 등줄기를 훑었다.

혹시 자신이 공을 세울까 두려워 이런 명령을 내린 것은 아닐까.

아버지는 이미 동생에게 왕위를 양도할 생각이라서, 역전될 만한 짓을 하지 않았으면 했던 것이다. 그렇기에 깡촌으로 자신을 보낸 것이다──.

호흡이 거칠어졌다. 제1왕자인 자신을 내팽개쳐놓고, 조금 용기를 보였다고 동생에게 왕위를 양도하려는 아버지에 대한 증오에 가슴이 타올랐다.

분노로 좁아져가는 시야 속에서, 자신의 옆으로 다가오는 기마의 모습을 알아차린 것은 그저 우연이었다.

"왕자님, 어디 편찮으십니까? 신관을 불러올까요?"

바로 근처에서 캥캥 울려 퍼지는 듯한 째지는 목소리가 뇌를 헤집어대 구역질까지 났다. 그러나 꾹 참았다. 겨울철의 싸늘한 공기 덕이기도 했으며, 왕족으로서의 생활에서 단련된 체면치레 덕이기도 했다. 솔직한 감정을 드러내다니, 어리석은 짓이다.

"아닐세, 마음에 두지 말게. 아바마마에게 받은 일을 어떻게 완수할지를 생각했을 뿐이라네. 그보다도 치에네이코 남작, 아다만타이트 클래스 모험자 모몬과 만나러 갔던 일은 어떻게 되었나?"

"그게 말입니다! 좀 들어보십시오, 왕자님! 참으로 불쾌한 일이 있었지 뭡니까! 아, 모몬은 없어서 만나지 못했습니다."

"뭐, 그런 일도 있겠지. 상대는 아다만타이트 클래스 모험자니까. 그런데 뭐가 그리 불쾌했나? 약속도 잡지 않고 나갔으니 부재중이어도 어쩔 수 없는 노릇 아닌가."

"아닙니다, 그런 것이 아닙니다! 제가 불쾌하게 여겼던 것은 모몬의 동료인 나베라는 여자입니다."

"나베? 아, '미희' 말이군."

바르블로는 왕도에서 본 절세미녀를 떠올렸다. 막내동생에 필적할 정도로 아름다웠다. 탐이 나기는 했지만 아무리 그래도 아버지에게 포상까지 받은 모험자를 평민처럼 마음대로 대할 수는 없었다.

"그 미녀가 자네에게 뭘 했단 말인가."

"폭력을 휘둘렀지 뭡니까! 이걸 좀 보십시오!"

치에네이코 남작이 건틀릿을 벗자 손에 커다란 멍이 들어 있었다.

"뭐야? 아다만타이트 클래스 모험자라 해도 귀족에게 폭력을 휘두르는 일은 용납되지 않을 텐데."

"하지만 그 나베라는 여자가 느닷없이 제 손을 잡더니 밖으로 쫓아냈단 말입니다."

정보가 너무나도 부족했다. 바르블로는 진지하게 듣지 않기로 했다. 아무리 생각해도 무언가 이유가 있고 이를 감추는 것으로밖에는 여겨지지 않았다.

"왕자님! 부디 왕자님의 힘으로 제게 폭력을 휘두른 어리석은 여자에게 철퇴를!"

이걸 잘 써먹으면 그 여자를 자신이 원하는 대로 할 수 있지 않을까?

바르블로는 생각했다. 남작에게 힘을 빌려주고 나베를 자신의 것으로 삼을 방법을. 그러나 좋은 수가 떠오르질 않았다. 이 어리석은 남작이라면 왕자에게 빚을 만들어줬다고 자기한테 유리할 대로 생각할 가능성이 높다.

'정말 쓸모없는 놈이로군. 뭐, 지금은 친하게 지내다가 왕위에 오르면 제일 먼저 잘라버려야지. 그때까지는 잘 써먹어주마.'

그런 계산을 하면서도, 이런 자조차 영지가 있고 사병이 있는데 자신은 자신의 병력을 가지지 못한다는——누구에게 부탁을 받아도 싸울 수 없는—— 상황에 뱃속이 무겁게 가라앉았다.

남작의 기대에 찬 눈을 보며, 바르블로는 여느 때처럼 공수표를 끊어주었다.

"내가 왕이 되는 날에는 고려하지."

"예!"

고개를 숙이는 바보와 더 이상 이야기를 나누고 싶지 않았던 바르블로는 자신의 근처에서 말을 모는 보우롤로프 후작 휘하의 기사에게 말을 걸었다. 후작의 정예병단 지휘관 중 한 명이기도 했다.

"이봐, 잠깐 묻고 싶은 것이 있다."

"무슨 일이신지요, 전하."

사실 묻고 싶은 말은 없었다. 하지만 아무리 그래도 남작과의 대화를 허울 좋게 끊기 위한 방편이라는 말을 할 수는 없었다. 무언가 적당한 질문은 없을까 살짝 생각하자, 조금 전의 기분 나쁜 생각이 다시 떠올랐다.

애초에 바르블로가 개척촌에 가게 되었던 이유는 보우롤로프 후작이 제안했기 때문이다. 그렇다면——.

'설마 후작이 날 배신했나? 동생에게 돌아섰던 건가?'

있을 수 없는 일이라고 생각하고 싶었다.

후작의 딸을 아내로 얻어 장인과 사위로서 사이좋게 지

냈다. 만약 바르블로가 왕위를 물려받는다면 그가 6대 귀족 필두다. 이제 와서 동생을 밀어준다고 해봤자 레에븐 후작과 다투게 될 뿐이다. 하지만 그 이외에 무슨 이유를 생각할 수 있단 말인가.

'그렇다면 난……. 내가, 내가 깡촌에 파견된 건, 전쟁에서 별다른 활약을 하지 못했다고 귀족들에게 퍼뜨리기 위해서인가?'

"무슨 일이신지요? 휴식을 취할까요?"

"——닥쳐."

억누르려 해도 억누를 수 없는 증오가 새어 나왔다. 기사가 놀라는 것이 시야에 들어왔지만 그래도 참을 수 없었다.

악다문 치아 사이로 살의를 토해내며 바르블로는 명령했다.

"너에게 명령한다. 카르네 마을 건을 냉큼 끝마치고 카체 평야로 돌아가겠다. 그 일정까지 병행해 준비하도록. 카르네 마을에 도착해 즉시 임무를 마치고 출발하면 밤에는 에란텔로 귀환하게 될 거다. 그리고 조금이라도 수면을 취하면 아침 해가 뜨기 전에 카체 평야로 떠날 수 있겠지."

기사가 눈살을 찡그렸다.

"주제넘은 간섭이오나, 그건 매우 어려울 것입니다. 보십시오. 이번 진용은 후작님 휘하의 3,500명과 왕자님을 후원하는 귀족분들의 부하가 1,500명, 합계 5,000명 정도입니다. 단기간에 사명을 완수하기 위해 보급병이 적은 대신 마차 50대에 물자를 실은 형태입니다."

"그건 나도 안다만 무슨 문제가 있다는 거냐?"

"이 중에서 보병의 수가 4,500명, 기병이 500기입니다. 카르네 마을 건이 1시간도 지나지 않아 해결된다 해도 밤까지 에 란텔에 돌아가려면 상당히 서둘러야만 합니다."

"그러니까 그 말도 들었다. 다시 한 번 묻겠다만, 무슨 문제가 있다는 거냐? 그렇게 하면 될 게 아니냐."

"왕자님……. 보병 중에 지쳐 쓰러지는 사람이 나올 겁니다."

"너는 무슨 착각을 하고 있군. 이런 조그만 변경 마을에 가는 일은 솔직히 말해 아무런 가치도 없다. 우리가 해야 할 일은 카체 평야에서 제국을 타도하는 거다. 너는 뭐지? 후작의 부하 아니냐? 그렇다면 묻겠다만 이것이 5천이나 되는 병사를 놀려둘 만큼 여유가 있는 전쟁이더냐? 너는 그렇게 생각하나?"

기사는 입술을 일직선으로 다물었다.

"우선순위를 착각하지 마라. ……병사들이 지쳐 쓰러져? 채찍질을 해서라도 뛰게 해라. 카체 평야에서 싸우기 위해 너희를 이곳에 모아놓은 거니까."

'——그리고 내가 명성을 높이기 위해서다.'

"……그 말씀이 옳습니다. 분부 받들겠습니다."

기사는 고개를 숙였다.

"처음부터 그렇게 대답해라. 몇 시쯤에 에 란텔에 도착해서 그 후 몇 시에 출발할지까지 계획을 세워. 상세한 내용은 네게 맡긴다."

"예! 즉시 논의를 거쳐 전하께서 원하시는 대답을 가져오겠습니다."

말을 몰아 동료들에게 달려가는 기사는 이미 바르블로의 머릿속에는 없었다.

'아바마마는 나를 미워하나? 아니면 망령이 나 올바른 해답을 낼 수 없게 됐나? 그러니까 동생에게 왕위를 물려주려 하지. 장자계승이야말로 가장 올바른 형태다. 그렇지 않고서는 귀족들의 반감을 사지 않느냐 말이다.'

자신이 처한 압도적으로 불리한 상황을 반드시 뒤집겠다. 5천 병력을 보낸 것을 후회하게 해주마.

그 마음만이 바르블로를 몰아붙였다.

"남작!"

"아! 예!"

"기대하고 있겠다!!"

째지는 목소리로 무언가 떠들어대는 것 같았지만 대답은 오른쪽 귀로 들어와 왼쪽 귀로 빠져나갔다.

'자낙 놈. 왕도에서 울분이나 씹고 있으라지.'

피를 나눈 동생이기는 해도 왕위계승 레이스에서는 걷어

차 떨어뜨려야 할 적이다. 게다가 딱히 애정이 있는 것도 아니다. 굳이 죽이지는 않고 있지만 방해가 된다면 살해도 불사할 것이다.

'내가 왕이 되면 놈은…… 무엇에 쓰면 좋을까. 어중이떠중이 바보 귀족들의 구심점이 되지 않도록 죽여버리는 게 좋을까? 아까우려나? 여자라면 이것저것 써먹을 방법도 있었을 텐데……. 라나는 머리는 별로여도 얼굴이 괜찮으니 말이지. 제일 비싼 값을 제시하는 놈에게 팔아버리면 되겠지. ……왕가의 피가 이어지면 귀찮은 일도 있을 테니까 어디 먼 나라의 왕족에게 시집을 보내는 게 제일일 텐데……. 내 권력 기반을 구축하는 데 도움이 된다면, 뭐, 생각해줄 수도 있고.'

자신이 만들어낸 이상적인 리 에스티제 왕국의 모습에 바르블로는 황홀하게 눈을 떴다.

옥좌에 앉은 자신의 앞에 고개를 조아리는 귀족들의 모습.

명령을 내리면 그 말에 따라 움직이는 신하들의 모습.

"좋군."

엷은 웃음이 새어 나와 황급히 입으로 가렸다.

카르네 마을 건을 즉시 마치고 얼마나 빨리 카체 평야로 돌아갈까. 그것이 자신의 꿈이 실현되느냐 마느냐의 갈림길인 것처럼 여겨졌다.

'……억지로라도 병사들을 뛰게 해서 전쟁이 시작되기

전에 도착하는 게 중요하겠어. 아니지, 개전할 때까지 기다렸다가 복병으로 움직이는 건 어떨까?'

매우 좋은 수라는 생각은 들었지만 병사들을 잘 움직여서 상대의 옆이나 뒤를 칠 자신이 없었다. 기사들에게 맡기고 싶지만 자신이 왕이 될 결정적인 활약을 타인에게 맡기는 것도 상책이라고는 할 수 없다.

어떻게 하면 가장 찬란하게, 차기 왕으로 선택받을 만한 활약을 할 수 있을지를 생각하는 바르블로의 머리에 영감이 번뜩였다.

'카르네 마을 놈들을 아인즈 울 고운과의 교섭에 써먹을 수는 없을까?'

마치 눈부신 빛이 하늘에서 쏟아져내린 것 같았다.

최고의 계략이다.

놈이 카르네 마을을 구한 이유가 무엇이든, 그들의 존재는 거래 재료가 되지 않겠는가. 만약 아인즈 울 고운인지 뭔지 하는 들어본 적도 없는 매직 캐스터가 이번 전쟁에서 빠진다면 대의명분을 잃은 제국은 침략전쟁이라는 딱지를 피하기 위해 철수할 수밖에 없을 것이다.

'이거 아주 훌륭하지 않은가? 그렇게 되면 아버지도 내 의견을 무시할 수 없겠지. 내가 왕이 되는 건 거의 확실해.'

"좋아. 최고야."

단순히 지나가다 카르네 마을을 구했을 뿐이라면 아인즈

울 고운이 물러나지 않으리라고도 예측할 수 있다. 그때는 카르네 마을 놈들에게 무기를 들려 싸우게 하면 된다. 국가총동원령을 내렸으니 카르네 마을 농민들은 거부할 수 없다.

부왕이 징병에 응하지 않아도 된다고 허락을 내린 모양이지만, 그건 상황이 바뀌기 전의 이야기다. 현장에서의 임기응변에 따른 대응은 사령관——이 경우에는 바르블로에게 달린 것이다.

아인즈 울 고운이 카르네 마을의 농민 놈들을 죽이면 어차피 그 정도 인간밖에 안 됐다고 선전할 수 있다. 그리고 이는 그 배후에 있는 제국에 대한 선전으로 이어질 것이다.

바르블로는 자신의 완벽한 책략에 몸을 떨었다.

솔직히 머리 회전으로는 동생들에게 한참 미치지 못한다고 생각했는데 그렇지도 않았다. 자신에게 이만한 재능이 잠들어 있다는 데에 바르블로는 감동했다.

2

조그만 마을에 겨울은 지옥이다. 따뜻해지는 계절을 생각하며 집 안에서 인내하고 견디는 나날이 이어진다. 봄이 늦게 오거나 가을의 결실이 적을 때는 종자까지도 먹고, 그래도 굶어 죽을 때가 있다.

밭일은 별로 없지만 농촌에서의 생활이란 일한다는 말과 밀접한 관계가 있다. 집에서 하는 일은 매우 많다. 가축 돌보기, 농기구 수리, 여기에 집이나 헛간이나 축사도 살펴야 한다. 쉴 시간 따위 없다.

게다가 카르네 마을에서는 오우거라는 육식 몬스터들을 기르기 위한 먹이를 레인저의 사냥에만 의존하지 않도록 돼지 사육도 시작했다. 약초가 비싸게 팔린 덕에 살 수 있었던 돼지다.

이 돼지들을 고블린들이 토브 대삼림에 끌고 가 나무뿌리 같은 것들을 먹인다. 아직 실험 단계이므로 몇 마리만 기르고 있지만, 이것이 잘될 것 같으면, 그리고 돼지들과 함께 겨울을 넘길 수 있다면 장래에는 수를 늘려나갈 것이다.

원래는 방목할 경우 방목지를 관리하는 영주에게 세금을 내야 하는데, 다행히 카르네 마을은 이를 낼 필요가 없다. 토브 대삼림은 몬스터들의 주거지이며 인간이 지배하는 영역이 아니라고 여겨지기 때문이다.

카르네 마을의 미래는 밝다.

그것도 모두 마을을 구하고 이모저모로 지원해준 아인즈 울 고운, 그리고 숲의 현왕을 포획한 칠흑의 전사 모몬 덕이다. 마을 주민들 대부분이 그들 두 사람에게 감사했으며, 심지어 아침 식사 때 감사 기도를 올리면서 신의 이름과 함께 그들의 이름을 부르는 사람까지 있을 정도였다.

미래의 희망으로 넘쳐나기에 새로운 촌장 엔리 에모트가 할 일은 많았다.

그날도 엔리는 일 때문에 운필레아를 뒤에 데리고 어떤 오두막으로 가고 있었다.

카르네 마을 같은 변경 개척촌은 온 마을 주민이 가족처럼 함께 행동한다. 그렇지 않으면 살아갈 수가 없다. 농기구 공유, 식량 융통, 밭을 갈기 위한 소를 순서대로 사용하는 일 같은 것도 그렇다.

그렇기 때문에 가축은 모두가 함께 돌보며, 먹이도 다 같이 관리한다. 겨울철에 소의 주요 식량이 될 건초가 쌓인 오두막이 바로 그런 곳이었다.

엔리는 문을 열고 오두막으로 들어갔다. 운필레아가 그 뒤를 따랐다. 문을 연 기세 그대로 엔리는 똑바로 나아가 건초 무더기 위에 앉았다. 엉덩이가 건초 안으로 풀썩 가라앉았다.

문을 닫은 운필레아가 그 곁에 앉았다. 운필레아가 만들어준 마법의 불빛이 흰색 빛을 주위에 뿌렸다.

"족장, 지금은 놀 때가 아냐. 건초 양이 적절한지 아닌지 알아보고 이것저것 판단해줘야 해."

"또 족장이라고 그래……."

엔리의 풀 죽은 목소리에 운필레아가 슬쩍 웃음소리를 냈다.

"뭐, 딱히 상관없지만! 족장이어도! 응, 어째서인지 아그네 고블린들은 내가 맘만 먹으면 자기들을 밟아버릴 수 있을 거라고 생각하는 거에 비하면 아주 사소한 문제니까!"

아그와 그의 마을에서 온 고블린들과 팔씨름을 해 전승해 버린 후로는 마을 주민들 사이에서도 '어쩌면' 하는 분위기가 떠도는 것이 마음에 푹푹 박혔다. 참고로 오우거하고는 하지 않았다. 졌다간 체통이 서질 않고, 만에 하나라도 이기거나 적어도 좋은 승부가 되어버렸다간 도저히 회복될 자신이 없었다.

'──이거, 운피를 놓쳤다간 나 결혼도 못하는 거 아냐?'

엔리의 손에 비지땀이 배어 나왔다.

"아~ 맞아. 운피, 창문 열어놓을까? 요즘은 건조하니까 열어도 문제는 없을 거야."

"응? 아, 아냐, 딱히 상관없지 않나? 그 왜, 마법의 조명도 이미 만들어놨고."

"그래? 운피가 괜찮다면 나도 상관은 없지만."

마법의 조명은 태양광보다도 밝다. 그럼에도 엔리가 제안한 것은 단순히 밖이 아직 밝으니 마법의 조명을 만드는 건 아깝지 않나 생각했을 뿐이었다. 그리고 기분을 바꾸려는 생각도 있었다. 딱히 특별한 이유가 없었으므로 거절당해도 문제는 없다. 다만 곁에 앉은 운필레아의 반응이 조금 이상했다. 그리고 귀가 묘하게 빨갛다.

'그렇게 미력을 많이 소비했나? 하지만 마법의 조명을 만드는 건 그렇게 지치지 않는다고 들은 것 같은데……. 여기 오기 전에 뭔가 마법을 썼나? 그러고 보니 약초 냄새와 달리 뭔가 좋은 냄새도 나고.'

"왜, 왜 그래, 엔리?"

운필레아는 곁에서 코를 킁킁거리는 엔리에게 놀란 목소리를 냈다.

"응? 응~? 아, 딱히 별건 아니고. 뭔가 좋은 냄새가 나서."

"그, 그래? 그거 다행이네. 내가 만든 향수야."

"와~ 다음에 시내에 나가서 팔 거야? 꽤 비싸게 팔릴 것 같은데?"

"아, 아니, 딱히 그런 건 아니고……."

"흐응~. 뭐, 상관없지만. 아무튼 일단 오두막의 건초는 괜찮아. 그럼 다음으로 갈까?"

"으, 으, 응. 그 전에, 몇 가지 알아보고 가자. 밖은 추우니까."

"……여기도 별로 따뜻하다고는 못하겠지만…… 뭐, 알았어."

"으, 음, 의논하고 싶은 게 몇 가지 있거든."

곁에 앉은 운필레아는 어쩐지 긴장하는 눈치였다. 왜 그럴까.

엔리의 의문에 찬 시선을 옆얼굴에 받으며 운필레아는 들고 왔던 종이 다발을 꺼냈다.

가느다란 글씨가 적혀 있다. 나름대로 글자를 읽을 수 있게 된 엔리도 엿보는 정도로는 알아볼 수 없는 단어가 많았다.

"우선 아그 같은 생존자 고블린 부족하고, 오우거들 식량 조달 문제인데."

"어? 당분간은 괜찮지 않아? 가을에 밀 수확도 그들이 도와줬고, 오우거들 식량도 시내에서 사 왔고."

"응, 약초가 비싸게 팔린 것도 있고 해서 식량은 충분히 사 왔지. 일단 겨울은 문제없을 거야. 조금 더 수가 늘어나도 여유가 있고. 하지만 많이 늘어나면 힘드니까 다른 수단으로 식량을 조달해야 할지도 모르겠다는 생각이 들어서."

아그네 부족의 고블린은 이미 열네 마리까지 늘었다. 이것은 출산을 해서가 아니라 서쪽 마의 뱀이나 동쪽 거인에게서 도망쳤던 자들이 그만큼 있었다는 뜻이다.

"으음~. 괜찮겠지만 혹시 모르니까 또 에 란텔에 식량을 사러 갔다 오는 편이 좋으려나? 그래도 사실 돈은 남겨두고, 쇠로 된 농기구 같은 걸 사 오고 싶지만."

"오우거들이 쓸 수 있는 금속 농기구가 있으면 봄철 개간이 훨씬 수월해질 테고 말이야. ······문제는 오우거들이 쓸만큼 큰, 인간은 못 쓸 만한 농기구 제작을 부탁했다간 분명

의심을 받을 거란 정도?"

"역시 오우거기 미을에서 일한나는 설 알면 성가신 일이 생기려나?"

가을에 징세관이 왔을 때는 쥬게무를 비롯한 아인들은 보이지 않도록 숨게 했다. 덤으로 그들의 활약 덕에 수확할 수 있었던 상당한 양의 밀도.

카르네 마을이 제국 기사들에게 습격을 당했다는 사실은 이미 알려졌으므로, 얼마 안 되는 연공으로도 넘어가 준 것이 행운이었다. 게다가 앞으로 몇 년은 노역도 면제받았다.

이러한 혜택은 지켜주지 못한 데 대한 사죄의 의미가 강할 뿐만 아니라 죄책감도 있었던 것 같았다. 사실 마을을 에워싼 훌륭한 담장 때문에 의심을 사지 않을까 걱정했는데, '그 매직 캐스터께서'라고만 해도 깊이 추궁하지 않고 수긍해주었다. 그렇다면 오우거들도 어떻게든 넘어갈 수 있지 않았을까 하고 엔리는 생각했지만 운필레아는 고개를 가로저었다.

"틀림없이―― 그래, 잘못하면 토벌대를 보낼걸."

"너무해!"

"화가 나도 이것만은 어쩔 수 없어. 보통 오우거는 사람을 잡아먹는 위험한 몬스터니까. 이 마을에서 공존할 수 있었던 건 어디까지나 오우거들보다도 강한 쥬게무 씨네가 있었던 덕이라는 걸 잊으면 안 돼."

"잊진 않았지만……."

"그리고 마을 주민이 적으니까, 이주자를 어떻게 모집할지 하는 문제가 있어. 봄철 개간에 맞춰 이주해주면 좋겠는데."

"어렵지 않을까. 게다가 운필레아 얘기대로라면 역시 고블린이나 오우거들을 보고 도망쳐도 곤란하고—— 왜 그래?"

엔리가 물었다. 운필레아가 조금 전부터 이상했던 것이다. 뭐랄까, 마음이 다른 데 가 있는 듯한 느낌이다.

"어?! 아, 아니, 아무것도 아니야!"

아무것도 아닌 게 아닌 것 같다. 또 졸리기라도 한 걸까? 그녀의 애인은 포션 생성에 정신이 팔리는 나쁜 버릇이 있으니까.

엔리가 어깨를 으쓱하자 운필레아가 한 차례 심호흡을 하더니 슬쩍 몸을 기댔다.

'응? 역시 졸린 걸까? 매일 이런저런 실험을 하는 것 같았으니……. 그래도 여기서 자면 좀 추울 것 같은데. 건초 속에 들어가면 따뜻할지도?'

운필레아의 몸을 받아준 엔리가 그런 생각을 하는 동안에도 운필레아는 서서히 체중을 실었다.

'왜 이런담? 그건 그렇고…… 운필레아도 좀 더 힘을 기르는 편이 좋겠어……. 역시 고기를 많이 먹어야 할 텐데. 먹고 자는 것도 잊어버리고 일에 몰두하다니, 그러면 안 되는데.'

장난기가 발동한 엔리는 반대로 운필레아에게 힘을 실었

다. 슬쩍 밀었다고 생각했는데 단숨에 밀려나 버렸다.

"——으에?"

놀라 당황한 운필레아가 엔리를 보았다. 얼굴은 새빨갛다.

'아~ 역시 남자라 여자에게 지는 게 창피한가 봐. 그러니까 밥을 잘 먹어야지.'

엔리가 힘을 뺀 순간, 눈을 감은 운필레아는 건초 위에 풀썩 누워버렸다.

그대로 몇 초쯤 침묵이 흘렀다.

"……왜 그래, 운피? 졸려?"

이상할 정도로 새빨개진 운필레아가 몸을 일으켰다.

"아, 아, 아니? 아무것도, 아냐……."

"——엔리 누님!!"

고함 소리와 함께 노크도 없이 문이 열렸다. 기세가 너무 센 나머지 문이 큰 소리를 냈다.

"히이엑?!"

곁에 앉은 운필레아에게서 괴상한 소리가 새어 나왔다.

"방해해서 죄송합니다요! 근데 긴급사태거든요!"

"왜 그러세요?"

쥬게무가 이렇게 당황하는 모습은 트롤이 쳐들어왔을 때 이후 처음이었다. 엔리의 등줄기를 불길한 예감이 훑고 지나갔다.

"군대입니다요! 군대가 이쪽으로 진군하고 있어요!"

"네? 대체 무슨 일이죠?! 어디 군대예요?!"

"우리한텐 문장에 관한 지식이 없다 보니 깃발을 봐도 어디 군대인지까지는 모르겠습니다요. 하지만 여러 종류가 있어서……. 일단 문은 이미 닫아놨고요! 어떻게 할까요?!"

"아, 음…… 어떤 문장이 제일 많이 있었는지 가르쳐주겠어요? 저는 좀 알 수 있을 것 같은데."

쥬게무의 설명을 들은 운필레아의 얼굴에는 곤혹스러워하는 기색이 생생히 떠올랐다.

"이상한걸. 그건 왕국 국기야. 귀족장까지 본다면 어느 영지 사람인지도 알 수 있을 텐데."

카르네 마을은 변경이며 이 너머로는 대삼림밖에 없다. 그렇다면 분명 카르네 마을 자체에 목적이 있을 텐데, 짐작 가는 구석은 하나도 없다.

"대체 왜? 뭔가 몰라, 운피?"

"왕국군이 마을에 오는 이유? 토브 대삼림이 목적이라면 군대를 데려오는 건 이상해. 모험자를 보내면 그만이니까. 그렇다면…… 내란이라든가……."

"그런 일이 일어나?"

"내가 들은 얘기로는 왕국은 임금님의 힘이 별로 강하지 않대. 귀족들하고 임금님이 다툰다고 그랬어. 카르네 마을에 오는 이유는 왕의 직할령에 대한 공격이라든가?"

엔리는 머리에서 소리를 내며 핏기가 빠져나가는 기분을 맛보았다.

어쩌면 이 마을이, 또 그 무서운 침략을 당할지도 모르니까.

──하지만 옛날하고는 다르다.

엔리는 정면을 보았다.

"군세가 마을에 도착할 때까지 조금이라도 숲으로 피신시켜요!"

"……엔리 누님, 죄송합니다요. 발견이 너무 늦어서, 지금 도망치려면 전부 다 놓고 가야 할 것 같습니다요. 겨울이기도 해 숲에서 몬스터가 나올 가능성이 높다 보니 그쪽만 경계했던 게 화근이었습죠."

쥬게무의 비통한 얼굴에 엔리는 오싹해졌다.

이 추운 계절에 만약 군대가 마을에 불이라도 지른다면, 절대 살아남을 수 없다.

"그러면…… 맞아, 그러면! 들고 도망칠 시간이 없다면, 싸울 준비를 하면서 식량 같은 최소한의 물자를 숨겨요!"

"응! 그건 좋은 생각이야, 엔리! 징세관들이 왔을 때 오우거나 쥬게무 씨네가 숨었던 지하실은 아직 묻어놓지 않았어. 거기에 넣어두자!"

행동에 나서고자 기합을 넣었던 엔리는 중요한 사실을 묻지 않았다는 것을 떠올렸다.

군대의 수였다. 어느 정도의 마을 사람들을 할애할 수 있는지는 상대의 숫자에 달렸다.

"상대는 어느 정도였나요? 백 명 정도?"

"아뇨……."

말을 흐리는 쥬게무를 보며 엔리는 귀를 막고 싶다는 충동에 사로잡혔다.

"그 정도 숫자가 아니었습니다요. ……수천."

엔리는 눈을 깜빡거렸다. 옆에 있던 운필레아도 마찬가지였다.

"최소 4천은 되지 싶었습니다요."

"뭐야 그게……. 왜 그렇게 많이……."

"전혀 상상도 안 가는걸. 이 마을에 그런 군세를 보내는 이유가 대체 뭐지? ……엔리, 우리 마을에 고블린들이 산다는 게 알려졌을 가능성이 있을까?"

"없어, 절대로."

엔리는 즉시 대답했다.

아무리 생각해도 새어 나갈 이유가 없다. 물론 이 마을로 이주해온 사람들도 있지만 그들도 사람보다 고블린들이 더 신뢰할 수 있다고 생각하는 자들이 많다. 게다가 트롤이 쳐들어왔던 사건 이후에는 옛날부터 있던 주민들과 이주민 사이의 울타리는 없어진 것과 마찬가지였다.

남은 것은 마을에 온 모험자──죽은 사람도 있으므로

모몬과 나베 두 사람 정도겠지만, 그들은 절대 아니라고 운필레아가 단언했다.

"그렇다면…… 도망칠 준비를 하면서, 그들이 왜 여기 왔는지, 이유를 물어야겠어. 싸움에 나서는 건…… 최후의 수단이고."

4천이나 되는 대군에 싸움을 걸다니, 그것은 자살행위일 뿐이다.

"운피 형님 말씀대로 그럴 수밖에 없겠네요……. 아무리 그래도 그 수는 좀 무리입죠."

"응. 그러니 도망을 염두에 두면서 시간을 벌어야겠지. 그럼 가자!"

문 부근에서 수비 준비를 시작하던 마을 사람들에게는 오우거와 함께 식량을 숨기도록 지시했다. 남은 것은 엔리와 쥬게무를 비롯한 고블린 군단. 그리고 브리타와 마을 자경단원 몇 명이었다.

엔리는 먼저 왔던 브리타에게 물었다. 첫 질문은 당연히 상대가 누구인가, 깃발은 어느 귀족의 것인가 하는 것이었지만 유감스럽게도 그녀에게서는 대답을 얻을 수 없었다. 그녀의 말에 따르면 이 근방의 지식은 다른 사람에게 의존한다는 것이다. 엔리가 지식의 소중함을 절실히 깨달은 순간이기도 했다. 따라서 망루로 달려갔던 운필레아의 보고를 기다릴 수밖에 없었다.

벽 너머로 수많은 말의 발굽 소리가 들려왔다. 그리고 고함 소리가 전해졌다.

"나는 리 에스티제 왕국 제1왕자 바르블로 안드레앙 이엘드 라일 바이셀프 님의 사자로 왔다. 이 문을 열고 우리를 들여보내도록!"

엔리는 다시 귀를 의심했다. 지난 10분 동안 놀랄 일을 수없이 들었지만 이번 것이 가장 컸을지도 모른다.

"제, 제1왕자님?!"

왜 그런 구름 위의 존재가 이곳에 왔을까. 전혀 짐작 가는 바가 없어 꿈은 아닐까 의심했다.

하지만 망루에서 굴러오듯 달려온 운필레아가 사자의 말이 진실이라고 긍정했다.

"깃발 중에 왕기가 있었어. 그건 왕족 직계가 아니고선 쓸 수 없는 거야!"

"어? 그렇다면?"

"왕족과 줄이 닿는 사람이 군세를 이끌고 왔다는 건 틀림없다는 소리야!!"

도저히 영문을 알 수 없었던 엔리는 어쩔 수 없이 큰 소리로 물었다.

"어, 어째서 이런 조그만 변경 마을에 군대를 끌고 오셨나요!"

"그런 내용을 주민이 알 필요는 없다! 이 땅은 직할령이며 왕자님의 말씀에 따르는 것이 올바른 행위다. 아니면 너희는 왕자님의 뜻에 거역하겠냐는——반기를 들겠다는 거냐!"

흠칫 엔리의 몸이 떨렸다.

문을 여는 것이 국민으로서 올바른 행위다. 하지만——.

——곁에 있던 쥬게무와 눈빛을 나누었다.

문을 열라고 해도 도저히 열 수가 없었다. 그 전에 고블린이나 오우거들을 숨겨야만 한다.

"아, 누님. 우린 당장 은신처에 숨겠습니다요. 그때까지만 시간을 벌어주십쇼."

엔리는 고개를 끄덕였다. 왜 자신은 식량을 그곳에 감추도록 지시를 내렸을까 후회했지만 이미 때가 늦었다.

"반복한다, 문을 열어라!!"

"죄, 죄송합니다! 지금 왕자님을 맞이할 준비를 하고 있으니 조금만 더 기다려 주세요!"

"아까부터 문답을 되풀이하는 여자! 네가 이 마을의 책임자인가! 안 된다! 1초라도 빨리 문을 열어라!!"

"……왜 그렇게 서두르시나요!"

불안을 품은 엔리는 노성으로 되받아쳤다. 무례하다는 것은 거듭 잘 알지만 어쩌면 왕국군 행세를 하는 타국의 군대일지도 모른다는 생각이었다.

마을을 찾아온 징세관이 놀랄 정도로 카르네 마을은 방비를 단단히 다지고 있다. 타국의 군대가 요새로 쓰려고 생각해도 이상하지 않을 정도가 아닐까. 그 트롤들이 소굴로 삼으려고 생각했던 것과 같은 논리였다.

처음으로 침묵이 돌아왔다. 망설이는 분위기였다.

"왜 대답을 못하나요!! 당신들이 왕국 병사라는 것도 거짓말이죠?!"

조바심과 분노로 거칠게 대답하자 겨우 대답이 돌아왔다.

"······과거 이 마을에 아인즈 울 고운이라는 매직 캐스터가 오지 않았나?"

엔리의 머릿속에 마을의 구세주가 떠올랐다.

"그 매직 캐스터가 왕국과 적대했다. 따라서 아인즈 울 고운과 관련이 있는 너희를 조사하고 싶다."

너무나 놀란 엔리는 아무 말도 할 수 없었다.

하지만——자경단 한 사람이 동료들 사이에서만 들리도록 조그만 목소리를 냈다.

"그분이 왕국과 적대했다는 건······ 왕국이 잘못했다는 거 아냐?"

마을 사람들의 눈에는 동의의 빛밖에 없었다.

특히 현저했던 것이 마을을 잃어 나중에 이주해온 사람들이었다. 지켜주지 못했던 왕국에 대한 증오가, 지나가다 이 마을을 구해준 매직 캐스터에 대한 신뢰로 바뀌었던 것이다.

고블린을 소환하는 아이템을 무상으로 주었던 점, 두꺼운 담장을 만들기 위해 골렘을 빌려주었던 점, 트롤에게 습격을 당했을 때 구하러 왔던 메이드 등이 잇달아 신뢰를 높여 주었다.

"문을 여는 게 올바른 행위일까?"

"……하지만 상당한 군세인걸. 문을 열지 않는다면……."

"그분의 은혜를 이렇게 받아놓고 배신하는 행위는……."

"잠깐만! 조사라고 말은 했지만 그걸 받아들이는 게 배신 행위가 되란 법은 없어."

"그런가? 하지만 결과적으로 그렇게 된다면, 우린 은혜 도 모르는 놈인 거잖아."

모두의 시선이 엔리에게 모였다.

어느 마음이나 이해가 갔다. 그 사이에 낀 엔리는 어느 쪽 도 선택할 수 없었다. 그런 가운데 다시 담장 너머에서 노성 이 들렸다.

"이해했나! 그렇다면 즉시 문을 열어라! 이 이상은 왕국 에 대적하는 행위로 간주하겠다!"

궁지에 몰린 엔리는 시간을 벌어야겠다고 생각해 외쳤다.

"고, 곳곳에 쇠똥이 흩어져 있어서요! 그런 곳에 왕자님 을 모실 수는 없어요!!"

잠시 정적이 흐른 후, 겨우 마음을 다잡았는지 다시 목소 리가 들렸다.

"아, 음. 이해했다. 그럼 이렇게 하자. 전하께서는 들어가 시지 않는 것으로 하겠다. 우리만 들어가겠다! 그다음 일은 그다음에 생각하지."

더 이상은 변명이 떠오르질 않았다.

완전히 새하얗게 질린 머릿속에 떠오른 말을 엔리는 아무 생각도 없이 외쳤다.

"죄, 죄송합니다! 손에 쇠똥이 묻어서요! 그것도 듬뿍! 손 좀 씻고 올게요!"

"——이, 이봐!"

엔리는 온 힘을 다해 뛰는 쥬게무 일행의 뒷모습을 보았다. 앞으로 어느 정도 시간을 벌 수 있을까 하는 불안과 함께.

바르블로의 짜증은 이미 갈 곳이 없을 정도로 치솟았다. 돌아온 기사를 아군이 아니라 증오하는 적처럼 노려보았다.

"다시 한 번 말해봐라. 뭐라고 했나?!"

악다문 이 사이에서 새 나온 분노와 함께 한 마디 한 마디를 또박또박 토해내는 바르블로에게 기사는 말을 반복했다.

"예! 아직까지 카르네 마을의 문이 열릴 기미가 없습니다!"

태연히 말하는 기사의 옆얼굴에 주먹을 꽂아주고 싶다는 생각을 품었다.

그러나 그것은 어리석은 행위다. 주먹에 담긴 분노를 무산시키고자 필사적으로 참았다.

이 기사를 포함해 바르블로 자신에게 충성을 맹세한 자는 없다. 바르블로는 자신의 병사를 가지지 못했다. 여기 있는 것은 주인의 명령으로, 혹은 주인이 동행했기 때문에 따라온 병사들이다. 그렇기에 수많은 기사들이 자신을 쳐다보는 가운데 그들의 동료를 때릴 수는 없다.

"······어째서냐? 어째서 카르네 마을의 농민 놈들은 문을 열지 않지? 이곳은 왕가 직할령이다. 그렇다면 나를 따를 의무가 있을 텐데. 내가 문을 열라고 명령하지 않았느냐?!"

화가 나 서서히 흥분하면서 말이 거칠어졌다.

"이해할 수가 없군! 내가 우습게 보이나! 무슨 생각을 하는 거냐!"

제1왕자인 바르블로의 입장에서는 마을 주민들 따위 까마득히 밑바닥에 있는 존재였다.

그런 존재조차도 자신을 업신여긴다니.

그렇게 생각한 순간 지난 몇 달 동안 겪은 모든 울분——바르블로에게 불쾌함을 안겨주었던 악마 소동에서 시작된 모든 끈적끈적한 감정들이 분출구를 발견한 것처럼 흘렀다.

둑이 무너지는 것은 한순간이었다.

"반역죄다! 놈들을, 카르네 마을을 반역죄로 단정한다!"

목소리가 들리는 범위에 있던 자들이 놀라 술렁거렸다.

"기다리십시오! 그것만은!"

당황한 기사를, 분노에 지배당한 바르블로가 노려보았다.

마을 단위로 반역죄라고 한다면 마을 주민들을 몰살시키

는 것이 일반적이다. 그 후 마을에 불을 지르거나 해 흔적도 완전히 없이 지워버린다.

하지만 그게 어쨌단 말인가.

바르블로가 명령을 내리는 데 부하가 따르지 않는 이유를 알 수 없었다. 이 후작 휘하의 기사들도 자신을 경시하기 때문에 명령에 따르지 않는 것인가.

"그것만은, 뭐냐! 왕족의 명령을 듣지 않는 백성 따위 살려두었다간 해악밖에 되지 않을 것이다!"

왕족에게 대항한 자를 용납하면 모두가 업신여기게 된다. 죽이지 않으면 권위의 실추로 이어진다. 귀족들도 통치령 내에서 평민이 공공연히 반기를 들면 당연히 없앨 것이다. 그것은 후작을 섬기는 기사들도 알고 있을 터.

"기다려 주십시오! 곧 제국과의 전쟁이 시작될 텐데, 왕직할령의 백성을 죽인다면 전군의 사기에 지장이 올 것입니다! 게다가 상대의 수비를 보십시오! 단순한 마을이라고는 여겨지지 않을 정도입니다. 주민의 숫자는 그리 많지 않겠지만 억지로 문을 열려 한다면 분명 큰 소모가 있을 것입니다. 그러니 지금은 조용히, 문을 열지 않는 이유를 물어보는 것이 득책이 아니겠습니까."

"……우호적으로 나서고, 그 후에 몇 놈을 교수형에 처하겠다."

"……그건 어쩔 수 없겠지요. 바르블로 님의 명령이 있었음에도 문을 열지 않았으니."

"반드시 문 앞에다 걸어놔 주마. 본보기로."

"그 정도가 타당하지 않을는지……."

바르블로는 카르네 마을을 노려보았다.

기사의 말대로 굳건한 문에 담장까지 있다. 토브 대삼림이 근처에 있는 이상 당연한 대비일지도 모르지만, 망루까지 설치해놓은 모습은 개척촌이라기보다는 요새를 방불케 했다.

분명 함락시키려면 시간도 걸릴 것이다.

문 앞에서는 천 명이 넘는 병사들이 진을 치고 문을 열라고 고함을 지르고 있다. 귀를 기울여보니 멀리서도 비슷한 목소리가 들려왔다. 뒷문 쪽이 아닐까.

그것이 마치 부싯돌이 된 것처럼 바르블로의 가슴속에서 끈적끈적한 불꽃이 다시 타올랐다. 이제는 이성적으로 생각할 수가 없었다.

"이봐!! 불화살을 쏴라!!"

"부, 불화살 말씀입니까?!"

"그렇다. 이대로 기다려봤자 시간이 얼마나 걸릴지 알 수 없다. 알겠느냐? 이딴 마을에 들일 시간이 없단 말이다. 너희가 몇 분 안으로 문을 열 수 있다면 상관없다만, 무리겠지?!"

입술을 깨문 기사가 고개를 끄덕였다.

"불화살로 위협해라. 고함이나 지르고 앉았다니, 어린아이 장난도 이제는 끝내라. 어른의 방식을 보여줘!!"

말을 어물거린 기사의 옆에서 누군가가 불쑥 튀어나왔다.

"전하의 명령을 따르지 않다니…… 후작님의 부하라고 생각할 수가 없군요. 전하, 혹시 괜찮으시다면 제 병사들에게 시킬까요?"

치에네이코 남작이었다. 뒤에는 동료 아첨꾼들도 있었다.

바르블로는 이런 어리석은 놈도 쓸모가 있는 법이라고 솔직하게 감탄했다. 아니, 그들도 귀족이고 자신의 영내에서 뜻에 반하는 행동을 하는 마을이 있다면 이런 수단을 취할 테니 바르블로의 마음을 잘 이해했을지도 모른다.

"……그렇군. 그럼 남작에게 명령한다. 마을에 불화살을…… 아니지, 그래. 저 망루에 쏴라. 저기라면 사망자도 나오지 않겠지?"

"오오! 참으로 자비로우신 판단입니다! 역시 전하십니다! 그러면 지켜보고 계십시오!"

"누님! 준비 다 끝났습니다요! 다들 숨었습죠. 이제 저만―― 왜 그러십니까요?"

이상한 분위기를 느낀 쥬게무가 물었다.

이곳에 남은 자경단의 의견은 완전히 대립하고 있었다. 문을 열고 군대를 들여보내자는 데 대한 소극적인 찬성과

적극적인 반대였다. 그 밑바닥에 깔린 것은 모두 마을의 영웅 이인즈 울 고운을 배신하게 되는 것이 아니냐 하는 마음. 그렇기 때문에 어렵다.

"사실은 있죠."

엔리가 쥬게무에게 말하려던 순간, 담장 밖에서 목소리가 날아들었다.

"——카르네 마을 주민들에게 고한다. 즉시 문을 열지 않고 수상쩍은 행동을 보이는 너희는 왕국의 백성으로서 의심스럽다. 대표자들을 전장으로 연행할 터이니 그곳에서 아인즈 울 고운에게 투항하도록 탄원하라. 너희가 왕국에 충성하고 있음을, 왕국의 백성임을 증명해라."

분위기가 바뀌었다. 증오가 대기를 뒤흔드는 것처럼 여겨질 정도였다.

그것은 엔리도 예외가 아니었다.

분명 왕국의 백성이며, 충성심은 있다. 그러나 아무런 대가도 없이 마을을 구해준 인물에 대한 감사의 마음에 비하면 가볍다. 가족이, 친구가, 연인이 무참히 죽어 나갈 동안 도와준 사람은 그 위대한 매직 캐스터였다.

"전장에 연행돼 그분의 족쇄가 되기는 싫어."

"숲으로 도망치고 뒷일은 나중에 생각하는 게 좋지 않을까?"

혼란스러운 상황이 되었다.

다만, 그 영웅에게 방해가 되지 않을 수단을 취한다는 점에서는 의견이 일치했다.

그때 무언가가 찢어지는 듯한 소리가 들렸다. 이어서 공기를 가르고 붉은빛을 끌며 화살비가 망루에 쏟아졌다. 퍽 퍽, 화살이 나무에 박혀 메마른 소리가 몇 차례 들렸다.

"……이럴 수가."

왕국이 사람을 죽이는 무기를 사용했다는 사실에 엔리는 숨을 멈추었다.

운 좋게도 망루에 사람은 없었다. 이 공격은 그것을 알고 저지른 것일까, 아니면──

──사람이 있어도 상관없이 공격했을까.

"에, 엔리 누님! 이쪽을 노린 것 같지는 않습니다만 화살이 올 만한 곳에는 있지 않는 게 좋겠습니다요. 자자, 이쪽으로. 어서!"

뻣뻣이 서서 그 광경을 지켜보던 엔리의 손을 쥬게무가 잡아끌었다. 저항할 기력도 없어 엔리는 그를 따라 달렸다. 하지만 얼굴은 망루 쪽을 보고 있었다.

자경단 사람들도 뒤로 물러났을 때, 망루에서 불꽃이 치솟았다.

짚으로 만든 천장이 단숨에 타오른 것이다. 순식간에 거대한 불길이 피어나 천장이 무너졌다.

마을 이디에서도 보일 만한 붕괴였다. 비통한 비명이 곳곳에서 솟았다.

그중에서 한층 커다란 목소리가 있었다. 엔리는 너무나 큰 충격에 흐트러진 호흡을 짧게 되풀이하며, 가장 침통한 비명을 지른 사람을 보았다. 그 사람은 얼마 전에 마을로 이주한 남자였다.

그는 얼굴에 증오와 함께 그에 맞먹는 절망을 드러내고 있었다. 주위를 둘러보니 비슷한 표정을 지은 전원은 이주자들이었다.

엔리도 떠올렸다. 그들의 마을이 초토화되었다는 사실을.

"적이다!"

남자가 부르짖었다.

"저건 적이다! 적이 아니면 저런 짓은 하지 않아! 난 싸우겠어!"

"왕국은 무슨 왕국! 우리를 구하려고도 하지 않았던 쓰레기들! 여기도 불태우려는 거야?!"

토실토실한 여자가 외쳤다.

"용서 못 해! 죽이려면 죽이든가! 저놈들을 하나라도 많이 길동무로 삼을 거야! 원수를 갚을 거야!"

젊은이들이 잇달아 소리쳤다.

불화살이 날아들면서 광기에 가까운 증오가 분위기를 지

배했다.

"……엔리 누님, 결심하실 때입니다요."

강철의 전사 같은 표정을 지은 쥬게무가 냉정하게 말했다.

"네? ……저분들은 이성을 잃었는걸요. 좀 더 냉정해진 다음에……."

"시간이 없습니다요. 게다가 저 사람들이 폭주하지 않으리란 법도 없고요. 마을 전체가 어떻게 나설지를 정하는 편이 좋을 겁니다요."

지극히 타당한 제안이었다. 상대는 망루에 불화살을 쏘는 폭거에 나선 것이다. 다음에는 더 가혹한 공격을 감행할 것이 분명하다. 그렇다면 일각의 여유도 없다.

각오를 다진 엔리는 숨을 크게 들이마셨다. 흘끔 운필레아를 보니, 넴을 데리고 있던 그는 힘내라는 듯 살짝 고개를 끄덕여주었다.

가슴이 아주 조금 따뜻해졌다. 그것이 엔리에게 마지막 용기를 가져다주었다.

"여러분!! 이 자리에 있는 모두가 마을 전체의 뜻을 결정하겠어요! 만일 결정된다면 부디 그 의견에 따라주세요!"

기세등등하게 동의하는 목소리가 이어졌다.

"우리 마을이 왕국의 제안에 찬성해야 한다는 분, 계신가요?"

아무도 손을 들지 않았다.

심장이 격렬하게 고동치는 가운데, 엔리는 외쳤다.

"그렇다면! 목숨을 걸고서라도 반대한다! 왕국과 싸워야 한다는 분은 손을 들어주세요!"

와아아! 포효와 함께 수많은 손이 난립했다. 그 자리의 누구도 평범하게 거수하는 사람은 없었다. 그들이 치켜든 것은 굳게 쥔 주먹이었다. 각오를 다진 자들의 표정이었다.

분명 두려움은 있다. 당연하다. 확실하게 죽는다는 선택을 했으니까. 하지만 그 이상으로 주민들의 등을 떠미는 것이 있었다.

그렇게 큰 은혜를 입고도, 은혜를 원수로 갚는 인간은 되고 싶지 않다는 마음이었다.

"그러면── 싸웁시다! 우리는 싸울 것입니다! 은혜를 갚을 것입니다! 쥬게무 씨, 작전을 부탁드려요!"

쥬게무가 불쑥 앞으로 나와 엔리의 옆에 섰다.

"······각오는 똑똑히 봤습니다요. 당신들 여기서 죽을 텐데, 그래도 상관없습니까요?"

백전연마의 전사가 하는 말에는 긍정밖에 돌아오지 않았다.

"창백한 얼굴로 용케도 외치는구만요. 아주 훌륭합니다요. ······하지만 말입죠. 기껏 결심했는데 찬물 끼얹는 것 같아 미안하지만, 어린 친구들은 도망치게 해야 하지 않겠습니까요?

우리 같은 아저씨들만 죽으면 되지 않겠습니까요?"

한 노인이 입을 열었다.

"그 말이 옳네만―― 어렵지 않겠나? 놈들이 양쪽 문을 다 지키고 있는데. 담을 넘는다 해도 분명 들킬 걸세."

"네, 평범하게 도망치면 그렇게 될 겁니다요."

쥬게무가 씨익 웃었다.

"숨어서 도망치는 건 이 상황에서는 불가능합죠. 그러니까 우선 정면의 문을 열고 적을 끌어들일 겁니다요. 상대가 부주의하게 다가왔을 때 우리가 치고 나가, 어느 정도 피해를 입히는 데 성공하면 저쪽은 분산시켰던 병력을 집중하겠죠."

쥬게무가 모두를 둘러보았다.

"그렇다고는 하지만 상대도 어쩌면 양동이란 걸 알아차릴 가능성이 있습니다요. 그래도 이쪽의 공격이 강하면 병사를 모으지 않을 수 없습죠. 질문이나 이의 있습니까요?"

"없는 것 같아요, 쥬게무 씨. 하지만 어디로 도망치나요?"

"뻔한 거 아닙니까요, 누님. 토브 대삼림입죠. 숲에 대한 지식이 있는 아그나 브리타 언니를 피난조에 붙이면, 놈들이 사라질 때까지는 어떻게든 될 겁니다요."

마을 사람들은 죽을 각오를 했지만, 그래도 역시 아이들까지 죽게 하고 싶지는 않다는 마음은 당연히 있었다. 그럴 가능성이 낮아졌다는 안도감에 그들의 전의가 누그러졌음을 깨달은 쥬게무는 표정을 굳히고 말했다.

"명심하십쇼. 첫 일격, 그리고 상대가 병력을 집결시킨 후의 공방. 이렇게 두 번은 상대에게 여력을 남겨줘선 안 됩니다요. 우리의 공세가 강하면 강할수록 도망칠 애들이 살아남을 확률이 올라가는 겁니다요."

"하하하하! 에이, 뭐야! 거, 한시름 덜었네."

웃음소리가 곳곳에서 들렸다. 자포자기한 것도, 미친 것도 아니었다. 시원한 웃음소리였다.

"아내나 아이들을 구할 수 있다면야 걱정할 거 없지. 애들을 구해준 아인즈 울 고운 님께 은혜를 갚도록 하자고."

"누가 아니라나! 부끄러운 아비 노릇은 끝내버리겠어."

"그러면…… 별동대는 어떻게 편성할까?"

운필레아의 물음에 쥬게무는 마을 사람 전원의 얼굴을 둘러보았다.

"부인이나 아이들을 지키면서 마을에서 떠날 역할은 엔리 누님, 운필레아 형님에게 부탁드리고 싶습니다요. 그리고 아까도 말했듯 숲에서 생활할 걸 고려해 브리타 누님하고, 아그, 그리고 아그네 부족 고블린들도."

"──네?"

엔리는 놀란 나머지 소리를 질렀다.

자신은 마을의 우두머리로서 마지막까지 모두와 함께 행동할 의무가 있다. 마을 사람들을 사지로 보내겠다는 결단을 내렸으니 동행하는 것이 우두머리의 역할이라고, 엔리는 그렇게 말하려 했지만 그보다도 마을 사람들이 먼저 목소리를 높였다. 모두 쥬게무의 의견에 동의하는 것뿐이었다. 이를 어떻게 논파해야 좋을지 생각하는 동안, 본인을 내팽개쳐둔 채 결론이 나버렸다.

"엔리, 부탁한다."

"우리 애들을 잘 부탁해. 아내는 그때 죽어버렸지만……애들만은……."

마을 사람들의 강한 힘이 담긴 악수에는 온갖 마음이 깃들어 있었다. 눈시울이 뜨거워진 엔리의 옆으로 운필레아가 다가섰다.

"엔리, 가자. 살아남은 다음이 바로 우리가 싸워야 할 때야. 패배가 용납되지 않는 싸움이고. 어쩌면 다시 한 번 아인즈 울 고운 님께서 구하러 와주실지도 몰라. 그때는 그분의 성까지 가본 적이 있는 우리가 있는 편이 낫잖아."

"옳은 말씀입니다요."

"쥬게무 씨……."

"우릴 소환할 때 썼던 뿔피리, 그걸—— 아, 여기서 써봤자 언 발에 오줌 누는 꼴밖에 안 됩니다요. 그보다는 끝난 후에 새로 태어난 우리 동족들을 잘 부려먹어 주십쇼."

눈물이 쏟아질 것 같았던 엔리는 손으로 눈가를 힘껏 문질렀다.

"알았어요! 반드시 여러분의 아이들과 부인들을 지키고

말겠어요! 가자, 운피!"

천천히 문 한쪽이 열렸다.

"역시 처음부터 불화살을 쏠 걸 그랬군. 다음 불화살 준비는 허사로 돌아갔지만……."

바르블로는 불쾌하게 눈살을 찡그렸다. 쓸데없이 시간을 너무 많이 허비했다. 이를 만회하려면 상당히 강행군을 해야겠지만 그건 어쩔 수 없는 일이다.

이것도 모두 후작의 부하들 잘못이다. 만약 자신이 불화살을 쏘라는 명령을 내리지 않았다면 얼마나 더 시간을 낭비했을지 상상도 할 수 없다. 자신을 따라온 부하들의 어리석음에, 자신의 불운을 탄식하던 바르블로는 하늘을 우러러보았다.

이제 필요한 시간은—— 우선 교수형에 처할 시간이다. 담장에 매달고, 왕가에 거역하는 어리석음을 수많은 자들에게 알리는 본보기로 삼을 뿐이다.

다음으로는 아인즈 울 고운과 친했던 자들을 색출하기 위한 시간이 필요하다. 이건 교수형보다도 시간이 걸릴 것 같다. 심문부터 시작해야만 하니까.

"망할. 고문기술자를 데려왔어야 했다니, 누가 예상이나 했겠어. 목숨을 살려주겠다고 약속을 들먹여서……. 문제는 애들인데……."

살려두어도 의미가 없다. 애초에 어린애 혼자 살아갈 수
있을 리 만무하니 부모와 함께 목을 매달아버리는 것이 자
비롭지 않겠는가.

"그만한 밧줄이 있었나? 이 마을에 충분한 분량이 있다면
좋겠지만……."

마을 문 부근까지 병사들이 육박했다. 왕가의 깃발을 선
두에 세우고 행진처럼 나아가는 모습은 바르블로의 마음에
긍지와 만족감을 주었다. 자신이 왕위에 오른다면 의장병을
거느리고 싶다고 생각할 정도로.

깃발을 든 병사가 문을 지나── 무언가에 튕겨난 것처
럼 날아가 버렸다.

병사가 든 왕가의 깃발이 펄럭펄럭 나부끼며 땅바닥에 나
뒹굴었다.

병사를 날려버린 상대가 문에서 불쑥 거구를 드러냈다.

"──오, 오우거? 오우거라니이이?!"

전혀 생각도 못했던 사태에 당황한 바르블로는 왕가의 위
엄도 잊고 엇나간 목소리로 외쳤다.

그렇다. 그것은 오우거라는, 인간을 잡아먹는 아인이었
다. 갑작스러운 몬스터의 출현에 바르블로와 마찬가지로 당
황한 병사들이 몇 사람 단위로 거대한 곤봉에 얻어맞으며
날아갔다.

살점을 흩뿌리며 멀리까지 날아간 병사들이 지면에 나뒹 군 것을 신호로 삼은 것처럼 병사들은 당황하면서 앞을 다투어 문으로부터 멀어졌다. 그 뒤를 따라 또 다른 오우거 몇 마리가 모습을 나타냈다.

꼴사납게 도망치기 시작하는 병사들을 곤봉으로 쳐 날려버린다. 마치 인형을 걷어차고 노는 어린아이처럼.

철수라고 표현하기에는 너무나도 조잡한 줄행랑이 된 것은 남작의 부하 민병들이기 때문일 것이다. 불화살을 쏘아문을 일찍 열게 한 포상으로 마을에 제일 먼저 들어가도록 허가해주었다가 이런 꼴을 겪게 될 줄은 몰랐다.

자기 영지의 병사들을 버리고 쏜살같이 이쪽으로 돌아오는 남작의 모습에 바르블로가 눈꼬리를 치켜세웠을 때, 뿔피리 음색이 높이 울려 퍼졌다.

후작 휘하의 기병들이 일제히 랜스를 들었다. 역시나 하는 생각이 들 정도로 규율 잡힌 움직임이었다. 그러나 도망치는 병사들과 쫓는 오우거의 난전 속으로 뛰어들 수는 없었다. 랜스란 돌진할 때 최고의 파괴력을 발휘하는 무기다. 난전에서는 이점이 죽어버린다.

"왜 화살을 쏘지 않나!!"

바르블로가 고함을 질렀다.

이대로 접근한다면 피해가 막심해진다. 이를 피하려면 이쪽으로 도망치는 보병들을 버리고 마을 놈들과 함께 화살을 퍼붓는 것이 최선의 방법이다.

바르블로가 조바심을 느꼈을 때, 오우거들이 철수하기 시작했다. 도망치는 병사들이 방패가 되어 기병들이 추격하지 못하는 동안 오우거들을 문 너머로 되돌린 것이다.

생환한 병사들을 더해 진을 재편성하는 모습을 바라보던 바르블로는 고삐를 쥔 손에 힘을 주었다.

이 같잖은 임무를 냉큼 마무리하고 재빨리 제국과의 전장에서 활약해 이름을 떨치겠다고, 그렇게 몽상한 결과가 이 꼬락서니다.

오우거가 나타난다는, 상상도 못한 일이 일어났다고는 하지만, 빈손으로 에 란텔에 돌아간다면 자신의 평가는 더욱 실추될 것이 분명하다. 그리고 제2왕자이자 예비였던 자낙과의 왕위계승 레이스에서는 결정적인 차이가 벌어지게 되지 않을까?

아니면—— 이것도 계획인가?

결국 참지 못하고 혀를 세게 차는 바람에 그 소리가 울려 퍼져 주위의 귀족들이 자신의 눈치를 살피는 것이 느껴졌다.

그러나 이를 무마할 여유는 없었다. 바르블로의 날카로운 시선은 이쪽을 향해 달려오는 후작 휘하의 정예부대를 지휘하는 기사들을 향하고 있었다.

"……뭐냐, 저건. 저 마을은 오우거에게 지배당한 거냐?!

너는 뭔가 알고 있나?"

"며, 면목이 없습니다. 몬스터가 있을 술이야……. 극히 최근 카르네 마을에 징세관이 다녀갔을 터입니다만, 그때도 마을이 오우거에게 지배당했다는 보고는 올라오지 않았을 것입니다. 무사히 돌아온 것을 보면 문제는 없었을 테고……. 대체 저 마을에 무슨 일이 일어났는지……."

기사에게서 솔직한 당혹감을 느끼고, 만에 하나 이것이 바르블로의 권위를 더욱 실추시키기 위한 함정이었다 해도 그들은 몰랐으리라는 사실을 깨달았다.

그렇다면 어떤 한 가지 면에서는, 그는 아군이라는 뜻이다.

"다시 말해 정보는 없었다는 소리군. 뭐, 하는 수 없지. 아까 나왔던 오우거의 수는 다섯 마리. 더 많이 있다면 그대로 우리에게 덤벼들었을 터. 그렇다면 그 두 배가 있지는 않을 것이다. 오우거 다섯 마리. 쓰러뜨릴 수 있겠지?"

"물론입니다! 저희 한 사람 한 사람의 역량은 왕국 최강이라 칭송을 받는 전사단의 정예에게도 필적한다고 자부합니다. 오우거 다섯 마리 정도라면 적수가 못 됩니다!"

"의심하지는 않는다. 다만 마음에 걸리는 것이 있다. 내가 아는 한 오우거는 지성이 없는 몬스터일 텐데, 조금 전의 행동은 너무나도 똑똑했다. 문을 열고 끌어들여, 멋들어지게 기회를 노려 공격했지. 분명 지휘관이 있을 거다. 마을 놈들이 오우거를 부리고 있다면……."

"주제넘은 말씀이오나 그렇지는 않을 것입니다. 단순한 농민이 어떻게 오우거를 부릴 수 있겠습니까. 다만 다른 누군가가 존재할지도 모르겠습니다. 가능하다면 상대의 정보를 모아서——."

바르블로는 더 이상 짜증을 참을 수가 없었다.

"너는 무슨 태평한 소릴 하고 있는 게냐? ……봐라."

바르블로가 문앞에서 걸레짝처럼 나뒹구는 왕가의 깃발을 가리켰다.

"왕가의 깃발이 저렇게 되지 않았느냐. 이제는 무슨 수를 써서라도 저 마을을 없애야 한다. 병사를 모아라. 불화살을 쏴 마을을 불태워라. 공성전 경험을 쌓을 기회다! 더 이상 희생 없이 끝낼 수 있으리라고는 생각하지 마라. 마을을 초토화시킬 작정으로 공격해."

"기다리십시오! 마을 사람들이 아니라 오우거 소서러처럼 머리가 좋은 아인이 존재할 가능성도 있습니다."

"그럴지도 모르지. 하지만 그게 어쨌다는 거냐?"

의아한 표정을 짓는 기사에게, 바르블로는 어린아이를 타이르듯 천천히 말했다.

"잘 들어라. 마을 놈들이 오우거를 지배했든, 머리가 더 잘 돌아가는 몬스터가 마을 놈들이나 오우거를 지배했든 상관이 없단 말이다. 저 마을에 있는 놈들이 이 땅의 지배자인 왕가에 반역했다. 그렇다면 그 어리석음을 세상에 널리 알려야 하지 않겠나."

"어쩌면 마을 사람들은 인질로 잡혀 있을 뿐 무고할지도 모릅니다!!"

"넌 내 말이 들리지 않나? 말했을 텐데? 상관이 없다고."

수긍하지 못하는 태도를 보이는 기사에게 바르블로는 어깨를 으쓱했다.

"알았다, 알았어. 네 마음은 잘 알겠다. 그럼 내가 최대한 양보하지. 저항하지 않는 마을 사람들은 생포해라. 나중에 정당한 재판을 하겠다. 그럼 되겠지?"

"예!"

기사가 고개를 숙였다. 패기 있는 대답을 듣고 바르블로는 만족스레 끄덕였다.

"단, 조건이 있다. 압승해라. 이딴 곳에서 희생을 치렀다간 별별 소리를 다 들을 테니. 그건 너희도 마찬가지야. 후작의 정예라는 자들이 마을에 다녀오는 심부름 하나 만족스럽게 못했다는 평가를 듣겠지."

"그건 오우거가——."

"——그런 변명은 통하지 않아. 세상이란 그런 거다."

"예!"

"이해했다면 냉큼 가봐. 뒷문으로 돌렸던 병사들도 모으고. 그리고 숲에 가서 나무를 베어 와라. 간이 파성추를 만드는 거다. 세세한 작전에 관해서는 일임하겠다. 희생자를 줄이면서 승리를 거두어라. 도망치는 놈들은 모두 죽여라."

기름이 담긴 단지가 담장에 부딪쳐 깨지고, 잇달아 불화
살이 날아들었다.

〈화염구〉가 작렬한 것처럼 폭발하며 시커먼 연기와 함께
새빨간 불꽃이 솟았다.

주위에 있는 자경단에게서 동요가 솟아나는 것을 느끼고
쥬게무는 마법의 대검을 힘껏 쥐며 소리쳤다.

"쫄지 마!! 이 정도 불꽃에 담장이 타버리진 않아! 그보다
문을 경———."

쿵, 하는 소리와 함께 문이 일그러졌다.

망루의 골조는 타지 않고 남은 것처럼, 불화살을 쏜다 해
도 담장을 이루는 통나무는 쉽게 타버리지 않는다. 어디까
지나 문을 부수기 위한 양동일 뿐이라는 판단은 바로 적중
했던 모양이었다. 다시 문이 쿵 소리를 내며 흔들렸다.

오우거의 완력이 낳은 일격보다도 무거운 울림은 공성병
기——— 아마도 파성추 공격일 것이다.

"화살을 쏴!"

쥬게무의 외침에 따라 마을 사람들이 익숙한 동작으로 화
살을 쏘았다.

담장 너머에서 비통한 외침이 솟았다. 하지만 문에 부딪

치는 파성추 공격은 멈추질 않았다. 여러 대의 파성추로 파상공격을 펼치는 것 같았다.

"쏴라!"

쥬게무의 목소리에 맞춰 다시 화살이 솟았다. 그러나 이번에는 상대 쪽에서도 반격의 화살이 날아들었다. 이쪽의 몇 배나 되는 빗줄기 같은 화살이었다.

하지만 사람에게는 한 발도 맞지 않았다.

상대의 공격은 화살이 날아온 위치를 예측한 것일 뿐이므로 전혀 뜬금없는 곳에 박히고 있었다. 그래도 저렇게 많은 사수가 몇 차례 되풀이한다면 명중률도 서서히 높아질 것이다. 그렇다면 다시 상대의 명중률을 떨어뜨려야만 한다.

"후퇴! 후퇴! 장소를 옮긴다!"

목소리를 억누르면서도 고함을 치는 재주를 보인 쥬게무를 따라 마을 주민들이 황급히 이동을 개시했다.

주민들에게는 특정한 장소에서 활을 쏴 문 너머를 맞추는 것만을 가르쳤다. 따라서 그런 공격에는 명중률이 높지만, 반대로 말해 장소를 옮기기만 해도 담 너머에 제대로 떨어뜨리지 못하게 된다.

사격전은 이미 힘들어졌다.

"창을 들어라! 이젠 접근전이다!"

담장 너머에서 들려오는, 금속제의 무언가가 부딪치는 소리는 조금 전의 파성추와는 달랐다. 아마 도끼를 꽂아대는 것이리라. 그런 소리가 곳곳에서 들렸다.

숫사는 그야말로 폭력이다. 문이나 담장에 기히는 공격은 양동이고, 완전히 뜬금없는 곳에서 사다리를 걸치고 올라올 가능성이 매우 높다. 쥬게무가 공격 측의 대장이라면 그런 전술을 택했을 것이다.

'처음에 생각한 대로이긴 한데…… 잘 되고 있는 것 같군, 적의 분산은.'

상대에 비해 압도적으로 소수인 카르네 마을에서는 상대의 모든 공격 수단에 대처할 방법이 없다. 그렇게 생각하게 만들어 적의 전력 분산을 유도한 것이다.

그렇게 해 적의 진형을 얇게 만들고, 기회를 봐 마을 측에서 돌격한다. 어린진(魚鱗陳)으로 적의 본진을 향해 돌격해 육박한다. 그렇게 하면 적은 황급히 병력을 집결시킬 것이다.

일단 오우거를 되돌린 것도 그 때문이었다. 그대로 돌격시켜봤자 상대에게 조바심을 주지는 못할 테고, 뒷문으로 돌아왔을 가능성이 있는 적의 군세를 되돌리지는 못했을 테니까.

'분산시킨 적이 돌아온다는 건 주위를 포위당해 우리의 출구가 사라진다는 뜻이지만…… 용의 입에 뛰어드는 꼴이지.'

다시 말해, 확실히 죽는 전술이다.

그렇다고는 해도——.

"뭐, 우리 계획은 반쯤 성공한 셈이고."

쥬게무는 대평힌 어조로 중일거리더니, 내나볼 수 없는 뒷문 쪽으로 눈을 돌렸다.

자신들의 주인에게 가장 생존율이 높은 도주로를 마련해 줄 수 있었으니 이제 미련은 없다. 냉정하게 말해 여기서 싸운 마을 사람들이 전부 죽어버린다면 도망친 사람들의 숫자까지는 알지 못해 엔리 일행은 수수께끼에 싸일 것이다.

엔리를 지키는 것이야말로 쥬게무 일행의 최우선 사항이었으며, 그러기 위해서라면 무엇을 버려도 아깝지 않았다. 그러므로——.

"모두들! 문이 뚫리면—— 돌격한다! 목표는 적의 본진! 적의 우두머리를 치는 것 말고는 살아남을 방법이 없다!!"

"와아!!"

결의가 담긴 포효가 일제히 터져 나왔다. 목소리가 살짝 떨리기는 했지만 겁을 먹은 기색은 아니었다.

여기에는 자신의 아이나 사랑하는 이들을 한 명이라도 더 지키겠다는 사나이의 오기가 있었다.

엔리와 운필레아는 뒷문 쪽 망루에서 내려가 문 앞에 모인 아이며 여성들에게 달려갔다. 운필레아의 할머니인 리이지는 없었다. 그녀는 아인즈에게서 빌려온 온갖 연금술 아이템을 숨기고 있었다.

아마 도망칠 시간은 없겠지만, 이미 각오는 했다.

"괜찮아! 주위에 사람의 기척은 없었어. 당장 문을 열고 숲으로 가자!"

모여든 아이들은 두려운 나머지 새하얗게 질린 얼굴로 열심히 고개를 끄덕였다.

운필레아와 브리타가 핸들을 돌리자 서서히 문 한쪽이 열렸다.

살짝 열린 틈으로 제일 먼저 엔리가 고개를 내밀고 주위를 살폈다. 틀림없다. 망루에서 보았을 때와 마찬가지로 병사들의 모습은 어디에도 없었다. 쥬게무의 책략이 맞아떨어진 것이다.

"자, 가자!"

처음으로 나간 것은 아그와 같은 부족의 고블린들이었다. 숲에 병사가 숨어 있다면 그들이 혈로를 뚫어주는 역할이었다. 이어서 브리타. 그녀는 아그네 부족이 발견하지 못했을 경우 병사들을 찾는 역할이다.

뒤를 따르는 아이들을 생각해 선두집단은 속도를 가감하면서 숲으로 달렸다. 그 뒤를 아이들이 두 명씩 순서대로 뛰었다. 곁에서 달리는 어머니에게 안긴 아이도 있다. 어머니가 없는 아이는 조금이라도 나이가 많은 아이가 손을 잡아주었다.

제일 뒤에 있는 엔리는 운필레아와 얼굴을 마주 보며 달렸다.

문에서 숲까지는 멀다. 평소보다도 멀어진 것 같다.

필사적으로 다리를 움직였다.

아직도 멀다.

아직도.

그때, 뒤에서 말 울음소리가 들려왔다.

이때 엔리의 심폐기능은 놀라울 정도로 높았다. 스스로도 기분이 나빴을 정도였다. 그럼에도 심장이 급격히 뛰고 호흡이 흐트러졌다. 공포에 떨면서 돌아본 엔리는 믿을 수 없는 것을──절망을 보았다.

"어떡해……."

후방에서 기병이 100기 이상 나타났다. 아마 망루의 사각지대에 들어가고자 담장에 달라붙어 잠복했을 것이다. 이 타이밍에 모습을 나타낸 것은 두 사람의 뒤를 따라 달려 나오는 자가 없는 데에서 마지막 탈출자라고 판단했기 때문이리라.

마을에서 숲까지의 거리는 그리 멀지 않다. 하지만 인간과 말은 속도가 다르다.

아그나 브리타는 어쩌면 도망칠 수 있을지 몰라도, 아이들은 어려울 것이다. 분명 따라잡힌다.

기병들은 번뜩이는 것을 쥐고 있었으며, 틀림없이 뒤에서

벨 생각이다. 그때의 공포가 떠올라 몸이 얼어붙었다. 넴은 앞에서 달리고 있지만 과연 도망칠 수 있을까.

"엔리는 그대로 달려!"

운필레아가 발을 멈추었다.

"운피!"

"내가 시간을 끌게!"

"무모해! 그때처럼, 아슬아슬하게 루푸스레기나 씨가 도와주러 오진 않을 거야!"

"뛰라니까!!"

발을 멈춘 엔리에게 운필레아가 고함을 질렀다.

"시간을 끌 거라면 나에게 운피보다도 좋은 방법이 있어!"

엔리는 남루한 뿔피리를 꺼냈다.

소환될 고블린의 수는 모두 열아홉 마리. 그래도 한 사람 한 사람이 강하기 때문에 시간을 벌어줄 것이다.

"바보야! 상대는 저렇게나 많다고! 스무 명 정도로는!"

운필레아의 말도 지당하다. 우회해서 공격할 것이다. 하지만 불지 않는 것은 더 어리석다.

"그건 너도 마찬가지잖아!"

엔리는 이젠 말할 시간도 없다고, 뿔피리를 불기 위해 입에 가져다댔다.

'——고블린님들, 도와줘요!'

그리고 울려 퍼진 것은 땅을 뒤흔드는 듯한 중저음.

엔리는 자신이 한 일에 눈을 깜빡거렸다. 쥬게무 일행을 소환했을 때는 분명 뿌우 하고 시시한, 아이들의 장난감 같은 음색이 났는데.

"에, 엔리……."

당황하는 운필레아가 자신의 어깨 너머, 더 뒤쪽을 보고 있다는 것을 알았다. 엔리는 운필레아의 시선을 따라 고개를 돌렸다.

기마대가 돌격하려는 상황에서 그럴 여유는 없을 텐데도, 어째서인지 적 또한 고삐를 당기며 말을 멈추려 했다. 너무 서두른 나머지 말이 두 앞발을 들며 울부짖었다.

엔리는 뒤를 보고——.

"——어?"

"어?"

*

위그드라실의 아이템은 스스로 명칭을 붙일 수 있다. 하지만 얼마 안 되는 예외가 있다. 완성품으로 드롭되는 아티팩트도 그중 하나다.

아티팩트 '고블린 장군의 뿔피리'.

조그맣고 남루한 아이템이지만, 여기에 한 가지 의문이

있다.

이 아이템으로 소환되는 고블린의 수는 모두 열아홉 마리. 게다가 소환되는 것은 위그드라실 플레이어라면 상대도 안 될 만큼 시시한 고블린들이다. 그런 아이템에 왜 장군이라는 거창한 이름이 붙어 있을까. '고블린 소대의 뿔피리'여도 이상하지 않을 텐데.

실제로 그렇게 생각한 위그드라실 플레이어도 많았다. 하지만 누구 하나 수긍이 가는 해답을 제시한 사람은 없었으며, 원래 그런 것이겠거니 하고 넘어갔다.

하지만 어엿한 이유가 존재했다.

그것은———.

*

쥬게무는 동쪽 거인에게서 얻은 마법의 대검을 휘둘렀다. 그 병사는 전력을 담아 휘두른 일격을 받아냈다. 하지만 기세를 완전히 죽일 수는 없었는지 자세가 한순간 무너졌다. 원래 같으면 여기서 추가타를 한 방 꽂아야 할 테지만 그것은 주위의 병사들이 허락하지 않았다.

호흡이 척척 맞는 움직임으로 쥬게무에게 좌우에서 공격을 가해 첫 병사의 허점을 커버해주었다.

혀를 차면서 쥬게무는 대검을 마치 자신의 신체 일부인

것처럼 휘둘러 두 사람의 검격을 튕겨냈다.

"……이 고블린, 제법인데. 우리 셋을 이렇게까지 붙들어 놓다니."

"대단한 놈이야. 고블린이 이렇게까지 강적일 거라고는 생각도 못해봤어."

감탄한 어조에서 배어 나오는 여유가 쥬게무의 조바심을 부추겼다.

쥬게무가 병사 한 사람과 싸운다면 쥬게무가 이긴다. 상대가 둘이라면 운에 따라 달라질 것이다. 셋이라면 쥬게무의 패색이 농후하다. 그리고――.

뒤로 돌아오려는 또 다른 병사의 기척을 느끼고 쥬게무는 뒤로 조금 물러났다.

――상대가 넷이라면, 쥬게무의 승산은 전혀 없다.

처음에는 약한 병사들뿐이라 돌파는 쉬웠다. 카르네 마을 용사들이 짠 어린진은 왕국의 진형을 가르고 짓밟았다.

하지만 지층이 변하듯 강자가 나타나기 시작한 것이다. 장비도 나름 충실해져 적의 세력 중에서도 최정예일 거라는 생각이 들었다.

본진까지는 그리 멀지 않다. 두께도 없을 것 같았다.

그러나―― 단단하다.

네 사람에게 완전히 주의를 돌리지 않은 채 주위의 기척을 살펴보면 자신의 부하 고블린들이 숫자에서 밀리고 있다.

완력과 내구력이 뛰어난——반대로 말하자면 그뿐인——
오우거들도 마찬가지였다. 일격이탈에 전념하는 병사들에게
희롱당하고만 있었다.

카르네 마을 주민들 중에서는 이미 몇 명이나 희생자가
나왔다. 어린진 바깥쪽—— 최전선을 고블린들이 맡고 있
다지만 적의 수는 압도적이어서, 상대를 막아내지 못하고
한번 돌입을 허용하면 그때마다 한 사람씩 땅바닥에 쓰러졌
다.

원래 무리한 작전이었으며, 이 결과는 당연하다.

그러나 쥬게무에게 '어쩌면?' 하는 생각이 있었던 것도
사실이었다.

그 순간——.

날아든 검을 채 받아내지 못해 찰과상을 입고 말았다.

"쯧!"

대검을 휘둘러 상대에게서 거리를 벌렸다.

"너희는 웬 놈이냐? 단순한 민병은 아니군."

쥬게무의 레벨이 12. 이를 고려하면 지금 그가 말을 건 상
대의 레벨은 10 내지는 11. 나머지 셋은 9 정도 되지 않을까.

일반 마을 사람은 1레벨 정도이며 카르네 마을의 훈련된
인간이 2레벨 정도인 것으로 여겨진다. 에 란텔에서 온 징
세관과 동행했던 병사들이 3레벨 이하로 보였으니, 이로 미
루어 짐작컨대 상당히 강한 병사들이다.

참고로 운필레아와 엔리는 전사가 아니므로 정확하게는 모르시만, 어쩐지 강하니 예외로 친다.

　"이 고블린…… 아니, 홉고블린인가? 아니면 이 정도 되는 놈이니 당연히 그렇겠지?"

　"홉고블린하고도 외견이……. 고블린의 왕족 같은 거 아냐? 이놈이 이 마을을 힘으로 지배했다……는 것치고는 마을 사람들이 이렇게까지 필사적으로 싸우는 이유를 모르겠는데."

　"헹! 인간 나리들은 머리가 나쁘구만. 우리가 인질을 잡고 있으니까 그렇지. 그런 것도 모르나?"

　"확실하게 거짓말이로군. 그런 놈들이 이렇게까지 싸울 리가 없지. 반대로 너희를 등 뒤에서 찔렀을걸. 너희에게서 느껴지는 건 종족을 넘어선 전우 같은 무언가야. 어째서지? 인간과 고블린이 어째서 어깨를 나란히 하고 있는 거냐?"

　"알 게 뭐냐, 멍청아!"

　"보아하니 전우는 정곡을 찌른 모양이군. 그렇지 않다면 ――."

　"시끄러워! 네놈의 그 새침한 얼굴이 짜증 난다고!"

　쥬게무는 대검으로 치고 들어갔다.

　역시 조금 전과 마찬가지다. 일격을 받아낼 수는 있어도 힘을 완전히 상쇄하지는 못한다. 병사의 자세는 흐트러지지만 추가공격을 하려 들면 좌우에서 급소를 노리고 난입한다.

그렇다면.

각오를 다진 쥬게무는 검을 피하지 않았다.

갑옷이 없는 부분을 노리고 검이 자신의 몸을 갈랐다.

고통이라기보다는 열기가 몸의 두 군데에 내달렸다.

쥬게무는 이를 악물며 자신의 스킬을 발동하고 옆에서 베었던 병사들에게로 대검의 방향을 바꾸었다.

"〈고블린의 일격〉!"

병사의 체인 셔츠——방어력이 약한 장소를 노리고 날아간 호된 일격이 갑옷을 가르며 그 아래의 육체에 큰 부상을 입혔다. 그 순간 병사가 경련했다.

대검에 담긴 마법의 힘—— 독이다. 하지만 불완전하나마 저항은 했는지 전력을 완전히 깎아낼 수는 없었다.

그 점에 정신이 팔린 것은 아니지만, 쥬게무는 뒤에서 날아온 검격을 회피하는 데 실패했다. 착용했던 브레스트 플레이트가 몸을 지켜주어 치명상을 입지는 않았어도 충격 때문에 몸이 비명을 질렀다.

"젠장!"

"그건 내가 할 소리다! 감히 바이크를!"

"바이크, 물러나. 이놈 뒤로 돌아가!"

난전이었으므로 이 네 사람 말고도—— 간격에 들어온 병사를 베어 날렸다. 장비의 수준이 떨어지는 것을 보면 농민병일 것이다.

수가 많다는 것은 정말로 치사하다.

"물러나! 이놈들, 고블린은 강해! 물러나! 우리가 상대할 테니까! 너희는 뒤에 있는 주민들에게 가!"

"그렇게는 안 되지."

쥬게무가 대검을 부웅 휘두르자 여기에 겁을 먹은 듯 농민병들이 물러났다.

시큰시큰, 열기가 아픔으로 바뀌어갔다.

무기를 휘두르는 것보다도 중요한 전사의 수행 중 하나는 아픔에 익숙해지는 것이다. 그리고 또 한 가지는, 어느 정도의 아픔까지는 버틸 수 있는가 하는 감각을 익히는 것. 위험하다는 생각이 들면 온 힘을 다해 도망치기 위해서다.

그 감각으로 보자면 아직 싸울 수 있다. 하지만 아직 싸울 수 있을 뿐이다. 앞으로 몇 분 시간을 끌 수 있을까.

또 한 사람, 카르네 마을 주민이 쓰러지는 것이 시야 한구석에 비쳤다. 대지가 피를 머금는다.

원래 패색은 농후했지만 이제는 한 가지 색으로만 물들어버렸다.

그렇다고는 해도 엔리 일행이 도망칠 만한 시간은 벌었을 테니, 이제는 앞으로 고꾸라져 죽을 뿐이다.

──목표는 적의 본진.

──나 혼자서라도 갈 테다.

각오가 전해졌는지 앞에 선 병사들의 표정이 딱딱해졌다.

돌진을 결의한 쥬게무가 검을 굳게 쥔 순간, 술렁거리는 분위기가 퍼져나갔다. 상대가 쳐다보는 방향을 흘끔 본 쥬게무도 시선을 떼지 못했다.

　그것은 카르네 마을 옆에서 나타난——.

*

　——간단하다. 진짜 힘은 열아홉 마리의 고블린을 소환하는 힘이 아니기 때문이다.

　위그드라실에서 이 아이템의 진가는 발휘된 적이 없었으며, 쓰레기 아이템으로 간주되어 계속 파기되었다.

　하지만 이곳 이세계에서 처음으로 그 힘이 발휘되었다.

　그 아이템의 명칭을 다시 보도록 하자.

고블린 장군의 뿔피리.

세 가지 조건을 클리어해 발동되는 진정한 효과는——.

3

마을 옆에서 큰북의 무거운, 그리고 리드미컬한 소리가 전장에 울려 퍼졌다. 소리 방향을 쳐다본 눈이 다음 순간 크게 뜨였다. 추정 5천이 넘는 군세가 규율 잡힌 움직임으로, 북소리에 맞춰 진군하고 있었기 때문이다.

바르블로 왕자 측도 카르네 마을 측도, 처음에는 바르블로 왕자 측의 원군을 생각했다. 이곳에 원군을 보내줄 사람의 존재에 짐작 가는 바가 있는가 없는가의 차이였다. 하지만 새로운 군세의 모습이 이내 그 생각을 부정했다.

군세를 구성하는 것은 모두 고블린이었다.

고블린이라는 아인종족은 인간보다도 작아 어린아이 정도 크기밖에 없다. 하지만 기백이 그들의 크기를 훨씬 더 크게 보이게 했다.

게다가 그들의 몸을 감싼 것은 강철의 광채. 살상 능력이 탁월한 잘 연마된 무기. 그것은 전사가 장비하기에 어울리는 것들이었다.

민병이 아니다. 진짜 전사로 이루어진 군세의 등장이었다.

"지금이다! 살아 있는 놈들은 필사적으로 발을 놀려! 원군이다! 원군이 왔다! 저쪽으로 도망치자!"

쥬게무가 고함을 질렀다.

그들의 정체는 알 수 없다. 적인가, 아군인가. 전혀 뜬금없는 자들일 가능성도 있다. 동족이니 그쪽으로 도망친다는 선택은 잘못된 것이다. 원래 같으면 마을로 도망쳐 돌아가는 것이 옳다.

하지만 쥬게무는 동조라고 해야 할 만한 무언가를 느꼈다. 피차 같은 주인을 두목으로 섬기는 자들이리라는 예감. 그들이라면 우리를 받아들여 지켜주리라는 생각이 든 것이다.

카르네 마을의 생존자들은 망설이지 않고 고블린의 대군을 향해 달려나갔다.

포위망은 한 걸음 달려갈 때마다 무너져갔다. 쫓아가야 한다는 것을 알면서도 왕국군의 움직임은 둔했다. 당연하다. 저만큼 통제가 잘된 대군이니 무턱대고 다가가는 것은 아무리 생각해도 위험천만했다.

그들을 눈 뜨고도 놓친 이유는 두 가지 더 있다.

첫째는 추격보다는 진형을 재편성할 기회라고 보았기 때문이다. 퇴각을 알리는 북소리가 본진에서 울려 퍼졌다.

또 한 가지는 군세의 동족을 죽였다가 즉시 냉혹한 보복이 날아들 것을 두려워했기 때문이다.

도망쳐온 쥬게무 일행을 고블린들은 흔쾌히 맞아주었다. 느슨해진 진형 틈새로 쥬게무 일행이 몸을 비집고 들어갔다. 동포들을 모두 들여보내자 지체하지 않고 대열이 원래대로 다져졌다. 마치 강철의 문 같았다.

쥬게무는 지칠 대로 지쳐 땅바닥에 쓰러진 동료들을 둘러보았다. 무사한 사람은 아무도 없었다. 안전한 장소에 도착해 정신을 잃은 사람도 많았다.

주위를 둘러보는 쥬게무의 시야가 뿌옇게 흐려지려 했다. 고블린의 숫지도, 오우거의 숫사도, 마을 사람들의 숫자도 줄어들었다.

"그래도 반 이상 살아남은 건⋯⋯ 행운이겠지. 코나아!"

고블린 중에서 유일하게 치료마법을 쓸 수 있는 신관의 이름을 불렀다. 하지만 코나아는 고개를 가로저었다. 그 전투 중에 마력을 모두 소모했다고.

"그럼 응급처치를 할 수 있는──."

쥬게무가 고함을 지르려던 그 순간, 윤건(綸巾)을 쓰고 깃털 부채를 들었으며 수염을 기른 고블린이 걸어나오는 것이 보였다.

이 고블린이 군단 내에서도 중추를 맡은 인물임이 분명하다는 생각이 드는 태도였다.

"허허허허. 그대가 엔리 장군님의 수행원이시군요. 저는 이 군의 지휘를 맡은 자입니다. 고블린 군사입지요. 우리가 왔으니 여러분을 상처 입힐 자는 없습니다. 안심하시기를. 즉시 의료단에게 호송해드리겠습니다."

고블린 군사가 부채를 내밀자 굴강한 고블린의 무리가 들것을 들고 달려왔다.

"자자, 어서 태워서 옮기십시오. 우리가 이곳에 온 이상 한 명이라도 목숨을 잃는다면 우리의 수치가 아니겠습니까."

부상을 입은 자들이 실려갔다.

"당신도 상처를 입었군요. 우리 의료단에서 치료를 받고 오시는 편이——."

"아니, 미안해. 이렇게 친절을 베풀어줬는데 미안하지만 먼저 이야기를 좀 들려줄 수 없을까? 난 아직 괜찮아."

쥬게무의 태도가 허세가 아님을 확신했는지, 고블린 군사는 고개를 한 번 끄덕이더니 이야기를 시작했다.

"역시 엔리 장군님의 수행원 대장이로군요. 무엇을 묻고 싶으신지—— 허허허. 아니아니, 하나밖에 없겠군요. 엔리 장군님이라면 뒤에 펼쳐놓은 진막에 계십니다. 얼굴을 비치시면 매우 기뻐하실 것입니다."

"그래? 그거 잘됐군."

쥬게무는 진심으로 커다란 안도의 한숨을 쉬었다. 마음이 놓인 나머지 온몸에서 힘이 빠져나가 쓰러질 것 같았지만 전임자로서 후임에게 꼴사나운 모습을 보일 수는 없었다.

"그럼 그쪽으로 가겠어. 이제부터 시작될 싸움에 우리 차례는 없을 것 같고."

"허허허허. 신참인 저희에게 활약을 양보해주시다니 고맙습니다."

"뭘, 괜찮아. 후배에게 공을 양보하는 것도 선배의 의무지. ……고맙다."

"허허허. 그러면 선배들께 좋은 모습을 보여드리도록 하겠습니다. 자—— 남은 것은 필승뿐. 중장갑보병단에게 전진을 지시하라."

"뭐야, 저건! 다 잡기 직전이었는데! 빌어먹을!"

바르블로는 눈을 크게 뜨고, 모든 것을 망쳐버린 난입자들을 노려보았다.

무엇 하나 자신의 뜻대로 되지 않았다. 이런 조그만 마을에서 자신은 왜 고블린 군세와 마주 서고 있단 말인가. 이제는 분노한 나머지 머리를 쥐어뜯어 버리고 싶을 정도였다.

이것이 제국의 군세라면 기뻐하며 전투속행을 명령했을 것이다. 하지만 상대는 고블린이다. 승리를 거두어봤자 누가 칭찬을 해준단 말인가.

"왕자님, 후퇴 허가를 내려주십시오!"

진언하는 기사에게 증오 어린 눈을 돌렸다.

이성적으로 생각한다면 후퇴해야 한다. 왜 이런 곳에 저만한 고블린의 군세가 나타났는지는 알 수 없지만, 정보를 가지고 돌아가면 나름대로 활약했다는 평가를 받을 수 있을 것이다.

하지만 검을 일합도 마주하지 않고 꽁무니를 뺀다면 고블린에게서 도망친 왕자라는 기쁘지 않은 별명이 붙으리라 상상하기는 것은 어렵지 않았다.

패배하면 패배한 대로 고블린에게 패배한 왕자가 된다. 화제에 굶주린 귀족들에 의해 모르는 사람이 없을 정도로 소문이 퍼질 것이다. 눈앞의 고블린들이 제아무리 강하다해도 싸움을 보지 않은 자들에게는 상관이 없다. 재미난 화제냐 그렇지 않으냐의 판단 기준으로 입방아에 오르내릴 것이 분명하다.

바르블로는 안전한 장소에서 비웃는 귀족들에게 속으로욕설을 내뱉었다.

"……허가하지 않겠다. 싸워라."

"전하! 놈들의 장비와 빈틈없는 대열을 보십시오. 조금전의 고블린과 같거나 그 이상의 정예일 것입니다. 민병 위주인 우리에게는 승산이 희박합니다. 부디 후퇴를!"

그런 말은 듣지 않아도 알 수 있다. 그래도 싸우는 것 말고는 자신의 명예를 지킬 방법이 없다. 이제는 고블린들이겉만 번드르르한 놈들이기를 빌 수밖에 없다.

"어리석은 놈! 저 군세를 방치하는 것이 얼마나 위험한지말할 필요가 있느냐! 지금 왕국의 군세는 카체 평야로 이동을 개시하고 있을 무렵이다. 허술해진 에 란텔로 침공하기라도 한다면 어쩔 테냐!"

"아, 알겠습니다."

한번 부딪쳐보고, 상대가 보는 것과 같은 강적이라면 즉시 철수할 수밖에 없다. 그의 진짜 목적은 제국과의 싸움이었으며, 여기서 대패하는 것은 바람직하지 못하다. 그만한냉정함은 있었다.

바르블로 앞에서 병사들이 대열을 갖추고, 이에 따라 고블린들이 전진하기 시작했다.

적의 진형은 장사진(長蛇陣) 아니면 삼진(三陳) 종열.

반면 이쪽은 학익진이다. 어린진을 취하지 않은 이유는 전력 면에서 뛰어난 기병을 유용하게 쓰고 싶다는 의도와, 적이 측면공격에 취약한 진형이기 때문이다.

고블린군의 정면을 맡은 것은 자신의 몸을 가릴 만큼 거대한 방패를 든 중장갑보병이었다. 일사불란 완벽한 행군에 바르블로는 마치 벽이 밀려드는 것 같은 중압감을 느꼈다.

말고삐를 쥔 손——건틀릿 안의 손이 땀으로 끈적거려 기분 나빴다.

창을 든 민병들과 방패를 든 중장갑보병이 부딪친다. 우선 적의 전진을 이쪽의 군세로 막아내고, 머리를 붙들어놓은 꼴로 옆에서 기병으로 돌격을 노리는 것이다.

민병과 중장갑보병이 부딪친다.

그리고 고블린의 고함 소리가 바르블로에게까지 들려왔다.

"우리는—— 엔리 장군 각하 휘하 고블린 중장갑보병단! 이 정도로 막을 수 있다고 우습게 보지 말지어다!"

엔리 장군이라는 이름에 의문을 품기도 전에 아군 진형의 삐걱거리는 움직임에 바르블로는 의식을 빼앗겼다.

적의 방패에 민병들이 밀려나는 것이다. 당연히 밀린 민병은 뒤를 따르는 동료들과 부딪쳐 진형이 무너지기 시작했다.

당황한 것처럼 좌우 양익에 해당하는 곳에 있던 기병들이 움직였다. 우익 쪽이 약간 빨라 측면에서 공격을 가하려 했지만, 적의 옆에서 은백색 광채로 몸을 감싼 기병——말 대신 은백색 늑대를 탄—— 17기가 튀어나와 맞섰다.

"엔리 장군 각하 휘하 고블린 성기사대. 우리의 충성은 엔리 장군 각하께!"

좌익을 요격하고자 뛰쳐나간 것은 대지를 달리는 늑대와 비슷한 마수들. 그들의 등에는 고블린의 모습이 있었다. 선두에서 나아가는 것은 날개가 달린 늑대였다. 그 등에 탄 고블린이 외치는 목소리가 민병의 비명을 가르고 바르블로의 귀에 들어왔다.

"엔리 장군 각하 휘하 고블린 기수병단 나가신다!"

기병들이 혼전을 벌이는 가운데 시위 소리가 여럿 들렸다.

그쪽을 보니 난전 속에 화살이 수십 개나 쏟아지고 있었다. 바르블로는 쏜 상대를 보고자 적진을 주시했다.

적진의 제2단. 그곳에 정신이 확 들 정도로 새빨간 의복을 입었으며 커다란 활을 든 고블린들이 있었다. 몸 좌우에 현저한 자이가 있어 걸음을 내디딜 때마다 휘청거리는 것 같았다. 한층 거대한 활을 들어 눈길을 빼앗은 고블린이 크게 입을 벌렸다.

"엔리 장군 각하 휘하 고블린 장궁병단! 우리에게서 도망칠 수 있으리라 생각하지 마라."

적의 원거리 공격은 그것으로 그치지 않았다. 적의 제3단에서 마법이 수없이 날아들어, 바르블로의 상당히 앞쪽이기는 하지만 아군의 진형 내에서 작렬했다. 섬광과 함께 홍련의 불꽃이 피어나고 작열이 꽃잎이 되어 흐드러졌다. 연속으로 일어나는 폭발에 민병들이 날아가 버렸다.

이를 쏜 것은 후드를 깊이 뒤집어써 얼굴을 가린 자들. 한손에 긴 지팡이를 들었으며 그것이 불가사의한 광채를 뿜어냈다.

선두에서 나아가던 자가 그 후드를 젖히고 주름투성이 얼굴을 드러냈다.

"엔리 장군 각하 휘하 고블린 마법지원단. 강화마법만이 아니라 약체화마법, 공격마법도 쓸 수 있는 우리의 힘을 몸으로 깨닫거라."

그리고 마법을 쏜 것은 그 부대만이 아니었다. 마법지원단 옆으로 시선을 돌리니 비슷한 부대가 있었다. 총원 다섯 명뿐이라 숫자는 적지만 하나하나의 얼굴에는 절대적인 자신감이 있었다. 선두에 서서 가장 뻔뻔하게 웃고 있는 고블린이 목소리를 높였다.

"엔리 장군 각하 휘하 고블린 마법포격대. 범위공격마법에만 특화된 우리가 바로 고블린 군단 최강의 공격력을 보유한 부대다."

"전하!"

기사가 바르블로에게 돌아왔다. 그의 필사적인 얼굴을 보면 무슨 말을 하려는지는 손에 잡힐 듯이 알 수 있었다. 매직 캐스터까지 있다면 적군의 능력은 몇 단계나 상승한다.

"더 이상은 안 됩니다! 막아낼 수가 없습니다! 적병이 이곳까지 오는 것도 시간문제입니다! 후퇴 허가를 내려주십시오!"

좋고 싫고를 따질 때가 아니었다. 여기 남아 싸우라고 해도 자신을 따라 여기까지 와준 귀족들이 앞을 다투어 도망칠 것이다. 싸우게 해봤자 원한을 사고 장래의 적이 될 것이다.

"그렇게 하라. 그리고 남작에게 명령해 먼저 도주시키도록."

자신이 제일 먼저 도망치고 싶다는 마음은 있었지만 그렇게 하면 고블린에게서 제일 먼저 도망친 겁쟁이라는 악평이 돌 것이 분명하다. 그렇다면 남작에게 지저분한 역할을 맡기자.

"알겠습니다!"

기사가 대동한 부하에게 명령을 내린 다음 순간──.

"──어딜 도망치려고."

바로 곁에서 들려온 귀에 익지 않은 목소리에 바르블로는 처음으로 자신의 목숨이 위험에 드러났음을 깨달았다.

수행원들이 검을 뽑아 들며 주위를 둘러보는 동안 그림자에서 불쑥 모습을 드러낸 것은 까만 옷을 입은 자들. 얼굴은 복면으로 가렸지만 날카로운 안광이 형형히 빛났다.

"엔리 장군 각하 휘하 고블린 암살대. 어둠에 도사린 우리가 모습을 드러내는 것은 이것이 최후가 되리라."

그리고 또 한 사람.

그들의 뒤를 따라 나타난 것은 붉은 모자를 썼으며 강철 부츠를 신고 긴 낫을 든 사신과도 같은 존재.

"엔리 장군 각하 휘하 고블린 근위대── 13 레드캡스의 일원. 뭐, 내가 나설 차례도 없겠군."

"전하를 지켜라! 후퇴의 징을 울려라!"

"늦었어."

그림자가 움직였다. 바르블로에게는 그렇게밖에 보이지 않았다.

기사의 목 위쪽이 사라지고 마치 분수처럼 피가 치솟았다.

자신이 지금 보고 있는 것이 무엇인지를 뇌가 이해한 순간, 바르블로는 즉시 말을 몰기 시작했다. 도망치는 순서가 어쩌고 생각할 여유는 이제 없었다. 지금 자신은 생사의 기로에 선 것이다.

뒤에서 들려오는 "엔리 장군 각하 휘하, 고블린 군악대!" 라는 말과 함께 고블린들이 울려대는 큰 북소리에 화가 치솟았다.

"……놔줘도 되나?"

"군사님 명령입니다. 왕자의 목을 베었다간 끝장을 보기 전까지는 끝낼 수가 없게 된다더군요."

"흥, 그건 그래. 나도 엔리 장군 각하가 죽는다면 적들을 몰살시키기 전까지는 멈추지 않을 테니. 역시 군사님이셔. 앞을 내다보시는군. 병사들을 섬멸하지 않는 것도 같은 이유인가?"

"그렇습니다. 놈들의 도시까지 왕자를 끌고 가줘야 하거든요. 불쾌해하시는 것도 이해합니다. 저도 마찬가지라. 엔리 장군 각하의 마을을 습격한 원한을 풀고 싶지만……. 지, 레드캡스 공. 시체 처리나 하지요."

"그래야지. 선임 대장님과 함께 싸운 용맹한 용사들의 주검도 회수야 하고."

4

달빛이 초원을 밝게 물들인 가운데, 초원 한복판에 야영지가 세워졌다. 아니, 천막도 목책도 없는 이런 것을 야영지라 할 수 있을까 하는 의문은 남는다. 정확히 표현한다면 단순히 초원에 군대가 있을 뿐이라고 해야 하지 않을까.

거의 모든 이들이 피로로 초췌해져 초원에 드러누워 있었다.

토하는 숨이 하얗게 될 정도로 추운 겨울날, 침구 같은 것이 없는데도 잠들 수 있다는 것은 어지간히 지쳤기 때문이리라. 실이 끊어진 꼭두각시 인형처럼 모두가 쓰러진 가운데 돌아다니는 사람이 하나 있었다.

패군지장인 바르블로였다.

살아남은 것을 행운으로 여겨야 할지, 아니면 그만한 적과 맞닥뜨린 것을 불행으로 여겨야 할지.

카르네 마을에 느닷없이 나타난 고블린 대군은 강했다
──아니, 압도적이었다. 적과 맞부딪친 결과 바르블로의
군세는 순식간에 박살이 나 패주할 수밖에 없었다. 그야말
로 녹아내리는 것처럼 병사들이 죽어 나갔다.

대체 그 고블린들은 무엇일까.

바르블로는 그것을 알고 싶었다.

생각할 수 있는 것은 토브 대삼림 안에서 거대한 왕국을
구축한 고블린의 군세가 아닐까. 그것이 남하했다고 생각하
면 나름 수긍이 갔다. 함께 생환한 귀족들도 같은 결론에 이
르렀는지, 이곳까지 도망치는 동안 몇 번이나 위로 삼아 그
런 말을 들려주었다.

말인즉슨 운이 없었다든가.

말인즉슨 그건 고블린 중에서도 최정예가 틀림없다든가.

말인즉슨 그 고블린의 정보를 가지고 귀환하면 충분한 활
약이 될 거라든가.

"멍청한 것들……."

바르블로는 주먹을 부르쥐었다.

패배는 패배다. 분명 그 고블린들은 강자였다. 그들과 싸
워본 자라면 바르블로가 패배했다는 말을 들어도 어쩔 수
없다고 생각해줄 것이다.

하지만 아무것도 모르는 자들이 보기에는, 바르블로는 고
블린에게 패배한 왕자다. 분명 비웃음거리로 삼을 것이다.

"빌어먹을! 빌어먹을! 빌어먹을!"

마음속에서 부글부글 끓어오르는 것이 있었다. 이것이 병사와 마찬가지로 피로에 찌들었으면서도 바르블로가 잠들지 못하는 이유였다.

눈을 감으면 귀환한 후 왕국에서 들려오게 될 모멸과 조롱의 목소리가 귓가에 맴돈다.

바르블로의 싸움은 끝났다. 이런 상태로는 카체 평야로 가서 제국과의 전쟁에 참가하는 것이 불가능하다.

그때—— 사람의 기척이 느껴졌다. 병사들이 널브러져 있는 곳이 아니라, 자신들이 도망쳐 왔던 방향에서.

도주가 늦어졌던 병사들이 도착한 걸까, 아니면 고블린의 추격부대일까.

소름 끼치는 심정으로 시선을 돌린 바르블로는 다음 순간, 곤혹스러운 표정으로 얼굴을 일그러뜨렸다. 자신을 알아보았음을 깨달았는지, 그것은 한 손을 들고는 가벼운 인사를 보냈다.

"안냐쎄요~."

이런 초원 한복판에 대체 언제 나타났단 말인가. 그리 멀지 않은——20미터 정도의 거리에, 천진난만하다는 표현이 가장 잘 어울릴 만한 미소를 머금은 절세미녀가 있었다. 이곳이 도시였다면 눈으로 따라갔을 것이 분명하다. 하지만 이곳은 초원 한복판. 주위에는 마을조차 없다.

가장 기괴한 것은 그녀가 입은 옷이——메이드복과 비슷하다는 점이었다.

무장한 여성이라면 모험자일지도 모르겠다고 생각할 수도 있었으리라. 하지만 이건 말도 안 된다.

몬스터?

그런 생각이 떠올랐다. 일부 몬스터는 매우 아름다운 외견을 지녔다. 요정 같은 것이 대표격이다. 하지만 메이드복이라는 점을 이해할 수가 없었다.

"안녕하심까. 놀러 왔심다~. 지금 잠깐 시간 괜찮으심까?"

명백히 이쪽을 우습게 보는 질문.

"웬 놈이냐."

허리춤의 검에 손을 뻗으며 물었다.

너무나도 평범하고 재미없는 물음이었다. 하지만 바로 말 그대로였다. 너무나 정체를 알 수 없어서, 무엇부터 물어야 좋을지 짐작도 가지 않았다.

"루푸스레기나라고 하지 말임다. 아인즈 님을 섬기는 메이드 중 한 사람이지 말임다."

척 손을 들어 다시 인사를 하는 기묘한 여자. 그 여자——루푸스레기나가 꺼낸 말의 의미가 머리에 스며들었다.

"뭐, 뭐라고."

바르블로는 너무 놀란 나머지 근처에 있던 병사들을 깨우는 것도 잊어버렸다.

"아뇨아뇨, 그건 뭐 냅두기로 하고요── 참 고생하셨지 말임다. 암만 그래노 그건 아니지 말임다. 고블린 대군이라니, 너무 비겁하지 말임다. 아니아니, 저도 인간인 우리 엔리 뒤에서 보다가 놀라 소리 질러버렸지 말임다. 설마 고블린이 그렇게나 쏟아져 나올 줄이야── 핫핫핫핫."

짐짓 웃음소리를 내는 루푸스레기나.

뻔뻔한 도발이기는 했지만 지금의 바르블로는 참을 수 없었다.

"그래서 뭘 하러 온 거냐!"

고함에 반응해 꿈틀거리는 기척이 등 뒤에서 느껴졌다.

그건 그렇다 쳐도, 습격할 생각이었다면 그녀의 행동은 이상하다. 모습을 자신들 앞에 드러낼 이유가 없다. 아니면 이것 자체가 이쪽의 주의를 끌기 위한 계획일까? 이목을 모으고 뒤를 치려는.

아니── 제1왕자인 자신에게는 충분한 가치가 있다.

운이 좋다면 교섭. 나쁘면 인질로 잡으려는 계획이겠지.

다만 교섭이란 너무 이쪽 좋을 대로만 생각하는 것이리라. 포로가 되는 수밖에 없겠지.

바르블로는 왕위가 또 멀어져가는 것을 느꼈다.

그렇다 해도, 그 마을에 그만한 고블린이 있다는 정보도 없이 그를 보냈던 왕국 상부야말로 책망을 받아 마땅하지 않을까.

포로가 되면 아인즈 울 고운과 만날 기회도 있을 것이다. 경우에 따라서는 왕국 영토의 4분의 1을 할양하고 자신을 왕으로 만들어달라고 협력을 청해보는 것도 나쁘지 않다.

어쩌면 이것은 불행 중 다행이 아닐까.

바르블로는 그런 생각을 했다.

"아니아니, 여기 온 이유라면 하나밖에 없지 말임다."

루푸스레기나는 한 호흡을 두고 선언했다.

"몰살시키러 왔지 말임다."

눈을 몇 번 깜빡이고, 외쳤다.

"뭐어?! 너 지금 무슨 소릴 하는거냐! 내가 누구인지 모르나?! 리 에스티제 왕국 제1왕자 바르블로 안드레앙 이엘드 라일 바이셀프다!"

"하아. 아뇨, 그래 봤자, 인간이지 말임다? 내 말 틀렸습까? 우리가 보기에 가치는 다 똑같지 말임다. 아, 왕자란 건 이미 알고 있었지 말임다."

"그렇다면…… 그렇구나! 나 말고는 모두 죽이겠다는 의미렷다? 그건 좋은 아이디어라고는 할 수 없는데? 나를 포로로 삼는다 해도, 살려둔 누군가가 부왕께 정보를 가져가지 않는다면 그 후의 교섭 때 여러모로 힘들어질 것이다."

루푸스레기나가 이상하다는 듯 고개를 갸웃했다.

"아뇨아뇨, 무슨 소리 하는 검까. 다시 한 번 말하자면, 몰살이지 말임다. 다아 죽일 거니까 몰살이지 말임다. 뇌가 별로 안 든 것 같지 말임다? 아~ 그런 의미에선 귀중할지도 모르겠지만 딱히 갖고 싶진 않지 말임다."

"너야말로 무슨 헛소리냐! 내 가치를 아직도 모르겠나! 나는 제1왕자다! 어떻게 죽인다는 생각을 할 수 있나! 보통 포로로 삼아 몸값을 요구하는 법 아니냐! 아니면 영토를 내놓으라거나! 교섭을 유리하게 삼기 위한 도구로 사용하면 죽이는 것보다도 더 유용할 텐데!"

"……이거이거 난감한 사람이지 말임다."

루푸스레기나가 씨이익 기분 나쁜 웃음을 지었다. 그리고 아이를 이해시키듯 부드러운 어조로 말을 이었다.

"지극히 드높으신 분, 아인즈 울 고운 님의 계획에 당신은 필요 없을 뿐. 그러니 죽이는 거지. 이해하셨나?"

바르블로는 말문이 막혔다.

루푸스레기나가 농담을 한다거나, 위협으로 생각을 유도하고자 허튼소리를 하는 것이 아님은 명백했기 때문이다.

자신도 모르게 침을 삼켰다.

"……진심인가? 진심으로 날 죽이겠다고……."

"아, 얼굴 좋지 말임다. 좋아하는 표정임다. 제 안에서 페이버릿 랭킹이 쑥쑥 올라가지 말임다."

"그렇다면——."

뻣뻣한 얼굴로 웃으려던 바르블로에게 무표정해진 루푸스레기나가 말했다.

"아인즈 님께 받은 칙명은 너희를 몰살하라는 것. 따라서 누구 하나 이곳에서는 살아 돌아갈 수 없다."

그리고 표정을 홱 바꾸어 농담처럼 말한다.

"그래서 이것저것 생각해봤지 말임다. 어떤 놈을 상대하면 모두들 즐거워할까? 그래서—— 고블린을 상대로 고생한 여러분에게 최적의 상대를 마련해줬지 말임다!"

짜자자잔, 하고 입으로 말하며 손을 든다. 그러자 그녀의 후방에서, 마치 공간을 뚫고 솟아 나오듯 여러 개의 그림자가 모습을 나타냈다.

"부탁해서 소환받은 레드캡 여러분이지 말임다!"

그 수는 서른 마리.

아까 보았던 놈들과 흡사한, 추악하게 뒤틀린 것 같은 고블린들이 모습을 나타냈다.

모두가 새빨간 뾰족모자를 쓰고 강철 신발을 신었다. 손에는 손도끼. 달빛을 받아 푸른빛을 뿜어내는 것 같았다.

"적이다! 뭣들 하나! 어서 일어나라! 무기를 들어! 적이 쳐들어왔다!"

바르블로의 고함 소리에 완전히 잠에서 깨어난 병사들이 벌떡벌떡 일어났다. 그리고 눈부시기까지 한 달빛 아래에서 적을 응시했다.

"——레벨로는 43. 솔직히 너무 오버킬이지만 이것보다 약한 고블린은 도서관에는 없었지 말임다."

비명이 솟아났다.

고블린을 상대로 지옥 같은 전투를 했던 병사들에게 고블린의 동족과 대항할 기력은 솟아나지 않았다.

검을 쥐지도 못한 채 무질서하게 도망쳤다.

"도망치지 마라! 싸워! 싸워! 싸우라고! 날 지키지 못하겠나!"

바르블로의 지시에 따르는 병사 따위 아무도 없었다. 귀족들도 자신의 말을 향해 달려갔다.

"아하하하! 이거 걸작이네! 이런 초원에서 도망칠 수 있으리라고 생각했다니! 아~ 재미있어라! 최고! 너무 좋아!"

루푸스레기나의 조소하는 목소리는 그야말로 바르블로의 생각과 같았다.

살아남을 길은 단 하나. 적을 쓰러뜨리는 것뿐이었다.

"말에 타면 살 수 있다고…… 그렇게 생각하는 놈들이 있나 보지 말임다. 그런 바보들 다리 좀 잘라줄 수 있겠슴까?"

살육에 대해 찢어지는 환호성을 지르며 레드 캡이 뛰어나갔다.

그것은 마치 짐승과도 같았다.

도망치려고 들끓는 인파 속을 미끄러지듯 달린다.

그리고── 비명이 솟았다.

말을 타고 도망치려던 귀족 중 한 사람이었다.

비명이 수없이 이어졌다.

"숫자가 줄어서 즐길 시간은 짧아졌지만…… 뭐, 어쩔 수 없지 말임다. 그만큼 이래저래 즐겨보겠슴다. 솔짱 같은 능력은 없지만 저도 한 가닥 한다는 걸 보여줄 거지 말임다."

검을 뽑아 든 바르블로를 향해 루푸스레기나가 걸어갔다. 마치 초원을 산책하는 듯 편안한 발놀림이었다.

그 미모에 떠오른 균열 같은 웃음이 바르블로의 간담을 싸늘하게 만들었다.

바르블로가 죽음을 허락받은 것은 그로부터 30분 후였다.

4장 **대학살**

Chapter 4 | Massacre

1

검붉은 대지의 완만한 구릉을 이용해 전개한 양군은 서로를 노려보고 있었다.

왕국군은 약 24만 5천이라는 놀라운 규모의 대군이었으며, 우익에 7만, 좌익에 7만, 중앙 10만 5천으로 병력을 나누고 세 개의 언덕을 잘 이용해 진지를 펼쳤다. 진지라고는 하지만 방책을 설치하거나 하지는 않고 숫자의 폭력으로 형성한 것이다.

최전선에는 5열에 걸쳐 늘어선 보병들이 양손이 아니면 들 수 없을 만한 6미터 이상의 장창을 들어 창날을 그물눈처럼 정렬시키고, 이것으로 진지를 구축한 것이다.

　제국 기사들의 주전력인 중장갑기마병을 막기 위한 대책이었다. 이것으로 말을 막을 방책을 대신한 것이다. 방책을 쓰지 않는 이유는 단순히 이 대군을 전부 방어하려면 나무의 양이 어마어마하게 많이 들어가기 때문이다. 대군의 이점을 살린 창의 결계를 펼치는 편이 효율이 좋다.

　그렇다고는 해도 치고 들어가기 난감한 진형은 견고하기는 하지만 약점 또한 많다.

　밀집대형이며, 또한 무거운 무기를 들었으므로 상대의 돌격을 막아내는 것이 고작이다. 그렇기에 상대의 재빠른 행동에는 대응 능력이 떨어지고 제국이 화살이나 마법을 날린다면 많은 자들이 희생당할 것이다. 하지만 단순한 농민인 그들에게 이 이상을 바랄 수도 없다. 상대의 첫 돌격만 막아내면 된다.

　반면 이와 대치한 제국군은 6만.

　왕국의 군세에 비하면 압도적일 정도로 적다.

　하지만 제국기사단에는 패배감 따위 털끝만큼도 없다. 대담한 표정들을 짓고 있었다. 그들은 자신들이 지리라고는 생각하지 않았다. 개개인의 강함에서 얼마나 차이가 나는지를 자각하기에 나오는 자신감이다.

　그래도 단순한 병력의 차이는 클 것이다. 만약 피로 없이 영구적으로 싸울 수 있는 자들이라면 그렇지만도 않겠지만 인간은 그럴 수 없다. 지치기도 하고, 능력 차이가 있어도 언젠가는 궁지에 몰리기도 한다.

또 한 가지, 왕국 측에는 크게 유리한 점이 있었다. 그것은 인간 한 사람의 가치 차이였다.

왕국군을 형성하는 거의 모든 병사는 농민이다. 반면 제국은 전업전사인 기사. 고작 무기만 든 농민 한 사람과, 시간이며 비용을 들여 길러낸 기사 한 사람. 손실했을 때의 손해는 제국이 훨씬 크다. 그렇기에 제국은 무모한 작전이나 기사를 소모시키는 전술을 택하지 않는다. 이렇게 되면 이렇게 정면에서 맞부딪칠 수밖에 없는 평야라는 전장은 왕국 측에 유리하게 작용한다. 그렇기에 제국과 왕국의 전쟁은 가벼운 전투로 끝나는 것이다.

제국의 입장에서는 왕국의 농민을 전장에 끌어내기만 해도 목적은 이루는 것이다. 일부러 귀중한 인적 재산을 소모하는 짓은 하지 않으며, 왕국 측도 그것을 잘 안다.

마치 짜고 하는 레이스 같지만, 이것이 제국과 왕국의 '전쟁'이었다.

설령 아인즈 울 고운이라는 매직 캐스터가 참전한다 해도 이번 또한 가벼운 충돌로 끝나리라고 왕국의 대다수 귀족들은 생각했다. 제국의 기사는 군사력만이 아니라 경찰기구이기도 하다. 모든 치안을 지키는 힘인 것이다. 쓸데없는 손실은 제국을 발밑부터 흔들 수도 있다.

그렇기에 왕국의 귀족들은 제국이 움직이기를 기다리고 있었다.

예년 같으면 제국군은 왕국군 앞을 지나쳐 철수하고, 그 모습에 왕국이 승리의 함성을 올린다.

그것이 여느 때의 흐름이었다.

하지만——.

제국군이 움직이질 않는다.

요새 같은 주둔지에서 출진해, 왕국군 앞에 포진한 후로 전혀 움직일 기미가 없었다. 마치 왕국 측이 움직이기를 기다리거나, 혹은 다른 무언가를 기다리는 것처럼.

"움직임이 없군요. 이건 대체 어떻게 된 일일까요?"

왕이 앉은 본진. 10만 5천이나 되는 군세가 들끓는, 중앙에서 약간 뒤쪽으로 물러난 지점.

약간 높지막한 언덕 위에 배치된 가장 안전한 진지에서, 가제프의 옆에 있던 레에븐 후작이 움직일 기미가 없는 제국 기사들을 바라보며 툭 중얼거렸다.

제국이 움직이지 않는다면 왕국 또한 움직일 수 없다.

장창을 늘어놓은 진형을 구축한 한 왕국에서 치고 들어가는 것은 어리석음의 극치다. 옛날에 선수를 쳐서 제국을 공격했던 귀족들이 있었으나, 눈 깜짝할 사이에 목숨을 잃고 왕국은 엄청난 피해를 입은 적이 있다.

그 후로 왕국의 대 제국 전법은 장창을 세워놓고 기다리는 수비의 전투가 되었다. 상대가 물러나 준다면 억지로 이쪽이 위험에 뛰어들 필요는 없다.

"그렇군요. 이쪽이 움직이기를 기다리는 것처럼 보이기도 합니다만……."

"이미 최종권고는 끝났으니, 개전을 한 셈입니다만……. 전사장—— 가제프 공은 제국이 기다리는 '무언가'가 무엇인지 짐작 가는 바가 있나?"

30분 전에 양군이 서로 노려보는 중앙에서 사자가 교섭을 나누었다. 교섭이라고 해봤자 전혀 받아들일 수 없는 조건을 권고하고 끝나는 장난이다. 요컨대 우리는 이만큼 자비로웠으며, 최후의 최후까지 전쟁을 회피하고자 애썼다는 체면치레인 것이다.

당연히 합의점은 나오지 않고, 이로써 개전한다는 흐름이 되었다.

예년 같으면 즉시 제국군이 움직이기 시작했다. 그런데 이번에는 그것이 없다. 부동의 태세였다.

"짐작 가는 바라고 하셔도. 그쪽은 무언가 모르겠나?"

"글쎄. 나는 전쟁 같은 군사에 관해서는 별로 지식이 없다 보니 그런 건 부하들에게만 맡기고 있어서 말일세."

"후작이 지혜롭다는 것을 진저리 날 정도로 잘 아는 나로서는 거짓말처럼 들리네만?"

"거짓말이라니…… 가제프 공도 의외로 말씀을 직설적으

로 하시는군."

"마음이 상했다면 미안하네."

"하하하. 아니, 전혀 상관없네. 그 무렵에 비하면 상당히 호감이 가는 태도이니."

따끔따끔 찔러대는 느낌이 들어 가제프는 눈살을 찡그렸다.

"하하하. 그냥 말 그대로 받아들이시게. 군대를 움직이는 데에 별로 뛰어나지 못한 건 사실이니. 거짓말은 아닐세. 우연히 부하들 중에 그런 일을 잘하는 자가 있을 뿐. 그에게 일임하고 있지."

"혹시—— 그 악마 소동에서 일약 유명해진 모험자 출신 중 하나인가?"

"아~ 아니, 아니라네. 그들은 저기 있지."

레에븐 후작이 가리킨 방향에 다섯 사람으로 이루어진 한 무리가 있었다.

모두가 중년의 영역에 접어들었으며, 전성기보다는 쇠퇴했겠지만 오리하르콘 클래스 모험자 출신인 만큼 가제프도 방심할 수 없으리라 여겨지는 분위기를 풍겼다.

"그들은 내 친위대로 신변을 경호해주고 있지."

"저런 자들의 보호를 받는다면 후작은 무사히 왕도로 귀환할 수 있겠군. ……그 매직 캐스터와 대치하지만 않는다면. 아차, 말이 엇나갔는데 그럼 군사는 누구인가?"

"가제프 공이 모르는, 우리 영내에서 찾아낸 평민이지. 자기 마을을 습격했던 고블린 무리를 그 절반밖에 안 되는 마을 사람들로 격퇴하는 공을 세워 이름을 떨쳤다네. 그 후로 군의 지휘관으로 이것저것 맡겨보았네만…… 놀라울 정도로 한 번도 패배한 적이 없을 만큼 우수했거든. 내 막료로 높은 지위에 올려주었지."

"레에븐 후작이 그렇게까지 칭찬할 군사가 있다니…… 만나보고 싶은걸. 그만한 인물이라면 왕국 전군의 지휘권을 맡기고 싶을 정도야."

"그에게…… 전군의 지휘권을 맡기고 왕국군이 하나가 되어 움직인다면 주변 국가들이 '리 에스티제 왕국군은 얕볼 수 없다'고 할 정도의 전쟁을 보여줄 텐데……."

가제프와 레에븐 후작은 얼굴을 마주 보고 한숨을 쉰 후, 지친 웃음을 나누었다.

"귀족이 평민에게 그런 일을 허용할 리가 없지, 가제프 공. 아직까지는 몽상일세."

"파벌로 나뉜 이 상황에서는 불가능하겠군."

제국군은 각 군단의 군단장에게 장군이라는 지위를 주고 그 아래에 사단장, 대대장 등을 두어 확실한 조직을 만들어 놓았다.

반면 왕국은 각 귀족들이 자신의 병사를 끌고 오는 형태이므로, 총지휘관을 왕으로 삼더라도 각 부대는 각자의 생각이나 파벌의 의사에 따라 움직인다.

까놓고 말하자면 통솔이 안 되는 군대다.

전사장이라는 지위에 오른 가제프도 어디까지나 왕 직할 전사단이라는 부대 중 하나를 맡았을 뿐이며, 귀족들에게 명령을 내릴 수는 없다. 물론 왕명으로 밀어붙이는 것도 가능이야 하겠지만 평민 출신인 가제프를 경시하거나 불쾌하게 여기는 귀족이 많으므로 분명 화근이 남을 것이다. 왕도 이를 알기 때문에 왕명을 내릴 때는 가제프에게 맡기지 않는다.

두 사람은 자신이, 그리고 왕국이 처한 입장에 무거운 한숨을 쉬었다. 그리고 얼굴을 마주 보며 웃었다.

이런 이야기는 검을 마주하는 전장이 아니라 다른 곳에서 나누어야 한다.

"살아 돌아가면 그곳도 또한 전장이니 말일세, 가제프 공."

"귀족이란 그런 거라고 들었네만?"

"이것이 끝나면 나는 폐하께 진언할 걸세. 가제프 공에게 귀족 작위를 내려달라고 말일세. 왕의 검이라는 측면을 가졌으면서 귀족사회에 적극적으로 끼어들려 하지 않는 자를 나는 아주 탐탁지 않게 생각하거든."

농담처럼 말하지만 레에븐 후작이 정말로 탐탁지 않게 생각한다는 것을 눈동자에 깃든 빛으로 읽어낼 수 있었다.

자신의 감정을 숨기는 기술에 탁월한 인물이 자신에게 솔직한 감정을 보여주는 것은 기쁜 일이다. 하지만 그다지 좋은 감정이 아닐 때는 이야기가 다르다. 가제프는 화제를 돌렸다.

　"……그건 그렇다 치고, 그 군사님을 이곳으로 불러 이야기를 들을 수는 없겠나? ……이곳까지 부르기는 어려우려나."

　"그래도 우리 본진을 맡겨놓았으니 말일세. 제국이 언제치고 나올지 모르는 이상 움직이고 싶지는 않군."

　왕국을 위해 협력한다고는 해도 레에븐 후작에게 가장 소중한 것은 자신의 영지다. 거절은 당연한 판단일 것이다.

　"하아…… 매번 있는 일이라고는 하지만 이 긴박한 분위기가 나는 정말 싫다네, 가제프 공. 제국이 진심으로 돌격하기를 바라는 건 아니어도, 공격을 할 생각이라면 냉큼 시작해주는 편이 정신건강에 이로울 텐데."

　가제프는 왕국군이 술렁이는 기운을 느끼고, 그 출처가 어디인지를 파악한 후 눈살을 찌푸렸다.

　"……그렇군. 생각할 수 있는 제국의 전략 중 하나라면, 우리가 조바심을 내 행동을 시작하기를 기다리는 것일지도 모르겠네. 이만한 병력이 보조를 맞춰 행동하기란 어려운 일이지. 그렇기에 어딘가의 군세에서 조그만 움직임이 있어도 말단에는 큰 요동이 되어 전해지는 법. 밀집 상태로, 숫자가 많아 덤벼들지는 못한다고 해도 놓친 사냥감이라면 쉽게 물어 죽일 수 있겠지. 짐승 사냥과 마찬가지일세."

의아한 표정을 지으며 가제프의 시선을 따라간 레에븐 후작은 좌익 병사들이 황급하게 움직이는 모습을 보고 알아차렸다는 표정을 지었다.

"저건…… 뒤쪽의 병사를 전열로 보내려는 것 같은데."

"진형을 바꾸는 것뿐이라면 걱정은 필요 없겠지만……."

왕국은 양익에 귀족 파벌 사람들을 배치하고 중앙을 왕당파 사람들이 다져놓았다.

중앙의 대장이 왕인 란포사 3세이며, 좌익의 대장은 보우롤로프 후작이다.

"본진이 앞으로 나가는 진형으로 바꾸다니 이상사태가 아닌가. 자네도 알 테지, 가제프 공. 후작은 자신의 휘하 정병들을 움직인 걸세. 많은 귀족들의 이목을 모으는 이 전쟁에서, 개개인의 역량이 뛰어난 제국의 기사를 상대로 멋진 활약을 보인다면 왕국 최강의 부대를 가진 귀족이라는 평판을 받게 될 걸세."

레에븐 후작이 도전적인 시선을 보냈다. 당신이 자랑하는 전사단보다도 높은 평가를 얻게 될 텐데, 그래도 상관없느냐고.

그런 도발에 가제프가 넘어갈 리 없었다.

"전사단은 이미 폐하의 신변을 경호하고 있네. 제국의 돌격이 있었다 해도 폐하의 명령 없이 움직일 마음은 없네. 폐하를 무사히 왕도로 귀환시키는 것보다 중요한 일이 있겠나."

가제프는 허리춤의 검을 두드렸다.

"어쩌면 상대의 기세를 깎아내기 위해 나 혼자서 나갈 가능성은 있네만."

"왕국에 전해지는 4대 비보 중 하나, 체도칼날Razor Edge 이로군……. 과연."

레에븐 후작의 시선이 가제프의 위에서 아래로 움직였다.

피로가 오지 않게 해주는 활력의 건틀릿Gauntlet of Vitality. 항상 치유효과를 주는 불멸의 부적Amulet of Immortal. 최고위 경도 금속 아다만타이트로 만들어 치명적인 일격을 피하게 해주는 마력이 가미되었다고 일컬어지는 수호의 갑옷Guardian. 그리고 그저 예리함만을 추구해 마법이 가미된 갑옷조차 버터처럼 갈라버리는 마법의 검, 체도칼날.

"모든 것을 장비한 지금의 자네야말로 왕국의 보물이로군. 원래 왕국에는 다섯 개의 비보가 있다고 전해지는데, 처음부터 여기에 전부 갖춰져 있었단 말이지."

자신이 비보와 동등하다는 너무나도 과분한 칭찬을 받아, 빈말이라는 것을 알면서도 가제프는 얼굴이 붉어지는 것을 주체할 수 없었다.

"아니, 그만두게, 레에븐 후작. 나 같은 자보다도 폐하가 훨씬 대단하시지. 평민에게 이런 비보를 전부 빌려주신다는 것이 얼마나 큰 의미를 가지는지를 알면서도 폐하는 나에게 맡기셨으니까."

"하긴, 일리가 있군. 솔직히 말해 나는 평민인 자네에게 빌려주겠다고 선언하다니, 어리석은 짓이라고 생각했네. 왕 당파에서 이탈하는 자가 많아질 뿐이라고. 하지만 이렇게 함께 전선에 서 보니 최고의 한 수였다는 생각이 드니, 나도 참 이기적이지."

"그 기대에 호응하고 싶네만……."

가제프는 멀리 도열한 제국기사단을 바라보았다.

삼중마법영창자 플루더 파라다인을 제외하면 제국에 강적이라 여겨지는 상대는 없다. 제국기사 중에서도 최강이라 불리는 4인의 기사에게도 이길 자신이 있다. 이렇게 비보로 몸을 감싸고 있으면, 어쩌면 플루더에게도 이길 수 있지 않을까 하는 담담한 희망마저 품게 된다.

그러나 아인즈 울 고운에게는 이길 것 같지 않았다.

이미지가 떠오르지 않는 것이다.

아무리 긍정적으로, 자신에게 유리하게 생각해봐도 수수께끼의 마법 일격에 죽는 자신의 모습을 상상할 수 있었다.

"왜 그러나?"

"아, 아닐세……."

자신은 왕국 최강의 전사로 알려졌다. 그런 자신이 약한 모습을 보인다면 병사들의 사기가 떨어진다.

　"음, 그러니까…… 바르블로 왕자님이 불쌍하다는 생각이 들어서."

　"불쌍한가? ……혹시…… 그렇군. 그랬군. 가제프 공도…… 그랬어."

　"무슨 말을 하려는 겐가?"

　"아닐세. 혹시 가제프 공은 폐하가 왕자님이 공을 세우지 못하도록 카르네 마을에 보냈다고 생각하는 겐가?"

　"아닌가?"

　레에븐 후작은 쓴웃음을 지었다.

　"그래, 전혀 아니라네. 폐하는 가제프 공을 정말로 신뢰하시는군."

　전혀 의미를 알 수 없어 의아한 표정을 짓는 가제프에게 레에븐 후작이 가르쳐주었다.

　"폐하는 스스로 가장 신뢰하는 전사장이 가장 경계하는 상대, 아인즈 울 고운을 당연히 경계하시네. 그렇게 무슨 일이 일어날지 알 수 없는 전장에 당신의 아들을 세우지 않고, 무훈은 별로 얻을 수 없겠지만 안전한 곳에 보내고 싶으셨던 게야. ……많은 이들이 자기 아들을 전장에 보냈는데 자기 아들만은 안전한 곳에 보내고 싶다는 마음은 옛날의 나 같으면 불쾌하게 여겼을 테지."

그리고 아버지의 얼굴로 웃으며 말을 이었다.

"하지만 지금이라면 이해가 가네. 나도 내 자식의 안전을 위해서라면 그렇게 할 걸세."

"그렇군, 레에븐 후작. 자네는 정말로 아버지야."

레에븐 후작이 웃었다. 실례되는 감상이지만 정말로 후작답지 않다는 생각이 들 만큼 부드럽고 즐겁고 자랑스러운 웃음이었다.

"아버지이고말고. 이 전쟁이 끝나면 많이 놀아주겠다고 아들과 약속했다네. 아주 평범한 아버지이고말고. 아차, 이야기가 빗나갔군. 그렇게 된 거라네. ······다만 바르블로 왕자님께는 아버지의 마음이 전해지지 않았겠지. 조금 서운해. 부모의 마음이 자식에게 전해지지 않는다는 것은."

가제프는 대답이 난처해졌다. 자식이 없는 그는 이해하기 어려운 푸념이었다.

"마, 맞아. 별동대가 에 란텔을 급습하지는 않겠나? 설령 악평이 나돈다 해도 함락시키기 위해서라면 무슨 짓이든 할지도 모르지."

조금 전부터 난처해질 때마다 화제를 바꾼다고 가제프는 생각했지만, 레에븐 후작도 여기에 편승해주었다.

"삼중성벽으로 보호를 받는 에 란텔을 함락시키기란 쉬운 일이 아닐 걸세. 제국군이 본국에 남겨둔 2개 군단을 총동원한다 해도 어려울걸. 그 작전은 없을 거라고 우리 군사도 말했네."

"그런가? 예를 들어 하늘을 나는 기수라면? 그리고 비밀리에 설립했다는 또 다른 군단이 있다면 어떻게 될까?"

"그래도 무리일 걸세. 결국 소수로 도시를 제압하기란 어려워. 숫자가 부족하면 지배할 수가 없거든. ……맞아, 가제프 공. 에 란텔을 완벽하게 지배하려면 필수 조건이 있는데 그게 무엇인지 아나?"

가제프는 솔직하게 고개를 가로저었다.

"왕국에 정면으로 싸움을 걸어, 대승을 거두는 걸세. 간신히 이길 경우 통치는 지극히 어려워질 게 분명하네. 시민들은 침략자에게 우호적으로 대응할 리가 없고 저항 운동을 벌일 테지. 가령 제국이 별동대로 에 란텔을 함락시킨다 해도 병사가 멀쩡하다면 즉시 탈환하러 갈 수 있네. 그렇기에 제국에는 압승이 필요하지. 시민들도 두려워서 함부로 저항하지는 못하게 될 테고, 왕국은 군대를 움직일 여력도 없을 테고."

요컨대 제국은 이곳의 전투에서 승리를 거두어야만 한다는 뜻이다. 그것도 주변 여러 국가들에게, 특히 왕국의 탈환 작전에 함부로 나서지 못하게 할 만큼 압도적인 승리를.

문득 가제프는 모든 퍼즐의 조각이 모인 듯한 기분을 품었다. 그러나 형태를 이루지는 못했다.

막연하고도 불길한 예감이 가제프를 괴롭혔다.

"왜 그러나, 가제프 공?"

"아닐세——."

머릿속에 떠오른 산산조각이 난 퍼즐을 레에븐 후작에게 모두 말해준다면 우수한 두뇌를 가진 그가 맞춰주지 않을까 생각했으나, 그 전에 후작은 얼굴을 제국군 진지 쪽으로 돌렸다.

"가제프 공. 드디어 움직이기 시작한 것 같네."

길이라도 만드는 것처럼 제국군이 둘로 갈라졌다. 왕국의 좌익과 우익에 대처하기 위한 태세일까 하고 가제프가 그 움직임을 통해 판단했을 때, 낯선 깃발이 중앙에 올라왔다.

가제프의 지식에 전혀 없는, 왕국도 제국도 아닌 기묘한 문장이 그려진 깃발. 그것을 들고 걸어 나오는 무리가 있었다.

모든 시선이 그 무리에 집중되었다.

그리고—— 가제프는 마음에 소름이 돋는 것을 느꼈다. 곁에서 똑같은 것을 보고 있을 레에븐 후작은 목을 꼴깍 울렸다. 이것이 자신만의 감정이 아님을 알고 혀 안쪽에 씁쓸한 맛이 퍼져 나가며 심장이 경종을 울려댔다.

기이한 군세였다.

그곳에 나타난 것은 기병 500 정도. 서로 대치한 양군이 보기에는 너무나도 소소한 숫자였다.

그러나 그것들은—— 심상치 않았다. 이만한 거리가 있는데도 후려치는 듯한 귀기를 뿜어냈다.

가제프의 뇌리에 카르네 마을의 기억이 선명하게 되살아

났다. 아인즈가 만들어냈다고 하던 기사 괴물. 그것과 같은 거대한 방패를 든 스파이크 달린 갑주 전사가 약 200.

나머지도 비슷한 이형의 병사들이었으나 가죽갑옷을 입었으며 허리에는 도끼나 창, 석궁 같은 것들을 늘어뜨린 모습이 보였다.

전자가 기사라면 후자는 전사라고 해야 할까.

어쨌거나 인간은 아니다. 누가 보더라도 괴물이었다.

게다가 그것들이 탄 것은 마수. 뼈로 된 짐승이라 부르는 것이 옳을 만한 몬스터였으며, 몸에는 살점 대신 일렁이는 듯한 안개를 두르고 있었다. 고름 같은 누런색, 번뜩이는 녹색으로 안개 곳곳이 빛났다.

온몸에 소름이 돋았다.

위험하다.

너무나도 위험하다.

참으로도 빈궁한 감상이었으나 가제프에게는 그 이상 적합한 단어가 떠오르질 않았다.

"……제국은 몬스터를 군비의 하나로 편성했다는 뜻이겠군. 이거 놀라운 일인걸. 소름이 돋는데, 가제프 공."

"──아니, 아닐세, 레에븐 후작. 그게 아닐세. 후작이 지금 느낀 건──몸에 무의식적으로 소름이 돋는 건 그런 뜻이 아닐세."

"그렇다면?"

의아한 표정을 지은 레에븐 후작에게 가제프가 단언했다.

"죽음의 위기. 인간이 가진 생존 본능을 자극받은 걸세."

놀라는 레에븐 후작에게서 시선을 돌려 가제프는 제국군을 노려보았다.

"말이 위축되고 있어. 훈련받은 군마조차 겁을 먹고 움직이지 못하는군……."

"……저것들은 대체 무엇인가? 제국의 비밀부대라도 되나?"

"……그럴 리가 없네. 저건 인간이 지배하고 사역할 수 있는 몬스터가 아니야!"

몬스터의 정체는 모르지만 전사의 감으로 가제프는 단언할 수 있었다.

"저건 틀림없이…… 아인즈 울 고운의 기병단!!"

"저것이! 저것이! 자네가 두려워하던 매직 캐스터의 군세라고?!"

"레에븐 후작! 모험자 출신 부하들을 속히 모아주게! 우리는 어떻게 행동해야 제일 좋을지, 수많은 몬스터들과 싸워 살아남았던 자들의 지혜를 빌리고 싶다고!"

"아──."

알았다고 말하려 했을 것이다. 그러나 그보다도 먼저 자신들의 주인을 지키고자 그들이 행동하고 있었다. 당연한 일이리라. 그들 쪽이 가제프 같은 자보다도 상대의 강함을 똑똑히 느꼈을 테니까.

"레에븐 후작님!"

말을 탄 오리하르콘 클래스 모험자 출신 팀이 달려왔다.

"보셨습니까?! 그리고 느끼셨습니까?"

선두에 선 리더, 화신의 성기사 보리스 악셀슨.

그의 목소리에는 감추려고도 하지 않는 두려움의 빛이 있었다.

레에븐 후작은 말문이 막혔다. 그 마음은 가제프도 잘 안다.

오리하르콘 클래스 모험자 출신인 자들이, 이만한 대군에게 보호를 받는 장소에 있으면서도 공포에 목소리를 떠니까.

이제는 예의 따위 생각할 상황이 아니라고, 가제프는 그들에게 말을 걸었다.

"──나도 듣고 싶네! 저건 뭔가? 인사는 됐어! 그대들이 아는 것을 즉시 가르쳐주게!"

보리스는 목에 건 성표를 꽉 쥐었다. 그것이 자신의 몸을 지켜주기라도 하는 양.

"……확증은 없습니다만 놈들이 탄 몬스터는 아마 전설급 괴물, 이름은 영혼포식수Soul Eater. 산 자의 영혼을 탐닉하는 탐욕스러운 언데드입니다. 전승으로는 대륙 중앙에 있는 비스트맨 국가의 도시에 나타난 적이 있다고 합니다."

"그래서…… 피해는?"

보리스의 다음 말은 무서울 정도로 조용히 들렸다.

"——10만."

가제프의 호흡이 멈추었다.

"……세 마리의 영혼포식수가 나타나, 도시는 멸망했다고 합니다. 그곳에 살던 전 인구의 9할 5푼, 10만 이상이 죽은 그 도시는 침묵도시라는 이름이 붙어 폐기되었다는 전승이 남아 있습니다."

무거운 침묵이 내려왔다.

"……그런 것이 오백?"

레에븐 후작의 물음에 대답할 수 있는 기력을 가진 자는 없었다.

침묵 속에서, 쥐어짜내듯 가제프가 입을 열었다.

"조금 전에도 말했네만 제국의 독자적인 힘으로 그만한 몬스터를 지배할 수 있으리라고는 생각하지 못하겠네. 그 위대한 매직 캐스터 플루더 파라다인 옹이 있다 해도 무리일 걸세. 그렇다면——."

마지막까지 말하지 않아도 레에븐 후작에게는 전해졌다.

"이, 이게 아인즈 울 고운의 힘인가? 그, 그렇다면, 그런 몬스터에 탄 자들은 대체 무엇이란 말인가?"

"그건——."

모험자들은 얼굴을 마주 보았다.

"——모르겠습니다. 그러나 위험하다는 데에는 변함이

없습니다. 아니, 죄송합니다. 위험이라는 애매한 표현이 아니라 좀 더 제대로 된 설명을 드려야 할 테지만, 그 이상 떠오르는 단어가 없습니다."

"어, 어떻게 하지, 가제프 공?!"

여유가 없어진 레에븐 후작의 질문에 가제프는 간결하게 대답했다.

"후퇴하세."

적이 경악할 만한 군세를 준비했다는 것은 충분히 알았다. 그렇다면 도망치는 것 말고 무엇을 할 수 있으리오.

"폐하께 후퇴를 진언——."

가제프는 마지막까지 말을 맺지 못했다.

가면을 쓴 매직 캐스터가 적군 선두에 섰기 때문이다. 그의 오른쪽에는 후드가 달린 로브를 입은 조그만 인물. 왼쪽에는 제국 4기사 중 하나.

이만한 거리가 있어도 가제프는 그 인물을 잘못 알아볼 수가 없었다.

"——고운 공."

"저것이 대 매직 캐스터, 아인즈 울 고운인가?!"

"저자가 영혼포식수를 불렀단 겁니까? 저것이요? 레에븐 후작님, 저희는——."

역전의 용사는 꿀꺽 침을 삼키더니, 헐떡이듯 중얼거렸다.

"——우리는 대체 뭘 상대하는 겁니까?"

아인즈가 한 차례 팔을 휘둘렀다. 이에 호응하듯 갑자기 아인즈를 중심으로 10미터는 될 법한 거대한 돔 형태의 마법진이 전개되었다. 좌우에 늘어선 두 사람도 그 안에 들어 갔지만, 무언가 이상이 일어난 것처럼 보이지는 않았다. 아마도 동료에게 해를 미치는 것은 아닌 모양이었다.

그 환상적인 광경은 비상사태에 직면했음을 아는 자들조차 눈길을 빼앗길 만한 것이었다.

마법진은 청백색 빛을 뿜어내며 반투명한 문자인지 기호인지도 알 수 없는 것을 띄웠다. 그것은 눈부시게 형태를 바꾸며 한순간도 같은 문자를 보이지 않았다.

왕국 측에서 놀란 목소리가 솟아났다. 그것은 멋진 구경 거리를 보았을 때 내는 것 같은, 긴장감이라곤 전혀 없는 것이었다. 그러나 감이 좋은 자들은 곤혹스러워하며 주위를 둘러보았다.

"나는 내 부대로 돌아가겠네. 이제는 접촉 따위 생각할 여유는 없네. 아인즈 울 고운의 힘은 차원이 다르고, 칼을 마주하려는 것은 잘못이었네. 이곳에서 얼마나 피해를 줄이고 에 란텔로 귀환할 수 있느냐에 전력을 집중해야 할 걸세. 가제프 공은 폐하를 지켜주게! 그리고 즉시 후퇴하게!"

조금 전까지의 침착하던 레에븐 후작의 모습은 아무 데도 없었다.

"알았네! 이 몸으로 얼마나 할 수 있을지 자신은 없네만

폐하의 옥체를 지키고 말겠네. 그리고 함께 철수하는 것이
아니라──."

"물론일세. 앞뒤 가리지 않고 퇴각── 아니, 줄행랑을
쳐야겠지."

"그러면 레에븐 후작! 무사하기를 빌겠네!"

"그대야말로, 가제프 공!"

왕국의 지혜와 무, 양쪽의 정점에 선 두 사람은 황급히 움
직였다. 그저──

──모든 것이 이미 너무 늦은 후였지만.

*

없군.

아인즈는 마법진을 전개하면서 그렇게 판단했다.

왕국군 내부에 플레이어는 없다고.

위그드라실이라는 게임 내에서의 초위마법은 강대하다.
그렇기에 대규모 전투 때는 초위마법을 발동하려는 자를 제
일 먼저 없애고자 행동하는 것이 기본이었다. 전이 마법을
사용해서 돌격하고. 마법으로 융단폭격을 가하고. 초원거
리에서 핀포인트로 사격하고. 그러한 무수한 수단을 동원해
방해한다.

하지만 지금 아인즈에게 그런 공격은 하나도 날아오지 않았다. 그것은 반대로 말하자면 위그드라실 플레이어가 없다는 증거 그 자체.

아무도 몰래, 아인즈는 가면 안에서 입가를 웃음의 형태로 일그러뜨렸다. 물론 해골인 아인즈가 웃음을 짓기란 불가능하지만.

살짝 환희를 머금은 쓴웃음은 아인즈의 속내를 웅변했다.

"이제는 미끼가 될 필요도 없겠어."

위그드라실 플레이어와 조우하지 않았다는 것은 기쁨이다.

아인즈는 위그드라실 플레이어 중에는 최강이라 불리던 존재가 아니었다. 위에는 위가 있다. 자신보다도 강한 플레이어가 상대라면 승산은 별로 없을 것이다. 게임 시절의 아인즈는 지식 때문에 강했다. PvP 승률은 높았지만 그것은 1회전을 포기해 얻을 수 있었던 연승이었다.

축적되어가는 정보를 잘 이용할 수 있다는 면에서는 의외로 아인즈는 교묘했던 것이다. 반면 처음 본 상대라면 패배할 확률이 매우 높았다. 자신을 나름대로 잘 아는 아인즈는 처음 만나는 강적과 맞닥뜨리지 않았다는 데에 감사했다.

그런 반면, 유감스럽기도 했다. 샤르티아를 세뇌했던, 세계급 아이템을 보유한 존재로 이어지는 상대를 이번에도 발견하지 못할 것 같다.

집요한 증오는 아직까지도 아인즈의 가슴속에 있었다. 강한 감정의 파도는 억제되지만 약한 감정의 파도는 이어진다.

아이즈가 손을 벌리자 그곳에 조그만 모래시계가 모습을 나타냈다.

이 유료 아이템을 사용해 초위마법을 즉시 발동시킬 수는 있었다. 그렇게 하지 않았던 이유는 미끼가 되어 위그드라실 플레이어의 존재를 확인하기 위해서였다. 하지만 이 자리에 없다면 이제는 긴 발동 시간 동안 넋을 놓을 필요도 없다. 마법진을 전개하고 그저 가만히 서 있는 것도 멋없다.

샤르티아에게 썼을 때는 여유가 없었다.

리저드맨 때 썼던 것은 공격마법이 아니었다.

그렇다면――.

"기대되는군. 아아, 기대돼."

――지금부터 사용할 초위마법은 왕국군에게 어떤 결과를 가져다줄까.

문득 아이즈는 없는 눈썹을 찡그렸다.

많은 인간이 죽으리라는 데에 연민도 무엇도 느끼지 못하는 자신이 조금 무서웠다. 개미를 밟는 것 같은 잔혹한 마음조차 들지 않았으며, 정말로―― 정말로 아무 감정도 솟지 않는 것이다.

있는 것이라고는 자신의 행동이 가져올 결과를 보고 싶다는 욕구. 그리고 이에 따라 자신――나아가서는 나자릭 지하대분묘에 속한 자들이 얻게 될 이익.

아인즈는 손에 힘을 주었다.

부서진 모래시계에서 떨어진 모래가 아인즈의 주위에 전개된 마법진에 바람과는 다른 움직임으로 흘러들었다.

그리고── 초위마법은 즉시 발동되었다.

〈검은 풍요에 바치는 공물Ia Shub-Niggurath〉.

새까만 숨결이, 조금 전 겨우 진형을 바꾼 왕국군 좌익에 몰아쳤다.

아니, 실제로 바람이 분 것은 아니다. 사실 평야에 난 잡초나 그곳에 있던 왕국 병사들의 머리카락이 흔들리거나 하지도 않았다.

다만, 그곳에 있던 왕국군 좌익 7만은.

그들의 목숨은 즉시 모두── 빼앗겼다.

2

무슨 일이 일어났단 말인가.

순식간에 이해할 수 있었던 사람은 아무도 없었다.

왕국군 좌익을 구성하던 모든 생물이──인간만이 아니라 말도── 느닷없이 실이 끊어진 것처럼 땅바닥에 나뒹군 것이다.

무슨 일이 일어났는지를 가장 먼저 이해한 것은 정면에 있던 제국군이었다.

눈앞에서 일어난 너무나도 믿을 수 없는 사건에, 뇌가 결론을 내리기까지 다소의 타임랙을 거친 후, 술렁임이 기묘하게 커다란 파도가 되어 제국 전군을 휩쌌다.

분명 아인즈 울 고운이 마법진을 전개한 단계에서 모종의 마법을 쏘리라고는 생각했다.

그러나—— 누가 예견이나 할 수 있었을까.

이렇게까지 무시무시한 마법을 발동시킬 줄은.

7만—— 이 전장에 출전했던 제국군 전원보다도 많은 인간을 한순간에 몰살시킨 마법을 쓰리라고는.

제국 기사들은 눈을 의심하며 자신들이 믿는 무언가에 빌었다.

왕국 사람들이 죽지 않았기를.

그런 무시무시한 마법 따위 이 세상에 없기를.

물론 눈앞에서 벌어진 사실——지금도 누구 하나 일어나려는 자가 없다——을 들이대면, 그것이 자신의 몽상에 불과하다는 것은 잘 안다.

그래도 감정이 받아들이지 못했다. 사실을 사실로 인정하고 싶지 않았다.

제국 최강의 일원이자 4기사 중 한 명, 님블조차 너무나 큰 공포에 따낙따닥 이를 울리며 무인의 진지로 변한 왕국 군 좌익을 보았다.

아무도 서 있지 않다는 사실이, 너무나, 너무나, 너무나 무서웠다.

아니, 그런 어정쩡한 수준으로는 도저히 가늠할 수 없다.

아인즈 울 고운은, 이 매직 캐스터는—— 오로지 혼자서, 인간이 만들어낸 국가 따위 모래 위에 지은 누각처럼 무너 뜨릴 수 있는 괴물이다.

그 사실을 어떤 말보다도 강하게 실감했다.

제국군을 에워쌌던 술렁임은 썰물이 빠져나가는 것처럼 사라졌다. 이윽고 모두가 입을 다물고, 목소리 한 마디 내려 하지 않았다.

이제는 정적밖에 없는 제국군 진지에 기묘한 소리가 울려 퍼졌다. 너무나 많은 소리가 한데 겹쳐져 소란스럽기까지 했다. 그것은 온 기사들의 이 부딪는 소리였다.

가족이 사는 소중한 제국 또한 왕국과 마찬가지로 멸망의 낭떠러지 끝에 몰렸음을 모두가 이해했기에 느끼는 공포.

아인즈 울 고운에게 적대한다는 것은 저 마법이 자신들에 게 쏟아진다는 것을 의미한다고——.

님블은 그 상황에서 문득 생각했다. 저 정도의 대량살상 마법을 펼쳐낸 인외의 매직 캐스터는 어떤 태도를 보이고 있을 것인가, 하고.

그는 얼굴을 움직이지도 못한 채, 바로 곁에 선 괴물, 아인즈를 곁눈질로 가만히 살펴보았다.

태연했다.

'말도 안 돼. 말도 안 돼. 이럴 수가…… 어떻게 태연할 수 있지?! 7만 명의 생명을 빼앗아놓고도?! 물론 여기는 전장이고, 인간의 목숨을 빼앗는 장소다. 약한 상대의 목숨을 빼앗는 건 당연하다. 그래도 저만한 인간을 죽였다면 무언가 감정을 품어도 당연한 것 아닐까?!'

후회나 죄책감을 품는다면 지극히 평범한 감정일 것이다. 희열이나 환희를 느낀다면 그것은 이상자라는 범주에서 이해할 수 있다.

하지만——.

'아무것도 느끼지 못한다니, 자신의 마음을 지키려는 방위 본능인가? 아니다. 이, 이 괴물에게는 지극히 익숙한 풍경인 거다! 인간이 개미 떼를 짓밟을 때 일어나는 연민도, 음습한 기쁨의 감정조차도 없다. 뭐냐, 이것은? 이런 건 싫다……. 어떻게 이런 자가 인간 세계에 있지?'

"——왜 그러나."

"히익!"

싸늘한 강철이 꽂힌 것 같았다. 그 질문에 자신도 모르게 얼빠진 소리를 낸 님블은 황급히 무마했다.

"아, 아닙니다. 후, 훌륭한 마법이었습니다."

말을 할 수 있었던 자신을 칭찬해주고 싶었다. 그것도 여기서 아인즈에 대한 칭찬을 입에 담을 수 있었다니, 절찬 받아 마땅하리라.

"하하……."

님블의 필사적인 칭송에 돌아온 것은 희미한 웃음소리였다.

"제, 제가 무언가 결례를?"

"아니아니, 아닐세. 훌륭한 마법이었다고, 그렇게 말했나?"

"네, 네에."

어디에 조소할 부분이 있었을까. 님블의 이마에서 땀이 흘러내렸다. 이 인물이 불쾌해진다는 것이 얼마나 무서운 일인지를 눈앞에서 보고 만 지금, 조금이라도 그를 언짢게 만들고 싶지 않았다.

"그렇게 경계하지 말게. 다만…… 내 마법은 아직 끝나지 않았거든. 이제부터가 진짜일세. 검은 풍요의 모신(母神)에게 바치는 선물은 새끼들이라는 보답으로 돌아오지. 귀여운 새끼들로 말일세."

그렇다——.

무르익은 과일이 대지로 돌아가듯——.

*

이번에도 가장 먼저 그것을 알아차린 것은 제국 기사들이었다.

멀리, 가장 안전한 장소에서 보던 기사들이 처음 알아차린 것은 지극히 당연했다. 안전하다고 생각할 수 있기에 헬름의 가느다란 슬릿으로 엿보이는 조그만 시야로도 발견할 수 있었던 것이다.

죽음의 소용돌이가 왕국 병사들의 목숨을 빼앗은 후, 천공에 세계를 더럽히려는 듯 끔찍한 칠흑의 구체가 모습을 나타냈음을.

그렇다면 왕국 병사들 중 가장 먼저 알아차린 이는 누구였을까. 아마도 짐작이기는 하지만, 시선을 똑바로 둘 수 없었던 우익의 병사들이었을 것이다. 이상 사태임은 알았어도 무엇이 일어났는지는 알지 못해 주위를 둘러보던 결과 발견했던 것이다.

그에 이끌리듯, 차례차례 옆의 병사, 또 그 옆의 병사들이 그 사실을 알아차렸다. 그렇게 해 카체 평야에서 전투를 시작하려던 모든 인간이, 그저 잠자코, 하늘에 뜬 구체를 바라보았다.

하늘에 뻥 뚫린 구멍 같은 구체는 마치 시선을 붙잡아두는 거미줄이라도 되는 양, 한번 보면 눈을 뗄 수가 없었다.

까만 구체는 서서히 커졌다.

도망치려 한다거나 싸우려 한다거나, 그런 건설적인 생각
은 불가능했다. 그저 묵묵히 바보처럼 바라볼 뿐이었다.

이윽고—— 충분히 무르익은 과일은 떨어졌다.

지극히 당연하게도, 떨어진 구체는 대지에 접촉하자 터졌
다.

물주머니가 땅바닥에 떨어져 파열하듯, 지나치게 익은 과
육이 터지듯.

낙하 지점에서 방사형으로, 안에 가득 찼던 것들이 퍼져 나
갔다. 그것은 콜타르 같았다. 빛을 전혀 반사하지 않는, 칠흑
이 하염없이 퍼져 나가는 듯한 그런 끈적끈적한 액체. 숨이
끊어졌던 왕국 병사들의 모습이 그 속으로 사라져갔다.

이상한 직감이라도 작용했는지, 그것이 끝이라고는 아무
도 생각하지 않았다.

그 이상으로—— 이제부터 시작되리라는 예감이 있었다.

그렇다—— 절망이 시작된다.

불쑥, 까만 액체가 퍼져 나간 대지에 나무 한 그루가 돋아
났다.

아니, 그것은 나무 같은 앙증맞은 것이 아니었다.

한 그루였던 것은 숫자를 늘려 나갔다. 두 그루, 세 그루, 다섯 그루, 열 그루…… 바람도 없이 일렁이는 그것들, 그곳에서 돋아난 것은── 촉수였다.

'메에에에에에에에에에에에에에!!'

느닷없이 귀여운 산양 울음소리 같은 것이 들렸다. 그것도 하나가 아니었다. 마치 어디서라고 할 것도 없이 산양이 무리를 지어 모습을 나타내는 것 같았다.

그 목소리에 이끌린 것만 같은 움직임으로, 콜타르가 불컥 준동하더니 부풀어 오르듯 무언가가 모습을 나타냈다.

그것은 너무나도 기이하고 이질적인 무언가였다.

높이는 10미터쯤 되지 않을까. 촉수를 포함하면 몇 미터가 될지도 알 수 없을 정도였다.

외견은 순무와 비슷했다. 잎 대신 꿈틀거리는 몇 개나 되는 검은 촉수, 굵은 뿌리께에는 부풀어 오른 살덩어리, 그리고 그 밑에는 시커먼 발굽을 가진 산양 같은 다리가 다섯 개정도 있었다.

뿌리 부분── 굵게 부풀어 오른 살덩어리 근처에 균열이 일어나더니, 널름 벗겨졌다. 그것도 여기저기서. 그리고──.

'메에에에에에에에에에에에에에에!!'

그 균열에서 귀여운 산양 울음소리가 새어 나왔다. 그것은 점액을 줄줄 흘리는 입이었다.

그런 것이 다섯 마리.

카체 평야에 있던 모든 인간들에게 끔찍한 모습의 전모를 드러냈던 것이다.

새끼 흑산양.

초위마법 〈검은 풍요에 바치는 공물〉로 나온 사망자의 수에 비례해 출현하는 몬스터다. 강력한 특수 능력은 없지만 내구력은 발군이다.

그리고 레벨은—— 90 이상.

다시 말해 그것은 폭거의 폭풍이었다.

산양의 귀여운, 기분 나쁠 정도로 귀여운 울음소리가 들려오는 것 말고는 어떤 소리도 없었다. 그저 눈앞에서 벌어지고 있는 일을 믿을 수가 없어, 인정할 수가 없어, 모두가 말을 하려 들지 않았다. 30만을 아득히 넘는——생존자는 23만 5천이지만—— 인간이 모였음에도 누구 하나 말을 꺼낼 수가 없었던 것이다.

그런 가운데, 아인즈는 즐겁게 웃었다.

"훌륭한걸. 최고기록이야. 아마 다섯 마리나 소환할 수 있었던 것은 고금동서를 둘러봐도 나뿐이겠지. 이건 정말 대단해. 역시 저만큼 죽어주었다는 데 감사해야겠어."

새끼 흑산양은 보통 한 마리 소환할 수 있으면 감지덕지 라 하며, 어지간해서 두 마리나 소환되는 경우는 없다.

하지만 그것이, 이번에는 다섯 마리.

게이머가 스스로 세운 기록을 즐기듯 아인즈도 그 신기록 을 솔직하게 기뻐했다. 수만 명의 사망자 따위 아무래도 상 관없었다.

"하지만…… 좀 더 나타나도 됐을 것 같은데 말이지…….
혹시 다섯 마리가 상한인가? 그렇다면 최대치라는 뜻이니까, 이건 정말 대단한데."

"축하드려요! 역시 아인즈 님이세요!"

마레의 칭찬을 받아 아인즈는 가면 안에서 웃음을 지었다.

"고맙다, 마레."

이어서 아인즈의 시선을 받은 님블은 펄쩍 뛰듯 울음과 웃음이 섞인 얼굴로 칭송을 입에 담았다.

"추, 축하드립니다."

"고맙네."

아인즈는 기분 좋게 대답했다.

솔직한 감동을 보이는 님블의 표정이 아인즈의 마음을 간 지럽혔다. 그리고 위그드라실 플레이어 시절의 자신이 처음으로 〈검은 풍요에 바치는 공물〉을 보았을 때 비슷한 감동을 맛보았던 기억을 떠올렸다.

'엄청나게 화려한 마법, 압도적인 마법이란 많은 사람들의 가슴에 감동을 주지. 역시 위그드라실에서도 높은 인기를 자랑하던 마법답구나. 내가 이 마법을 발동하겠다고 했을 때는 알베도와 데미우르고스도 절찬했을 정도니까.'

제국의 진지 한복판에서 절그럭절그럭 소리가 울려 퍼지기 시작했다.

그것은 갑옷이 흔들리는 소리.

병사들의 몸이 떨리는 것이다. 그것을 누가 비웃을 수 있을까.

저런 끔찍한 소환마법을 발동해놓은 마도왕의 명랑한 목소리를 듣고 소름이 끼치지 않을 자는 아무도 없었다.

그 자리에 있던 모든 제국기사들은 한 가지 생각을 했다.

아인즈 울 고운의 힘이 자신에게 떨어지지 않기를.

그 모습은 신에 대한 기도와도 비슷했다.

병사들의 하나 된 바람을 등에 모으면서 아인즈는 다음 단계로 들어갔다. 이미 충분한 결과는 냈으리라 여겨졌지만 그래도 확실하게 마무리를 지어두는 편이 좋을 거라는 가벼운 마음으로.

초위마법을 구사해 아인즈 울 고운의 힘을 이웃 여러 나라에 선전하는 것이 이번 목적이었다.

그렇다면 목적은 달성했다. 다만 사라져버리면 아깝다.

그렇다, 아까운 것이다.

아인즈는 웃었다.

만일 있었다면 혀를 내밀어 입맛을 다셨을 것이다.

위그드라실에서는 있을 수 없었던, 새끼 흑산양을 한 번에 다섯 마리나 사역한다는 기쁨에.

"——그래, 어디 해 볼까. 마무리 한 수를 개시하거라, 귀여운 새끼 산양들아."

소환자인 아인즈의 명령을 받아, 새끼 흑산양들이 천천히 움직였다.

다섯 개의 다리를 기묘하게 놀리면서도 기민하게 움직이기 시작했다. 우아하다기보다는 아등바등 움직이는 것 같아 그것은 어딘가 흐뭇한 광경이었는지도 모른다.

자신들에게 오지만 않는다면.

거구를 가볍게 움직여 다섯 마리의 흑산양들은 달리기 시작하더니, 그대로 왕국군에 돌진했다.

"그래, 셋—— 아니, 넷 정도 죽여선 안 될 상대가 있지. 그들은 절대 상처 입히지 마라."

데미우르고스가 간청했던 세 사람을 떠올리며 아인즈는 머릿속으로——뇌는 없지만—— 새끼 흑산양들에게 명령을 내렸다.

*

"저거 꿈이지?"

이형의 마(魔)를 멀리서 보며 왕국 병사 중 하나가 중얼거렸다. 하지만 대답은 돌아오지 않았다. 대답할 수 있을 리가 없었다. 모두들 눈앞에 펼쳐진 광경에 못 박힌 채 대답할 여유 따위 없었던 것이다. 영혼을 빼앗긴 것처럼.

"그치, 꿈이지? 난 꿈을 꾸고 있는 거지?"

"응. 아주 끔찍한 꿈이야."

두 번째 물음에야 겨우 대답하는 자가 있었다. 반쯤 현실에서 도피한 듯한 목소리였다.

있을 수 없다.

믿고 싶지 않다.

그런 감정이 병사들 사이에 만연했다. 서서히 그 모습이 커지는──다가오는 이형의 존재를 앞에 두고 현실을 인정하고 싶지 않았던 것이다.

만일 이것이 단순한 몬스터라면 그나마 무기를 휘두를 용기가 솟았을 것이다. 하지만 좌익 7만을 순식간에 죽인 후 나타난 몬스터가 단순한 몬스터일 리 없다. 돌진하는 거대한 용오름을 본 것처럼 누구 하나 맞설 용기가 솟지 않았다.

거대하고도 기이한 존재가, 그 굵고 짧은 다리를 재주 좋게 놀려, 상당한 속도로 돌진했다.

"츠앙 드어!"

목소리가 울려 퍼졌다.

음계가 엇나간 절규로 귀족 중 하나가 외치고 있었다. 눈에는 핏발이 서고 입가에는 거품이 부걱거렸다.

"차, 창 드러어! 사르고 시프면 창 드허어!"

공포에 자아를 잃고 무슨 말을 하는지조차 알아듣기 어려운 꼬락서니였지만, 창을 들라는 소리만은 어찌어찌 이해할 수 있었다. 그리고 그것이 가장 올바른 명령이라는 것도.

병사들은 퍼뜩 정신을 차린 것처럼 일제히 창을 들고 그 물눈처럼 창날을 모았다.

물미 부분을 땅바닥에 고정하면, 적의 돌진속도 그 자체가 무기가 되어 상대의 몸을 갈라버린다.

제국기사라 해도 돌파하기 어려운 진형일 텐데, 머릿속의 냉정한 부분에서는 그들이 손에 든 시시한 창에 무슨 의미가 있을까 하는 생각이 떠올랐다. 하지만 살아날 수단은 그 정도밖에 없다는 마음도 있었다.

기이한 속도로 점점 커지는 괴물에게서 뛰어 도망치기란 불가능에 가깝다. 도망치면 뒤에서 그 거대한 발굽에 짓밟힐 뿐이리라.

오로지 자기 있는 쪽으로는 오지 말아달라는 바람을 품으며, 몬스터가 돌격하기를 기다린다.

기분 나쁜 속도로, 조ㄱ마했던 마가 점점 커졌다──거리를 좁혔다.

점점 커짐에 따라, 대지의 진동이 전해짐에 따라 병사들의 심장 고동은 더욱 격렬해졌다. 이윽고 심장이 파열하는 것 아닌가 하고 생각될 정도의 속도가 되었을 때, 거구가 눈앞으로 돌진했다.

그것은 거대한 덤프트럭이 쥐 떼에 뛰어드는 광경과도 흡사했다.

왕국군은 떨리는 손으로 무수한 창을 내밀고 있었다. 그러나 거대하고 굴강한 육체를 가진 새끼 흑산양들에게 그것이 무슨 의미를 가질까. 창은 이쑤시개보다도 쉽게 부러졌으며 새끼 흑산양들에게는 상처 하나 입히지 못했다.

왕국 병사들 사이로 새끼 흑산양들의 거구가 발을 디뎠다.

부러져 나간 무수한 창이 허공에 치솟았다.

저항이라고도 할 수 없는 쓸데없는 저항을 짓밟으면서도 새끼 흑산양들에게 자비는 있었다.

고통은 없다.

압도적인 중량의 돌진에 아픔을 느낄 시간 따위 없었다.

창을 들었던 병사들은 자신의 손에 있던 창이 거구에 부서져 나가는 순간을 인식할 여유조차 없이, 그저, 눈앞에 까만 그림자가 드리워졌다고밖에는 생각하지 않았다.

절규가 치솟고, 절규가 치솟고, 절규가 치솟았다.

살점이 허공에서 춤을 추었다. 그것도 한두 사람이 아니었다. 수십 명은 고사하고 백 명 이상. 거대한 발에 짓밟히고, 휘둘리는 촉수에 휩쓸려—— 아니, 터져 날아갔다.

귀족이든 농부든, 고깃덩어리로 변해버리면 아무 상관이 없었다.

고향에 가족을 두고 왔든 친구를 두고 왔든, 돌아오기를 기다리는 자가 있든 없든, 대지의 얼룩으로 변해버리면 상관없었다.

모두에게 똑같이 죽음이 주어지는 것이었다.

무수한 인간을 거대한 발로 짓밟은 데 만족해 거기서 멈추었는가 하면 그렇지는 않았다.

새끼 흑산양들은 달렸다.

무턱대고 달리는 것이다. 왕국군 진영 내를 멈추지도 않고, 무턱대고.

"끄아아아아아아아아아아아악!"

"으부워어어억!"

"안돼에에에에에에!"

"사람 살려어어어어어어어!"

"싫어어어어어어어!"

"으아아아아아아아아!"

거대한 발이 내리꽂힐 때마다 설규가 치솟았다. 새끼 흑산양들의 굵은 발밑에서 인간이 밟혀 죽는 소리, 장난치듯 규칙성도 없이 날아드는 굵은 촉수에 인체가 터져 날아가는 소리.

인생에서 한 번도 들어본 적이 없었던 소리가 이어졌다.

유린.

그 광경에 이보다도 어울리는 말이 있을까.

몇 명은 필사적으로 창을 내질렀다. 거구에다 애초에 회피할 마음이 없는 새끼 흑산양들에게는 확실하게 창날이 명중했다. 그러나 창은 그 살덩어리 몸에 조금도 파고들지 않았다. 마치 두꺼운 고무 피부와 강철의 근육덩어리인 것 같았다.

쓸데없는 저항을 비웃으려 하지도 않고, 새끼 흑산양은 그저 하염없이 나아갔다.

필사적으로 공격을 해도 의미가 없다는 것을 알 때까지, 검은 새끼 양들은 단숨에 중앙군 한복판 부근까지 진입했다.

"후퇴!! 후퇴하라!!"

멀리서 들려온 절규. 그 목소리에 반응해 모든 인간이 달려 나갔다. 그것은 그야말로 거미 새끼를 흩어놓은 것 같은 움직임이었다. 그러나 흑산양이 인간보다도 훨씬 빨랐다.

쾅작. 쾅작. 쾅작. 쾅작. 쾅작. 쾅작. 쾅작. 쾅작. 쾅작. 쾅작. 콰작. 콰작. 콰작. 콰작. 콰작. 콰작. 콰작. 콰작. 콰작.
콰작. 콰작. 콰작——.

콰작. 콰작. 콰작. 콰작. 콰작. 콰작. 콰작. 콰작. 콰
작. 콰작. 콰작. 콰작. 콰작. 콰작. 콰작. 콰작. 콰작.
콰작. 콰작. 콰작——.

콰작. 콰작. 콰작. 콰작. 콰작. 콰작. 콰작. 콰작. 콰
작. 콰작. 콰작. 콰작. 콰작. 콰작. 콰작. 콰작. 콰작.
콰작. 콰작. 콰작——.

콰작. 콰작. 콰작. 콰작. 콰작. 콰작. 콰작. 콰작. 콰
작. 콰작. 콰작. 콰작. 콰작. 콰작. 콰작. 콰작. 콰작.
콰작. 콰작. 콰작——.

콰작. 콰작. 콰작. 콰작. 콰작. 콰작. 콰작. 콰작. 콰
작. 콰작. 콰작. 콰작. 콰작. 콰작. 콰작. 콰작. 콰작.
콰작. 콰작. 콰작——.

인간이 밟혀 죽고 고깃덩어리가 만들어지는 소리만이 끊
임없이 이어졌다.

*

아무도 없는 들판을 나아가듯 중앙군을 횡단해 세 마리의
괴물이 혈육을 뿌리며 우익에서 접근하고 있었다. 레에븐
후작의 부대에도 곧 육박할 것이다.

"후퇴하라!! 후퇴해!!"

레에븐 후작은 비명저럼 외쳤다.

이제는 저딴 것을 상대할 수 있을 리 만무했다. 쓸데없이 목숨을 버려서는 안 된다.

레에븐 후작의 말을 듣고 주위의 병사들이 무기를 내팽개친 채 황급히 도망쳤다. 그러나 사람의 수가 너무 많아 마음먹은 대로 움직일 수가 없다.

당초에는 좀 더 규율이 잡힌 철수를 하고자 생각했다. 뒤에서 습격당할 것을 경계한 대응이었지만, 그러기 위해 시간을 들여버린 것이 큰 실수였다.

"아인즈 울 고운. 이만한, 이만한 존재, 이만한 매직 캐스터였던가!"

얕잡아보고 있었다. 아니, 그럴 생각은 없었다.

가제프 스트로노프의 말을 듣고, 자신이 상상할 수 있었던 최고위의 매직 캐스터를 예상했다. 그러나 그것조차도 얕잡아 보고 있었다고 해야 할 수준이었다.

생각 이상이었던 것이다. 너무나도.

이 세상의 그 누가 아인즈 울 고운이 이만한 힘을 가졌다고 예측할 수 있을까. 이런 힘이 이 세상에 존재한다고 누가 알 수 있을까.

거리가 좁혀지고 서서히 그 모습이 커져가는 괴물을 보며, 주위의 병사들에게 고함으로 명령했다.

"이미 이 전장은 단순한 학살장이다! 무조건 도망쳐라!!"

"후작님!"

기병이 헬름을 벗으며 외쳤다.

"폐하는! 폐하는 어떻게 하실 겁니까!"

"멍청아, 그딴 걸 생각할 시간이 어디 있어! 후작님, 이쪽으로 옵니다!"

다른 부하의 외침에 시선을 되돌리니 앞을 다투어 도망치며 붕괴되어가는 우익이 유린되는 참이었다. 일직선으로 이쪽을 향해 달려오는 것 같기도 했지만, 레에븐 후작을 노렸다기보다는 되는 대로 뛰어다닌 결과였으리라. 실제로 다른 흑산양들은 레에븐 후작이 있는 곳에서 멀리 떨어졌다.

"폐하는 어디 계신가?!"

"저쪽입니다!"

병사가 가리키는 방향을 보니 왕족이 있는 부근에는 이미 새끼 흑산양 한 마리가 육박하고 있었다.

레에븐 후작은 망설였다. 도우러 간다고 한들 어떻게 하겠는가. 그러나 왕국의 현재 상황에서 란포사 3세를 잃는다면 왕국의 와해로 이어지기 십상이다.

다만——.

"가제프 공에게 맡겨라!"

레에븐 후작은 가제프를 신뢰한다.

그는 그야말로 왕국이 자랑하는 전사. 아무리 가제프라

해도 검은 산양 몬스터에게는 이기지 못하겠지만, 이 지옥 같은 세계에서 분명 왕만은 데리고 귀환할 수 있을 것이다.

"레에븐 후작님, 위험합니다! 어서 도망치십시오!"

레에븐 후작 휘하에서도 가장 신뢰할 수 있는 오리하르콘 클래스 모험자 출신의 부하들이 외치는 목소리에 망설임은 사라졌다.

"——후작님!"

이제는 목소리라기보다 비명에 가까웠다. 레에븐 후작도 고함을 질러 대답했다.

"알고 있네! 도망치세!"

이제는—— 이 정도로 거리가 좁혀진 지금은 후퇴 같은 말을 꾸며낼 여유가 없었다.

"군의 통솔은 제게 맡겨 주십시오! 후작님은 한시라도 빨리 이 자리를 벗어나 에 란텔로!"

고함을 지른 것은 졸린 눈을 한 사내였다. 외견은 시원찮아 보이지만 군을 맡기기에 그보다 적합한 인물은 달리 없었다.

"자네에게 맡기겠네! 내 이름이라면 얼마든지 쓰도록 하게. 책임은 내가 지겠네!"

발굽 소리가 가깝다. 두려워서 뒤를 돌아볼 수가 없다. 그렇기에 레에븐 후작은 말의 배를 걷어차는 발에 힘을 주었다. 그러나 말은 움직이지 않았다. 세게 걷어차도 움직이려

하지 않았다. 귀를 낮춘 채 부동자세를 유지했다.

그때, 대혼란 속으로, 인간을 걷어차 날려버리며 말의 무리가 달려왔다. 여기 탄 자들은 필사적으로 말의 몸에 매달렸을 뿐 고삐를 쥘 여유는 없는 것 같았다.

아이러니하게도 전장에 익숙한 군마는 공포 때문에 꼼짝도 하지 못했으며, 훈련받지 않은 말은 공황상태에 빠져 폭주하는 모양이었다.

"훈련이 오히려 화근이 되다니!"

원래 말이란 겁이 많은 생물이다. 이를 훈련시켜 전장에서도 두려움이 없는 군마로 만들어낸다. 하지만 그렇기에 움직이지 못하게 되고 말았다. 정신적으로는 무너졌지만 도망쳐서는 안 된다는 훈련은 살아 있기 때문이다.

"미안하네! 〈사자심Lion's Heart〉!"

풍신의 신관 욜란 딕스고드가 공포에 저항하는 마법을 말에게 걸어주었다. 평정심을 되찾은 말이 푸르륵 울었다.

"레에븐 후작님! 그러면 저희가 앞장서겠습니다!"

"부탁하네!"

무사를 빈다는 목소리를 뒤로하고 레에븐 후작은 오리하르콘 클래스 모험자 출신 부하들의 경호를 받으며 달려 나갔다.

혼란 때문에 규율이 통하지 않는, 폭동 같은 인파 속을 기마로 빠져나가기란 매우 어려운 일이었다. 그러나 인간으로서 최고위에 가까운 오리하르콘 클래스 모험자들이었던 그들이기에 가능했으리라.

능숙하게 인파의 흐름 사이를 가르고 나아간다.

"그 괴물 매직 캐스터 놈! 그런 놈이 인간 세상에 있어도 된단 말인가!"

말의 질주에 맞춰 오르내리는 시야 속에서 레에븐 후작은 아인즈에 대한 저주를 내뱉었다.

"빌어먹을! 무슨 수를 써야만 한다. 인간 세계를—— 미래를 지킬 수단을 생각해야 해!"

자신도 모르게 혼잣말을 중얼거리는 이유는 공포 때문이다. 무슨 말을 하지 않으면, 마음을 어딘가 다른 데로 돌리지 않는다면 그 명석한 뇌가 자신에게 다가오는 위험으로부터 온갖 악몽을 상상해버릴 것이다.

돌아가면 자낙과 라나를 데리고, 모든 면에서 차원이 다른 매직 캐스터에 대한 대책을 세워야 한다.

이대로 가다가는 모든 인간이 지배——라면 그나마 낫다. 최악의 경우 인류가 아인즈 울 고운의 장난감이 되어 수명이 다할 때까지 희롱당할 가능성도 있다.

긴박감 넘치는 혀 차는 소리가 말발굽 소리 속에 들려왔다.

"이런! 레에븐 후작님, 오른쪽으로 조금 치우치도록 말을 모십시오! 쫓아옵니다!"

"눈도 없는 것 같은데 어떻게 이쪽을 보는 거람!"

도적 로크마이어가 투덜거리며 말을 이었다.

"룬드, 무슨 마법 없어?!"

"없어! 저런 괴물에게 먹힐 마법이 있을 것 같아, 록?!"

"그래도 해봐야——."

"관둬! 최대한 자제해! 우연히 달리는 방향이 같았는지도 몰라! 레에븐 후작님, 우리 앞으로 오십시오! 이대로 옆으로 치우친 형태로!"

그들의 목소리가 떨렸다.

지시에 따라 레에븐 후작은 선두에 서서 말을 몰았다. 도망치는 인간이 적은 방향으로 말을 몰아 나갔다.

벌컥벌컥 고동치는 심장을 쥐어 터뜨리려는 듯 바로 근처에서 새끼 흑산양의 울음소리가 들렸다.

'메에에에에에에에에에에에에에!!'

——가깝다.

레에븐 후작의 이마에 비지땀이 폭포수처럼 흘렀다. 무서워서 돌아볼 수는 없지만 뒤에서 비릿한 공기가 느껴지는 것 같았다.

그리고 다시 들린다——.

'메에에에에에에에에에에에에에!!'

"빌어먹을! 안 되겠어! 완전히 이쪽을 노리고 있잖아! ……다들! 각오는 됐겠지?!"

리더 보리스의 외침에 대한 대답은 마법 발동이었다.

"〈갑주 강화Reinforce Armor〉."

"〈하급 근력 증대Lesser Strength〉."

"좋아! 그렇다면! 레에븐 후작님! 저희가 맞서 싸우겠습니다! 절대 돌아보지 마시고 무조건 말을 모십시오!"

공포를 넘어선 그들에게 이 자리에서 해야 할 말은 단 하나뿐이었다.

"……부탁하네!!"

"예! 간다아!!"

"좋았어!"

뒤를 따르던 모험자 출신 부하들의 기마와 거리가 벌어지는 것을 소리로 알 수 있었다.

레에븐 후작은 고개를 숙여 조금이라도 바람의 영향을 받지 않는 자세를 유지했다. 그들이 얼마나 시간을 벌어줄지는 알 수 없지만 무조건 도망친다――생환하는 것만이 그들의 충성에 보답하는 길이다.

"몰아쳐라! 〈화염구〉!"

"〈불락요새〉!"

말에 몸을 맡기고 달려 나가는 레에븐 후작의 귀에 부하들이 싸움을 청했음을 알 수 있는 목소리가 얼굴 옆을 스치는 바람 소리를 거스르며 들렸다.

그러나―― 2초 후에는 모험자 출신 부하들의 목소리는 전혀 들리지 않았다.

들려오는 것은 거대한 발굽 소리뿐.

두쿵. 크게 한 차례 심장이 뛰었다.

숙였던 시야—— 대지에 비치는 그림자에 레에븐 후작은 비명을 악물었다.

자신의—— 질주하는 말의 발밑에 거대한 그림자가 있음을 깨닫고, 그리고 그곳에서 한 줄기의 길고 굵은 것이 뻗어 나가고 있음을 알았다.

"안……."

말은 미친 듯이 달렸다. 이젠 레에븐 후작이 모는 것보다도 빠르게, 아마도 이 말이 태어난 이래 최고의 속도를 내고 있을 것이다. 그래도 그림자는 아직 대지에 있다.

"싫어!"

절규였다. 자신도 의도하지 않은 비명은 매우 컸다.

아랫도리에 뜨뜻한 것이 퍼져 나갔다.

레에븐 후작은 눈을 크게 뜨고, 그래도 뒤를 돌아보지는 못한 채 말을 몰았다.

아직 죽을 수는 없다. 왕국이 어떻게 될지, 이제는 아무래도 상관없었다. 멸망한다면 멸망하라지.

아인즈 울 고운과 적대하는 것이 죽음을 의미한다면 이 나라를 버리고 도망쳐도 좋다.

바보다.

자신은 정말로 바보다.

이런 전장에 온 자신이 어리석었다.

아인즈 울 고운이 무시무시한 힘을 가졌음을 알고 있었으니, 어떻게든 왕도에 남을 것을.

왕국의 장래를 위해서라고 생각하지 말 것을.

"싫어!"

아직 죽을 수는 없다.

그 아이가 어릴 때 죽을 수는 없다. 그리고—— 사랑하는 아내를 남긴 채 죽을 수는 없다.

"싫——."

레에븐 후작의 눈에 아이의 모습이 떠올랐다.

귀여운 그의 자식이었다.

막 태어난 조그만 목숨. 천천히 성장해 나가는 모습. 병에 걸린 적도 있었다. 그때는 얼마나 큰 소란을 피웠던가. 어이 없어하는 아내를 보며 반쯤 광란에 빠져 소리를 질렀던 모습을 떠올리면 지금도 창피하다.

그 포동포동한 손에 장미 같은 뺨. 성장하면 온 왕국에서 화제를 모을 청년이 되겠지. 자신보다도 뛰어난 재능을 가졌으리라 확신하는 내 자식. 그 편린은 이미 이따금 엿보이고 있다.

부모의 욕심이라고 아내는 말했지만 결코 그렇지 않다.

사랑하는 자식을 낳아준 아내에게는 깊이 감사한다. 부끄러워서 그 말을 입에 담아본 적은 별로 없지만.

슬슬 둘째를 가지고 싶다는 생각이 들 정도였다.

이런 전장에 나오지 말고, 그 둘을 이 손으로 끌어안고——.

"——어?"

발굽 소리가 멎었다.

용기라기보다는 호기심을 쥐어짜낸 레에븐 후작은, 새끼 흑산양이 얼어붙은 것처럼 움직임을 멈추는 것을 보았다.

3

자신이 어디에 있는지도 알지 못한 채, 마치 악몽의 세계 에 내팽개쳐진 것 같았다.

제국 4기사—— 바하루스 제국의 최강 전사라는 칭호 따 위 이제 와서는 놀랄 만큼 얄팍한 것이 되었다.

그런 것을 자랑스러워하던 자신은 얼마나 시시하고 한심 한 생물이었던가. 그만큼 눈앞에 닥친 충격은 컸다.

님블의 귀에 악다문 듯한 흐느낌이 들려왔다. 공포와 불 안이 임계치를 돌파한 자들의 오열이었다. 마치 어린아이의

—— 아니, 어린아이로 돌아간 자들의 침통한 비명이었다. 우는 것은 제국의 기사들. 그것도 대다수였다.

들려오는 것은 도망치라는 애원의 목소리.

눈앞에서 펼쳐지는 처참한 살육의 도가니에 빨려 들어간 인간들을 슬프게 생각하는 자들의 기도였다.

왕국군의 지독한 참극에, 적인 제국의 기사들이 기도를 하는 것이다.

하나라도 더 도망치라고.

그들은 서로 목숨을 빼앗아왔다. 그러나 저런 처참한 모습을 보면 어떤 인간이라도 연민에 흔들리지 않을 수 없다. 이 상황을 보고 감정을 가지지 않는 인간 따위 인면수심, 인간이 아닌 존재뿐이다.

게다가, 이것은 결코 강 건너 불구경이 아니라는 사실을 님블도, 제국 기사들도 깨닫고 있었다.

제국과 왕국이라는 구분으로 생각하면 화재는 강 건너에서 일어나고 있다. 그러나 인간과 괴물이라는 구분으로 생각하면 화재는 이쪽에서 일어난 것이 된다.

제국 기사들은 왕국의 병사들을 동료로 생각하고, 그 비극에 눈물을 흘리는 것이다.

"자, 슬슬 때가 됐겠군."

아인즈의 조그만 목소리에 반응해 모든 시선이 모여들었다.

6만 명이나 있으면 끝에 있는 사람들은 들을 수도 없는 성량이었다. 하지만 곁의 누군가가 고개를 움직이는 것은 알 수 있다. 그리고 그 얼굴 너머에 아인즈 울 고운이 있음을 알면 차례차례 움직이는 것도 당연했다.

눈앞의 악몽을 만들어낸 장본인—— 아인즈 울 고운의 일거수일투족이 두렵기 때문에.

아인즈가 천천히 가면을 벗었다.

가죽도 살도 없는, 하얀 두개골이 드러났다.

만약 이런 상황이 아니었다면 가면 안에 또 가면을 썼다고 생각했을지도 모른다. 그러나 님블을 포함한, 아마도 모든 제국 기사들의 가슴에 실감으로 와 닿았다.

저것이 민얼굴이며, 아인즈 울 고운은 괴물이라고.

그만한 힘을 행사할 수 있는 존재가 인간일 리 없다고, 그런 예감을 느꼈기 때문에.

아인즈가 천천히 손을 펼쳤다. 벗을 끌어안듯——악마가 날개를 펼치듯. 마치 한층 거대해진 것처럼 보였다.

정적——멀리서 왕국의 병사들이 지르는 비명이 들려오는 가운데, 아인즈의 조용한 목소리는 공연히 잘 울려 퍼졌다.

"——갈채하라."

님블은 무슨 말을 하는 거냐고 입을 벌린 채 아인즈를 응시했다.

그것은 목소리가 들리는 범위 내에 있던 모든 자들이 그랬는지, 속삭임으로 전언처럼 아인즈의 말이 퍼져 나감에 따라 시선의 수는 늘어났다.

다만, 오로지 모든 시선이 모여드는 가운데 아인즈는 다시 말을 입에 담았다.

"나의 지고한 힘에 갈채하라."

처음으로 박수를 친 것은 아인즈의 옆, 님블과 반대쪽에 있던 마레였다. 그 소리에 깨어난 것처럼 드문드문 시작된 박수 소리는 우레 같은 갈채로 바뀌었다.

물론 진심으로 갈채를 보내는 것이 아니다.

그만큼 잔학한 살육을 보인 인물에게 박수를 쳐주고 싶다는 생각은 들지 않는다. 그것은 전쟁이 아니라 학살이다. 대학살이다.

다만, 그것을 표명할 수 있는 자가 존재할 리 없었다.

만뢰 같은 박수는 모든 기사들의 공포에서 비롯된 것이었다.

더할 나위 없으리라 여겨지는 갈채는 전압을 더욱 몇 단계 높였다.

그것은 흑산양 한 마리가 천천히 진로를 바꾸었기 때문에. 그리고 그 방향에는 제국군이 있었기 때문에.

박수에 맞춰 고함 소리 깊은 환호성이 일어났다.

아인즈 울 고운을 칭송하는 제국 기사들의 외침. 이는 목에서 피가 흐를 정도의 절규였다.

그러나 흑산양의 발은 멈추질 않았다.

그렇기에 기사들은 더욱 고함을 질렀다. 이 정도 목소리로는 만족하지 않아 계속 다가오는 것이리라 생각하며.

——그러나, 멈추지 않는다.

——그래서, 실이 끊어졌다.

처음 움직인 것이 누구인지는 알 수 없었다. 어쩌면 기사 중 한 사람이 몸을 떨었을 뿐이었는지도 모른다. 그러나 한계까지 부푼 공포는 쉽게 터져 나갔다.

"히히야아아아아아아아아아아!"

영혼에서 우러나온 절규가 제국의 진지 내 곳곳에서 솟아나, 제국군이 흔들렸다.

왕국군을 유린하던 괴물 중 한 마리가 다가온다는 이상 사태에 두려워하며, 움직이지 못하는 말을 버리고서라도 도망치고자 하는 기사가 나타난 것이다. 지옥을 방불케 하는 광경을 지금 막 보지 않았는가. 아무리 상상력이 부족한 인간이라도 다음에는 자신들의 차례일 거라 생각하게 된다.

그리고—— 공포는 전염된다.

당초에는 백 명도 되지 않았던 도주자의 수는 1초를 헤아릴 때마다 점점 늘어나, 이윽고 6만으로 부풀었다.

——그렇다.

제국 전군이 공황상태에 빠져, 군의 규율을 완전히 무너뜨린 것이다.

그것은 너무나도 꼴사나운 도주였다.

기사들은 당연히 철수 방법도 배웠다. 그러나 규율을 지킬 여유 따위 이세는 없었다. 1초라도 빨리 그 자리에서 멀어지고자, 1초라도 안전한 곳으로 도망치고자 앞에 있는 동료를 온 힘을 다해 밀어젖히고서라도 달렸다.

뒤에서 전력으로 밀어젖히면 균형을 잃고 넘어질 수밖에 없다. 그리고 한번 넘어지면 공포에 사로잡힌 후발주자는 일어나도록 여유를 줄 리 만무했다.

넘어지는 자가 뒤를 따르는 자의 발에 짓밟힌다.

설령 금속 갑옷을 입었더라도 상대 또한 금속 갑옷을 입었다. 쇠와 살점이 뒤섞인 덩어리가 되는 데에는 시간이 필요하지 않았다.

그런 광경이 곳곳에서 나타났다.

제국군은 적의 손이 아니라 자신의 손으로 사상자를 늘려나가고 있었다.

님블은 어떻게 해야 좋을지 알지 못해 당혹감에 사로잡혔다.

자신도 도망치고 싶다. 그러나 그것이 용납될 리 없다. 게다가 모든 기사들이 도망친 것도 아니다.

진을 둘러보면 손으로 꼽을 수 있을 정도의 숫자——— 말을 탄 채 꼼짝도 하지 않는 자들이 있었다.

공포로 도망치지 못하는 것이 아니다. 인간으로는 대처할 수 없는 압도적인 힘에 매료되어 흥분한 자들의 모습이었다.

거대한 용오름이 자신들 쪽으로 다가오는 것을 보면 보통 사람은 당장에라도 떠나려 할 것이다. 그러나 그 용오름에——자신의 생명을 빼앗으리라는 것을 알면서도 아름다움을 느껴 움직이지 않는 자도 있다. 남은 자들은 그러한 이단의 존재였다.

새끼 흑산양은 아인즈의 앞에 도착하자 다리를 구부리고 촉수를 밑으로 늘어뜨렸다. 아마도 경배를 올리는 것이 아닐까.

괴물의 괴물답지 않은 모습에 님블은 뻣뻣한 웃음을 지었다.

새끼 산양은 온몸에 피를 뒤집어썼을 텐데도 그것이 보이지 않는 이유는 피부로 빨아들였기 때문이었다.

아인즈가 촉수에 걸터앉자 몇 가닥이 뻗어 나와 몸을 고정시킨 채 들어 올린다. 그리고 자신의 머리 위에 얹었다.

"원래는 내가 한 번 마법을 쓰면 제국군이 돌격하게 되어 있을 텐데, 그럴 기미가 없군."

님블은 아무 말도 할 수 없었다.

그 말이 맞다. 제국은 동맹국의 왕에게 제안한 계약을 스스로 어겨버렸다.

그러나 겁을 먹은 기사들에게 욕을 할 수 있을 리 만무했다. 님블은 지르크니프 앞에서도 그들을 변호할 것이다. 그만큼 압도적인 공포였으니까.

"아, 책망하는 것은 아닐세. 자네들이 저 안으로 돌격했다면 힘께 짓밟힐 가능성이 있겠다고 판단한 것도 잘 아네. 실제로 바로 그런 일이 일어났다면 내가 황제에게 면목이 없었을 걸세. 뭐, 그러니 자네들 몫까지 내가 일하도록 하지."

님블은 아직까지도 부동자세를 유지한 언데드들에게 흘끔 시선을 보냈다.

"그, 그, 그 언데드 병단을, 돌입시키시려는 겁니까?"

"아니, 기왕 소환했으니 이번 전투는 산양들에게 전부 맡기고 내가 가볍게 청소하겠네. 마레, 일단 경계는 늦추지 말거라."

"아, 네! 맡겨만 주세요, 아인즈 님!"

이제부터 추격하러 가겠다는 것이다. 그것도 이만한 마법을 구사한 본인이.

이 전장에서 누구 하나 돌려보내지 않겠다는, 싫증 낼 줄 모르는 살육의 욕구가 엿보였다.

"이 무슨…… 아직도 부족하다는 거냐, 이 악마."

중얼거릴 생각이었지만, 목소리를 낸 사람이 생각보다 크게 입 밖으로 나왔는지 흑산양 위에 탄 아인즈가 님블에게 그 끔찍한 얼굴을 돌렸다.

내심 흠칫흠칫 겁을 먹은 님블에게 아인즈는 고개를 가로저었다.

"착각하지 말게. 나는 언데드일세."

아인즈는 악을 행하는 악마가 아니라, 산 자를 증오하는 언데드라고 말하는 것이다. 그렇기에 왕국의 병사를 하나라도 놓치지 않겠다고, 더 많은 목숨을 빼앗겠다고.

수긍이 가는 대답인 동시에, 최악의 대답이었다.

언데드이기에 아인즈가 산 자를 살육한다면, 그 칼끝이 산 자의 나라인 제국에 돌아올 가능성도 충분히 있다.

아니, 틀림없이 일어날 미래였다.

어떻게 하면 좋을지, 혼란과 공포에 사로잡힌 채 집중력이 사라진 님블은, 마지막으로 아인즈가 중얼거린 한마디를 미처 듣지 못했다.

"……찾으려던 사람을 발견한 것 같기도 하니."

*

란포사 3세가 있는 본진은 무수한 귀족 가문의 깃발이 펄럭이는, 왕국군의 가장 깊숙한 곳에 있었다.

조금 전까지는 수많은 귀족이 있었으나 이제는 남은 자가 별로 없었다. 대부분이 도망쳤으며 지금 이 진지에 남은 자는 금방 헤아릴 수 있을 정도였다. 궁정 귀족들이 도망친 데 대해 분노가 솟지는 않았다.

"자네들도 나를 두고 도망쳤으면 됐을 것을."

"무슨 말씀이십니까! 폐하, 어서 도망치십시오. 저것에

쫓겼다간 끝장입니다. 도망칠 가망이 없습니다!"

가제프가 이끄는 전사단의 부장이 진언했다.

"왕인 내가 도망쳐서 어쩌라는 겐가."

"폐하가 이곳에 남아 계셔도 하실 수 있는 일은 없습니다. 에 란텔로 돌아가셔서, 그곳에서 반격을 시작하셔야 하지 않겠습니까!"

란포사 3세는 쓴웃음을 지었다. 너무나 귀가 따가운 진언이었다.

"그 말은 틀리지 않았네. 내가 여기서 할 수 있는 일은 이제 아무것도 없지."

괴멸되어 규율 없이 줄행랑을 치는 아군을 이 상황에서 통솔하기란 불가능하다. 이것은 란포사 3세만이 아니라 아무리 뛰어난 명장이라도 지극히 어려운 난제였다.

"폐하! 이제는 시간이 없습니다! 이봐, 너희! 폐하를 밧줄로 묶어서라도 모셔가!"

주위에 있던 가제프의 부하들이 재빨리 움직였다.

이 이상 이곳에서 쓸데없이 시간을 낭비했다간 자신만이 아니라 이자들의 목숨까지도 위험에 빠뜨리겠다고 판단한 란포사 3세는 일어났다.

"알았네, 가도록 하지. 하지만 이제 와서 도망친다 한들 어떻게 될 것 같나?"

땅을 울리는 듯한 발소리는 상당한 속도로 다가왔다. 그런 극한 상황에서 란포사 3세의 어조는 평온 그 자체였다. 조금 전까지 이곳에 있던 귀족들의 혼란에 빠진 목소리와는 비교도 되지 않는다.

"우선 무리일 것입니다. 말을 타고 도망치면 놈은 확실하게 쫓아옵니다. 보아하니 다수로 도망친 자들을 우선적으로 공격하는 것 같습니다. 그러니 저희가 도와드릴 수 있는 수단은 이것밖에 없습니다."

조금 전까지 남아 있던 귀족들을 쫓아내듯 말에 태워 단체로 도주시켰던 것도 그것이 이유였음을 란포사 3세는 깨달았다.

"뛰어서 도망치겠습니다."

쳐다보니 얼마 안 되는 전사들이 갑주를 벗어 던지고 있었다.

"이자들이 폐하를 업고 도망칠 것입니다."

"자네들은?"

모든 자가 갑옷을 벗은 것은 아니었다. 왕 앞에 있는 부장 같은 이는 아직도 갑옷을 착용한 상태였다.

"저희는 양동으로 말을 타고 반대 방향으로 도망칠 생각입니다."

란포사 3세는 전사들의 표정에 떠오른 아름다운 미소에서 그 심경을 깨달았다.

"아니 되네! 그대들은 우리나라의 보물이야! 어떻게든 살아남게! 내 다음 대까지도 섬겨주어야 하네!"

"물론입니다. 저희는 미끼가 되겠지만 죽을 생각은 없으니까요!"

거짓말이다. 그들은 죽을 생각이다. 아니, 자신들의 운명은 '죽음'임을 알고 있다.

란포사 3세는 설득할 말을 찾았으나 입에서 나오지 않았다. 전사들의 미소를 보고 어떤 말도 겉치레에 불과하다는 생각이 들었기 때문이다.

주위의 전사들이 란포사 3세의 갑옷을 벗겨냈다.

흰 갑주를 걸친 전사가 앞으로 나섰다. 딸 라나의 단 하나뿐인 부하로서 이제까지 애써 주었던 클라임이었다.

"저도 양동에 나서겠습니다. 저 괴물이 눈을 가졌는지는 모르겠습니다만, 깃발을 나부끼면 상대의 주의를 끌 수 있을지도 모릅니다. 게다가 이 갑옷은 좋은 표적이 될 것입니다."

클라임의 손에는 국기가 있었다. 도망치는 병사들의 발에 짓밟힌 자국 때문에 지저분해진 깃발은 지금 현재의 자신들이 처한 상황을 암유하는 것 같았다.

"하아. 그럼 나도 따라가 줄게."

곁에 선 것은 브레인 앙글라우스였다. 가장 신뢰하는 부하인 가제프 스트로노프가 자신에게 필적한다고 말한 전사였다. 브레인은 라나의 부하로서 이번 전쟁에 참가했다. 말하자면 클라임과 같은 축에 속한다.

"괜찮겠습니까? 당신은 진짜 의미에서는 공주님의 부하가 아닐 텐데요."

"아? 뭐, 신경 쓰지 마. 악마 소동 때도 최전선에 뛰어들었지만 어떻게든 살아남았으니. 이번에도 행운이 찾아오길 빌어야지. 댁들도 운이 좋기를 빌겠어."

"신께서 저버리거나 하지는 않을 겁니다. 그 악마 소동 때도 영웅을 보내주셨잖습니까. 이번에도 우리의 운에 손을 대 주시리라 믿습니다."

란포사 3세의 앞에서 브레인과 부장이 주먹을 맞부딪치고 작별 인사를 나누었다.

"이 무슨 일이란 말인가……."

무엇이 잘못되었는지.

란포사 3세는 신음 소리를 냈다. 눈앞의 전사들 중 살아남을 자는 없을 것이다.

부장도 클라임도 미끼가 되어 죽는다.

그리고 새끼 흑산양을 막겠다고 혼란 속에 돌진했던 가제프는 어떻게 되었을까.

눈시울이 뜨거워졌다.

용서하게.

그렇게 말하고 싶었다.

그들은 이런 늙은이를 살리기 위해 미래가 있는 목숨을 던지러 가는 것이다.

그러나 어떻게 말할 수 있겠는가. 그들은 죽음을 각오하면서도 발버둥을 칠 생각인 것이다.

그렇다면——

"무사히 에 란텔로 돌아오게. 자네들이 바라는 상을 주도록 하겠네."

걸어 나간 클라임과 브레인이 돌아보았다.

"내 바람이라면 내가 좋아하는 꼬맹이에게 이 나라에서 제일 예쁜 공주님을 색시로 주는 겁니다만."

"……하하하하. 아주 큰 상을 조르는걸."

"브레인 씨! 무슨 말씀이세요!"

"그 꼬맹이에게 귀족 작위를 내려주는 데서부터 시작해야겠군. 내 애써 보겠네!"

"이젠 무조건 살아 돌아가야만 하게 됐지, 클라임?"

눈을 껌뻑거리며 입을 벌리고만 있는 클라임의 얼굴에는 조금 전 전사로서 보였던 결의가 사라져버렸다. 란포사 3세는 자신도 모르게 모든 것을 잊고 활달한 웃음을 짓고 말았다.

"출발하겠습니다, 폐하."

"부탁하네."

갑옷을 벗은 란포사 3세는 전사에게 업혔다.

"폐하. 이래도 도망칠 수 있을지 어떨지는 운에 달렸습니다. 만일…… 그렇게 되면 용서해 주십시오."

"걱정 말게. 나는 자네의 생각을 채용했을 뿐이네. 그때는 운이 안 좋았다고 포기하지."

"그러면! 폐하! 에 란텔에서 뵙겠습니다!"

부장 일행이 말을 타고 달려 나갔다. 이를 기다렸다는 듯 새끼 흑산양 한 마리가 진행 방향을 바꾸었다.

"좋아! 모두 미끼가 된 사이에 가자!"

4

이리저리 도망치는 병사들이 자아낸 대혼란 속에서 가제프는 천천히 앞을 노려보고는 국보급 무기 체도칼날을 뽑아 들었다. 싸늘하게 얼어붙은 듯한 광채를 뿜는 이 검을 뽑았을 때 가제프는 언제나 승리를 거두었다. 말하자면 이 검은 가제프에게는 승리의 상징이었다.

그러나 오늘만큼은 너무나도 약하게만 보였다.

일직선으로 돌진하는 새끼 흑산양의 거구에 비해 자신은 지나치리만치 작았다.

"이곳을 돌파당하면 폐하의 본진이라서 말이지. 여기서 멈춰줘야겠다."

그렇게 말한 후 가제프는 입가를 누그러뜨렸다. 자조의 웃음이었다.

저 몬스터가 상대라면 가제프의 승산은 전혀 없다. 1초라도 빌을 묶어놓을 수 있다면 칭찬을 받아야 할 것이다.

왕국전사장—— 주변 국가에 이름을 떨치는 전사. 그런 사나이로도 말이다.

"폐하를 모시고 도망치는 거다. 그러기 위해 목숨을 내던져라."

이 자리에는 없는 상대——자신의 직할 부하들에게 기도하듯 가제프는 명령했다. 왕국 최강의 병사들은 왕의 신변 경호를 위해 남겨두었다. 물론 그들을 남겨둔다고 저만한 몬스터의 폭거에서 왕을 피신시키기란 불가능하다. 목숨을 내던진다고 해봤자 상대의 공격을 한 방 받아내고 끝나는 육신의 방패 역할을 수행하는 것이 고작이리라.

그러나, 그렇다면 합격이다.

상대의 공격을 받으면 죽겠지만, 그래도 일격을 헛되이 쓰게 할 수 있다면 왕의 목숨은 그만큼 늘어난다. 80개의 방패가 있다면, 어쩌면 하는 희망적인 생각도 솟아난다.

"미안하다."

피와 살점을 흩뿌리며 놀라운 속도로 점점 다가오는 괴물을 노려보는 가제프는 부하들에게 사죄했다. 이 자리에 없는 그들에게 말해봤자 자기만족밖에 안 된다는 사실은 이해한다. 그래도 말하지 않고서 죽기는 싫었다.

땅이 흔들리는 것을 느끼며, 가제프는 숨을 날카롭게 내

뽑었다.

그리고 두 손에 꽉 쥔 검을 들었다.

인간을 짓밟으며 짓쳐드는 거구에 대해 이 검은 얼마나 덧없단 말인가.

폭주하는 마차라면 쉽게 막아낼 수도 있으리라. 호랑이가 달려들어도 피하며 일격에 목을 베어버릴 수 있으리라.

그러나 새끼 흑산양을 앞에 두고 살아남을 가능성은 낮았다.

"후우우우우우!"

가제프가 크게 숨을 토해낸 것과 동시에 주위 사람들의 흐름이 크게 변했다. 조금 전까지는 혼란스러운 흐름이었으나 그것이 가제프를 피하는 듯한 움직임이 된 것이다. 마치 새끼 흑산양과의 일직선 루트가 생겨난 것 같았다.

연신 인간을 짓밟아대며 새끼 흑산양이 접근했다.

가제프는 검을 들면서 놈의 온몸을 빈틈없이 관찰했다. 어디를 공격하면 가장 효과적인 일격을 가할 수 있을까.

무투기 중 하나인 〈급소 탐지〉를 발동시켰다.

그러나——.

"——약점 없음."

실제로 약점이 없는지, 아니면 압도적인 차이가 너무 커서 읽을 수 없는 것인지. 그것은 가제프도 알 수 없었다.

그러나 실망하지는 않았다. 생각했던 범주 내였다.

이어서 무투기를 발동시켰다.

대형 기술이리고 하먼 대형 기술인, 제6감의 강화라고도 할 수 있는 능력 〈가능성 탐지〉.

육체능력의 차이는 압도적이라 자신의 육체능력을 상승시킨다 한들 좁힐 수 있는 정도는 얼마 되지 않는다. 그렇다면 다른 수단── 제6감에 의존하는 편이 그나마 낫다는 생각이었다.

"덤벼라, 괴물."

새끼 흑산양은 그 목소리를 들은 것처럼 일직선으로 가제프에게 향했다. 양측의 거리는 점점 좁아졌다.

솔직히 말하자.

가제프는 두려웠다.

허락된다면 주위의 병사들과 함께 뛰어 달아나고 싶었다.

〈가능성 탐지〉를 기동해도 느껴지는 것이 전혀 없었다. 마치 완전한 어둠에 내팽개쳐진 듯한, 그런 느낌이었다.

거리가 더 좁아지자 새끼 흑산양의 상태를 자세히 관찰할 수 있었다.

발굽에는 아직까지 상처가 하나도 없는 것으로 보아 단순한 검으로는 상처를 입히지 못할 가능성이 있다. 밟힐 때마다 파고드는 지면의 깊이를 생각하면 즉사의 중량임은 틀림없다.

이해하면 이해할수록 공포는 더욱 강해졌다.

가제프는 지금 주위를 이리저리 도망치는 병사들보다도 더 큰 공포에 사로잡혀 있었다.

그러나 뒤는 보일 수 없다.

왕국 최강의 전사가 도망칠 수는 없었다. 〈가능성 탐지〉를 해제하고 호흡을 가다듬었다.

——흑산양이 육박했다.

발굽이 피우는 흙먼지가 가제프에게 닿을 만한 거리.

길가에 기어 다니는 버러지를 무시하듯, 새끼 흑산양은 주위의 병사들에게는 눈길조차 주지 않고 가제프를 향해 짓쳐들었다.

그러나, 아니었다.

마치 벽에라도 부딪친 것처럼 몸을 뒤틀더니, 새끼 흑산양은 가제프의 옆을 스쳐 지나가려 했다. 너무나 서두른 나머지 새끼 흑산양의 발놀림이 흐트러지고 지나치게 많은 다리를 가졌으면서도 균형을 잃었을 정도였다.

상대가 스스로 도망쳤다, 고는 가제프도 생각하지 않았다.

단순히 사냥감이 많은 쪽으로, 옆으로 진로를 틀어 달리는 편이 많은 사냥감을 짓밟아 죽일 수 있으리라 생각했을 뿐일 것이다.

새끼 흑산양이 대지를 뒤흔들며 가제프의 옆을 지나쳐갔다.

거의 1미터 정도밖에 안 되는 거리였으므로 격진에 사로잡힌 것처럼 발치가 흔들렸다. 가세프가 아니었다면 넘어졌을 것이 분명하다.

눈앞을 지나가려 하는 새끼 흑산양의 거대한 발굽에 맞춰——.

"——제이얏!"

가제프는 검을 휘둘렀다. 그렇게나 빠르게 옆을 지나간다는 것은 상대의 속도가 그대로 베어 가르는 무기가 된다는 뜻이다.

발굽과 검이 접촉한 순간, 무시무시한 충격이 가제프의 검을 든 손에 전해졌다. 팔이 통째로 뜯겨나가는 것 아닌가 싶을 정도의 충격.

단단히 내디딘 발이 지면에 두 줄기의 선을 남기며 단숨에 뒤로 끌려갔다.

"크그그으으윽!"

팔에서 검이 빠져나가는 것은 막았지만 격통이 내달렸다. 근육인지 힘줄인지, 너무 큰 부담을 준 나머지 둘 중 하나는 다친 것 같았다.

가제프는 거친 숨을 몰아쉬며 지나쳐간 거구를 노려보았다.

가제프로부터 그리 멀리 떨어지지 않은 곳에서, 폭주를 개시한 후 처음으로 새끼 흑산양이 발을 멈추었다.

촉수 한 가닥이 뿌옇게 잔상을 일으켰다.

그 순간 어마어마한 충격이 검에 전해지고, 그대로 몸이 허공에 떠올랐다.

가제프조차 아무것도 보지 못했지만 촉수로 후려쳤던 것이리라. 가제프의 몸이 크게 공중을 날았다.

허공에 뜬 가제프의 몸은 믿을 수 없는 체공시간을 거쳐 땅에 나뒹굴었다. 그것도 몇 번이나 구르면서. 다만 그 회전은 시체가 내팽개쳐졌을 때와는 다른, 인간이 힘을 상쇄하려고 스스로 회전하는 움직임이었다.

삐걱거리는 몸에 채찍질을 하며 가제프는 천천히 일어났다. 멀어져가는 새끼 흑산양을 노려보았다.

단 일격.

공격을 막은 팔은 부러져버렸다. 검이 부러지지 않았던 것은 단순한 운이었다.

가제프의 얼굴에서는 완전히 감정이 빠져나갔다.

어째서 자신이 살아났을까. 추가공격이 오지 않는 이유는 무엇일까.

상대할 가치가 없다고 판단했다. 그것이 가장 적절한 해답인 것 같았다.

완패는 아니다. 애초에 싸우기 위해 다가서지도 못했다.

깨물었던 입술에서 진홍색 피가 흘러내렸다.

그리고 가제프는 치밀어 오르는 격통을 억누르고 필사적

으로 달렸다.

설령 이기지 못할 상대라 해도, 앞으로 일격을 받아내는 것이 한계라 해도 왕을 지켜야만 한다.

그러나 결연히 내디딘 다리는 겨우 몇 걸음 만에 멈추었다.

자신을 향해——틀림없이—— 다가오는 다른 새끼 흑산양의 모습을 보고, 왜 자신이 목숨을 건졌는지를 이해했기 때문이다.

새끼 흑산양의 위에, 촉수를 옥좌 삼아 앉은 왕의 모습이 있었다. 다만 그의 얼굴은 기이했다. 해골이었으며, 언데드라 불리는 몬스터임이 틀림없는 것 같았다.

그 왕이 누구인지 이해하지 못할 만큼 어리석지는 않았다.

"아인즈 울 고운…… 공. 그랬군, 인간이 아니었소?"

법국의 특수부대. 가제프는 승산이 전무했던 상대를 쉽게 격퇴했던 존재가 인간이 아니라면 솔직하게 이해가 갔다.

그렇다. 그만한 힘을 가진 존재가 인간이라니, 어떻게 그런 생각을 했을까.

"스트로노프 님!"

돌아보기도 전에 들려온 쉰 목소리가 누구인지를 가르쳐 주었다. 눈에 익은 두 사람이 이쪽으로 달려왔다.

"자네들도 무사했군."

클라임도, 브레인도 상처는 없는 것 같았다. 심지어 클라임은 하얀 갑옷에 얼룩조차 보이지 않았다. 앞을 다투어 도망칠 자들이 아니니, 어지간히 운이 좋았던 것이리라.

"무사하셔서 다행입니다!"

"죽지 않았을 거라곤 생각했지만 역시 안 죽었구만. 하지만 아직 안 끝났나 보지?"

두 사람의 시선이 조금 전까지 가제프가 보던 방향에 고정되었다.

"저건 대체……."

"한 사람밖에 없지 않겠어, 클라임? 저만한 괴물을 사역할 수 있는 괴물, 아인즈 울 고운이겠지."

"저것이, 저것이……. 이 무슨……. 죄, 죄송합니다."

쳐다보니 클라임의 몸이 떨리고 있었다. 굳어버린 표정은 결코 전사의 흥분 때문에 떠는 것이 아님을 알려주었다.

"신경 쓰지 마, 클라임. 부끄러운 일도 아닌걸. 아니, 어쩔 수 없지! 세 번째로 만나는 차원이 다른 강자! 그 후로 대체 내 인생은 어떻게 돼버린 거람."

압도적인 검기를 피우던 브레인이 자세를 잡았다. 이 상황에는 어울리지 않는 그 시원시원한 표정을 가제프는 아주 조금 의아하게 생각했다.

"저, 저도 도망칠 수는 없습니다!"

클라임과 브레인이 가제프의 옆에 나란히 섰다.

사방에 튄 살점을 짓밟으며, 새끼 흑산양이 가제프 앞에 멈춰 섰다.

멀리서 비명이 들려오는 가운데, 이 자리만은 고요했다.

마치 이 장소만이 세계에서 격리된 것처럼.

아인즈의 시선이 가제프에게서, 관심 없다는 듯 브레인, 그리고 클라임에게 움직였다가 일단 멈추었다. 그리고 어깨를 으쓱하더니 가제프에게 돌아갔다.

"……그간 무탈하셨던 것 같습니다, 스트로노프 공."

"고운 공도 무탈…… 후후, 이렇게 말해도 되겠소? 그 후로 인간을 그만두셨다면 실례가 될 테니."

"하하하. 나는 그때부터 변한 것이 없습니다."

가벼운 웃음소리를 낸 아인즈가 새끼 흑산양 위에서 뛰어내렸다. 모종의 마법이 작용했는지 중력이 느껴지지 않는 느릿느릿한 낙하였다.

그 유명한 〈비행〉 마법이리라 생각했지만 아인즈 같은 대매직 캐스터가 사용한 것을 보면 더욱 상위의——가제프가 모르는 마법일 가능성이 높다.

"정말로 오랜만입니다, 스트로노프 공. 카르네 마을 이후 처음이로군요."

"누가 아니라오, 고운 공. 게다가…… 대체 무슨 용건인지 물어봐도 되겠소? 설마 전장에서 지인을 발견했기에 만나러 왔다는 것은 아니겠지?"

"뭐, 그 말이 맞습니다. 말을 꾸미는 것도 좋아하지 않고,

에둘러 이야기하기에는 자리가 적합하지 않지요. 그렇기에…… 단도직입적으로 말하겠습니다."

아인즈가 천천히 해골의 손을 내밀었다.

적의에서가 아니라, 우호적으로.

"내 부하가 되거라."

한순간 가제프는 눈을 휘둥그렇게 떴다. 그와 동시에 양옆에서 클라임과 브레인이 숨을 멈추는 소리가 들렸다. 설마 이만한 대 매직 캐스터가 자신에게 그런 말을 할 줄은 생각도 못했던 것이다.

"만일 부하가 되겠다면――."

아인즈가 손가락을 딱 울렸다. 그 해골 손으로 어떻게 소리를 냈는지는 알 수 없었다.

무엇을 당할지 몰라 가제프는 흠칫 몸을 떨었다.

그러나 자신의 몸이나 마음에 변화는 발생하지 않았고, 아무것도 느껴지지 않았다.

"주위를 보라."

가제프는 주위를 둘러보았다. 역시 아무것도――.

"그렇군. 움직임을 멈춰줬군."

새끼 흑산양들이 모두 그 자리에 서 있었다. 발을 치켜든 채 멈춘 그 모습은 마치 조각상인 것 같았다.

"이것은 일시적인 것이다. 이제부터는 그대의 대답에 달렸지. 그대가 거절하겠다면 나는 소환한 흑산양들에게 다시 명령을 내리겠다. 그 내용에 관해서는 말할 것도 없겠지?"

가제프는 눈을 껌뻑거렸다.

인질을 잡고 억지로 가제프를 부하로 삼는다 한들, 충성심이 부족할 뿐만 아니라 내부에서 배신을 획책할 것이 분명하다. 그 정도를 고려하지 않을 인물이라고는 생각할 수 없었다.

그렇다면 다른 이유가 있다는 걸까.

가제프는 알 수 없었다.

그러나 그와 같은 자가——그만한 병단을 지배하는 존재가 가제프 한 사람을 탐내는 데에는 분명 모종의 이유가 있을 것이다.

"왜 그러나, 가제프 스트로노프. 나의 부하가 되거라."

아인즈가 뼈로 된 손을 내밀었다.

저 손을 잡으면 많은 목숨을 구할 수 있다.

가제프의 마음이 흔들렸다.

왕국의 백성을 구할 기회를 얻었으니까.

그러나—— 가제프는 그 손을 잡을 수가 없었다.

이 결단은 잘못됐다.

이 선택은 자기만족일 뿐이다.

백 명이 있으면 백 명이 가제프를 바보라고 매도할 것이다.

그래도 가제프는 왕국을 배신할 수가 없었다.

가제프는 확실하게 고개를 가로저었다.

"거절한다. 나는 왕의 검. 왕에게 받은 은혜에 걸고 이를 저버릴 수는 없다."

"그 결과 더 많은 백성이 목숨을 잃는다 해도? 너는 카르네 마을을 구하기 위해 자신의 목숨마저 내던져 싸우려 했다. ……그런 자가, 구할 수 있는 목숨을 내팽개치겠다고?"

가제프는 도려져 나가는 듯한 아픔을 마음에 느꼈다.

그래도 가제프 스트로노프는 아인즈 울 고운의 손을 잡을 수 없었다.

왕국전사장이 왕국을 배신할 수는 없다.

그것이 가제프의 충성심.

침묵을 유지하는 가제프에게 조바심을 느꼈는지, 아인즈는 어깨를 으쓱했다.

"어리석은 자로군. 그렇다면——."

가제프는 그 말을 가로막으며 체도칼날을 아인즈에게 들이댔다.

"——뭔가?"

조금 전 산양에게 입었던 상처는 불멸의 부적으로도 아직 완치되지 않았다. 그러나 칼끝이 떨릴 것 같았던 이유는 그 때문이 아니다. 그래도 가제프는 온몸에서 투기를 뿜어냈다.

"고운 공. 은혜를 입은 몸으로서 무례를 사죄하겠소. ──
그대에게 1대 1 대결을 신청한다."

아인즈의 얼굴은 살도 가죽도 없는 해골이다. 그렇기에
표정을 살필 수 없어 무슨 생각을 하는지를 읽기란 불가능
했다.

그러나, 느낌이기는 했지만 말문이 막힌 것처럼 여겨졌다.
그것은 보아하니 뒤에 있던 두 사람도 마찬가지인 듯했다. 목
소리는 내지 않았지만 동요가 손에 잡힐 듯이 전해졌다.

"…………진심인가?"

"물론."

"……죽을 것이다."

"틀림없이 그리되겠지."

"알면서도? 딱히 너를 죽일 마음은 없다만…… 자살 선
망이 있었나?"

"그렇지는 않다고 생각한다만."

"……대체 무슨 생각이지? 네가 생각하는 바를 이해할
수 없다. 승리를 확신하고 도전한다면 이해한다. 승리할 가
능성이 있다고 판단했을 경우도 마찬가지. 그러나 너는 자
신의 패배를 확신하는 것 같은데. ……정상적인 판단이 불
가능해졌나?"

"적의 왕이 눈앞에, 검이 닿는 거리에 오지 않았나. 당연
히 목을 취하고자 노력해봐야겠지."

"그야 물리적인 거리는 가깝다. 그러나 너무나도 압도적인 고랑이 있는 것처럼 보인다만. 나의 눈은 옹이구멍이었나?"

부웅. 아인즈의 뒤에 서 있던 새끼 흑산양의 촉수가 움직이자 가제프의 옆 땅바닥이 도려져 나갔다.

촉수가 땅을 후려치는 모습은 가제프의 동체시력으로는 간파할 수 없었다.

"그럴지도 모르지, 고운 공."

"내가 죽이지 않겠다고 말해 낙관적으로 생각했나?"

가제프는 진심으로 웃었다.

"그럴 마음은 전혀 없다. 나는 왕국의 전사장으로서 해야 할 일을 하고 싶다. 그렇게 생각했을 뿐."

"……덤비겠다면 가차 없이 너를 죽일 것이다. 그리고 그 것은 확실하다."

"그렇겠지."

"그렇군……. 이렇게까지 말해도 너의 뜻을 바꿀 수는 없 단 말이지. 유감이다. 레어한 너를 죽여야 하다니, 컬렉터 로서 정말로 아깝구나."

가제프는 물러날 마음은 전혀 없었다.

이 자리는 천재일우의 기회인 것이다. 우선 그렇게 많은 부하들을 거느린 아인즈가 수행원조차 없이 자기 앞에 있다.

게다가 강자의 여유 때문에 뒤에 우뚝 서 있는 흑산양을 쓰려고도 하지 않는다.

상대는 손이 닿지 않는 높은 곳에 있다. 그러나 지금, 이 자리야말로 가장 손이 닿을 수 있는 순간이다.

다음에 만나면 그는 접근전에 약한 매직 캐스터답게 열 겹 스무 겹의 호위에 에워싸여 있을 것이다. 검이 닿는 거리에 서 주는 일은 없으리라 생각해야 한다. 그렇기에 1대 1 대결을 청했다.

그리고 또 한 가지, 대결을 청한 이유가 있었다.

너무나도 낮은 가능성에 걸었던 것이다. 그래도——.

가제프는 정식 결투 선언을 입에 담았다.

"아인즈 울 고운 마도왕! 나의 이름은 리 에스티제 왕국의 왕국전사장 가제프 스트로노프다! 그대에게 대결을 청한다!"

"가제프!!"

"전사장님……."

도저히 견딜 수가 없었는지 브레인이 외치고 클라임이 신음했다. 그러나 가제프는 아랑곳 않고 말을 이었다.

"받아들여준다면, 마도왕, 이 두 사람을 대결의 입회인으로 지정하고 싶다."

아인즈는 어깨를 으쓱했다. 마음대로 하라는 뜻이라 이해하고 가제프는 고개를 끄덕였다.

"자, 잠깐! 기다려봐, 가제프! 난 언제든 너와 함께 죽을 수 있어! 혼자서는 보내지 않을 거라고! 이봐, 마도왕 각하! 부탁이야, 뻔뻔하다는 건 잘 알지만 진심으로 부탁해! 우리

둘을 동시에 상대해줄 수는 없을까?! 당신이라면 어렵지도 않을 텐데!"

브레인의 피를 토하는 듯한 외침을 듣고 가제프는 '역시'라고 생각했다.

그때 브레인의 시원시원한 표정은 각오를 다진 전사의 것이었다. 가제프와 함께 아인즈 울 고운에게 죽을 것을 각오했던 것이다.

다만, 그것은 인정할 수 없다. 인정할 수는 없다.

"브레인 앙글라우스! 전사의 각오에 흙칠을 할 생각인가!"

브레인이 경악한 표정을 지었다.

"——정말 괜찮겠나, 스트로노프 공? 나는 두 사람을 상대해도 상관없다만?"

"그럴 필요는 없다, 마도왕. 나 혼자서 상대하겠다. 저 두 사람에게는 손대지 마라."

아인즈의 공허한 해골 눈에 뜬 붉은빛이 더욱 밝아졌다.

"……그렇군. 그 눈은 전에도 봤지. 죽음을 각오하고 나아가는 사람의 의지. 강한 눈이다. 동경할 것 같아."

마치 한 명의 인간인 것처럼 아인즈는 말했다.

"좋다. 제안을 받아들이겠다. 나와 스트로노프 공의 PvP다."

브레인은 풀썩 무릎을 꿇었다.

얼굴을 숙이고 있어 표정은 볼 수 없었지만, 검붉은 대지에 물방울이 뚝뚝 떨어졌다.

미안하네.

가제프는 마음속으로 브레인에게 말했다.

"시체는 깨끗한 상태로 돌려주지. 소생 마법을──."

"──필요 없다."

가제프의 말에 적도 아군도 할 말을 잃었다.

"나는 소생을 바라지 않는다. 시체는 이곳에 내팽개쳐도 상관없다."

소생마법이 나쁘다고 생각하지는 않는다. 그러나 가제프는 좋아하지 않았다.

인간의 목숨은 하나뿐이다.

그렇기에 목숨을 건 결단이 무거워진다.

게다가 왕국을 위해 자신이 되살아날 수는 없다.

가제프가 죽으면 왕 또한 소중한 이를 잃었다고 안팎으로 선전할 수 있다. 그렇게 하면 이번 전투에서 누군가를 잃은 왕국의 백성이 왕가에 돌릴 증오를 누그러뜨릴 수 있을지도 모른다.

이것이 이기적인 행동을 취한 왕국전사장의 마지막 충성이다.

놀라는 두 사람을 내버려둔 채, 가제프는 홀가분하게 웃었다.

"그러면 시작하지. ……둘 다 내 마지막 싸움을 지켜봐 주게."

클라임은 브레인 앙글라우스라는 사내가 이처럼 약한 모습을 보일 줄은 몰랐다.

클라임이 아는 브레인이라는 사내는 강하고, 표표하며, 종잡을 수 없는 사내. 그러나 고개를 숙인 사내에게 그런 모습은 보이지 않았다. 그러나 그래도 약하다고는 여겨지지 않았다.

"브레인. 자네의 역할을 다해 주지 않겠나?"

돌아보지도 않고 가제프가 말했다.

브레인은 움직이려 하지 않았다. 지면을 움켜쥔 손에서 그의 원통함이 클라임에게도 전해졌다. 그래도 클라임은 말하지 않을 수 없었다.

"──스트로노프 님의 부탁입니다."

가제프 스트로노프가 이기리라고는 생각할 수 없었다.

그렇기에 클라임도 브레인도 가제프의 바람을 들어주어야만 한다.

브레인이 천천히 일어났다.

뜨겁다.

클라임은 뒤로 도망칠 뻔했다.

일어난 브레인에게서 열기가 몰아닥쳤기 때문이다.

"……클라임에세 참으로 한심한 모습을 보였군. 이젠 괜찮아. 가제프의 용감한 모습을 이 눈에 똑똑히 새기도록 하지."

"──부탁드립니다."

브레인 앙글라우스와 가제프 스트로노프의 관계는 어떤 것일까.

클라임은 두 사람의 관계를 알 수 없었다. 특히 브레인 쪽을.

가제프에게 패해, 검을 수행했다. 그것이 클라임이 아는 브레인이었다. 그러나 그런 간단한 관계는 아닌 것 같았다.

"그러면 스트로노프 공. 그 검을 보여주지 않겠나? 조금 알아보고 싶은 것이 있다."

마치 오늘의 날씨를 묻는 듯 평온한 태도로 아인즈가 물었다. 마법이 담긴 검에는 다양한 능력이 부여된다. 그것을 조사한다는 것은 상대의 카드를 보겠다는 것과 같은 행위. 상식적으로는 결코 받아들여서는 안 되는 제안이다.

그렇게 생각한 것은 클라임만이 아니라 브레인도 마찬가지였는지, 이어서 벌어진 일에는 눈을 휘둥그렇게 떴다. 가제프가 검을 180도 돌려선 아인즈에게 자루를 내밀었던 것이다.

"가제프! 이길 마음을 완전히 잃었나?!"

"실례되는 소리 말게, 브레인! 마도왕은 그런 분이 아닐세."

아인즈는 검을 들더니 마법을 발동시켰다. 그리고 기분 좋게 웃었다.

"굉장하군, 이 검은."

아인즈는 조금 전 가제프가 했던 것처럼 칼자루를 내밀어 돌려주었다.

"스트로노프 공. 그 검의 힘에 대해 어디까지 알고 있나?"

"모두 알고 있다. 이 검은 금속을 종잇장처럼 가를 수 있는, 현실을 벗어난 예리함을 지녔지."

"유감이로군. 그것은 그 검이 가진 힘의 일말에 지나지 않는다."

"——뭐야? 그게 대체 무슨 의미인가, 마도왕."

"한 마디로 말하자면 그 검은 나를 죽일 수 있는 무기라는 뜻이겠지. 이거라면 최소한의 1대 1 대결이라는 모양이 잡힐 터. 나에게 상처 하나 내지 못할 무기로 싸운다면 단순한 처형일 뿐이니 말이다."

자신의 거성에 쳐들어왔던 시궁쥐들과 똑같이 대해서는 실례라고 말하며, 아인즈는 허공에서 갑자기 단검을 꺼냈다.

그리고 망설임 없이, 그 현란한 단검을 자신의 얼굴에 강하게 대고, 옆으로 그었다.

그러나 상처가 난 기미는 전혀 없었다.

"이처럼, 마법의 힘이 약한 무기로는 내 몸에 상처를 입힐 수 없다. 참고로 이 단검의 데이터량——마력량은 스트로노프 공이 가진 그 검과 동등한 정도. 그러나 그 검은 이를 가능케 하지. 내가 아는 상식을 무시하고 있거든. 내가 이긴다면 그 검을 가져가도 상관없겠나?"

"그긴 참아다오. 이 검은 국보니까."

"흐음. 드롭 아이템을 돌려줄 것을 전제로 한 PvP라. 좋지."

"감사한다, 마도왕."

아인즈는 가제프에게 검을 돌려준 후 생각에 잠긴 듯 턱을 문지르더니, 거리를 재듯 한 걸음 한 걸음 가제프에게서 떨어졌다.

"상대거리 5미터라면 대충 이 정도인가? 그리고…… 카운트다운이 없으니 신호가 필요하겠군. 거기 하얀 갑옷. 무언가 개시 신호를 보내도록."

갑자기 지명을 받은 클라임은 흠칫 떨었다.

"클라임, 부탁하네."

"그, 그러면 마법의 핸드벨이 있으니, 이를 울리는 것은 어떻겠습니까."

클라임의 제안에 두 사람은 말없이 고개를 끄덕였다.

가제프는 검을 중단으로 들더니 온몸에서 힘을 뿜어냈다. 뒤에 있던 클라임에게는 마치 가제프의 육체가 팽창한 것처럼 보였다.

압도적인 검기. 한 번도 본 적이 없었던, 왕국전사장의 진심이 담긴 압력. 그러나 그것은 마치 신기루처럼 기묘하게 멀고도 덧없는 모습처럼 비쳤다.

"스트로노프 님……."

이것이 살아 있는 가제프를 보는 마지막 순간일 것이다.

"꼭 그러리란 법은 없어."

"——네?"

갑자기 옆에서 브레인이 부정했다.

"가제프가 반드시 지리란 법은 없어. 아주 낮지만 이길 가능성도 있다고. 저놈에게는 비밀병기가 있잖아. 너도 알아? 녀석이 가진 비밀병기 무투기를."

"〈육광연참〉 말입니까?"

브레인은 조용히 웃었다.

"아니야. 그걸 아득히 능가하는 궁극의 무투기지. 놈은 그걸 가지고 있어."

"그, 그런 것이 있나요?!"

핸드벨을 준비하며 클라임은 검을 들고 신경을 극한까지 집중시키는 가제프의 옆얼굴을 보았다.

주변 국가에 이름이 자자한, 전사장이라는 직함에 부끄러움이 없는 사내의 강철 같은 옆얼굴을.

"그래. 과거 왕국에 있던 아다만타이트 클래스 모험자, 베스처 클로프 디 로판이 개발했지만 나이 탓에 마음껏 구사할 수는 없었던 무투기야. 내 최강비검 〈발톱가르기〉가 여러 무투기의 동시발동기라면, 가제프가 가진 비밀병기는 단일 무투기로는 최강이지. 그거라면, 어쩌면…… 아인즈 울 고운에게도 닿을지 몰라."

어쩌면, 그렇기에 저놈은 1대 1 대결을 선택했는지도 모른다고, 브레인은 그렇게 눈도 깜빡이지 않은 채 진지한 표정으로 지켜보며 말했다.

꼴깍 침을 삼켰다.

핸드벨을 든 손이 무거웠다. 이것을 울리면 가제프의 운명이 결판 나는 것이다.

"바꿔줄까?"

"……고맙습니다. 그러나…… 제가."

그러냐고 브레인은 중얼거리고, 그 이상 아무 말도 하지 않았다.

클라임은 벨을 높이 들었다. 가제프에게 이겨달라고 기도를 담아서.

그리고—— 벨이 생각한 것보다 큰 소리를 내며 울렸다.

극한까지 신경을 집중시켰던 가제프는 있을 수 없는 속도로 파고들었다——

눈 한 번 깜빡하지 않겠노라고 크게 눈을 뜬 클라임과 브레인——

——보다도 빠르게, 세계가 멈추었다.

"그렇군…… 시간대책은 필수이지만 말이지."

〈마법무영창화Silent Magic: 시간정지Time Stop〉가 발동되어, 아인즈 앞에서 검을 높은 상단으로 쳐든 채 가제프는 멈춰버렸다.

〈시간정지〉 속에서는 모든 공격이 의미를 가지지 못한다. 여기서 공격마법을 가제프에게 쏘아도 대미지를 입힐 수는 없는 것이다. 그렇기에 아인즈는 시간을 헤아리며 마법을 썼다.

"〈마법지연Delayed Magic: 진정한 죽음True Death〉."

제9위계 마법을.

〈심장장악GraspHeart〉 쪽이 활용도는 더 높으므로 별로 쓰지는 않는 마법이다.

시간정지 중에 상대에게 쏜 마법이 효과를 발휘하지 않는다면, 시간정지의 효과가 끊어진 순간에 발동하도록 마법을 쓰면 그만이다. 기본적인 콤보지만 타이밍을 재는 것이 매우 어렵기 때문에 구사할 수 있는 사람은 모든 마법직 중에서도 5퍼센트 정도밖에 안 될 것이다.

당연하지만 어이없을 정도의 훈련시간을 들여 아인즈도 구사할 수 있게 되었던 것이다.

"……잘 가게, 가제프 스트로노프. 싫지는 않았는데."

마법이 풀리고, 세계에 시간이 돌아왔다.

그리고 무엇보다도 먼저 마법이 효과를 발휘했다.

──천천히 가제프가 쓰러져간다.

"어?"

"아, 니?"

클라임과 브레인은 무슨 일이 일어났는지 알 수 없었다.

가제프가 발을 내디디는가 싶었더니, 쓰러져버렸으니까.

아인즈가 가제프의 몸을 받아 들었다.

검이 힘없이 바닥에 떨어졌다.

이미 승패는 확실했다.

그러나 이해할 수 없었다.

무슨 일이 있었는지 전혀 알 수 없었다.

"대체 무슨 일이……?"

"내가 알아?!"

브레인이 고함을 질렀다.

"왜 그러는 거야! 일어나! 가제프!"

그러나 그런 브레인의 바람은 싸늘하게 부정당했다.

"이미 죽었다."

예의 바르게, 경의를 품은 것처럼 마도왕 아인즈가 가제프를 지면에 눕혔다. 그리고 크게 뜬 두 눈을 천천히 감겨주었다.

가제프의 얼굴을 보며, 다가온 두 사람에게 아인즈가 말했다.

"……승산 없는 싸움에 뛰어드는 그를 보고, 그때를 떠올렸다. ……전사장에 대한 경의로 이 이상 흑산양으로 추적하지는 않기로 하지. ……그의 시체는 화장해 그쪽에 보내도록 하겠다."

"……아니, 그럴 필요는 없어. 우리가 가제프를 데려갈 테니. 댁의 손은 빌리지 않아."

클라임은 안도로 한숨을 토해냈다.

브레인이 아인즈에게 이기지 못한다는 걸 알면서도 싸움을 청하는 것이 아닐까 생각했던 것이다. 그러나 그럴 분위기는 아니었다.

그러냐고만 대답하고, 아인즈가 스윽 일어났다.

"내가 사용한 즉사마법 〈진정한 죽음〉은 저위 소생마법으로는 되살려 내지 못한다. 그리고 왕국 백성들에게 고하라. 나에게 순종한다면 자비를 베풀어주겠노라고."

둥실, 아인즈가 떠올랐다.

무방비하게 등을 보이기는 했지만 이를 공격할 만큼 부끄러운 짓은 두 사람 모두 할 수 없었다.

아인즈는 새끼 흑산양의 촉수 위에 앉았다.

그것은 끔찍한 옥좌와도 같았다.

"조만간 에 란텔 주변을 신속히 할양한다면 이자들이 왕도에서 설치는 일은 없을 것이다. 왕에게 그리 전하라."

새끼 흑산양이 휘릭 돌아서서, 어느샌가 전장에서 철수한 제국군의 진지를 향해 나아갔다. 다른 네 마리의 새끼산양들도 제국의 진지로 귀환을 시작하는 것 같았다.

"클라임, 한 가지 부탁이 있는데. ……가제프는 내가 데리고 가도 될까."

"……예. 저는 스트로노프 님의 검을 들고 가겠습니다."

"사람이 많이 죽었어."

"얼마나 많이 죽었을까요."

"……대체 무슨 일이 일어난 걸까."

"모르겠습니다. 하지만 이곳에 그만한 존재가 왕으로 군림한다는 것은……."

"반드시, 장래에, 다시 전쟁이 일어나겠지……. 그때는 더 많은 사람이 죽을지도 모르겠어."

가제프를 짊어지고 걷는 브레인의 뒷모습을 따라가며, 클라임은 암운이 피어나는 왕국의 미래를 생각했다.

브레인의 말은 틀림없이 맞을 것 같았다. 중요한 것은 그 안에서 자신이 무엇을 해야 하는가. 그리고 무엇을 할 수 있는가였다.

그리고 가장 중요한 것은——

'——라나 님의 미래만은 지켜야 해.'

클라임은 강하게 주먹을 부르쥐고 결의했다. 자신의 주인만은, 무슨 일을 해서라도 지켜내고 말겠노라고.

얼어붙을 듯한 밤바람이 지나갔다.

브레인 앙글라우스의 머리는 바람에 크게 흔들리고 옷도 나부꼈다.

"——춥구만."

하얀 입김과 조그만 중얼거림을 맞바람이 갈가리 찢으며 멀리 날려버렸다.

몸속까지 얼어붙는 것 같았다.

브레인은 출진 전에 셋이 올라왔던 에 란텔 성벽탑에 혼자 있었다.

이곳에는 어둠밖에 없다.

카체 평야의 전투, 아니 학살로 수많은 왕국 백성이 죽었다.

전장에서 목숨만 간신히 붙여 돌아왔던 것을 떠올렸다.

패주하는 사람들의 발놀림은 힘이 없었으며, 차림은 너덜 너덜해 너무나도 비참했다.

전사로서 온갖 사선을 넘나들었던 브레인조차, 겨우 단 한 사람의 매직 캐스터가 일으켰던 지옥의 광경이 지금도 눈에 선명하게 새겨져 떨쳐낼 수가 없었다.

성벽의 보호를 받는 이곳에 란텔조차 안전한 곳이라고는 절대로 말할 수 없겠지만, 간신히 이곳까지 도망친 병사들은 피로에 찌들어 쓰러지듯이 잠에 빠져들었다.

아무도 없는 성벽탑에서 브레인은 다시 한 번 크게 숨을 토해냈다.

그리고 묵묵히 하늘을 올려다보았다.

"어째…… 이젠 뭐가 어떻게 돼도 상관없다는 생각이 들어."

브레인은 자신의 두 손을 내려다보았다.

지금도 영혼이 빠져나간 그 사내의 몸뚱이를 들었을 때의 무게가 지워지질 않았다. 잊으려 해도 잊을 수가 없었다.

위대한 전사이자, 자신의 한발 앞을 나아가던 호적수.

그 사내——가제프를 잃은 상실감은 어마어마했다.

가제프의 존재는 브레인에게는 단순한 호적수라는 말로 표현할 수 없었다.

그 사내가 어전시합에서 앞을 가로막았기에, 오만했던 자신을 꺾어주었기에, 가제프에게 이기겠다는 열의가 있었기에 지금의 자신이 있다.

브레인 앙글라우스는 가제프 스트로노프 덕에 태어나고, 자라났으며, 단련되었다. 가제프라는 사나이의 경지는 브레인이 인생을 걸고 넘어서야 할 경지였다. 남자가 넘어서야 할 벽으로서 아버지가 존재하듯.

하지만 이제는 넘어야 할 것이 사라지고 말았다.

가제프는 마지막까지 자신의 앞에 우뚝 솟은 산인 채 가버렸다.

브레인은 샤르티아 블러드폴른에게서 진정한 강함이란 것을 보고 말았다. 그리고 한때는 일어날 수도 없을 만큼 충격을 받았다.

강하다는 데에만 기대, 자신감을 가지고 있었기에, 그것이 박살 났던 자신은 덧없고 약했다고, 지금이라면 말할 수 있다.

하지만 가제프는 달랐다.

"아인즈 울 고운. 아마 그 샤르티아 블러드폴른과 동등한 능력을 가졌을 괴물. 그런 놈에게 가제프는 정면으로 대치했지."

그때 가제프는 살아남기 위해서라든가, 그런 한심한 이유로 대결을 청했던 것이 아니리라. 브레인이 눈물을 쏟을 것 같으면서도 샤르티아에게 무턱대고 검을 휘둘렀던 것과는 전혀 마음가짐이 달랐으리라.

그렇다면 무엇을 위해 그리했을까.

"모르겠어. 왜 너는 도망치지 않았지?"

피를 토하듯, 말을 쥐어짜냈다.

"왜 죽음을 택하고, 그 괴물은 널 놓아주려고 하지 않
느냐고! 힘을 비축해뒀어야 하잖아! 왜 넌! 죽을 거면 너랑
같이 죽고 싶었는데!"

가제프를 넘어서지 못할 거라면 함께 죽고 싶었다.

브레인은 자신의 허리에 찬 무기를 보았다.

허락을 받아 잠시 빌려 온 체도칼날.

브레인은 체도칼날을 뽑으며 무투기를 발동시켰다.

〈사광연참〉.

가제프가 브레인을 어전시합에서 꺾었던 무투기.

네 줄기의 빛이 난간을 갈랐다. 아무런 저항감도 없이, 물
을 지나듯 놀라울 정도로 날카롭게 베었다.

"이 기술만 해도 널……. 난 널 동경했는데……. 같이 죽
는 게 소원이었는데. 왜 같이 싸우게 해주지 않은 거야. 왜
죽으라고 말해주지 않은 거야!"

브레인은 얼굴을 가렸다.

눈 속이 뜨거워졌지만 눈물은 흐르지 않았다.

그때 뚜벅뚜벅 소리가 브레인의 곁까지 다가왔다. 이 자
리에 올 사람이라곤 한 사람밖에 떠오르지 않았다.

"……나이를 먹으면 눈물이 헤퍼진다더니, 정말 그렇구만."

"소중한 사람을 잃은 슬픔에는 나이도 상관없지 않겠습니까."

예상대로 쉰 목소리였다.

"……미안해, 클라임. 다 떠넘겨 버려서."

브레인은 눈을 비비고 검을 넣고는 돌아섰다. 클라임이 갑옷을 입은 채 조용한 표정으로 서 있었다.

"하지만 뭐, 내가 있어봤자 별로 도움은 안 됐을 거 아냐? 이 상황에서 왕을 죽이려는 놈이 나올 리도 없고. 그래서, 그 후로 어떻게 됐어?"

"예. 바르블로 왕자님이 아직도 돌아오시지 않는 건에 대해서는 내일 수색대를 파견하게 되었습니다."

병사들은 움직일 수 없으므로 모험자들을 고용해서 보낸다고 한다.

"다음으로 에 란텔 할양 건은── 이의는 없었습니다. 모든 귀족이 찬성했습니다. 폐하께서도 동의하셨고요."

왕당파 귀족들도 찬성했다고 한다.

악마 소동 때 왕당파의 힘은 커졌다. 그렇기에 이번의 대군으로 이어졌던 것인데, 대패를 맛보았기 때문에 큰 반동이 생겨난 것이다. 게다가 왕의 직할령인 이 일대를 할양해도 직접 피해를 입는 것은 왕족뿐이다. 그렇다면 자신들이 살아남기 위해서라도 그렇게 해야겠다고 생각했으리라.

이번에는 왕당파의 힘이 약해지고 귀족 파벌의 힘이 커졌다.

그 너머에는 무엇이 있을까.

문득 클라임이 몸을 떠는 것을 알아차렸다.

분노가 아니라 공포일 것이다. 그 광경을 떠올리고, 균열이 간 마음이 고함을 지르는 것이다. 그 절대적인 절망이 지금도 바로 곁에 있는 것 같아서.

"……이렇게, 떠올리면 두렵습니다."

화재 현장의 괴력 같은 것이 아니었을까. 브레인은 자신의 곁에 나란히 서서 마도왕과 싸우려 했던 클라임의 모습을 떠올렸다. 그리고 이 친구라면 해답을 알고 있지 않았을까 생각해, 물어보았다.

"말이야, 너한테도 물어보자. 가제프는 왜 대결을 청했을까?"

클라임이 의아한 표정을 지었다. 말이 부족했나 싶어 덧붙이려고 입을 열기도 전에 클라임이 이야기를 시작했다.

"이건 개인적인 생각입니다만, 괜찮으시겠습니까?"

"응, 뭐든 좋으니까 말해줘."

"……저희에게 보여주고 싶으셨던 것 아닐까요?"

"……뭘?"

"마도왕, 아인즈 울 고운이 얼마나 강한지를. 그리고……

미래를 만들고 싶으셨던 것은 아닐까요."

"미래라면?"

"예. 앞으로 적대할 때의 책략과 기록을 조금이라도 가지고 돌아가게 하고 싶으셨다거나."

머리 꼭대기에서 발끝까지 벼락이 꽂힌 듯한 충격이었다.

그 외에는 생각할 수 없다. 클라임의 말이야말로 정답이었다.

그 사나이는 목숨을 걸고 조금이라도 정보를 끌어내고자 했던 것이리라. 매직 캐스터인 마도왕이 수행원도 없이 접근전을 용납하리라고는 생각할 수 없다. 하지만 다시 한 번 그런 기적이 일어났을 때의 기회에 걸어보았다. 그리고 그 가능성을 누구에게 넘기고 싶었는가.

그런 것도 생각하지 못했느냐고, 브레인은 자조했다.

그렇다면—— 자신은 어떻게 살아가야 할까. 가제프의 마음을 알아버린 지금.

브레인이 생각에 잠기고, 밀려든 침묵에 견디다 못한 듯 클라임이 물었다.

"……그런데 스트로노프 님은 소생하지 않으시려는 걸까요?"

"가제프는 그런 남자겠지."

소생마법을 건다고 반드시 되살아나는 것은 아니다. 이야기에 따르면 자신의 삶에 만족한 자는 소생을 거절할 때도 있다고 한다.

"폐하는 인정하시지 못하는 것 같습니다."

"그렇겠지. 하지만 그놈은 소생하지 않을 거야. ……이상해?"

"예. 스트로노프 님의 생각을 모르겠습니다. 되살아나서라도 충성을 다해야 하지 않을까, 자꾸만 그런 생각이 듭니다."

"그렇구만. 클라임은 그러면 돼. 난…… 죽으면 소생시키지 말아줘. 그런 불만이 남을 만한 인생을…… 걸어왔다는 생각은 안 들어."

"저는 소생시켜주셨으면 합니다. 이 몸이 닳아 없어질 때까지 라나 님께 헌신하고 싶습니다. 그런 비용이 있다면 말이지만요."

왕국에서 소생마법을 사용할 수 있는 매직 캐스터는 단 한 명뿐이다. 그녀는 틀림없이 어마어마한──정당한 소생마법 행사 요금을 요구할 것이다.

악마 소동 때는 모험자가 모두 한 팀이었기 때문에 특례가 되었다지만, 보통 소생에는 상당한 거금을 지불해야 한다. 눈알이 튀어나올 것 같은 금액이며, 평민이나 병사는 모든 인생을 쏟아부어도 갚을 수 없다. 클라임도 그렇다.

브레인은 왕녀님이 내주실 거 아니냐는 말은 하지 않았다. 그저 그러냐고 대꾸했을 뿐이었다.

다시 침묵이 내려앉아, 이번에는 브레인이 먼저 입을 열었다.

"난 그놈을 쓰러뜨리고 싶었어……."

클라임이 맞장구를 쳐주지는 않았다. 그리고 브레인도 바라지 않았다. 아니, 냉정하게 생각해보면 클라임에게 말해봤자 어떻게 되는 것도 아니다. 하지만 어째서인지 털어놓고 싶었다. 마음에 응어리진 무언가를.

"옛날에 그 녀석에게 진 적이 있어. 그래서 다음에는 이기고 싶었지. 하지만 이젠 불가능해진 셈이야. ……아~아. 이기고 뛰다니."

브레인은 밤하늘을 올려다보았다.

"망할……."

"……브레인 씨."

자신은 어떻게 해야 할까.

가제프의 마음을 어떻게 해야 할까.

"뭐, 그렇지. 뭘 망설이고 있었담. 두 가지밖에 없잖아. 마음을 잇느냐, 마음을 잇지 않느냐. 난…… 이긴다……? 아, 그렇구나."

해답 따위 하나밖에 없지 않았는가.

브레인은 사나운 웃음을 짓더니, 체도칼날을 하늘로 쳐들었다.

"흥! 누가 이어줄 줄 알고!!"

브레인은 뱃속에서부터 터져 나오는 고함을 질렀다.

"네놈이 죽음을 선택한 거잖아!! 제일 편한 길을 고르고 앉았어!! 지세상에서 발이나 동동 구르고 있어라!! 난——난, 내 방법으로 널 넘어서고 말 거다!! 야, 클라임! 술 마시자, 술! 신나게 퍼마시는 거야!"

어떻게 해야 좋을지는 알 수 없었다.

하지만 고분고분 가제프의 마음을 이어받아 뛰어다니니, 그것만은 사절이다. 그랬다간 언제까지고 그놈을 이기지 못할 게 아닌가.

앞으로도 어차피 가제프를 몇 번이고 떠올릴 게 분명하다. 그러나 지금 이 순간만큼은 잠시 잊도록 하자.

곤혹스러워하는 클라임의 어깨에 팔을 감고 브레인은 억지로 걸어나갔다. 두 손이 아주 조금 가벼워졌다.

신
장

Brand New Chapter

봄은 모두가 고대한다. 대지가 다시 숨을 쉬기 시작하는 것을 피부로 느끼는 농촌에서는 특히 그렇다. 물론 도시도 마찬가지다. 그렇다고는 해도 도시의 봄은 장작 같은 난방 비용이 들지 않는다는 데에서 느껴지지만.

에 란텔은 봄을 맞았으나, 그날은 정적밖에 없었다.

대로에는 사람이 없어 마치 모든 자가 죽어버린 것 같았다. 하지만 덧문이 닫힌──자세히 보면 살짝 열린── 대로에 인접한 가옥 안에는 인기척이 있다. 숨을 죽이고 바깥을 살피는 사람들의 기척이다.

에 란텔이 아인즈 울 고운에게 할양되어 마도국의 도시가 된 날이었다.

첫 번째 성문이 열리고, 환영하듯 종소리가 울려 퍼졌다.

그리고 충분한 시간이 지난 후, 두 번째 성문이 열리고 다시 종소리가 울려 퍼졌다.

두 번째 성문과 세 번째 성문 사이가 바로 도시에 사는 사람들이 많은 구획이다.

주민들이 두려워하면서도 도시에서 도망치지 않은 이유는, 도망친다 한들 절망적인 생활밖에 보낼 수 없음을 잘 알기 때문이다.

장인이나 기술자 계급을 가진 자들도 다른 도시로 가면 도제 계급부터 시작해야만 한다.

역사가 있는 도시에는 당연히 기득권이라는 것이 존재한다. 그런 곳에 외부인이 들어가면 당연히 가장 밑바닥에서부터 시작해야 한다. 다시 말해 다른 도시로 도망친다 해도 대부분의 사람들은 제대로 된 일을 얻지 못한 채 슬럼에서 평생을 보낼 것이다.

도망칠 곳이 없는 자들──주민의 대부분이 남은 것이다.

하지만 그들도 목숨의 위기가 찾아오면 도망칠 생각이었다. 당연하다. 그들의 귀에 들려온 새로운 영주, 아니 왕은 끔찍한 존재였으니까.

말인즉슨, 왕국군을 학살한 매직 캐스터.

말인즉슨, 불사자의 모습을 한 냉혈한 존재.

말인즉슨, 아이의 피를 뒤집어쓰는 것을 좋아하는 괴물.

그러한 소문뿐, 좋은 것은 무엇 하나 없었다.

그렇기에 모두들 문 뒤에서, 창문 너머에서 아인즈 울 고운의 모습을 한번 보고자 눈치를 살피는 것이다.

이윽고 아인즈 울 고운 일행이 대로를 따라 전진했다.

그 모습을 본 자들은 모두가 말문이 막혔다.

소문과 전혀 다르지 않은 존재였기 때문이다.

처음 한 사람은 괜찮았다. 무리의 선두를 나아가는 인물은 달빛을 띤 한 미녀였다.

새하얀 드레스를 입었으며 젖은 듯한 흑발과 백대리석과도 같은 피부. 수많은 보석으로 몸을 치장한 그 모습에는 육욕도, 질투도 일어날 수 없었다. 다만 머리에서 뻗어 나온 뿔이나 허리에서 돋아난 까만 날개, 그리고 무엇보다도 그 미모가 그녀는 인간이 아니라는 사실을 보는 이들에게 가르쳐주었다.

마치 여신 같은 절세미녀의 뒤를 따라 나온 것은 전사들이었다. 여기서 주민들은 떨기 시작했다.

갑옷의 형상이 다르다는 데에서 전사들은 두 그룹임을 알 수 있었다.

첫 번째 그룹은 이름을 붙인다면 '죽음의 기사단'이 아닐까.

왼쪽에는 몸의 4분의 3을 뒤덮을 것 같은 타워 실드를 들었으며, 오른손에는 플람베르주.

너덜너덜한 칠흑 망토를 나부끼는 2미터 이상의 거구를 감싼 것은 검은색 금속으로 이루어졌고, 혈관 같은 진홍색 문양이 곳곳에 가미된 풀 플레이트 아머. 날카로운 가시가 곳곳에 튀어나온, 그야말로 폭력의 화신 같은 갑옷이었다.

투구에는 악마의 뿔이 달렸으며 얼굴 부분은 열려 있다. 그곳에 있는 것은 썩어 문드러진 인간의 얼굴. 뻥 뚫린 눈구 멍 안에는 산 자에 대한 증오와 살육에 대한 기대가 붉은색 으로 형형히 빛났다.

두 번째 그룹에게 이름을 붙인다면 '죽음의 전사단'이 딱 어울릴 것이다.

자루가 긴 외날 검을 들었으며, 허리에는 핸드 액스, 메이 스, 크로스보우, 채찍, 쇼트 스피어 같은 다양한 무기를 걸 어놓았다. 하나같이 오랜 연륜이 느껴지는 무수한 생채기가 있었다.

2미터 정도 되는 신장이었으며 갑옷은 경장이라고 하면 경장에 속했다. 어떤 동물 가죽으로 만들었는지는 알 수 없 는, 너덜너덜한 가죽갑옷을 착용했으며, 하박이나 얼굴 같 은 곳은 주대(呪帶)——주문이 적힌 천으로 만든 띠——로 칭칭 감아놓았다.

천에서 살짝 엿보이는 것은 앞선 그룹과 마찬가지로 절대 산 자일 수 없는 문드러진 형상이었다.

무리에 속한 모든 이가 압도적인 힘을 가진 존재임을 느끼게 했지만, 그런 자들 몇 명이 짊어진 가마가 시야에 들어왔을 때 이제까지의 충격은 더 큰 충격으로 덧칠되어 잊혀졌다.

그곳에 앉은 언데드. 압도적인 죽음의 기척을 띠며 소용돌이치는 듯한 시커먼 안개를 뿜어낸다. 등에는 시커먼 후광까지 빛났다.

모두가 즉시 직감했다.

저것이 바로 아인즈 울 고운이라고.

저런 존재 밑에서 살아갈 수는 없다고. 목숨의 위기 정도로는 끝나지 않으리라고 확신하는 자가 많은 가운데, 기세 좋게 문을 여는 소리가 들렸다.

무슨 일인가 싶어 살짝 열린 문틈으로 바깥을 열심히 살피던 자들은 뛰어가는 아이의 모습을 포착했다. 손에는 무언가를 꽉 쥐고 있었으며, 아인즈 울 고운의 기괴한 대열을 향해 달려나갔다. 뒤에서는 창백하게 질린 얼굴로 달려오는 어머니임직한 여성이 있었다.

"우리 아빠 돌려줘!"

아이 특유의 높은 목소리가 공연히 크게 울려 퍼졌다.

"우리 아빠 돌려줘! 이 괴물아!"

소년이 주먹을 들어 무언가를 던졌다. 돌이었다.

아이가 든 조그만 돌이 일행—— 아마도 아인즈 울 고운을 향해 날아갔다.

긴장하기도 했는지 돌은 전혀 닿지 못하고 땅바닥을 데굴데굴 굴러갔다.

뒤에서 달려온 어머니가 당장에라도 죽을 것 같은 얼굴을 했다. 이어질 자신들의 운명을 이해한 듯.

어머니가 아이를 뒤에서 끌어안고 몸을 움츠렸다. 자신의 몸으로 열심히 감싸려 한다.

"아, 아이가 한 짓이옵니다! 부디! 부디 용서하여 주시옵소서!"

어머니의 필사적인 탄원에 미녀가 미소를 지었다.

살 수 있겠다. 모두가 그렇게 안도하고 싶어지는 부드러운 자애의 미소였다.

"——아인즈 님에 대한 불경. 만 번 죽어 마땅하다."

어느 사이 꺼냈는지. 미녀의 손에는 거대한 바르디슈가 들려 있었다. 누가 보더라도 인간의 영역을 초월한 완력이었다.

용도를 상상하기는 어렵지 않았으며, 그 상상은 결코 틀림이 없으리라 말할 수 있었다.

"고기값이 떨어지는 못난 가축을 기른 자는 축산종사자로서 부끄럽게 생각해야지."

천천히 다가오는 미녀를 보며 자신들을 기다리는 운명을 깨달은 어머니는 아이를 꽉 끌어안았다.

"제발! 아이는, 아이만은! 제 목숨은 어찌 되어도 좋습니다! 제발!"

"무슨 말을 하는 거지? 너를 죽일 리가 있겠어? 아인즈 님은 무의미한 살생은 좋아하지 않으시는 분. 죄도 없는 자를 죽이거나 하지는 않아. 안심하고 네 손 안에서 다진고기가 만들어지는 모습을 보고 있도록. ……개인적으로는 햄버그 같은 것도 좋아하거든."

어머니가 끌어안은 아이를 어떻게 죽이겠다는 것인지는 모른다. 하지만 아이의 짧은 인생은 몇 초 후면 끝을 맞으리라고 모두가 이해하면서도 구하고자 뛰쳐나갈 수 있는 자는 없었다.

아이도 어머니도 미녀가 뿜어내는 귀기에 꽁꽁 묶인 것처럼 꼼짝하지 못했다.

"이 세상에서 가장 존귀한 분에 대한 무례. 후회하며 죽거라."

미녀가 거대한 무기를 휘두르려던 순간—— 쿠웅, 대지가 흔들렸다. 그 소리가 발생한 곳은 가엾은 두 사람과 미녀 사이를 가로막듯이 박힌 대검.

그 검—— 나아가서는 그 검의 소유자를 모르는 자는 이 도시에 아무도 존재하지 않았다.

살아 있는 전설.

불패의 전사.

다정한 대영웅.

가엾은 두 사람을 구할 유일한 존재의 등장에, 모두들, 마음속으로 그 이름을 외쳤다.

──칠흑의 전사, 모몬의 이름을.

칠흑의 갑옷을 걸친 사내가 천천히 대로에 나타나 땅바닥에 박힌 검을 뽑았다. 휘릭 크게 휘둘러 검신에 묻은 흙을 털어낸다. 이미 나머지 한쪽 손에도 검을 쥐고 있어, 전투태세를 취한 모몬이 미녀와 대치했다.

"아이가 돌을 던진 정도로 난폭하군. 그래 가지고 누가 아내로 맞으려 하겠나."

"너한테 그런 말 들어도 기쁘…… 어흠! 아인즈 님께 무례를 저지른 자는 아이도 어른도 상관없습니다. 모두 죽을 뿐."

"그건 내가 용서하지 않겠다, 고 말한다면 어쩔 텐가."

"이 땅을 다스리는 왕에 대한 반역으로 간주해, 짓밟겠습니다."

"그렇군. 그렇다면 그것도 나쁘지 않지. 하지만 내 목숨을 쉽게 가져갈 수 있으리라고는 생각하지 마라. 이곳이 죽을 장소라 생각하고 덤비도록."

모몬은 두 손의 검을 능숙하게 놀리며 자세를 잡았다. 그 대담하고도 박력 넘치는 태도는 그야말로 영웅에 어울리는 것이었다.

"너희는 아인즈 님을 지켜라."

뒤에 대동했던 검은색 갑주들에게 명령을 내리더니, 미녀는 바르디슈를 들고 자세를 잡았다.

모몬이라면 틀림없이 이길 거다. 구경하던 사람들의 그런 생각은 대치한 두 사람이 뿜어대는 비슷한 양의 기척에 부정당했다. 미녀 또한 분명 모몬에 필적하는 전사임을 직감할 수 있었던 것이다.

슬금슬금, 서로의 거리를 밀리미터 단위로 좁히는 두 사람. 그런 일촉즉발의 공기를 깨뜨린 것은 아인즈 울 고운 본인이었다. 마법의 힘인지 소리도 없이 가마에서 날아올라 대지에 내려선 아인즈가 뒤에서 미녀의 어깨를 잡은 것이다.

"아인즈 님!"

그대로 미녀의 귀에 입을 가져가더니 무언가를 속삭인다. 미녀의 얼굴이 넋을 잃은 듯 부드러운 미소를 머금었다.

"분부 받들겠나이다, 아인즈 님. 말씀대로."

아인즈에게 고개를 숙인 미녀는 모몬에게 바르디슈를 들이댔다. 하지만 조금 전과 같은 살기는 없었다.

"……당신의 이름을 묻지 않았군요. 이름을 대십시오."

"모몬이다."

"그래요, 모몬. 당신에게 묻겠습니다. 우리에게 이길 거라 생각하나요?"

"……아니, 불가능하겠지. 죽을 생각으로 덤빈다 한들 너

아니면 그쪽, 어느 하나밖에는 죽이지 못할 거다."

그 말을 들은 에 린텔 사람들은 설망감에 사로잡혔다. 대영웅조차 괴물 중 하나밖에 죽일 수 없다는 사실을 알고.

"게다가…… 전력으로 싸운다면 많은 이들이 말려들어 목숨을 잃을 거다. 그런 짓은 할 수 없지."

"어리석군요. 우수한 힘을 가졌으면서 약자를 위해──쓸데없는 이야기는 그만두지요. 아인즈 님은 당신에게 제안할 것이 있다고 하십니다. 감사히 들으세요. 우리 나자릭 밑으로 들어오라 하십니다."

"──제정신이냐?"

"무례하군요. 아인즈 님은 이 도시를 살육이나 절망으로 지배하려 생각하시는 것이 아니에요. 딱히 인간을 죽인다 한들 아인즈 님께 이익이 있는 것도 아니고. 하지만 그렇게 말한다 해도 시민들은 믿지 않을 테니, 당신이 아인즈 님의 곁에서 일을 하십시오."

"……그게 무슨 소리냐?"

"앞으로 이 도시에서 조금 전의 어리석은 자처럼 아인즈 님께 돌을 던지는 자가 있을지도 모릅니다. 그렇게 되었을 때는 당신이 그놈의 목을 쳐버리십시오. 그 대신 아인즈 님께서 이 도시의 무고한 자들을 괴롭히거나 하지 않도록 곁에서 감시하면 되는 것입니다."

"……호오, 감시자로서 곁에 있으라는 뜻이렷다?"

"조금 다르지요. 아까도 말했듯 반역자는 당신의 손으로 죽여야 합니다. 시민 대표 겸 법의 집행자라는 입장에 서라는 뜻입니다."

"악법을 따를 마음은 없다."

"그런 악법을 시행할 생각은 없습니다. 그래서, 어떻게 하시겠나요? 당신이 아인즈 님께 검을 바치지 않겠다면 위험인물로 간주하고 이 자리에서 죽이겠습니다. 그 결과 아무리 많은 인간이 말려든다 한들."

모몬은 주위를 둘러보았다.

"나는 여행의 목적이 있는 바, 누군가의 휘하에 들어갈 마음은 없었다만."

"그것이 대답이라면 대답으로 간주하겠어요. 그러면 시민들이 말려들 만한 대결을 시작해볼까요?"

"잠깐! 섣불리 굴지 마라. 아직 어떻게 하겠다고 말한 것은 아니다. 게다가 나에게는 파트너가 있는데, 그녀는 어떻게 할 테냐?"

"그렇다면 그자도 같이 섬기십시오. 그 이외의 대답이 있을 수 있을까요?"

"옛날의 나라면 여행의 목적을 우선시했겠지만…… 의외로 이 도시에도 애착이 생긴 모양이군. 무릎을 꿇지는 않겠다만, 상관없겠지?"

다시 아인즈가 다가오더니 미녀의 귀에 속삭였다.

"허하겠다고 하십니다, 모몬. 아인즈 님을 위해 일하십시오."

"……알았다. 하지만 시민들을 무고하게 해칠 때는 이 검이 너의, 너희의 목을 날려버릴 줄 알아라."

"……그렇다면 이 도시의 인간들이 아인즈 님께 반기를 들려 할 때는 그 검으로 반역자의 목을 쳐버리십시오. 아이가 됐든 누가 됐든 상관없이. 기대되는군요, 이 도시의 인간들이 반란을 일으키려 할 때가. 그리고 당신이 괴로워하며 그들을 죽이는 모습이. 그러면 우리는 갈 길을 가도록 하겠습니다. 당신은 나중에 따라오시길."

아인즈 울 고운 일행이 천천히 나아갔다. 기이하게 긴 대열이 끝나고, 그들의 모습이 보이지 않게 되었을 때쯤 집집마다 사람들이 우르르 몰려나왔다. 이만한 인원이 있었는가 하고 놀랄 정도로 많은 수였다.

입을 모아 모몬의 이름을 칭송했다.

모몬이 멋쩍어하듯 두 손으로 이를 제지하려는 가운데 철썩하는 메마른 소리가 들려 쳐다보니 어머니가 아이의 뺨을 때리고 있었다.

"왜 그런 짓을 하니!"

어머니도 아이도 울고 있었다. 그래도 손은 멈추지 않았다.

모몬이 어머니의 손을 잡았다.

"그쯤 해두시오. 조금 물어보고 싶은 것이 있으니."

"모몬 님께 폐를 끼쳤습니다! 이 아이 때문에! 정말 죄송합니다!"

"아니, 마음에 두지 마시오. 그보다 미안하오. 아, 너도 울지 말거라. 그냥 묻고 싶은 게 있어서 그러니."

우는 아이를 열심히 달랜 모몬은 왜 그런 짓을 했느냐고 물었다.

모두들 아버지의 원수를 갚고 싶어서 그랬으리라 생각했지만, 소년은 이상한 남자가 부추기는 바람에 돌을 던지는 게 옳다 여겼다고 대답했다.

"그랬군⋯⋯. 어머님, 아이를 나무라지 않는 게 좋겠소. 마법으로 조종당한 것일 테지. 이건 내 짐작이지만 아마도 법국의 음모일 것이오. 나와 아인즈 울 고운을 대결시키려는."

"⋯⋯아니 잠깐. 법국이 그런 일을 왜 하나? 아인즈 울 고운의 음모 아닐까? 모몬 님을 자기 부하로 삼으려고."

몇 년 전에 가게를 낸 주인의 말에 모몬이 깊이 고개를 끄덕였다.

"그럴 가능성도 있소만, 그렇다면 그건 그거대로 잘된 일이오. 나는 이제부터 놈의 곁에 서서 놈의 움직임을 감시하겠소. 만약 놈이 여러분을 해치려 한다면 즉시 목을 쳐버릴 것이오. 그 대신 여러분은 절대 아인즈 울 고운에게 반항하지 않았으면 하오."

"무슨 말씀입니까! 모몬 님이 계시면——."

"──그다음 말은 하지 마시오. 놈들이 기다리는 것이 바로 그것이니. 여러분이 반란을 일으키면 놈은 나에게 여러분을 죽이라고 명령할 것이오. 그것이 기대된다는 양."

두 팔을 벌리고 그 자리에 있는 모두를 향해, 당당한 태도로 모몬이 말했다.

"조금 전의 약속을 내가 먼저 깨뜨릴 수는 없소. 그렇기에 놈들이 억지를 부리지 않는 한은 받아들여 주셨으면 하오. 다만 억지라고 여겨지는 일이 있을 때는 나에게 알려주시오."

자신들이 모몬을 붙들 인질이 되었다는 사실을 깨달은 시민들은 비통한 표정을 지었다.

그런 이들에게 모몬이 부드럽게 웃음을 지었다.

"다들 너무 마음에 두지 마시오. 게다가 놈도 의외로 좋은 통치자가 될지 모르잖소. 한동안은 어떻게 나오는지 지켜봅시다. 그리고 만약 법국이 움직일 경우 여러분을 부추겨 반란을 일으키려는 자가 나올지도 모르오. 그러니 경계해주시오."

수긍할 사람이 있을 리 없었다.

하지만 반대 의견이 나오지도 않았다.

아인즈 울 고운은 언데드. 산 자를 증오하며 해를 끼치는 존재를 신뢰할 사람은 없다. 그러나 모몬을 믿지 않는 자도 없었다. 게다가 자신들을 위해 모몬은 자신의 목적을 포기한 것이다. 자신들도 모몬의 호의에 호응하고자 생각하는 것은 당연했다.

모여든 사람들은 입을 모아 모몬의 말에 동의를 보이고, 자신의 주위에 지금 이 이야기를 퍼뜨릴 것을 약속하며 시내로 뿔뿔이 흩어졌다.

이 결과, 에 란텔은 주변 국가들이 상상도 못할 정도로 피를 흘리지 않은 채 평화로운 통치가 이루어지게 된다.

캐
릭
터

소
개

지르크니프 룬
파로드 엘 닉스

인간종

jircniv rune farlord el nix

선혈제

직함 —— 바하루스 제국 황제.

주거 —— 바하루스 제국 제성.

클래스 레벨 – 엠퍼러: 일반(Emperor) —————— **?** |ᵥ

　　　　　 하이 엠퍼러: 일반(High Emperor) ———— **?** |ᵥ

　　　　　 카리스마: 일반(Charisma) —————————— **?** |ᵥ

　　　　　 기타

생일 —— 상풍월(上風月) 1일

취미 —— 타국의 정보를 수집해 자국의 상황과 비교 검토하는 것

---

personal character

　제국의 젊은 황제. 선혈제라는 별명을 가진 재능의 순혈종. 제국기사단을
완전히 장악하고 그 힘을 배경으로 단숨에 귀족들의 숙청을 실시했다.
결혼은 하지 않았지만 자식은 있다. 하지만 애정은 별로 없어, 무능하고
차기 황제에 어울리지 않는다고 간주하면 금세 버릴 것으로 여겨진다.
자신의 아버지인 선대 황제가 어머니인 황후에게 독살당했던 것, 또한
황제가 되고 금세 자신의 형제를 몇 명이나 처형한 것 때문에 마음의 일부가
망가졌기 때문이다.

플루더
파라다인

인간종

fluder paradyne

삼중마법영창자Triad

직함——— 주석 궁정마술사.

주거——— 대 매직 캐스터의 탑.

클래스 레벨— 위저드(Wizard) ——————— ? lv

금술사(禁術師) ——————— ? lv

비숍(Bishop) ——————— ? lv

기타

생일 —— 옛날 일이라 기억이 나질 않는다.

취미—— 마법에 관한 모든 것.

personal character

인간이라는 생물의 벽을 넘어선 영역에 선 자를 영웅이라 부르며, 그
영웅의 벽을 넘어선 존재를 일탈자라 부른다. 플루더는 그 일탈자라
불리는 존재이며 인간 종족의 마법직 내에서는 대륙 전체에 네 명 밖에
없는 자들 중 하나다. 인외영역에 선 존재로서 세 계통의 마술을 조합해
그에게만 가능한 의식마법 등을 개발하고 이것으로 수명을 늘린다.

엘리아스 브랜트 데일 레에븐

인간종

elias brandt dale raeven

초 팔불출 대귀족

직함 —— 리 에스티제 왕국 대귀족.

주거 —— 에 레에블의 저택.

클래스 레벨 — 하이노블: 일반(High Noble) —— **?** lv

세이지: 일반(Sage) —— **?** lv

카리스마: 일반(Charisma) —— **?** lv

기타

생일 —— 하화월(下火月) 30일

취미 —— 자식에 관한 모든 것.

수많은 귀족에게 두려움을 사는 대귀족. 아내에게는 단 두 번밖에 '사랑한다'고 말한 적이 없는 자이기도 하다. 첫 번째는 아이가 태어나고 이틀 후. 두 번째는 아이가 두 살이 되었을 무렵의 결혼기념일. 후자는 툭 말했을 뿐이라고 하며 얼굴을 보고 말한 것도 아니었으므로 횟수로 헤아려도 좋을지 어떨지는 의심스럽다. 왜 확실하게 말하지 않는가 하면 '내 마음 정도는 아내가 다 알고 있을 테니 굳이 말로 할 필요는 없다'고 생각하기 때문이다.

지고의 4인

캐릭터 소개

편

3/41

부글부글찻주전자

이항종

bukubukuchagama

점액 방패

personal character

나름대로 유명한 성우였으며 롤리타 계열 캐릭터를 자주 담당했다. 평소에도 약간 높은 목소리로 말을 하지만 그것 또한 연기의 일면이 강하며, 페로론치노에게 짜증이 났을 때 내는 나직한 목소리가 그녀의 원래 목소리에 가깝다고 한다. 다른 성능은 매우 낮지만 방어에 관해서는 '초(超)' 자가 붙을 정도로 일류. 나아가서는 플레이어 스킬이 뛰어나 지휘관 역할도 맡을 수 있기 때문에 길드 전체가 움직일 때는 탱커인 그녀가 한 팀을 통솔할 때도 있었다.

페로론치노

이형종

peroroncino

폭격의 날개왕

"기술의 발전은 처음으로는 군사, 다음으로는 에로와 의료에 쓰이는 법. 이것은 에로의 위대함을 말해준다." 이런 말을 서슴지 않으며 주천 아게잉을 뜨겁게 역설하는 남자. 그리고 그 작품에 출연했던 누나 때문에 좌절하는 모습을 많은 이들이 보았다. 활에 특화된 캐릭터 빌드를 찍어, 초조원거리 공격으로 특수기술을 사용하는 폭격이 주특기지만 거리가 벌어지지 않을 경우에는 전투능력이 떨어진다.

후기

9권을 읽어주신 분, 수고하셨습니다. 어째서인지 또 무겁고 두꺼운 책이 되었네요.

처음 쓰기 시작했을 때는 분명 편집자님께 "이번 권은 쓸게 없으니 200페이지 정도로 끝내도 될까요?"라고 물어보기도 했는데, 집필이 끝나 인쇄된 원고가 나왔을 때는 "뭐지, 왜 이렇게 두껍지?"가 되었습니다.

참 이상하죠.

정말 이상합니다. 플러스 200페이지는 어디에서 나왔을까요?

하지만 슬슬 한 번 정도는 300페이지로 끝내고 싶네요. 전후편으로 각각 300페이지가 아니고.

그렇게 되어, 어떻게 된 건지는 몰라도 다음 권부터는

web 버전과는 완전히 다른 전개가 될 테니 전전긍긍하고 있습니다만 함께 해 주시면 고맙겠습니다. 10권은 300페이지라고 미리 단언해보고 싶습니다.

각설하고, 지난주에는 후카야마 후긴 님이 그려주신 만화판 '오버로드'가 판매되고 이번주에는 이 9권, 소설판 '오버로드'가 나왔습니다. 그리고 다음주에는 애니 '오버로드' 방송 개시. '오버로드'로 똘똘 뭉친 3주가 되었습니다.

많은 분들이 도움을 주셔서 멋진 작품이 완성되었습니다(특히 so-bin 님이……. 얼마나 많은 일을 맡아 고생하셨는지 눈물 없이는 말할 수 없을 정도예요. 그야말로…… 이따금 스스로 자기 목을 조르는 기분이 들지 않는 것도 아니고!). 만화, 소설, 애니 모두 여러분이 즐겨주시면 좋겠습니다.

그러면 여느 때처럼 감사와 사죄를.

정말로 멋진 일러스트 및 애니 작업, 만화작업에 영혼을 깎아주신 so-bin 님, 고맙습니다.

디자이너인 코드 디자인 스튜디오 님, 원작 작업만이 아니라 애니판 '오버로드'의 로고까지. 이 애니 로고가 또 정말 멋있고 훌륭해요. 또 지도 제작에 힘을 쏟아주신 타무라 님, 세세한 체크를 해주신 교정 오오사코 님, 이토 님, 고맙습니다. 두꺼운 책을 만드는 데 협력을──이라고 생각했지만 딱히 '오버로드'는 담당하시는 책 중에서는 별로 두껍지도 않은 것 같은 F다 님, 고맙습니다. 아이를 가진 아버지로서 레에븐 후작의 장면에 "애들은 정말 멋져."라는 감상을 준 하니, 늘 고마워.

또한 여기에는 다 쓸 수 없지만 서적만이 아니라 만화나 애니 '오버로드'에도 참여해주신 모든 분들께도 감사를!

그리고 무엇보다 이 책을 읽어주신 독자 여러분께 최대의 감사를 드립니다!

2015년 6월 마루야마 쿠가네

早いもので 9巻です。
アニメと コミックも 見てね。

벌써 9권이네요. 애니랑 만화판도 봐주세요.

So-bin

아제를리시아 산맥에 사는 분주하는 아인즈는 이윽고 나날. 온갖 문제를 해결하고자 그러나 아직도 파란을 머금은 나라를 세운 아인즈. 자신의 목적을 이루기 위해

제

10
Volume Ten

권.

새로운 전개를 맞이하는

불씨란 과연——.

기다릴 새로운

찾아간다. 그곳에서

드워프의 왕국으로

오버로드 10

드워프 장인(가칭)

OVERLORD *Kugane Maruyama* illustration by so-bin

마루야마 쿠가네 —— 지음

김완 —— 옮김

2016년 발매 예정

역자 후기

SAN치 핀치! (인사)

안녕하세요, 역자입니다.

이형의 스포일러가 모독적인 조소를 머금고 여러분들을 광기의 심연에서 호시탐탐 노리는 형언할 수 없는 역자후기이므로, 아직 본문을 읽지 않으신 분들은 1페이지로 돌아가 주시기 바랍니다.

클라이맥스 장면 때문에 크툴후 신화틱한 문장을 나름대로 흉내내봤습니다. 그 장면은 정확하게 말하면 크툴후 신화라기보다는 '콜 오브 크툴후 TRPG'에 가까울 것 같습니다만 뭐 그런 아무러면 어떠냐 싶은 분류는 이참에 접어두고요.

　그래서 모에 뼈다귀가 우주적인 규모로 대량학살을 벌이는 9권 되겠습니다. 에필로그나 신장의 분위기를 본다면 '1부 완결' 느낌이랄까요. 생각해보면 이제야 나자릭 주변을 정리한 셈이니, 세계정복의 초입에 첫 발을 내디딘 정도라고 해야겠지요.

　생각해보면 '세계정복'이란 무엇일까요. 무력으로 상대의 국가를 굴복시키고 영토를 차지한다는 개념이라면, 전쟁에서 이미 패배한 왕국, 아인즈의 마법을 보고 전전긍긍하는 제국은 더 이상 문제가 되지 않을 것 같습니다. '플레이어'와 적잖이 관련이 있을 것으로 보이는 법국은 어떨지 모르겠지만 이 정도 무력이라면 주변 3개 국가를 상대할 때 밀리는 일은 없지 않을까요.

　다만 영토를 차지한 다음의 통치가 어떻게 이루어지는가, 그것까지 포함하는 개념이라면 이야기가 매우 어려워지지 않을까요. 법과 제도나 관습이 서로 다른 나라들을 하나의 지배체계 밑에 두기란 말마따나 70년대 애니메이션의 악당들이 틈만 나면 말하는 것만큼 쉽지는 않을 것입니다. 일례로 왕국은 농민을 대량으로 잃어 생산력이 크게 떨어졌을 텐데, 이곳을 정복한 다음 경제적으로 의미가 있는 영토로 만들려면 어떻게 해야 할까요. 언데드나 골렘을 노동력으로 이용하는 방법도 있겠습니다만(실제로 플루더가 그런 생각을 했고요), 산 자들에게는 공포와 혐오의 대상인 언데드가 괭이를 들고 한갓지게 농사를 짓는 모습을 보면 일반인들이 겪을 정신적 충격은 심대하겠지요. 그야말로 SAN치가 핀치라《일시적인 정신의 이상》두세 개쯤은 얻을 만큼. 게다가 살아 돌아온 사람들이 없지는 않으니 그런 사람들은 감정적으로 매우 큰 반발을 보일 테고…….

한편으로는 그런 정책과 전략을 가진…… 척하면서 데미우르고스나 알베도에게 들키지 않게 머리를 굴려야 할 아인즈는 참 스트레스가 심할 것 같습니다. 인간이었으면 머리도 빠지고 위장에 구멍도 나고 피부도 거칠어졌겠지만 해골이라 다행이네요. '악의 군주 폼 잡기 연습'이라도 열심히 해두면 뭔가 도움이 될 날이 오지 않을까요. '소란스럽구나, 조용히들 하라'가 산전수전 다 겪은 제국 황제에게까지 먹혔던 것처럼.

뭐 그런 생각을 하다 보면 10권이 벌써부터 기다려진다는, 그런 말을 하고 싶었던 것입니다. 방대하면서도 디테일한 작품인 만큼 분명 제 예상을 넘어서는 무언가를 보여주리라 생각합니다만.

10권 예고편을 보면 그동안 언뜻 이야기만 나왔던 드워프들이 등장하는 모양이네요. 판타지에서 드워프 하면 대장장이라든가 기계공, 세공사 같은 아이템 메이커의 이미지가 있으니 그쪽 방면에서도 무언가 새로운 전개가 있지 않을

지. 저는 판타지의 생산직들을 매우 사랑하는지라 개인적인
기대치가 높습니다. 그리고 리저드맨 자류스가 드워프들과
교류가 있다고 했으니 함께 등장해주면 좋을지도요.

그러면 저는 다음 작품에서 뵙겠습니다.

2015년 9월
김완

오버로드 9 파멸의 매직 캐스터

2015년 10월 14일 제1판 인쇄
2016년 01월 05일 2쇄 발행

지음 | 마루야마 쿠가네
옮김 | 김완

펴낸이 | 임광순
담당편집자 | 황건수
편집1팀 | 황건수 · 정해권 · 오상현 · 김동규 · 신채윤
편집2팀 | 유승애 · 배민영 · 권소현 · 박예슬
제작 디자인팀장 | 오태철
디자인팀 | 박진아 · 정연지 · 박창조
국제부 | 노석진 · 엄태진
마케팅팀 | 김원진

펴낸곳 | 영상출판미디어(주)
등록번호 | 제 2002-000003호
주소 | 21311 인천광역시 부평구 평천로 132 (청천동)
E-mail | novelengine@naver.com

전화 | 032-505-2973(代)
FAX | 032-505-2982

ISBN 979-11-319-3537-8
ISBN 978-89-6730-140-8 (세트)

オーバーロード 9 破軍の魔法詠唱者

당신과 나의 어사일럼
1~2

어느 날 이세계로 소환된 주인공. 소환자는 마법을 사용하는 가녀린 미소녀.
그러나 그곳에서 기다리고 있던 것은 꿈과 희망이 넘치는 영웅담이 아니었다.

"혹시 내가 이 세계를 구할 용사의 핏줄이기라도 한 거야?"
"뗑! 아닙니다. 오답! 당신은, 고문용 장난감입니다!!"
조금 위험한 너를, 조금 이상한 내가, 조금 외로운 장소에서 만나게 된 이야기.

〈엔딩 이후의 세계〉의 작가 류세린과 〈노벨 배틀러〉의 일러스트레이터 SALT의
화려한 콤비가 그려내는 신감각 이세계 전기.
원작을 충실히 개고했을 뿐 아니라 매권 마다 새로운 단편이 수록되어
이미 내용을 아는 독자들에게도 새로운 느낌으로 다가간다!

류세린 지음 / SALT 일러스트

영상출판
미디어㈜

노블엔진 도서를 전자책으로 **제일 먼저** 만나는 방법!

❋ e북포털 북큐브 ❋

QR코드를 스캔 하시면 북큐브 내서재 앱 설치 페이지로 이동 합니다.

북큐브 내서재(Android)

북큐브 내서재(iPhone)

북큐브 내서재 HD(ipad)